착한
여자 2

공지영 장편소설 2

착한 여자

해냄

착한 여자 2 차례

착한 여자 1 차례

쨍한 겨울날

멀리 보이는 들에 하얗게 서리가 내려 있다. 가느다란 실로 짠 흰 그물을 덮은 것처럼 들은 희뿌옇다. 집 뒤의 느티나무 가지에서 까치가 낮은 포물선을 그리며 내려앉는다. 아마도 아침 식사라도 마련하러 가는 것인지. 담배를 물다 말고 명수는 문득 하늘을 올려다본다. 다른 까치가 나뭇가지 위에 앉아 꽁지를 쫑쫑거리며 어딘가를 내려다보고 있다. 하늘은 쪽을 짓이겨놓은 듯 짙푸른 색깔이고 바람이 없는, 전형적인 겨울 날씨였다.

—비발디 겨울 2악장 말이야, 그건 바로 오늘 같은 날을 위해서 만든 곡일 테지…….

—글쎄……. 그건 눈 내리는 겨울의 정경을 묘사한 거라던데.

—아니 들어봐, 바로 이런 날씨야. 바로 이런 날씨를 나는 쨍!
한 날씨라고 불러. 추위가 팽팽하게 서 있잖아. 그래서 만지면 얇
은 얼음처럼 깨어져버릴 것만 같잖아. 저 바이올린 소리는 그 긴장
을 말해주는 것 같지 않아? 그치?

—그래? 뭐…… 듣고 보니 그런 것 같기도 하다.

언젠가 읍내에서 클래식을 틀어주는 단 하나의 다방에 앉아 정
인은 말했었다. 고등학교를 갓 졸업하고 붉은 볼을 한 정인과 미
송을 앉혀놓고 그는 커피를 사주었었다. 그날도 이렇게, 정인의 말
대로 쨍! 한 겨울 날씨였는지도 모르겠다.

그런데 그 말은 정인이 했는데, 왜 오늘 아침, 모처럼 고향에 돌
아와 아침상을 받기 전에 그 생각이 나는지 명수는 알 수 없었다.
누군가 말했었다. 기억은 단지 머릿속에만 저장되는 것은 아니라
고……. 아마 자명이었던가, 기억은 몸의 곳곳의 혈에도 남아 있다
고. 침을 놓으면 때로 환자들은 서러운 울음을 터뜨리기도 하는데
자신들은 왜 울고 있는지 도무지 이유를 모른다고. 하지만…… 확
실히 그 혈에 기억들이 남아서 마음보다 오래 간직되는 거라고, 그
는 재미있는 말을 보탰다. 웃음은 위로 올라가 증발되는 성질을 가
졌지만 슬픔은 밑으로 가라앉아 앙금으로 남는다고. 그래서 기쁨
보다 슬픔은 오래오래 간직되는 성질을 가졌는데 사람들은 그것
을 상처라고 부른다고 했다.

그의 말을 믿는다고 한다면 기억은 몸의 혈뿐만 아니라 장소에
도 묻어 있는지도 모르겠다. 명수의 이 집은 어린 시절의 모습을

고스란히 간직하고 있어서 온통 정인과의 추억으로 채워져 있다고 해도 과언은 아니니까 말이다. 그러니 그의 말을 믿는다면 정인의 웃음소리와, 열아홉 그녀의 붉은 볼과 쩡한 음성이 고향에서 맞는 이 아침에 생생하게 떠오른 것은 그리 이상한 일도 아니었다.

명수는 담배를 입에 물고 천천히 집 뒤란을 돌아본다. 아버지가 돌아가신 이후 집은 많이 낡아 있었다. 어딘가가 기우뚱, 해마다 기울어지고 있는 느낌이라고나 할까. 아버지를 생각하면 편안하지 않던 마음도 이제는 많이 가라앉았다. 그 가을 아버지의 부음을 듣고 교도관 한 명과 동행해왔을 때 미칠 것만 같았던 심정들. 이 뒤란에서 곧 터져버릴 것만 같던 고통을 어금니로 지그시 누르며 정인에게 부탁을 했었다. 종로에 가서 말을 전해달라고. 그것은 결국은 옳은 일이었던가…… 결국은 옳, 은…… 것…….

명수는 물끄러미 가지 사이로 난 푸른 하늘을 바라다본다. 보다가 이런 자세로 뒷짐을 지고 담배를 문 채 집을 돌아보는 자신의 모습을 바라본다. 이 모습은 아마도 아버지의 모습이라는 걸 그는 깨닫는다. 아버지는 그보다 조금 더 체격이 작았었다. 바람이 불거나 비가 오거나 하는 밤이 지나고 나면 아버지는 일찍 일어나 이렇게 뒷짐을 지고 뒤란을 둘러보았다. 떨어진 장작더미를 제자리에 포개놓기도 했었다. 그는 아버지처럼 다시 뒷짐을 진다.

―아부지, 아침 잡수시래요.

―그래, 곧 가마.

아버지는 명수를 앞세워 방으로 들어가 상을 받곤 했다. 명수는 뒤를 돌아본다. 어린 시절의 명수는 거기 없다. 명수는 잠시 서서 아버지처럼 뒤를 돌아본다. 이제 결혼을 하고 아이를 낳고, 명절이면 아들 녀석을 데리고 이 집에 와서 명수는 아마도 또 저 하늘을 쳐다볼 것이다. 그래서 죽은 사람들은 죽어서 잊혀지고 사는 사람들은 또 살아가는 것인지도 모르겠지만.

명수는 떨어진 장작 하나를 집어서 제자리에 던져놓는다. 느티나무 가지를 타고 오르던 꼬리가 긴 청설모가 명수를 빤히 바라본다. 청설모와 명수 사이에 정인의 표현식으로 이야기한다면 쨍! 한 긴장이 서린다. 이상한 일이다. 멀리 떨어져 있는데도 자신의 눈치를 보며 청설모가 눈동자를 굴리는 것이 보인다. 명수는 장난스러운 표정으로 청설모의 눈을 사로잡고 놓아주지 않는다. 긴장 속에서 명수가 오른발을 반쯤 들어 앞으로 내밀며 땅을 구른다. 그 긴장이 깨지는 틈을 타서 청설모는 나무 위로 재빨리 올라간다. 명수는 오랜만에 빙그레 웃음을 머금었다. 머금으면서 정인에게 다람쥐를 잡아준다고 저 나무에 올라가던 어린 시절을 또 떠올린다. 한때는 그를 사로잡은 여자였던 그녀는 이제 현준의 부인이 되어 아이를 보러 여기에 내려와 있다.

그렇다고 해서 명수가, 결혼할 여자를 집에 인사시키고 두 달 후로 결혼 날짜를 잡은 명수가, 이상한 느낌에 사로잡혔다는 말은 물론 아니다. 명수는 예를 들면 이 세상의 상식에 충실한 사람이었고, 정인이 결혼을 한 이후 꿈에라도 정인을 여자로서 바라보는 일은 없다고 믿는 사람이었다. 게다가 그녀는 육촌이든 그 이상이

든 어쨌든 피를 나눈 형의 부인이었다.

왜였을까. 명수는 어제 어머니가 연주를 보고 지었던 그 밝고 흐뭇한 모습을 생각했다. 곱기도 해라, 하면서 감탄하던 목소리, 그때 흐뭇했던 것은 어머니뿐만은 아니었다.

"명수야, 전화 받아라. 새아기다!"

어머니가 명수를 부르는 소리가 들렸다. 부엌에서 갈치를 튀기는 냄새가 풍겨오고 어머니는 부엌으로 바쁘게 들어서며 흐뭇한 표정이었다. 새아기, 라는 말을 새삼 마음에 담으면서 명수는 안방에 들어가 전화를 받았다.

"저예요. 잘 잤어요?"

"응."

"아침은요?"

"지금 막 먹으려고 해."

"바로 올라올 거죠?"

"글쎄…… 그렇게 해야 되겠지."

"바로 올라오세요. 누구…… 만날 일은 없죠?"

연주의 목소리는 누구, 라는 부분에서 조금 머뭇거리는 듯했다.

"누구? …… 누구?"

"그냥요. 나 보고 싶어요?"

명수는 그냥 웃었다. 여자들은 이상하게 이런 말을 좋아했다. 보고 싶다거나 그립다거나 사랑한다는 말. 명수는 대답하지 않았다. 어젯밤에 헤어진 그녀였고 사실 아직 보고 싶어 할 시간도 없었다. 어젯밤 헤어지고 명수는 잠에서 깨어난 지 얼마 되지 않았으니까 말이다. 그런데 연주는 묻는 것이다. 나 보고 싶어요? 하고. 그가 수줍은 듯 웃으면 연주는 아마도 이렇게 말할 것이다.

—'그대가 곁에 있어도 나는 그대가 그립다'라는 말도 몰라요?

그건, 그대가 그리운 게 아니고 일종의 신경증이야, 라고 말해주고 싶었지만 명수는 언제나 웃어버렸다. 사실 정신분석학적으로 따지고 보면 모든 것이 신경증이긴 했다. 우산을 잃어버리는 것, 넘어져 팔을 다치는 것, 이렇게 아침 일찍 전화를 걸어 보고 싶다고 말하는 연주의 말투……. 그렇지만 그는 연주에게 그렇게 이야기하고 싶지는 않았던 것이다.

전화를 끊고 나서 그는 문득 정인에게 전화를 해볼까 생각했다. 올라가는 길에는 정인과 동행해도 좋을 것 같았기 때문이다. 현준을 보석으로 빼내기 위해 변호사에게 부탁을 해놓았던 일은 어떻게 되었는지, 출판사는 어떤지, 그리고 정인의 아들 민호가 보고 싶기도 했다.

"어머니, 현준이 형네 전화번호가 어떻게 돼요?"

명수는 상을 들고 올라오는 어머니에게 묻는다. 안방 아랫목에 아들을 위해 아침부터 분주하게 어머니가 장만한 상이 놓인다.

"현준이네는 왜?"

"정인이가 내려왔는데 올라갈 때 같이 올라갈까 하구요."

명수는 말을 다 맺지 못한다. 정인이라는 말을 꺼낼 때부터 어머니의 얼굴이 일그러지는 것이 보였기 때문이다. 명수는 아차, 하고 생각한다.

"정인……이?"

"……네."

"걔가 너랑 같이 내려왔니?"

어머니는 새로 닦은 은수저를 아들 앞으로 놓아주며 심상치 않은 얼굴로 물었다.

"아니요. 터미널에서 연주를 기다리고 있는데 만났어요. 애기가 감기가 들었대요."

명수는 숟가락을 들며 이야기를 잘못 꺼냈다고 생각한다.

"너 행여라도 걔랑 가까이하지 말아라. 그래 새아기도 정인이를 만났니?"

"……아뇨."

명수는 얼결에 대답했다. 왜 아니라고 했는지, 어쨌든 명수는 이 아침에 정인의 일로 어머니의 심기를 거스르고 싶지 않다는 생각을 한다.

"내가 벌써 알고 있었다. 걔는 누구라도 망쳐놓을 아이야. 현준이가 구속된 것도 아마 걔 운이 작용했을 거다. 일전에 용한 무당이 왔는데…… 성님이 점을 보니까 걔를 빨리 내쫓는 게 집안에 좋을 거라고 했단다. 그래야 현준이가 산대. 현준이가 우기니까 한 혼사지만 나도 탐탁지 않았다. 성님이 사람이 좋아서…… 아들 말이라면 지고 들어가니까 그렇지."

현준의 어머니 김씨댁이 사람이 좋다는 이야기를 명수는 처음

듣는다. 언제나 먼 친척뻘이던 어머니를 괄시한다고 서러워하고 노여워하던 어머니였으니까 말이다.

"어머니, 그런 말씀은…… 좀 그렇네요."

명수는 마른 홍합을 넣은 미역국을 입에 넣으며 될 수 있는 대로 담담하게 대꾸했다.

"내가 무당은 아니다만 그럴 줄 알았지. 아버지 돌아가신 거……."

어머니는 드디어 목이 메었다. 꾀죄죄한 앞치마가 눈 위로 올라가고 명수는 고개를 숙여버린다.

"니 아버지도 그날 걔 만나고 돌아가신 거다. 너도 걔 만나고 가다가 그놈한테 잡혀가지 않았니? 응? 내가 다시는 명수 앞에 나타나지 말라고 그렇게 말을 했건만…… 그놈의 기집애가 꼬리를 치고."

"어머니!"

명수는 밥을 뜨다 말고 드디어 화를 내기 시작했다.

"왜 내 말이 틀리냐? 내가 말했다! 넌 불길한 애라고, 우리 집에서 당장 꺼지라고. 내 아들 앞에 나타나면 다시는 가만히 안 두겠다고!"

"……그런 말을 하셨어요? 정인이한테요?"

"그래! 내가 못할 말 했냐? 초상집에 와서 감방에서 다니러 온 니 앞에서 또 살랑거리고 있더라. 그래 내가 그랬지. 왜?"

명수는 입을 다문다. 갑자기 정인의 얼굴이, 그런 말을 들었을 때

해쓱해지는 정인의 얼굴이 그의 앞을 어지럽힌다. 그녀가 입었을 상처, 명수를 대할 때마다 냉랭하던 그 눈동자가 떠오르는 것이다.

"왜 내가 못할 말 했냐?"

어머니는 아들의 심기를 상하게 하는 말을 솔직히 뱉어놓고, 역정이 나는 듯 다시 물었다.

"그런 말을 사람한테 대놓고 하시는 법이 어디 있어요? 그리고 정인이가 무슨 잘못을 했어요?"

"너는 왜 정인이 이야기만 나오면 나한테 역정이냐? 응? 어릴 때부터 한 번도 거역하지 않던 넌 정인이하고만 얽힌 일이면 내게 거역을 했다. 왜 그러는 거야, 응?"

명수는 멍한 눈으로 어머니를 쳐다본다. 어머니는 울고 있었다. 이런 말을 이렇게 길게 아들 앞에서 소리를 질러가며 하는 것도 처음이었다. 명수가 정인이와 결혼을 하겠다는 것도 아닌데 어머니는 과장되게 반응하고 있었다.

"결혼을 한 주제에…… 여기까지 쫓아와서 아직 꼬리를 쳐? 나쁜 것 같으니라구. 지 남편 감옥에 처넣고. 이제 너한테 꼬리를……"

"그만하세요 어머니. 예전에 정인이보고 제가 결혼하자고 그랬어요. 저랑 결혼할 생각도 없는 정인이한테 제가 결혼하자고 한 번 그랬었다구요."

아버지의 이야기가 나온 다음부터 눈물 꼬리를 계속 훔쳐내던 어머니가 아들을 바라본다.

"식사하세요. 제 말은 그러니까 정인이를 너무……."

"그게 정말이냐?"

"식사하세요."

어머니는 상으로 바싹 다가앉는다.

"내가 그 말을 일러두었으니까 그나마 그게 양심은 있어서."

"그 전이에요, 어머니."

이렇게 꼬박꼬박 대꾸할 일도 아니었다. 이렇게 밥상머리에서 오랜만에 상을 마주한 두 모자가 승강이를 벌일 일도 아니었다. 하지만 명수는 무언가에랄까, 치미는 화를 참을 수가 없는 기분이었다.

어머니는 아들의 심기를 살피며 숟가락을 들었다. 숟가락을 들긴 했지만 화는 가라앉힐 수가 없는 모양이었다. 혼자 살아 서러움이 많은 그녀는 말을 억제할 수가 없다.

"그러니까 그년이 꼬리를 친 거지. 현준이한테도 그랬고 너한테도 그랬고."

"제발 그만하세요, 어머니!"

"거 봐라! 너는 걔 이야기만 나오면 에미한테 눈을 똑바로 뜨잖니?"

명수는 드디어 숟가락을 놓았다. 어머니도 들었던 숟가락을 놓는다. 명수는 방 밖으로 나와 담배를 물었다. 방 안에서 어머니가 우는 소리가 들린다. 명수는 들어가 어머니를 달래주어야 한다고 생각했지만 그러지 못한다.

"나는 걔가 싫다! 불길하단 말이다!"

명수는 대답하지 않는다. 하기는 명수도, 어머니 정씨댁도 그것이 정말 왜 그러는지 알지 못한다. 두 부자가 정인이만 보면 사족을 쓰지 못하는 듯한 표정을 지었던 것이 정씨댁 가슴에 새겨져 있었던 것일까. 그도 아니면 어느 날 정씨가 술을 먹고 들어와 하던 말…… 때문이었을까.

─정관 엄마가 안됐어. 바느질 보따리를 들고 가길래 내가 자전거로 실어다 주었지. 그 고운 사람이…… 남편 잘못 만나서…… 안됐어.

남편이 여자를, 그것도 마을 여자의 인물을 두고 칭찬을 하기는 그때가 처음이자 마지막이었다. 언제나 무덤덤한 사람인 줄로만 알았는데, 자랑삼아 남들에게 이야기했었는데 그런데 그게 아니었던 것 같았다. 그것이 정씨댁의 마음에 새겨져 있었지만 그래서일까?

그것은 아무도 모른다. 그래서 정씨가 정인을 딸처럼 귀여워하는 것도 언제나 마음에 걸렸는지 어땠는지……. 자신이 아무리 무거운 짐보따리를 들고 걷는다 해도 한 번도 들어주지 않았던 남편에 대한 질투였을까…… 아니면 얼굴이 해사한, 서울에서 여학교까지 나왔다는 정인 어머니에 대한 질투였을까…… 그래서 남편이 정인이를 딸처럼 생각할 때마다 부아가 치밀었던 것일까…… 역시 그것도 아니면 정씨가 죽은 날 그토록 보고 싶었던 아들이 잠깐 감옥에서 나와서 자신을 버려두고 기껏 정인이와 뒤뜰에서 다정하게 이야기를 나눈 것에 대한 그 배신감을 잊지 못하는 것일까……. 그것 역시 아무도 모른다.

정씨댁은 울다가, 울면서 꾀죄죄한 앞치마를 들어 코를 횡 하니 풀고는 그것을 벗어 옆으로 놓는다. 코까지 풀었으니 세탁을 해야 할 것 같았기 때문이다. 명수는 여전히 툇마루에 앉아 담배를 피우고 있다

"무뚝뚝한 게 꼭 지 애비를 닮아 가지고…… 누가 씨도둑질 했 댈까 봐……."

정씨댁은 혼잣말을 하다가 갑자기 다시 목을 놓아 운다. 명수를 흉보자고 혼잣말을 하다가 죽은 남편을 떠올려버린 것이다. 만일 남편이 살아 있었다면 얼마나 기뻐할까, 하는 생각을 했던 것이다. 며느리를 보았다면, 백옥같이 예쁘고 똑똑한 며느릿감을 보았다면 아마도 그는 기뻐했을 것이다. 며느리가 온다는 소리를 들었다면 읍내까지 나가서 쇠고기를 두어 근 사서 자전거 뒷자리에 실어 두고 터미널에서 그들을 마중했을 것이다. 아마도 그는 별로 감정을 내색 않고 그저, 볼일이 있어서 나온 김에 너희들을 만났구나. 짐짓 이렇게 멋없는 소리로 대꾸하겠지만 정씨댁은 안다. 그의 기쁨, 그의 마음씀을……. 슬픈 일이 있을 때보다 좋은 일이 있을 때 사람들은 떠나간 식구들을 생각하는 것이다.

그런데 그 하늘 같은 남편이 시어머니 돌아가시고 나서 겨우 부부의 정을 알았던 그 남편이 정인이 때문에 죽은 것만 같은 생각이 드는 것이다. 이상하게도 집안의 불길한 일은 모두 정인이와 연관되어 있었다. 정씨댁은 팽개친 앞치마를 들어 다시 코를 퀭 푼다. 그런데 오늘 명수는 말하는 것이다.

─예전에 정인이보고 제가 결혼하자고 그랬어요. 저랑 결혼할 생각도 없는 정인이한테 제가 결혼하자고 한 번 그랬었다구요.

정인이가 명수에게 결혼을 하자고 매달렸다가 거절을 당한다고 했어도 분한 판이었다. 그런데 하늘 같은 아들이 그 애에게 거절을 당하다니, 그것이 감히 거절까지 하다니……. 정씨댁은 참을 수가 없는 기분이었다.

"식사하세요, 어머니."

담배를 피우고 들어온 명수가 상에 마주 앉아 숟가락을 들었다. 정씨댁은 여전히 분한 기분이 가시지 않았지만 아들이 먼저 들어와 밥을 먹어주는 게 기뻤다. 그녀는 입맛이 싹 가시는 기분이었지만 아들을 위해 숟가락을 들었다.

"국 다시 데워다 주랴?"

"됐어요."

"그래두 식었을 텐데. 내가 얼른……."

"됐다니까요."

아들은 목소리를 한결 누그러뜨려 대답했다. 하지만 여전히 시선을 주지 않은 채였고 목소리는 단호했다. 정인이 이야기를 더 꺼내서는 안 될 것 같은 위압감을 어머니는 느낀다. 새삼 아들의 그런 모습에서 어머니는 죽은 남편을 느끼기도 하는 야릇한 심정이었다.

"점백이 아저씨 있쟎."

"…… 예."

"우리 가게 터를 고만 팔았으면 어떻겠냐고 하던데……."

정씨댁의 목소리는 어느덧 풀어져 있었다. 생각해보면 두 달 후면 어엿하게 장가 보낼 아들이었는데, 그것도 서울에서 최고 학교를 나온 며느리를 맞을 터인데 자신이 너무 입방정을 떨었나 싶은 생각도 들었다. 사실 정인이가 지금 미혼도 아니고, 신경을 너무 곤두세웠나 싶었다. 거기다가 명수는 곧 의사 선생님이 될 사람이었다. 어디 의사가 아무나 되는 일이던가…… 누가 자신처럼 아들을 훌륭하게 키워 그 좋은 대학까지 보낼 수 있단 말인가…… 어머니는 느긋해진다.

그래서 아들이 대답이 없어도 어머니는 갈치 구운 것을 발라 아들의 밥그릇 앞으로 바싹 밀어주며 다시 말한다.

"세 받는 것도 좋지만 지금 금이 한창 올랐으니께 그 돈 은행에 넣어두면 좋다구…… 마침 작자두 나선 모냥이구……. 그 옆의 신발 가게랑, 통닭집도 팔렸다더라. 뭐 소핑, 수퍼인지가 들어선댜. 장터에 말이다……."

"……"

"아부지 돌아가시구 나서 네 명의루 해논 거니께 니가 하라는 대로 한다구 내가 그랬다. 점백이 아저씨구 뭐구…… 속 깊은 곳까지 들어가면 전부 남인 거라……. 그래서 이럴 때는 그저 내 식구가 많아야 하는데…… 그래서 나는 모르겠다구 했지……. 농협서 새루 온 지점장이 요즘 뭐 예금 유친가 뭔가 하러 사람들을 찾아댕기는데 점백이 김씨가 따라댕기는 모냥이더라. 좌우당간에 시방 그 가게 그 주인은 너니께……."

"어머니가 알아서 하세요. 그렇지만 제 생각으로는 어머니 살아 계시는 동안 그 가게 세 받는 걸로 생활을 하셨으면 해요. 어차피 그거 사는 사람들 모두 서울 사람들일 텐데……."

"그렇쟈? 내 생각두 바루 그거여."

아들이 무슨 말이든 간에 대꾸를 해주는 것이 어머니는 흐뭇하다. 울면서 코를 푼 행주치마가 아직 마르지도 않았는데 어머니는 생각하는 것이다. 그래도 아들이 아버지보다는 낫다고. 정씨는 이럴 때면 꽁하니 입을 다물고 말았던 것이다.

어색한 아침 식사가 끝나고 정씨댁이 설거지를 하는 동안 명수는 가방을 챙겼다. 하루, 억지로 휴가를 내고 온 길이었다. 오후 근무부터는 들어가봐야 했다.

터미널까지 따라오겠다는 정씨댁을 만류하는데 다시 전화벨이 울렸다. 연주였다.

"몇 시에 도착해요?"

"글쎄 지금 나가면…… 근데 나 병원에 다시 들어가봐야 해."

명수는 전화가 갑자기 잦아진 연주에게 약간의 불안을 느끼며 대꾸했다.

"그럼 내가 터미널에 나갔다가 병원까지 바래다줄게요. 그 시간만 같이 있기로 해요……. 그렇다고 기고만장하지는 말아요, 이건 특별 서비스니까."

명수는 빙그레 웃으며 전화를 끊었다. 끊으면서 정인이와 민호의 일이 떠올랐지만 명수는 그냥 집을 나섰다.

우리, 정인이

오후가 되어서 날이 좀 풀린 모양이었다. 양지 쪽에서 눅눅해진 땅은 폭신하게 밟혔다. 아직도 먼 봄이 벌써 오는 기분이었다. 명수는 쪽빛 하늘을 보며 천천히 걷는다. 읍내는 지나치게 번화해졌지만 아직 이 마을은 고요하다. 이 고요를 그는 언제나 그리워했었다. 자박자박 밟히는 발소리와 발밑에서 가끔씩 굴러다니는 속 빈 도토리…… 푸드득 날아올라 시선을 끄는 까치들…… 명수는 걷다가 미루나무를 올려다본다. 잎 떨어진 나무들 사이로 까치집이 둥그렇다.

—오빠, 비가 오는 날에는 까치는 어떻게 해? 그냥 거기서 비를 맞나? ……새끼들이 있는데 새끼들은 어떻게 해?

소나기를 피하기 위해 방앗간에 들어가 서 있었을 때 명수의 손을 꼭 잡은 채 정인은 물었었다. 저 미루나무 꼭대기에 걸린 까치집을 바라보는 정인은 정말로 걱정스러운 표정이었다. 왜였을까. 어린 명수는 정인이 꼭 울음을 터뜨릴 것만 같아 겁이 났었다. 잡은 손 사이로 눅눅한 습기가 배어 나오고 있었고 여름이라 쉬고 있는 방앗간에서는 젖은 지푸라기 냄새가 났다.

—아니야……. 까치두 하루 이틀 비를 맞는 것도 아닌데, 다 생각이 있을 거야. 까치집에두 지붕이 있어.

—정말이야?

—그럼, 정말이지.

—새끼들 먹이를 위에서 주던데? 지붕이 있으면 어떻게 위에서 새끼들 먹이를 줄 수가 있겠어? 저번에 내가 보니까 엄마 까치가 집 옆에서 비를 맞고 있던데?

—그건 말이야. 쟤들은 지붕을 비 오는 날에만 덮는 거야. 그래서 날이 개면 지붕을 열어주려고 엄마 까치는 날이 개기를 기다리는 거야.

—정말이야?

—그럼.

—오빠가 어떻게 알아? 올라가봤어?

—그럼. 저번에 너 없을 때 태식이하고 삼철이 형하고 올라가봤어. 그러니까 걱정하지 마.

정인은 집요하게 물었고 명수는 거짓말까지 시켜가며 정인을 안심시켰었다.

　—아니야, 지붕이 있어도 소용이 없을 거야. 나무로 만든 저 집은 분명 비가 샐 거야…… 그러니까 지붕은 소용이 없을지도 몰라…….

　정인은 결국 눈물을 그렁그렁 맺고 말았었다. 그리고 명수는 그 일을 잊고 있었다. 그런데 얼마 전 인턴 숙소에서 졸다가 우연히 깨어났을 때 누군가가 켜놓은 TV에서 한국의 야생조류라는 프로그램을 방영하고 있었다. 비 내리는 숲이 있었고 그리고 새들이 있었다. 놀랍게도 새들은 그 내리퍼붓는 거센 비를 그냥 맞고 있었다. 갓 태어나 노란 입만 쩍쩍이는 작은 새끼들도 그대로 비를 맞고 있었다. 명수는 그때 일순 뭉클했다. 기억 때문만은 아니었다. 그가 어린 시절 정인에게 말했던 대로 하루 이틀 비를 맞는 것도 아닌데 새들은 그냥 비를 맞고 있었다. 그냥 비를 맞을 수밖에 없는 그 존재들이…… 그냥, 그 생명들이 사무쳤던 것이다.

　명수는 다시 발길을 돌리며 비 맞는 새들을 생각한다. 그때 명수는 왠지 정인은 이 프로그램을 보지 말았으면 하는 생각을 했었다.

　터미널로 들어가기 전에 담배를 한 갑 사서 명수는 매표소 앞으로 걸었다. 걷는데 이상한 느낌에 뒤를 돌아보았다. 서울행 버스가 막 떠났는지 텅 빈 대합실 매끼 디써 외께는 기억 깊숙에 아니 빈 한 초록색 플라스틱 의자에 한 여자가 앉아 있었다. 아주 순간이었지만 명수는 아찔한 느낌에 사로잡혔다. 그것이 정인이라는 것을 아는 데는 그리 오랜 시간이 걸리지 않았지만 정인은 이상한 모습이었다.

뭐랄까, 마치 버스를 타고 가다가 길거리를 걸어가는 아버지를 발견했을 때 같은…… 언제나 자신보다 키가 크다고 생각했던 아버지의 등은 굽어 있고…… 인파들 속에서 초라해 보이는 아버지. 집에서는 한 번도 느껴보지 못했던 그런 감정이…… 문득 버스 창문 안으로 고개를 숙여 숨고 싶은 그런 심정이…… 그 낯설어지는 느낌이…… 잔인하도록 객관적으로 다가오는 그 느낌이…… 이제 아버지에게가 아니라 정인에게, 하는 수 없이 숨을 후욱, 들이켜듯이 엄습해왔다고나 할까. 순간이었지만 정인은 아주 늙은 여자 같아 보였던 것이다.

—저 여자, 나보다 두 살 위라는데 얼굴이 왜 저렇게 어두워? 너무 청승맞아 보인다. 예전엔 그렇지도 않았었던 것 같았는데.

어제 정인과 헤어지고 나서 연주가 한 말이 떠올랐다. 그때는 그저 스쳐 지나가며 들었던 그 말이 명수의 뇌리를 스친다. 명수는 매표소로 가려던 발길을 멈추고 천천히 정인에게 다가갔다. 가까이서 보니 여전히 명수에게는 그녀가 젊고 아름다운 모습이었다. 명수는 왠지 모르게 안도의 숨을 내쉰다. 하지만 멀고 먼 길을 헤매다 낯선 간이역에 앉아 있는 여행객처럼 정인은 지쳐 보였다. 하루 사이 무언가 진이 다 빠져나간 듯한 모습이었다. 경계심 없는 육체는 곧 허물어져 내릴 듯이 보였고 갈색 가방끈은 어깨에서 힘없이 흘러내려 있었다. 시선을 바닥에 고정시킨 정인은 그가 다가가 옆자리에 앉았지만 전혀 의식하지 못하는 것 같았다.

"뭐 하고 있어? 버스 떠났는데."

정인은 천천히 고개를 들었다. 명수를 바라보았지만 자신만의
세계에서 빠져나오는 데 시간이 걸리는 것 같았다.

"어…… 오빠? ……또 만나네."

"뭐 하고 있었어?"

"그냥……."

정인은 수줍게 웃다가 멍하니 버스가 떠나버린 승강장을 바라보
며 중얼거리듯 말했다.

"버스가 떠났구나…… 이번 버스는 꼭 타려구 했는데."

명수는 발밑으로 담배를 비벼 끄며 걱정스러운 눈길로 정인을
바라보았다.

"너 언제부터 이러구 있었니?"

정인은 그제야 시계를 들여다본다. 그러고는 고개를 살풋 가로
로 저었다.

"내가 요즘 이래…… 이렇게 정신이 없어……."

정인은 그 말뿐 더 대꾸하지 않았다.

"민호는 좀 어때? 내가 가서 주사라도 좀 놓아줘도 됐는데……."

명수는 말꼬리를 흐린다.

"소아과에 갔다 왔어…… 그냥 감긴걸   얻 끼기……."

"숙모님도 안녕하시지?"

김씨댁을 숙모님이라 부르고 있는 명수가 물었다. 정인은 그저

고개를 끄덕인다. 끄덕이다가 문득 고개를 들었다.

"난 오빠가 내일쯤이나 올라가려는 줄 알았지."

"가봐야지……. 병원이 그리 녹록한가?"

정인은 고개를 들고 명수를 물끄러미 바라본다.

"의사들도 힘들게 돈 벌어?"

정인의 질문이 하도 진지해서 명수는 하마터면 크게 웃을 뻔했다.

"임마, 그걸 말이라고 하냐? 거의 노가다 수준이지. 흰 가운 입고 있으니까 그럴듯해 보이지만 숙소에 가면 개판이야. 발 씻을 시간도 아까워서 그냥 잔다구. 발 냄새 때문에 가스 중독되는 애들도 있어."

명수는 한껏 우스갯소리를 해댔지만 정인은 그저 작게 고개를 끄덕였다. 명수는 꼭 맞잡고 있는 정인의 손을 바라다본다.

"갑자기 돈 이야기는 왜? 미송이가 일 실하게 시키고 월급 짜게 주는 모양이구나?"

"처음으로 돈이 많았으면 좋겠다는 생각을 했어. 그 사람 보석금 물어주려면 아무래도 전세를 빼야 될 것 같애……. 어머니가 땅을 내놓았는데 요즘 절대 농지를 누가 사나? 민호도 데려와야 하는데……. 예전에 그 사람 노름하고 그럴 때 밤 새우고 들어오면 주머니 속에서 만 원짜리가 무더기로 나왔는데 그때 좀 감추어둘걸 그랬나 봐……. 그게…… 후회가 돼."

정인은 한 손으로 머리를 쓸어 올리며 담담하게 이야기했다.

네가 후회해야 할 건 그게 아니라! ……라고 말하려다가 명수
는 입을 다물고 만다.

평일 이른 시간이라 그런지 버스 안에는 사람이 없었다. 군인 하
나가 술에 취해 발그레한 얼굴로 잠에 곯아떨어져 있었고, 노파를
태워주며 며느리인 듯 보이는 여자는 몇 번이나 짜증 섞인 목소리
로 말하고 있었다.

"어머니 글쎄 한 시간 넘게 가셔야 한다구요. 짐 여기 올려놓으
세요."

"글쎄 괜찮다니까. 내 무릎이 어때서 그러냐."

"아유 어머니, 아무도 가져가지 않아요. 힘드시게 왜 그러세요?"

"글쎄 괜찮아. 내 물건을 왜 거기 올려놓니?"

노파는 누가 자기의 짐을, 그 안에는 필시 서울의 자식들에게
줄 고추장이며 참깨가 들었을 그 보따리를 절대 내놓지 않으려
고 한다. 신문과 우유를 사가지고 버스에 올라타 정인의 옆자리
에 앉으며 명수는 잠깐, 저 세대의 삶을 생각한다. 아침에 어머니
와의 언쟁 때문이었는지도 모른다. 아마도 구한말에 태어나 젊은
시절을 일제 치하에서 보냈을 저 노파. 쌀을 공출당하고 금비녀를
빼앗기고 어쩌면 남편마저 대동아 전쟁에서 잃었을지 모르는 그
녀…… 그리고 새끼들 손을 붙들고 피난을 갔겠지…… 거기서도
어쩌면 아이들을 두엇 잃었을지 모른다. 세 아이 선생을 늘 씩이나
견뎌내고 그리고 가난과 격동의 세월…….

명수는 노파의 자세를 이해한다. 빼앗기는 것에 익숙한 세

대…… 아마 어머니도 그런 것이었을지도 모른다. 늘 누군가 자신의 것을 넘보고 있다는 불안…… 자꾸만 참견이라도 하지 않으면, 악을 쓰고 버티지 않으면 겨우 이룬 이 행복이 다 무너져 내릴 것 같은 불안을 숙명처럼 안은 그 세대들…….

"글쎄 고집을 부리실 걸 가지고 고집을 부리셔야지요. 올려놓으시라니까요. 보세요, 다른 사람들도 모두 그렇게 하잖아요."

"글쎄 난 이게 편하다니까!"

노파는 버럭 소리를 질렀다. 안 되겠다는 듯 머리를 흔들며 며느리는 내리고 노파는 하얀 광목으로 싼 보따리를 더욱 두 손으로 움켜쥐며 건너편 자리에 앉은 명수에게 말을 건다.

"학상, 나 서울 가는데 내릴 때 되면 좀 알려주우."

"네 할머니, 염려 마세요. 이 차에 탄 사람들 모두 서울 가니까 차가 서면 그때 내리시면 돼요."

노파는 알아들었다는 듯이 고개를 끄덕인다. 끄덕이면서도 짐을 든 그 손을 놓지 못한다.

"할머니, 그 보따리 얹어드릴까요? 제가 서울 가서 내려드릴게요. 힘드실 텐데요."

어머니에게 못내 뚝뚝하게 하고 나온 것이 마음에 걸렸는지 명수는 싹싹하게 말했다.

"고맙수."

명수는 자리에서 일어나 할머니의 짐보따리를 들려고 한다. 그때 노파가 굳은 얼굴로 명수를 바라다보았다. 그건 제 몫을 빼앗기지 않으려는 어미의 본능 같은 얼굴이, 방어가 지나쳐 공격적으로 변해버린 그 표정이 잠깐이었지만 분명하게 명수를 향하는 것이었다. 명수는 단념한 채로 자리에 앉는다. 정인은 노파와 명수를 바라보고 있다가 명수와 눈이 마주치자 풋풋 하고 웃는다.

"웃기는……."

"오빠 이해할 수 없지? 난 저렇게 한번 살아봤으면 좋겠어."

정인은 웃다가, 웃음기를 거두고 조심스레 말했다. 명수는 신문을 펼쳐 들다 말고 잠깐 정인의 기색을 살핀다.

"또 심각하게 듣는다. 오빠 그게 탈이야. 별 이야기 아니야."

정인은 아무 일도 아니라는 듯이 예전의 말투로 말했다.

"사람이라는 게 참 이상하지? 오빠가 결혼한다는데 왜 내가 섭섭하지?"

명수는 순간이었지만 굳은 표정이 되었다.

"또, 또."

정인은 명수의 얼굴을 가리키며 다시 웃었다. 명수는 말이 없이 담배를 피워 문다. 넌 그렇게 말하면 안 돼, 하는 생각이 명수의 머리를 스쳤다. 그것은 얼핏 분노 같기도 한 것이었다. 다른 사람이면 몰라도 정인은…… 그렇게 생글거리는 얼굴로 그렇게 말하면 안 될 것 같았다. 정인을 위해서 명수는 하룻밤을 목 놓아 울어본 일이 없지만 그런 생각이 들었다. 그것은 명수 자신도 이해할 수 없을 정도로 강렬한 것이었다. 그때 누군가가 다시 명수의 어깨를 쳤다. 돌아보니 그 노파였다.

"학생, 나 서울까지 가는데 내리는 데서 꼭 좀 알려주구랴. 내가 시방 처음 가보는 데라서……. 서울만 가문 우리 딸이 마중을 나온다고 했거덩."

"예, 걱정 마세요. 꼭 알려드릴게요, 할머니."

명수는 노파가 아직도 부여잡고 있는 짐보따리를 바라보며 다시 말했다.

"저렇게 확인하고 떠나야 하는데…… 저렇게 말이야, 창피한 걸 무릅쓰고 몇 번이나 물어보고 떠났어야 하는데……."

정인은 중얼거리듯이 말했다. 명수는 무슨 뜻인지 알아듣는다. 정인이 아무리 내색을 하지 않는다 해도 명수는 알고 있었다. 정인이, 후회도 할 수 없는 채로 이 인생길을 걸어가고 있다는 것을……. 그러고 보니 그 거센 비를 고스란히 맞고 있던 어린 새는 그러면 정인이었을까?

차가 떠나기 시작했다. 차창 밖으로 터미널 앞의 어수선한 풍경들이 멀어지기 시작했다. 치질, 임신…… 수술 없이 약으로 치료, 라고 앞 시트 등받이에 삐딱하게 붙은 스티커를 바라보며 명수는 담배 연기를 내뿜는다. 어쩌면 삶은 이런 것인지도 모른다. 수술 없이 절대로 치료되지 않는 치질과 임신 중절을, 약으로만 치료할 수 있다고 광고하는 사람과 그것에 속는 사람 그리고 그것에 속지 않는 사람들 세 부류로 나누어지는 것…… 어쩌면 한없이 간단한 것, 그런데 스물일곱 정인은 여기 그와 함께 앉아 있다.

열 살 무렵 명수가 태워준 자전거 뒷자리에 앉아 울던 그 계집

아이가 17년 후, 한 아이의 엄마가 되어 시외버스에 나란히 앉는 것 그리고 또 17년이 지날 것이다. 그때 두 사람은 만날 수 있을까? 대체 어떤 모습으로? 명수가 우유 팩을 따서 빨대를 꽂아 정인에게 내밀었다. 정인은 그것을 받아 한 모금 마신 후, 입을 연다.

"어제 이상한 꿈을 꾸었어……. 왜 그 우리 큰어머니뻘 되시는 분 있잖아…… 현국이 아주버님 생모……."

"응."

명수는 현준의 할머니, 그러니까 생모 조씨의 시어머니의 구박을 견디다 못해 그 집 부엌에서 목을 매달았다는 그녀의 이야기를 떠올린다. 머슴이랑 눈이 맞았다는 이야기를 낮게 이어 붙이던 어머니의 목소리도 떠올랐다.

"어젯밤 꿈에 내가 일어나서 부엌으로 나가는데 허공에 둥둥 뜬 발이 보이겠지? 새파란 맨발이었어…… 그렇지만 길쭉하고 예쁜 발이었는데…… 내가 꿈속에서 놀래가지구 소리를 질렀지……. 어머니, 여기 큰어머니가 돌아가셨어요…… 그런데 그렇게 말해놓고 자세히 보니까…… 그 얼굴이……."

정인은 잠깐 말을 멈추고 손으로 입을 가렸다. 베이지색 오버코트 사이로 나타난 마른 손목에 파르스름하게 잔 소름이 돋아 있었다.

"그게 말야……. 얼굴을 보니까…… 난 거야."

명수의 등으로도 주욱 소름이 건달된다. 그래서 명수는 느꼈다. 정인의 의식이 얼마나 끔찍한 상태를 헤매고 있는지를. 정인은 죽어서라도 도망치고 싶은 거였다. 그도 아니면 현재를 죽음으로 느끼고 있는 거였다. 그렇지 않다면 마을의 영원한 오명(汚名)으로 남아 있는 전설 같은 그 여자를 동일시할 수는 없었으리라. 명수는 자기도 모르게 입술을 물었다.

"프로이트적으로 해석 좀 해봐, 오빠 이거 좋은 꿈이야? 꿈에 시체를 보면 좋다던데…… 더구나 자기가 죽으면 재수가 있는 거라던데…… 프로이트는 뭐라고 해석해? 내가 요즘 독수공방을 너무 오래 했다고 하나? ……거기 성기의 상징 같은 건 없었는데……."

프로이트든 누구든 그게 문제가 아니라! 대체, 하고 말하려다가 명수는 입을 다문다. 거기서 성기(性器)가 왜 나오니 대체! 명수는 갑자기 누군가에게 향하는지 모르는 화가 났다.

이 세상에는 어쩌면 두 가지 감정만 존재한다고 명수는 요즘 느끼고 있었다. 그것은 기쁨과 분노였다. 모든 다른 감정은 그것에서 파생되거나 아니면 그것을 가장하기 위한 가면들이었다. 예를 들면 우울 같은 것, 그것은 도덕적으로 허용되지 않은 분노에 대한 자기기만이었다. 수많은 우울증 환자들을 굳이 일일이 보지 않아도 그건 그랬다. 그러니 슬픔 따위는 원래 존재하지 않는다고 명수는 요즘 들어 생각하고 있었다. 그건 원초적이지 않은 그래서 정직한 그런 감정이 아니었다. 예를 들어 친족이 죽었을 경우 느끼는 슬픔은요? 하고 그는 지도교수에게 물은 적이 있었다.

—글쎄 자네의 의견은 어떤가?

명수는 어쩔 수 없이 그것도 분노라고 승복하고 말았다. 이토록 인간을 처참하고 연약하게 만들어버리는 자연에 대한 분노……

두 손으로 가로막고 온몸을 다해 버둥거린다 해도 죽음을 손으로 잡아 막을 수 없는 자기 자신에 대한 분노…… 그러므로 만물의 영장인 인간이 만물의 영장이라는 표시로 행했던 신이라는 대상에 대한 숭배는 그 분노를 달래기 위한 서글픈 지혜였는지도 모른다.

하지만 아이러니하게도 명수는 그런 대답을 스스로 해놓고 우울증에 사로잡혀버렸었다. 그렇다면 80년대를 통째로 휘감아내고 있는 이 형이상학적 분노는 그렇다면 무엇의 대리감정이었을까. 나는 대체 정말로 순수하게 잘못된 역사만을 분노했었나 하는 생각이 머리를 쪼개듯이 스쳐 지나갔던 것이다. 물론 시간이 한참 지난 후 명수는 다른 생각을 하게 되었지만, 그때는 온통 프로이트와 융에 열중하던 시절이었고, 그래서 명수는 생각의 끈을 더 크게 잡아챌 수가 없었던 것이다.

"그래 꿈을 꾸고 났더니 느낌이 어때?"

"느낌?"

"응."

정인은 손톱에 난 가시랭이를 잠깐 떼어내더니, 풀어진 얼굴로 피식 웃었다.

"어떻긴? 그냥 꿈이었는데 뭘."

그 끔찍한 꿈을 꾸어놓고도 이 여자는 지금 여기서 영화 한 장면을 이야기하듯이 게다가 그녀는 웃기까지 하고 있는 것이다.

"그냥 꿈이라니? ……그럼 나한테 대체 왜 이야기를 하는 거야? 얘기를 꺼낸 데는 이유가 있을 것 아냐?"

끔찍한 꿈이라고 생각했기 때문에 그래서 가슴이 철렁했기 때문이었을까, 명수는 자신도 모르게 버럭 언성을 높였다.

정인의 눈이 명수에게 와서 오래 머문다. 무슨 일을 한대도 화를 내지 않았던 그였다. 놀리는 것 같던 정인의 눈빛이 점점 굳어지더니 도톰한 입술이 앙다물린다. 명수는 순간 자신의 실수를 깨달았지만 정인의 눈빛은 다물려버린 후였다. 한번 그녀가 이런 식으로 마음을 닫으면 어떤 사람이 되는지를 명수는 알고 있다. 세상 다른 사람들 다 모른다 해도 명수는 알고 있는 것이다. 명수는 한숨을 내쉬었다.

"학상, 서울 아직 멀었나? 가믄 우리 딸애가 마중을 나온다고 했는데……"

노파가 다시 건너편에서 명수의 옷깃을 부여잡는다. 명수는 노파를 돌아본다.

"예, 할머니. 여기 있는 사람 모두 서울까지 가니까 걱정 마세요. 제가 꼭 일러드릴게요."

명수는 인내심 있게 친절한 말투로 대답한다. 노파는 그래도 안심이 안 되는 눈치로 다시 보따리를 움켜쥐었다. 달려가는 버스의 앞을 무심히 바라보다가 명수는 정인을 바라보았다. 그랬다. 저수지에서 정인의 어머니가 건져 올려진 후, 정인은 저렇게 입을 다물었다. 그 입이 이렇게 열리는 데 17년이 걸렸다. 17년이 지나고 이제 겨우 입을 열려는 정인을 자신이 이렇게 만들어버린 것만 같은 자책감이 잠시 머릿속을 윙윙거린다.

"저 할머니처럼 되고 싶다고 했지? 창피하더라도 저 할머니처럼 확인하고 싶다고 했지? 내가 가르쳐줄까? 우선 니 감정을 읽어. 그게 똥이든 보석이든 오장육부까지 다 뒤집어서 보란 말이야. 너 지금 정상 아니야. 우리 대학병원에 입원해 있는 우울증 환자들도 너보다는 정직해. 그놈을 남편이라고 믿고 있는, 그래서 아무렇지도 않은 척하고 있는 너보다는 더 낫다구! 너 그거 아니?"

기습이었을까. 명수의 말투에 코너로 몰려버린 사람처럼 정인의 입이 힘없이 벌어진다. 그런 정인의 감정을 느끼면서 내친 김에 명수는 그냥 달려가버리고 싶었다. 내가 왜 이래야 하나, 정인이만 보면 내가 왜 이래야 하나, 하는 생각도 조금 나중에야 들었다. 그는 그냥 화가 났다. 바보 같은 것, 하는 생각뿐이었던 것이다. 그렇다면 그건 연민이었을까, 생명이 있는 것에 대해 가지는 연민. 생명이 있는데 그냥 비를 맞아야 하는 어린 새에 대한 연민?

—연민이야말로 증오의 다른 표현이지. 멋들어진 속임수야. 자네는 그걸 알겠나?

빌어먹을, 명수의 머릿속으로 지도교수의 말이 또 떠올랐다.

—연민이요? 연민이 어떻게…… 증오의 다른 표현이 될 수가…… 그건 전혀 다른 감정인데…….

지도교수는 같은 표정으로 명수를 바라보기만 했다. 그건 자네가 생각해보게…… 아마도 그는 그런 말을 하고 싶었는지도 모르겠다. 하지만 아무리 생각을 해도 명수는 그 문제를 아직 풀지 못하고 있었다. 지도교수는 권위 있는 사람이었고 그분이 그렇다면 그런 것이겠지만 그 문제는 아직 피부로 다가오지 못하고 있었다. 그렇다면 자신이 정인에게 가지는 이 쓰라린 연민은 그럼 증오의 다른 표현이란 말일까.

명수의 머릿속에서 날뛰는 감정을 아는지 모르는지 말이 없던 정인은 낮게 대답했다.

"……알고 있어."

이번에는 명수가 뒤통수를 한 대 얻어맞은 기분이었다.

"잘 알고 있어. 나는 그 사람을 증오해…… 아무렇지도 않지 않아……. 불쌍하다는 생각, 날씨 추운데 거기 갇혀서 지 맘대로도 못하고 나한테 짜증만 내고 있는 거…… 그토록 자기 맘대로 산 그 사람 거기 갇혀 있는 거 불쌍해서 운 적도 있었지만…… 그치만 그 연민 따위도 며칠 전에 사라졌어……."

명수는 입을 다물지 못하겠는 기분이었다. 정인은 입을 연 것이다. 더구나 명수의 마음속을 꿰뚫어보듯이 연민까지 사라졌다고 대답한다. 명수는 들고 있던 우유를 바지 위로 내려놓는다.

"그래서? 어떻게 해야 하는 거지? 그래, 꿈을 꿨어. 부엌 문설주에 목이 매달려 있는 여자…… 그래, 나였지. 파랗게 죽어 있는 그 기분 나 알아…… 그래, 모르지 않아. 그 사람한테 마음을 준 그 날 이후로 난 내내 거기 매달려 있는 기분이었던 거야……. 그래 알아…… 아는데 오빠가 이야기하는 대로 오장육부까지 뒤집어서 그거 인정하고 나면…… 그러고 나면 이제 나는 어떻게 해야 하지? 이미 죽어버렸는데…… 어떻게 해?"

명수는 말문이 막힌다. 넌 몰라, 하며 소리를 지른 것까지는 좋았는데 그만 대답을 하지 못하겠는 거였다. 정인은 묻는다. 그래서?

"죽을 거 없어…… 넌 안 죽었잖아."

무슨 말을 하고 있는지, 그러나 명수는 대답한다. 까치집에 지붕이 있어, 비가 오면 그걸 닫는다니까…… 명수는 그때의 심정을 떠올린다. 그러자 이상한 용기 같은 것이 솟았다.

"아니면 부활을 하든지! 그러면 되잖아."

"그래 오빠, 그거 좋은 생각이다……."

말을 해놓고 정인은 손으로 입을 가리고 까르르, 웃었다. 명수도 하는 수 없이 웃고 만다. 차는 달려가고 풍경들은 지나간 시간들처럼 사라져간다. 앞에서 뒤로 앞에서 뒤로……

"……정인아, 고백할 거 하나 있어."

웃음 때문인지 분위기가 한결 풀어졌다. 명수는 우유를 한 모금 마시고 나서 말했다. 정인이 명수의 얼굴을 빤히 바라본다.

"까치집 말이야……. 넌 생각 안 나는지 모르겠는데…… 그거 지붕이 없더라."

명수는 무슨 대단한 잘못이라도 고백하는 사람처럼 더듬거리며 말했다. 정인은 무슨 소리야, 하는 표정을 짓다가 이번에는 방긋 미소를 지었다.

"TV를 봤더니…… 글쎄…… 그놈의 게…… 없잖아……,"

정인은 또 웃는다. 명수는 순간 이상한 환각에 사로잡힌다. 이 여자가 누군가…… 하는 환각, 어머니에게 정인을 인사시키고 지금 서울로 올라가고 있는 기분…… 같은 것이라고 할까…… 고향을 떠나서 둘이서 이렇게 버스에 앉아 오순도순 옛이야기를 나누는 그런 기분 같은 것…… 우유를 나누어 먹고 빵을 나누어 먹으며 두런거리는 그런 기분…… 둘이는 어린 시절부터의 친구였고 그것이 연정으로 발전해서 둘은 그저 아무 일 없는 것처럼 결혼식을 올린다……면, 하지만 그것은 환각이었다. 순간 연주의 얼굴이 스치고 지나갔고 명수는 갑자기 아차, 하는 기분을 또 느껴버린다. 터미널에 연주가 나와 있을 것이다. 명수는 등골을 타고 내려가는 어떤 예감을 느낀다.

"그러니까 내 말은 거기 있는 까치 새끼도 용감무쌍하게 비를 맞더라는 거야……. 그렇지만 정인아, 살다 보면 해가 뜨고 또 털도 마르고…… 그러니까 내 말은…… 버티는 사람…… 용감하게 비를 맞는 사람이…… 결국에는……."

"쨍한 날씨야!"

횡설수설하는 명수의 입을 틀어막듯이 정인이 말했다.

명수는 창밖으로 그제야 시선을 돌린다. 서울 근교의 마른 산으로 햇살이 쏟아져 내리고 있었다. 유리 조각처럼 날카롭고 투명한 햇살 속에서 사물들의 윤곽이 뚜렷했다. 명수는 입을 다문다. 다물면서 한숨을 쉬었다.

"나도 그 프로그램 봤어…… 나 그때, 애국가에서 시작해서 애국가로 끝나도록 텔레비전만 보고 있었잖아……. 나두 그때 오빠 생각했다…… 그 방앗간 젖은 지푸라기 냄새까지 기억해…… 그때 나는 사실은 떼를 쓰고 있었던 거야…… 비가 와서 집에 늦게 가면 정관이 오빠가 또 늦게 왔다구 나를 때릴까 봐 겁이 났던 거지…… 그래서 그저 오빠한테 떼를 쓴 거였거든…… 정말로 까치집이 궁금했던 게 아니라 말이야……. 그런데 텔레비전 보면서 처음으로 생각했었지…… 오빠가 날 참 많이 걱정해주었구나…… 내가 그거 너무 몰랐었구나…… 난 언제나 너무 늦게야…… 알아버리는구나…… 하구."

정인은 담담하게 말했다. 그러자 갑자기 두 사람 사이를 비집고 어색한 침묵이 들어선다. 아니, 그것은 명수만의 생각이었을까. 정인은 태연한 손짓으로 우유를 들어 한 모금을 마시고 있었으니까. 하지만 명수는 순간 가슴 한 귀퉁이가 서늘해졌다.

자신이 그 방앗간에서 한 발자국도 벗어나지 못하고 있는 기분 같은 것이 들었기 때문이다.

명수는 흘끗 정인의 옆모습을 바라다본다. 아름다운지 아닌지, 같은 개념은 이미 사라진 지 오래였다. 말하자면, 그는 정인에 대해서는 그걸 넘어서고 있었다. 그녀가 누이동생이었다면 아마도 명수는 손을 들어 그녀의 한쪽 어깨를 감싸며 잠시 토닥여주었을지도 모른다. 그래, 사는 거야…… 힘내서 사는 거야. 넌 아직 젊어, 아마도 이런 말을 할 수도 있었으리라……. 그러나 명수는 그렇게 하지 못한다. 왜냐하면 그녀는 그의 누이동생이 아니기 때문이었다.

버스는 터미널로 들어서고 있었다. 국밥집과 신문 가판대와 다방들이 서울임을 알려주는 듯했다. 정인이 가방을 챙겼다. 명수는 문득 정인과의 별리를 생각한다. 한 번도, 이토록 가슴 깊이 이별이라고 생각한 적이 없었다. 산사에서 이미 애인 사이가 되어 있는 현준과 정인을 두고 떠날 때도 이런 심정은 아니었다. 정인이 결혼을 하던 그때도 이런 심정은 아니었다. 하지만 명수는 생각한다. 이제 두 사람은 다른 길을 가야 하는 거라고…… 사는 게 바로 이런 거라는 걸 알아가는 게 어른이 된다는 것일까…… 명수는 문득 아득해진다.

이제 두 사람은 각자의 일상으로 돌아가야 했다. 그 길은 다른 길이었다. 명수는 문득 다시는 정인을 만나지 못할 것만 같은 불길한 예감에 사로잡힌다. 다시는 이런 식으로 버스에 나란히 앉아 옛이야기를 하지 못할 것 같다는 그런 생각이었다. 생각 탓이었을까. 정인이 가방끈을 고쳐 메고 일어나기 전에 물끄러미 명수를 바라보았다. 그런 정인의 눈빛은 이미 명수의 생각을 알고 있다는 듯 좀 젖어 보였다.

"악수나…… 한번…… 할까? 우리 정인이…… 하구."

명수가 말했다. 우리, 정인이…… 라는 말이 걸렸는지 정인은 잠시 머뭇거리는 표정을 지었다. 정인이 정말로 명수의 우리, 정인이었던 시절에도 명수는 한 번도 이런 표현을 쓴 적이 없었다. 정인은 잠시 머뭇거리다가 아무 말 없이 손을 내밀었다. 명수는 그녀의 손을 잡았다. 찬 손이었다. 차고 딱딱한 손이었다. 이렇게 명수가 정인의 손을 잡아본 것도 17년 만이었다. 그때 정인의 손이 어떤 느낌이었는지 이제 기억나지 않지만 명수는 문득 감상적으로 변해버린다. 손을 놓고 싶지 않은 기분, 이대로 여기서 그녀의 손을 잡고 그대로 달려가버리고 싶은 그런 기분…… 어디로? 라고 누군가가 묻는다면 대답할 수는 없겠지만…… 그렇지만 그런 이야기를 묻지 않는다면, 만일 어딘가가 있기나 한다면……. 하지만 명수는 그런 느낌을 다 느끼기도 전에 자세를 바로 편다. 그는 아주 현실적이고 침착한 사람이었다. 명수는 갑자기 정인의 손이 거북해졌다.

"축하해, 오빠 결혼식 날 꼭 알려주구."

명수는 고개를 끄덕이며 정인의 찬 손을 놓았다.

"학상, 여기가 서울 아니여? 엉!"

버스가 서고 명수는 노파를 보았다. 노파는 힐난하는 눈초리로 명수를 바라다보았다.

"예, 할머니 서울이에요. 가세요. 제가 따님 만나는 데까지 모셔다드릴게요."

노파는 여전히 미심쩍다는 얼굴이었지만 더 말없이 순순히 일어서 명수를 따라왔다. 노파는 여전히 짐을 명수에게 맡기지 않으려 했다. 명수도 한 번 권하다가 말아버린다.

"따님이 분명히 나와 계신다고 했지요?"

노파는 고개를 끄덕인다.

하지만 세 사람이 버스에서 내려 걸어가는 동안 제일 먼저 눈에 띈 것은 회색빛 털모자를 쓴 게 헤쓰끼게 이쪽을 비라보고 있는 연주의 얼굴이었다.

관계

거울 속의 여자는 무표정했다. 이제는 제법 길어진 머리를 뒤로 질끈 묶고 여자는 화장을 시작한다. 화장이라고 해봐야 립스틱을 바르는 정도라고나 할까. 하지만 여자는 립스틱을 바르다 말고 거울을 보며 잠시 앉아 있다. 처음으로 여자는 생각해본 것이다. 손바닥으로 자신의 얼굴을 문지르며 잠시였지만, 나는 젊구나, 하는 생각이 스쳤던 것이다. 그건 그 여자가 정말로 젊었을 때는 한번도 해보지 않은 생각이었다. 열린 창밖에서 불어오는 봄바람 때문이었을까.

어제 퇴근길에 여자는 새순 돋는 벚나무 아래서 잠시 서서 울컥거리는 이상한 생각에 사로잡혀 있기도 했다. 봄이었다. 봄이어서

꽃들이 피고 잎들이 돋고 있었던 것이다. 그때 울렁거리던 쓰라린 비애를 여자는 지금 화장대 앞에서 생각해낸다. 여자는 립스틱 뚜 껑을 닫다 말고 내 청춘, 이라는 생각을 해본다. 스물여덟 해 만에 여자가 그런 생각을 해보는 것은 처음이었다. 진달랫빛 립스틱 때 문인지도 모르겠다. 여자는 화장대 옆에 놓인 티슈를 한 장 찢어 너무 진하게 바른 것 같은 립스틱을 한 번 묻혀낸다.

여자는 옷장 문을 열어, 준비해둔 진한 회색의 투피스를 꺼내 들었다. 민호를 낳고 옷이 들어가지 않아 진땀을 흘리던 생각들 이 무심하게 그녀의 머리를 스쳐간다. 그때 거울 속에 서 있던 살 찐 여자를 바라보며 느끼던 그 혐오의 감정들……. 하지만 여자는 이제 날씬하다. 마치 한 번도 아이를 낳아보지 않은 여자 같아 보 였던 것이다. 스커트를 입고 블라우스 단추를 채우는데 누군가 문 을 열었다. 현준이었다. 그는 담배를 입에 문 채로 정인을 바라보더 니 짜증이 난다는 듯이 말했다.

"빨리 안 하고 뭐 해? 시간 없는데."

거울 속으로 두 사람의 눈이 마주친다. 잔뜩 화가 난 듯한 현준 의 눈과 무심해 보이는 정인의 눈……. 눈이 마주치자 현준의 얼 굴이 더욱 조소의 빛으로 일그러진다. 정인은 그의 눈길이 그렇 게 변하는 것을 바라보며 두 손으로 천천히 블라우스의 단추를 잠갔다.

"오늘 시집이라도 가는 사람 같군……."

정인은 무표정하게 현준에게서 시선을 거두었다. 현준은 입에 물었던 담배를 손으로 빼 들었다. 정인은 옷장으로 다가가며 현준의 눈을 피했다. 이렇게 될 줄을 그녀는 알고 있었다. 오늘은 명수가 결혼을 하는 날이고 세 사람은 마주칠 것이다. 그가 다른 여자의 신랑이 된다는 사실도 현준에게는 아무것도 아니리라. 그러니 현준이 저렇게 말하는 것도 무리는 아니었다. 정인은 이제 더 이상 현준의 그런 태도에 당황하지 않는다.

"옷이 그거밖에 없어?"

현준이 스커트 아래로 드러난 정인의 종아리를 보며 다시 말했다. 짧다는 이야기였다. 언제나 그녀가 무릎을 드러낸 스커트를 입으면 그는 말하곤 했었다.

—너 술집에 나가는 거냐, 회사에 나가는 거냐?

출근길은 그래서 항상 그렇게 시작되었다. 하기는 그것도 현준이 일어나서 정인이 출근하는 모습을 볼 때의 이야기였다. 정인은 대꾸하지 않은 채로 화장대 앞으로 가서 앉았다. 그리고 화장대 서랍을 열어 아까 너무 진하게 바른 것 같아 지운 립스틱을 다시 한 번 칠했다. 현준의 눈길이 그런 정인을 경멸스레 바라보다가 사라진다. 정인은 회색 투피스의 윗도리를 찾아 입고 거울을 바라본다. 그러고는 현준이 말한 스커트 아래로 드러난 종아리를 바라본다. 정인은 허리춤에 손을 넣어 스커트를 한 번 접었다. 스커트가 삼 센티미터쯤 올라붙는다. 정인은 한 번 더 허리를 접었다. 그러자 스커트는 미니처럼 짤막해진다. 그 아래로 드러난 다리는 가늘고 곧았다. 정인은 어렸을 때 거의 업혀본 일이 없었기 때문에 그녀의 다리는 다른 여자들처럼 휘지 않았던 것이다. 그런 다리를 내놓은 미니스커트를 입고 진하게 립스틱을 바른 자신의 모습을 정인은 들여다본다. 여자의 눈은 이상한 광채로 빛나고 있었다. 그것은 어쩌면 환희였을까 아니면 단순한 반항이었을까? 여자는 손을 뻗어 목 위까지 채운 블라우스 단추를 세 개쯤 풀어본다. 가슴이 시작되는 움푹한 선이 드러난다.

"나 나간다. 일 분 내로 내려와!"

현준이 말하는 소리가 들리고 이어서 현관문이 거칠게 닫히는 소리가 들렸다. 정인은 갑자기 맥이 빠지는 것을 느낀다. 그녀는 핸드백을 들다 말고 잠시 동작을 멈추었다. 그러고 나서 허리춤에 손을 넣어 접었던 스커트를 다시 풀어놓았다. 스커트는 무릎 밑에서 풀려 내려와 다시 얌전해진다. 그녀는 세 개쯤 풀어놓았던 블라우스의 단추도 다시 채웠다. 그러고 나서 화장대 위에 놓인 티슈를 들어 립스틱을 지우려다가 말아버린다.

언젠가 아이를 낳고 현준과 외식을 한 그날, 중국집 화장실에서 바라보았던 자신의 얼굴이 겹쳐졌던 것이다. 푸른 눈두덩과 빨간 립스틱을 발랐던 그 광대 같은 살쩐 얼굴, 세상을 뒤덮을 것만 같았던 자기혐오의 감정이…… 정인은 티슈를 넣고 머리카락을 한 번 매만진 다음 열쇠를 집어 들었다.

삼월 말이었지만 기온이 높고 날씨는 맑았다. 벌써 윗도리를 벗어 들고 와이셔츠 바람으로 걷는 사람들도 보였다. 아직 터지지 않은 꽃망울들이 나무마다 맺혀 있었지만 인공 폭포 아래서 기념사진을 찍는 신랑 신부의 얼굴에는 벌써 꽃들이 흐드러지게 핀 것 같았다. 하늘은 높고 맑아서 하늘만 바라보고 있었다면 이 도심 한복판에 종다리가 떠오른대도 별로 신기한 일은 아니었으리라.

옥색 한복을 입은 정씨댁의 얼굴이 홍조를 띤 것은 그러므로 당연한 일이었다. 연주네 집의 바깥사돈을 바라다보면서 새삼 죽은 정씨를 떠올리노라면 눈물도 핑 돌았지만 정씨댁은 굳이 기쁨을 감추려고 하지 않았다.

명수는 감색의 깨끗한 양복 차림이었다. 은회색 넥타이도 얌전하고 오랜만에 깎은 수염이며 머리 탓이었을까, 그는 오늘 이 봄 날씨처럼 맑아 보였다.

식장이 있는 삼층에서 엘리베이터를 내려 북적거리는 인파 속으로 정인과 현준은 발을 내딛는다. 명수에게 다가가 먼저 인사를 한 것은 현준이었다.

"축하한다."

현준은 하지만 별로 축하하고 싶은 얼굴은 아니었다. 명수는 아무 말 없이 현준의 손을 잡았다. 입을 벌리고 웃는 모습만 보았다면 정말 스스럼없는 사촌쯤으로 보였으리라. 약간 굳어진 표정으로 인사를 건네는 정인을 바라보는 정씨댁의 표정도 처음으로 더할 나위 없이 너그러워 보였다. 어쨌든 좋은 날이니까, 하는 생각이었는지도 모른다.

"그래 고생 많았죠?"

명수는 그제야 입을 연다. 현준은 뭐 별로, 하는 조소의 그림자를 띠웠다. 그러고 나서 명수와 정인의 눈이 마주친다. 왜였을까.
정인은 순간 입술을 앙다물며 명수의 시선을 피했다.

　―연주 요즘 행복해서 죽어요, 언니. 뭐 그렇게 좋은 사람이 다
있어요…… . 우리 연구회에서 앞으로 그 사람 데려다가 남자 페미
니스트로 연구 좀 해보려구 그래요…… .

　언젠가 찾아온 미송의 후배는 말했었다. 정인은 어설프게 웃으
면서 명수의 시선을 피한다. 저 눈빛의 의미는 무엇이었을까. 그렇
다고 명수가 연주를 사랑하지 않는다고 정인은 생각하지 않았다.
글쎄 굳이 점잖게 이야기를 하자면, 아이를 두고 새로 장가를 가
는 아버지의 눈빛, 같은 것이라고나 할까…… . 정인은 명수의 눈길
이 버겁다.

　"오정인 씨."

　누군가 정인의 어깨를 치며 말했다. 정인은 뒤돌아본다. 남호영
이었다. 그는 진한 카키색 점퍼 차림이었다. 그가 여기 명수의 결혼
식장에 나타나리라곤 정인은 생각하지 못했었다. 시인들의 모임에
서 그저 몇 번 안면이 있었을 뿐이라고 그가 말하던 것을 정인은
기억하고 있었다.

　"오랜만인데 악수나 할까요?"

　남호영은 신랑인 명수는 제쳐두고 며칠 전에 만난 사람답지 않
게 반가운 기쁨을 표시하며 말했다. 정인은 실실에 손을 내민다.
남호영의 손은 작고 따뜻했다. 언젠가 그가 빌려주었던 손수건과
같은 체온이었다. 정인은 어설픈 악수를 하다 말고 서둘러 손을

뺀다. 벌써 몇 발자국 떨어져 담배를 물고 있는 현준의 눈길이 의식되었던 거였다.

그런 저런 인사가 끝나고 정인은 현준의 곁으로 다가선다. 어쨌든 그녀는 그의 아내였다. 하지만 그녀가 다가갔을 때 현준은 미송과 이야기를 나누고 있었다. 정인에게 평생 단 한 번의 관심도 가져보지 않았다는 얼굴이었다. 정인은 그 곁에 서서 의미 없이 블라우스의 단추를 만지작거렸다. 현준은 유쾌한 표정이었다. 그의 그런 표정이 얼마나 위태로운 것인지 정인의 가슴은 불길해졌다. 더구나 여긴 명수가 있는 곳이었다. 정인은 이제 더 이상 그런 그의 가면에 속지는 않았지만 그랬기 때문에 불길을 감지한다. 무언가가 일어나고야 말 것 같은 그런 느낌…….

"미송 씨는 시집 안 가요?

현준이 웃으며 물었다.

"무서워서 못 가요."

청바지에 베이지색 체크무늬 재킷을 입은 미송은 웃으며 현준의 말을 받는다. 말이야 웃으며 했지만 얼굴은 현준에 대한 경멸로 자글거렸다.

"왜요? 뭐가 무서워요?"

"아시면서 뭘 그러세요?"

무심히 뱉은 말이었으리라. 하지만 현준의 등 뒤에 서 있던 정인은, 그 말이 현준에게 심상치 않은 것을 불러일으켰음을 직감한다. 그의 뒤로 후욱, 하고 굳어지는 느낌이 회오리바람처럼 느껴졌던 것이다.

그리고 하필이면 그때 한 무리의 문인들이 들이닥쳤다. 모두 출판사에서 안면이 있던 사람들이었다. 그들은 호들갑스레 미송과 정인에게 인사를 건넸다. 정인은 그들과 인사를 나누다 말고 그 가운데서 멀쑥하니 서 있는 현준을 바라다본다. 이런 식으로든 어떤 식으로든 끼어들지 못하는 느낌을 정인은 알고 있었다. 정인은 인사는 건성으로 받으며 현준의 기색을 살폈다. 이 착한 여자는 남의 감정에만 관심이 있는 것이다.

"저어 이분은……."

정인은 손 하나를 들어 가닿지도 못할 남편의 양복 윗도리 한 자락을 잡으려고 애쓰면서 조그맣게 말을 꺼낸다. 어떻게든 그를 이 자리에 끼어들게 해주려는 그녀의 배려였다. 그녀의 말을 들은 몇 사람이 그와 그녀 쪽을 바라보았다. 하지만 그때 현준이 갑자기 획, 하니 몸을 돌려 걷기 시작했다. 단 한 번도 정인에게 눈길을 주지 않은 채였다. 정인과 미송의 눈이 마주친다. 내버려둬, 그깟 것도 남편이니? 하는 말투가 미송의 눈에서 곧 튀어나올 것만 같다. 정인은 서둘러 문인들과의 자리를 피해 남편 곁으로 다가선다. 그가 왜 저러는지 그녀는 알고 있었다. 네깟 것의 소개는 필요 없어, 그깟 시인이나 소설가 나부랭이들을 안다는 이유만으로 나한테 잘난 척하지 말라구! 이 강현준이 아직 그럴 만큼 초라해지지 않았어! 아마도 두 사람만이 얼굴을 마주 보고 앉아서, 그래도 말을 꺼내지 않으려는 현준을 설득시켜서 대체 왜 그랬느냐, 물어본다면 현준은 그렇게 대답했을 것이다. 정인은 그런 그를 너무 잘 알고 있는 자신이 문득 낯설어졌다.

"들어갈래요?"

정인은 조심스레 아직 비어 있는 식장 내의 의자들을 가리키며 말했다. 현준은 대답이 없다.

"당신, 커피라도 한 잔 뽑아다 드릴까요?"

"……"

현준은 새로 담배에 불을 붙인다. 이런 종류의 침묵이 정인을 언제나 얼어붙게 만든다는 것을 현준은 알까, 정인은 갑자기 방향을 잃은 불안감이 엄습함을 느꼈다.

"우리 들어가요……"

"……"

"아니면 아래층에라도 내려가볼까요? 어머니가 민호 데리고 오실 텐데…… 으읍 분들 버스가 도착했는지……"

담배 연기를 길게 내뿜으며 먼 곳을 바라보고 있던 현준이 정인을 바라본다. 야릇한 눈길이었다. 정인은 처음 현준과 만나던 그날처럼 갑자기 어색해졌다.

"당신 여기 언제까지 있으려고 하나?"

말투는 억양이 없었다. 아니 얼핏, 부드러워 보이기까지 하는 목소리였다. 하지만 이런 종류의 말을 현준이 꺼낸다는 것이 정인은 불안해졌다. 언제나 이것은 좋지 않은 징후의 시작이었던 것이다. 차라리 소리를 지른다면 혹은, 정인을 두고 그저 나가버리기라도 한다면…… 어쩌면 그쪽이 정인에게는 마음이 편했다.

"언제까지긴요? 민호가 오면……."

"민호?"

현준의 얼굴에 싸늘한 웃음이 감돈다. 정인은 아랫입술을 물었다.

정인은 대답을 못한다. 하나밖에 없는 자식을 시댁에 맡겨두고 일주일이나 이 주일에 한 번 찾아가는 어미로서의 자신에 대해 그녀는 할 말이 없었던 거였다.

"……저기 어쨌든 민호가 오면 봐야지요. 어머니도 도착하실 텐데……."

"당신 말이야! 당신!"

소리는 생각보다 컸다. 아마 현준도 꼭 소리를 지를 의도는 아니었을 것 같았다. 하지만 지나가던 사람들 몇이 정인과 현준을 흘끔거렸다. 정인은 감히 미송과 남호영이 있는 쪽은 바라볼 엄두도 내지 못했다. 그녀의 겨드랑이 사이로 싸늘한 땀방울이 흘러내린다. 이럴 때 어떤 대답을 하든 궁지에 몰리기는 마찬가지라는 것을 그녀는 알고 있었다. 하지만 있는 힘을 다해서 그녀는 현준을 올려다본다. 만일 사람의 얼굴 표정이 마음을 전달할 수 있는 것이라면, 만일 그렇기만 하다면 그녀는 말하고 싶었던 것일까. 제발, 이라고……. 제발 다음에 정인이 있고 싶었던 단어는 그럼 무엇이었을까. 그녀는 그것을 알고나 있었을까. 하지만 정인의 얼굴에는 오직 그 한 단어의 의미만이 어린다. 제발…… 제발이지 이렇게 사람들 많은 곳에서는 제발…….

아버지가 마을로 돌아오는 날, 어린 정인은 숨죽이지 않고 읍내
를 지나가지 못했었다. 만일 읍내 대폿집에서 탁자가 날아가고 의
자가 부서지고…… 그런 싸움이 일어난다면 거기 아버지 오대엽
이 있었다. 만일 그런 날 여자를 끼고 한 남자가 술에 거나하게
취해 길거리에서 사람들의 눈을 찌푸리게 하는 짓을 하고 있었
다면 그건 아버지 오대엽이었다. 반 친구 중의 누군가가 말하기
도 했다. 정인이 쟤가 저 개대엽의 딸이야……. 쟤가? 그래…… 쟤
네 엄마는 쟤네 아버지한테 맞고는 저수지에 빠져 죽었대……. 정
인의 기억에 소름이 돋아나도록 부끄러운 일들은 월계꽃 피었던
그 밤 어머니를 반은 알몸뚱이 상태로 패던 그날만의 일은 아니었
던 것이다.

그러므로 현준이 사람들 많은 곳에서 그녀에게 소리를 지르는
것은 그녀에게 단지 오늘, 만을 의미하고 있지는 않았다.

사람들 중 누가 어린 시절의 상처에서 자유로울 수 있을까. 다만
자기 혼자 자유롭다고, 이젠 다 지나간 일이라고, 그땐 어려서 이
해할 수 없었지만 이젠 그런 어머니와 아버지를 이해한다고 억지
로 믿고 있는 사람들 말고, 내게는 상처 같은 것은 아예 없었다고
믿는 사람들 말고…… 정인이 그중 어떤 대답을 하는 사람의 부
류에 속하든지 간에 아직 어린 시절의 그 상처에서 벗어나지 못한
그녀에게 기억들은 감자 뿌리 캐듯 주렁주렁 밀려 나왔다.

"들어가시죠……. 뭐 하세요?"

누군가 다가와 말을 걸었다. 미송이었다. 미송의 뒤에 남호영의 얼굴이 삐죽 솟아 있다. 아마도 미송은 얼어붙어 있는 정인을 멀리서 보고 있었을 거란 생각이 정인에게 스쳤다. 정인은 미송에 대해 고마움과 남호영 앞에서 이런 꼴을 보인다는 부끄러움을 동시에 느낀다.

"아, 예, 그러시죠……."

미송의 출현으로 조금은 위기에서 벗어난 정인은 감히 남호영의 시선을 바라보지도 못하고 현준의 뒤를 따라 식장으로 들어간다. 웨딩마치가 울리기 시작했다.

"난 가겠어. 당신은 어떻게 할래? 더 있다가 올 거야?"

미송과 남호영까지 자리를 잡고 앉자 현준이 정인의 귀에 대고 낮게 속삭였다. 누군가 바라보았다면 새삼 자신들의 결혼식을 생각하며 나누는 부부의 귀엣말처럼 여겨질 그런 모습이었다. 제발, 이라고 말하고 싶던 정인의 얼굴이 와르르 무너져 내린다. 그런 때의 현준은 어린아이 같았다. 떼를 쓰는 민호와 조금도 다르지 않았던 것이다. 다른 점이 있다면 민호와는 달리 그는 조금도 귀엽지 않다는 것 정도일까.

정인은 고개를 숙인다. 참담한 느낌이었다. 결국 현준의 출소 후에 위태롭던 평화는 산산히 깨지고 마는구나, 마는 평화인 에 들었을까? 웨딩마치는 울리고 명수가 상기된 얼굴로 신랑의 자리에 선다. 박수 소리…… 정인은 귓가에 와서 왕왕, 부딪히는 그 박수 소리를 듣는다.

시어머니가 땅을 잡히고 겨우 보석금을 마련해서 그가 출소한 지 보름이었다. 가게가 날아가고도 남은 노름빚 때문에 그는 요즘 거의 밤잠을 이루지 못하고 있었다. 출근하기 전에 그의 아침을 차려주면서, 누군가인지 모를 대상으로 향한 적개심으로 충혈된 현준의 눈을 보는 것만으로도 정인은 충분히 괴로움을 당하고 있었다. 더구나 그는 정인이 빠른 시간 안에 그를 빼주지 않았다는 사실에 대해 용서할 수 없다는 말을 되풀이하고 있었던 것이다.

충격이겠지 생각하며 정인은 하루하루를 버티고 있었다. 이제 나아지겠지…… 생전 고생이라고는 해보지 않은 사람이 고생을 하고 나왔으니 떼라도 쓰고 싶겠지, 내가 안 받아주면 저 사람 누구에게 가서 저런 말이라도 해볼까, 하는 생각 없이 넘어가는 하루는 없었다. 현준은 정인의 굳어진 표정을 바라보더니 자리에서 일어났다. 그가 이제 이곳을 빠져나간다는 것을 정인은 알고 있었다. 가서 다시는 돌아오지 않을 거라는 걸……. 순간, 마지막이라는 단어가 정인을 스쳐 지나갔다. 그러자 정인의 마음이 이상하게 담담해지고 있었다. 한 발자국 떨어져서 눈을 가늘게 뜨고 세상을 응시하는 것만 같은 침착함이 그녀를 덮쳐와서 정인은 갑자기 아주 차분해져버린 것이다.

그래서 정인은 고개를 들어 연주가 입장하는 것을 바라볼 수 있었다. 망사의 흰 레이스가 아니라 톡톡한 면의 질감이 드러나는 웨딩드레스를 입은 연주의 모습은 아름다웠다. 어떤 그늘도 어떤 주름살도 없어 보이는 얼굴, 명수가 단 아래로 내려와 신부의 손을 잡았다. 그 가느다란 팔이, 정인의 마음에 와서 닿는다. 명수의 싱글벙글한 얼굴 말고, 연주의 그 가느다란 손목이 그러니까 그 손목은 할머니의 요강에 손을 담가보지 않았을 것이다. 그 손으로 연필을 잡고 선생님들이 원하는 대답을 시험지에 쓰기만 하면 사랑받았을 그런 손목이었을 것이다.

"신부가 보통 야무져 보이질 않는걸."

남호영이 미송에게 나직이 말하다 말고 정인에게 묻는다.

"참, 정인 씨는 정명수 씨하고 어떻게 되는 사이세요?"

"그냥…… 그냥 고향 오빠예요."

정인은 대답을 하고 나서 설풋 웃으면서 정말 그럴까, 하고 생각했다. 하기는 이 세상에서 한마디 말로는 정의할 수 없는 수많은 관계들이 있긴 했다. 미송이 그렇고 자신과 현준의 사이가 그렇고 또 많은 사람들이 부족한 단어의 의미로 자신과 타인의 거리를 메우려고 애쓰고 있을 것이다. 관계라는 것은 한마디로 정의할 수 없는 것이다. 다만 사람들이 그 이름을 짐작할 뿐.

진심이 전달되다

식탁에는 빈 양주병이 놓여 있었다. 차 안에서부터 잠든 민호를 제자리에 뉘어놓고 정인은 거실로 나왔다. 시어머니가 한심하다는 얼굴로 양주병을 치우고 있었다. 양주를 따라 마신 잔에서는 아직도 독한 향기가 가시지 않고 있어서 그것이 방금 전에 나간 현준이 마신 것이라는 것을 알 수 있었다. 그는 결혼식장에서 바로 집으로 돌아와 양주를 마시고 그리고 밖으로 나간 모양이었다.

"제가 할게요, 어머니."

정인은 개수대 앞에 선 시어머니의 손을 치우며 말했다.

"상관 말고 넌 게 좀 앉거라."

시어머니 김씨는 낮은 목소리로 말했다. 무언가 무거운 분위기가 순식간에 정인과 김씨를 감싸기 시작했다. 정인은 자리에 앉는다.

"이제 와서 내가 이런 말 꺼내는 거 뭣하다만, 말을 하기로 마음 먹었느니 할 말은 해야겠지?"

김씨댁은 정인과 마주 앉아 그녀를 바라본다. 엄한 눈초리였다. 김씨댁의 살진 턱이 문득 정인의 눈에 들어선다. 금가락지가 여럿 껴 있는 그녀의 살진 손가락도……. 정인은 눈길을 내리깔았다.

"우리 아들이 너랑 결혼한다고 했을 때 내가 탐탁지 않게 여겼 던 거 너도 알고 있지?"

"…… 예."

김씨는 어깨를 편다. 정인은 눈앞이 뿌예지는 것을 느끼며 공손 하게 대답했다.

"그래도 내 아들이 좋다는 여자니까, 그리고 니가 집안 참 볼 것 도 없다만, 행실 하나 바른 거 보고 승낙을 했다. 니 신분에 감히 서울서 대학 나오고 번듯한 우리 아들…… 너도 그건 감사하고 있 을 줄 믿는다."

"……."

"그래서 딴에는 내 아들이 어쩌다가 사소한 실수로, 또 사람 몇 잘못 만나서 홧김에 술 먹다가 감옥에까지 간 거, 다 내 자식이 못 난 거고, 나는 네가 그 정도는 감수해줄 줄 알았다. 내 아들이 모 자라서…… 그런 생각에 믿음두 두말없이 맡았던 거다"

"……."

시어머니 김씨는 잠깐 눈을 비켜 한숨을 내쉰다.

"딴에는 야속했던 게 없어서 그런 건 아니다. 니네 집, 우리한테 예단 가져온 거 하며, 신행 갔다 와서 나한테 이바지 보낸 거 하며 내가 책잡을 일 한두 가지가 아니었다만, 가까이 살면서 내가 그런 니네 집 처지가 정신없는 거 모르는 바도 아니고……. 그래도 내 마음 한구석으로 그런 생각이 지나갔다. 그렇게 곱던 내 아들, 어미한테 눈 한번 똑바로 뜰 줄 모르고 그 착하디착한 우리 현준이가 결혼하고 왜 저토록 마음을 잡지 못하나, 하고."

김씨는 말을 멈추고 정인의 기색을 살핀다. 정인의 시선은 식탁 위 한가운데 가서 붙박인다. 현준이 먹다 남긴 양주가 떨어져 굳은 그 동그란 점에 박혀 있다. 그 번진 얼룩을 닦아야지, 어머니 말씀이 끝나면 저걸 닦아야지…… 그런 생각이 난데없이 그녀의 머릿속에 꽉 차올랐다.

"그런데…… 아까 차에서 말하려다가 기사 보기가 부끄러워서 내가 말을 말았다만, 나 이제 우리 아들 이해한다. 니가 감히 우리하고 따지자면, 친척 시동생이 될 그 남자하고 결혼하고 나서도 그런 사이였다니…… 이 세상 어떤 남자가 그걸 참겠니? 너 같으면 참을 수 있겠니?"

"무슨 말씀이신지……."

정인은 천진하게 묻는다. 그러니까…… 그러니까…… 지금 이 남자, 내 아이의 아비인 이 남자가 이렇게 된 게 모두 내 탓이라는 말일까…… 하는 생각이 붕붕거렸다. 하지만 설마, 하는 생각 때문에 김씨를 바라보는 정인의 눈빛은 오히려 맑았다. 하지만 맑은 눈동자 한구석으로 올가미라는 공포의 그늘이 서서히 덮여온다.

"무슨 말인지, 그 입에 담기도 싫은 이야기를 내 입으로 하라는 말이냐, 너 지금?"

김씨는 경멸스러운 표정을 숨기려고 하지도 않았다.

"고마운 줄 알고 살아야 한다. 걔가 그거 부끄러운 거 밖으로 말 못하니까 저렇게 방황하고 댕기는 거야. 니가 마누라가 되어가지구, 그거 하나 죽어주십쇼 하지 못하면 사람도 아니다. 니가 남편 비위를 맞춰서 구슬릴 줄이나 아는 애라면 내가 걱정도 안 한다. 남자는 다 애야, 꼭 여섯 살이라고 생각하면 되는 거야. 아 여섯 살짜리들하고 싸울 필요 뭐 있니? 그저 비위나 맞추구 달래서 시끄럽게나 안 하구, 돈이나 벌러 나가게 하면 됐지. 응? 니네 어머니가 그걸 못했으니…… 니가 어디서 그런 걸……."

배웠겠느냐, 는 말이 이어지려다 말았을 것이지만, 시어머니 김씨는 그쯤에서 입을 다물었다. 정인은 식탁에 어린 그 얼룩을 끝내 지우지 못하고 방으로 들어갔다.

현준을 기다리다가 설핏 잠이 든 것일까, 그도 아니면 어떤 환영에 시달린 것일까. 까무룩한 시간이 지나고 정인은 화들짝 깨어나 시계를 들여다보았다. 새벽 2시가 넘어가고 있었다. 거실에 걸린 뻐꾸기시계에서 뻐꾸기가 뻐꾹, 뻐꾹, 울고 그리고 그 0가 뒤가왔다. 냉장고가 작게 진저리치며 깨어나 위이이잉 돌아가기 시작했다. 정인은 누운 채로 가슴 위에 손깍지를 끼고 천장을 올려다본다. 가로등 빛이 희미하게 천장에 창틀의 그림자를 만들고 있었다. 정인은 그 푸른빛에 어리는 그림자를 무심히 바라본다. 바람도 없는 봄밤, 손바닥만큼 열린 창으로 봄밤의 냄새가 밀려든다. 희미하게 꽃향기가 아른거리는 것도 같고, 어쩌면 풀 냄새가 나는 것 같기도 했다. 정인은 일어나 창가로 다가갔다. 놀랍게도 소리 없이 비가 내리고 있었다. 이제 막 내리기 시작한 비였는지 아파트 아래 광장이 얼룩덜룩하게 젖고 있었다. 이제 이 비가 그치고 나면 새순이 돋을 것이다. 아파트 앞 화단 아랫집에 사는 할머니가 며칠 전 뿌리던 씨앗이 정인의 머릿속으로 떠올랐다. 씨앗은 아마도 지금쯤 썩어 형체를 문드러뜨린 후, 그중 생명인 것만 솟아날 것이었다. 아마도 이 비가 그치면 정인은 화단을 지나다가 생명에 충만한, 고개를 들고 솟아나는 연한 초록빛을 발견할지도 몰랐다.

계절과 계절 사이에는 언제나 비가 내린다. 하늘이 자기를 바꾸려는 뒤척임 혹은 공전하는 지구가 자세를 바꾸는 징표……. 멀리서 빠르게 차가 지나가는 소리가 쐐앵 하고 들린다.

정인은 지금 자신이 어디서 사는 누구인지도 잠시 잊고 소리 없이 내리는 봄비를 바라다본다. 소리 없이 발목을 적시는 봄비, 라는 어딘가에서 읽은 구절이 머릿속으로 떠오르는 것도 같았다. 모처럼 가져보는, 그때로서는 환각과도 같은 평화로운 순간이었다.

하지만 현관 밖에서 발소리가 들리기 시작했을 때 그녀의 평화는 깨어지고 말았다. 갑자기 가슴이 불안스럽게 뛰기 시작했던 것이다. 정인의 온몸은 그 발자국 소리에 반응한다. 분명 내려다보고 있는 아파트 광장에 아무도 들어서는 사람이 없었지만 정인은 불안스레 그 발자국 소리를 쫓는다. 그것은 올가미가 조여오는 것 같은 소리였다. 불안이 다가오는 소리, 차마 마주하고 싶지 않은 것이 다가오는 불안에 사로잡혀 정인은 꼼짝하지 못했다. 그러면서 그녀는 자신이 비로소 현준을 기다리고 있었던 것이 아니라 그가 돌아오지 않기를 바라고 있었던 것을 깨닫는다. 아니, 그가 돌아오기를 바랐던 마음도 있었다. 그가 돌아와, 아마도 이맘때쯤은 거의 술에 취한 채 돌아와 정인을 냉정한 눈으로 바라보고 잠에 곯아떨어지고 난 후에야 그녀는 하루를 마감할 수 있었던 것이다. 오늘도 무사히 넘어갔구나, 그런 안도를 그 시간이 되어서야 할 수 있었던 걸 그녀는 깨닫는다.

발자국 소리는 올라오는 것이 아니라 내려가는 것이었다. 잠시 후, 한 남자의 머리가 현관 밖으로 나타났다. 머리는 아파트를 가로질러 길 쪽으로 걸어간다. 누구일까, 직선으로 된 바바리를 입은 남자의 모습이 잘 보였다. 낯이 익은 사람은 아니었다. 아마도 위층에 손님이 왔다가 돌아가는지도 몰랐다. 정인은 현준이 돌아올 것 같은 공포에서 조금 벗어나 그 남자의 뒷모습을 무심한 눈길로 바라보고 있었다. 그때 택시 한 대가 보무도 당당히 헤드라이트를 번쩍이며 아파트 앞으로 들어서고 있었다. 택시에서 내리는 사람은 ~~빠르~~이었데 ~~같아요 그게의 취준이라는 나 ~~니 빛이 게닫이 ㅎ 끼~~~~도 모르게 창 안쪽으로 몸을 숨긴다. 택시 문이 닫히는 소리, 택시가 급하게 원을 그리며 차를 돌리는 바람에 길게 끌리는 바퀴의 파찰음 그리고 길게 발을 끌며 올라오는 발자국 소리…….

아주 짧은 순간이었지만 정인은 어떻게 해야 할지 당황했다. 잠들어 있는 듯 누워 있어야 하는 것인지 아니면 일어나 보통 아내들처럼 적당히 화가 난 얼굴로, 하지만 당신이 이렇게라도 이제야 무사히 돌아와주니 안심이 된다는 눈길을 굳이 감추지도 않으면서 그를 맞아야 하는 것인지, 갑자기 그녀는 새로 결합한 숙맥처럼 허둥대고 있었다.

발자국 소리는 가까워오고 있었다. 탁, 탁, 탁, 탁, 끌리는 그 발소리…… 이 세상 모든 게 다 귀찮다고 그 발자국 소리는 말하고 있는 듯했다. 다 부질없다고, 다 저리 꺼져버리라고…… 발자국 소리는 말하는 듯했다.

그녀는 급하게 이불 속으로 몸을 넣는다. 그리고 이불을 뒤집어써본다. 발자국 소리는 지금 이층의 난간참을 돌고 있었다. 탁, 탁, 탁, 탁…… 그녀는 억지로 눈을 감아보았다. 눈을 감아도 어둠은 몰려오지 않았다. 청각은 부풀어나가 그녀 몸의 반은 귀가 된 것만 같았다. 탁, 탁, 탁, 탁…… 이제 발자국 소리는 삼층에 이르고 있었다.

─너를 용서하지 않겠어! 명수에게 꼬리 치는 너를 용서하지 않겠어.

그것은 누구의 목소리였을까, 정인에게는 다만 발자국 소리가 그렇게 말한다고밖에는 생각되어지지 않았다. 발자국은 점점 가까워지고 있었다. 정인은 이불을 박차고 자리에서 일어났다. 일어나는데 문득 이마에 진땀이 배어나고 있는 것이 느껴졌다. 얼결에 손을 대니 이마에 땀이 흥건했다. 만일 땀이라는 것의 농도를 잴 수만 있다면 아주 진한 농도의 땀이었다. 정인은 끈적거리는 진땀을 잠옷에 문지른 채로 옷매무새를 가다듬었다. 탁, 탁, 탁, 탁…… 이제 저 발자국은 삼층을 돈다. 정인은 가만히 방문을 열고 현관 앞으로 나가보았다. 발자국 소리가 가까워져 온다. 네 탓이야, 네 탓이야 하면서 탁, 탁, 탁, 탁, 가까워지고 있었다. 정인은 갑자기 무언가엔가 모를 공포에 사로잡혀 튀기듯이 방으로 뛰어들었다. 그리고 방구석에 제 몸을 숨기듯 서 있었다. 그녀의 눈은 거의 공포에 사로잡혀 있었다. 그녀는 제정신이 아닌 기분이었다.

열쇠를 빼 드는 소리가 났다. 술에 취한 현준의 손이 떨려서 열쇠가 구멍을 제대로 찾지 못하는 소리가 들리고 이어서 열쇠가 쑤욱, 구멍에 가서 박히는 소리 그리고 문 손잡이를 돌리는 소리가 났다. 잠시 고요가 이어졌다. 한 일 초쯤 되었을까. 그 일 초도 못 되는 고요 속에서 정인은 무엇인가가 자신의 인생을 뒤바꾸기 위하여 다가오는 예감에 사로잡혔다. 목을 조르듯이 다가오는 강렬한 침묵 같은 것…….

잠시 후 문이 열리는 소리가 들렸다.

당신이에요, 라고 물을 차례였다. 보통 여자들 같았다면 그렇게 물었어야 했다. 늦은 귀가 하나쯤으로 인생이 바뀌는 소리를 듣는 건 확실히 비정상인 상태였으니까. 현준이 문을 잠그고 비틀거리는 발걸음으로 다가오고 있었다. 식탁의 불이 켜지는 소리…… 그녀는 어둠 속에서 벽의 한 모서리에 기댄 채로 서서 그 소리를 들었다. 그리고 방문이 열렸다. 식탁의 노란빛이 방문으로 쏟아져 들어왔다. 그 불빛을 등지고 선 현준의 모습은 검게 부풀어 보였다. 머리칼에 묻은 몇 방울의 물기가 그 불빛에 잠깐 반짝였다가 사라진다.

현준은 많이 취한 듯했다. 비틀거리는 걸음걸이로 침대 쪽으로 가다 말고 갑자기 걸음을 멈추었다. 어둠 속에서 엉거주춤한 자세로 서 있는 정인의 모습을 그제야 발견한 듯했다. 그의 미간에 핏기가 몰려오는 것이 희미한 불빛 속에서도 보인다. 차마, 아내가 남편을 맞는 모습이라고 보기에는 이상한 자세로 서 있는 정인의 얼굴에 겁이 더럭 실린다.

"다, 당신…… 거기서 뭐하는 거야?"

정인은 대답을 못한다. 어디선가 차가 빠르게 달려가는 소리가 쐐앵 하고 들린다.

"뭐 하고 있는 거냐고 내가 물었다."

현준은 기운이 빠진다는 듯 침대에 걸터앉으며 다시 말한다.

"그, 그냥…… 잠이 깨어서……."

"그냥 잠이 깼다? 그냥 잠이 깼다니? 지금 그게 말이 되는 거야? 엉?"

현준의 소리는 컸다. 말을 듣고 나니 화가 난다는 듯, 참으려고 했지만 참아보려고 밖에 나가서 술까지 마시고 들어왔지만 참기가 힘들다는 듯했다. 현준은 괴로운 표정으로, 사람의 마음이란 게 대체, 이게 다 내 마음인데, 왜 내 마음대로 하지 못하는지 화가 난다는 듯이 한 손을 들어 얼굴을 감쌌다.

"피곤하실 텐데 주무세요……."

정인은 다가와 현준이 누우려는 침대 시트를 들추어주며 말했다.

그때 현준이 정인의 한 팔을 낚아챘다. 아, 하는 비명 소리가 정인의 입에서 나오다가 만다. 정인은 현준의 억센 팔에 잡힌 아픔 때문에 얼굴을 찡그린 채로 현준과 얼굴을 마주 보았다. 현준의 옷깃에서 화악, 비 냄새가 풍겨왔다.

"말해봐, 왜 잠이 안 왔지?"

현준은 얼핏 무표정해 보이는 어투로 물었다.

"자다가 깼어요."

현준의 분위기에서 또 정인의 한 팔을 억세게 잡고 있는 현준의 손아귀에서 이상한 느낌을 감지했지만 정인은 담담하게 말했다.

"그래 깼는데, 깬 걸 몰라서가 아니라! 왜 깼느냐고 물었다 내가. 엉?"

"왜 깬 게 아니라, 그러니까 이유가 있는 게 아니라 그냥…… 그냥 자다가 깼다구요."

"그냥이라……."

현준의 입술이 조소로 비틀린다. 정인은 그 사이에 현준의 손아귀에 아직 들어 있는 한 팔을 풀어버렸다. 그에게 잡혔던 팔에 피가 몰려 아려 새려했다.

"민호 아빠, 오늘은 그만…… 주무세요."

정인은 다시 말했다. 그냥, 그녀 말대로 그냥, 할 말은 그것뿐이라는 듯했다.

"왜 잠에서 깼느냐고 내가 물었지?"

현준은 자리에서 일어섰다. 정인은 굳어버린 채로 그 자리에 서 있었다.

"마누라가 잠이 깨어서 방 한구석에 서 있으면서, 남편이 돌아오는데 문을 열어주지 않는 건 그렇다 치고! 방구석에 서서, 그냥 잠이 깼다고 말하는데 주무시라고? 그냥 그런 거니까 그냥 주무시라고?"

현준은 정인 쪽으로 다가오며 말했다. 몇 발자국 떨어지지 않은 거리였지만 멀리서 가깝게, 먼 곳에서부터 코앞으로, 마치 정인의 턱을 치켜들 듯이 그렇게 다가오고 있는 느낌이었다.

"대답해봐, 뭣 때문에 잠도 못 들고 서서, 내가 들어오는 데도 그냥 서서 넋 나간 여자처럼 서 있었던 건지, 말을 해봐 말을. 엉?"

현준은 정인의 두 팔을 잡고 흔들며 말했다. 현준이 그녀의 몸을 흔들 때마다 정인의 목이 고장난 인형의 모가지처럼 덜렁덜렁 흔들렸다.

"말하라니까! 말 못해?"

현준이 다시 말했다. 그의 얼굴은 노여움으로 부풀어 오르고 있어서 곧 터져버릴 것 같았다. 정인의 눈길이 그를 마주 본다. 현준이 두 팔을 내리고 정인을 바라본다. 정인은 그 눈길을 피하며 다시 말했다.

"주무시고 내일 말해요."

순간, 정인의 뺨에 몽둥이 같은 현준의 손길이 느껴졌고 그와
동시에 정인은 방바닥으로 쓰러졌다. 정인은 넘어진 자세로 상체
를 일으켰다. 맞은 뺨이 얼얼했고 입술로 찝찔한 액체가 흘러내렸
다. 정인은 그 뺨을 어루만져본다. 뺨은 식빵처럼 부풀어 올라 딱
딱했다. 얼핏 정인의 얼굴로 웃음기가 지나가는 듯했다. 현준이 다
가와 그런 정인의 멱살을 잡았다.

"왜 잠들지 못했어? 왜 잠이 오지 않는 거야?"

"……무슨 대답을 원하는데요."

정인은 조용히 물었다. 어쩌면 휘파람 소리처럼 잔잔하고 리듬
이 있기까지 한 목소리였다. 노여움으로 부풀어 오르던 현준의 얼
굴이 무섭게 일그러졌고 정인은 머리채가 잡힌 채로 침대 모서리
로 날아가 내동댕이쳐졌다. 날아가 떨어지면서 정인은 문득 내가
지금 어디서 무슨 일을 당하고 있는 건지 생각했다. 여기가 어딘
가, 나는 누구인가……. 하지만 현준의 손길이 정인의 머리채를 다
시 잡았고 현준은 정인의 머리채를 손으로 잡은 채로 벽에다 정인
의 머리를 쿵쿵 찧었다. 쿵, 쿵, 거리는 소리는 아득하게 들렸다.

"말해봐 말해! 누구 때문에, 누구 때문에 니가 이러는지 말을
해 말을!"

정인의 머리로 문득 잠든 민호의 얼굴이 스쳐 지나간다. 안방에
서 시어머니와 잠든 민호…… 그 민호에게, 몇 달 만에 찾아와 에
미의 품에 안겨본 민호에게 첫날 밤부터 에미의 신음 소리를 선물
로 줄 수 없다는 생각 때문에 정인은 터진 입술을 다시 앙물고 신

음 소리를 삼켰다.

넘브러져 벽에 겨우 의지하고 있는 정인의 배를 현준이 다시 발길로 찼다. 정인의 손길이 그 발길을 막으며, 하지만 정말은 막아내지도 못하면서 반으로 고꾸라지듯이 접혔다. 접힌 정인의 몸뚱이에 발길이 날아가고 의자가 부서져 내리는 소리……. 잠시 감각은 무디어져서 정인의 눈에 어둠이 내린다. 그 어둠 속으로 하나, 둘씩 월계꽃들이 피어난다…… 동전 크기만 한 분홍빛 월계꽃 송이들은 그날 밤처럼 눈빛을 야릇하게 빛내며 반짝반짝 웃고 있는 듯이 보였다……. 열 살 난 계집아이가 그 어둠뿐인 마당에 서 있다…… 마당은 조용하다…… 마당에 속옷 바람으로 넘브러져 있던 어머니도 때리던 아버지도 없고, 식구들도 없이 이 세상에 사람 하나 살고 있지 않는 듯 조용하다…… 다만 월계꽃들만 피어서 반짝반짝 웃어댄다…… 까르르 웃음소리가 들릴 것만도 같은…… 이 고요한 환각…….

현준의 광기에 몸을 내맡긴 채로 그저 지렁이처럼 꿈, 틀, 꿈, 틀, 거리던 정인의 목에 현준의 두 손길이 닿았다. 순간 정인의 몸뚱이가 잠시 본능적인 반항의 포즈를 취할 뻔했지만 그녀는 그냥 눈을 감는다. 아니라고 말할 수도 없는, 살려달라고 말할 수도 없는 목조름…… 정인은 눈을 감았다. 이렇게 쉽게 끝날 수도 있구나……. 정인은 현준의 손길에 몸을 맡긴다. 이상한 일이었다.

차라리 편안한 감정이 밀려오면서 정인은 사실은 자신이 오래전부터 죽고 싶어 했음을 그제야 깨닫는다. 정인은 마지막으로 눈을 떠서 현준의 얼굴을 바라보았다. 그의 얼굴이 슬퍼 보인다고 정인은 생각했다. 깊은 슬픔에 잠겨 있는 사람의 눈동자는 무심해 보이기까지 했다. 그의 눈길은 아주 먼 곳을 바라보고 있는 것 같았다. 여기가 아니라 저기, 아득한 어떤 곳, 그가 한 번도 도달하지 못했을…… 아마도 평화가 있는 나라…… 같은 곳.

잠시 후 현준이 손길을 풀었다. 부풀어 있던 정인의 얼굴이 아주 천천히 가라앉았다. 정인은 몸을 새우처럼 구부리고 기침을 뱉어냈다. 그리고 잠시 후 숨이 돌아왔다. 그녀의 얼굴은 농익은 토마토처럼 붉었다. 아니 끓는 물의 고통을 거친 새우처럼, 정인은 허리를 구부린 채로, 고통의 웅어리처럼 엎드려 있었다.

"일어나."

현준이 그렇게 엎어져 있는 정인의 옷덜미를 잡아챘다. 흰 면으로 된 그녀의 잠옷은 이미 여기저기 솔기가 찢어져 있었다. 찢어진 틈새로 정인의 맨어깨가 드러났다. 정인은 찢어진 잠옷의 어깻죽지를 한 손으로 움켜잡았다. 그것은 어쩌면 가장 강력한 방어의 태세였다. 너에게 살오라기 한 점 보이기 싫다는, 어쩌면 그토록 남일 수밖에 없는 남편에게 보이는 그런 무언의 언어였을까.

현준은 정인이 한 손으로 움켜잡고 있는 정인의 어깨를 바라다보았다. 정인의 눈은 증오로 타오르고 있었을 것이다. 아니, 아마ㅜ ㅓㄲㅁ 이 세상 끝에 선 여자의 체념처럼 얼핏 웃고 있었을지도 모르겠다.

"똑바로 서!"

현준은 똑바로 서지 않으면 다시 정인을 구타할 태세로 말했다. 정인은 입술을 지그시 억누르며 새우처럼 구부리고 있다가 허리를 폈다. 그 순간 정인의 입에서는 신음 소리가 번져 나왔다.

"거기 앉아!"

현준은 정인을 침대 모서리에 거칠게 밀어 앉힌다.

"말해! 왜 거기 서 있었는지."

정말 그것이 알고 싶은 것이었을까. 하지만 현준은 지나치게 논리에 집착하는 사람처럼 고집을 부린다. 마치 그것이 오늘 밤 일어난 사건의 전말이었다는 듯했다. 만일 오늘 밤 거기 정인이 서 있지 않았다면, 두 사람은 아무 일도 없이 행복하게 언제까지나 언제까지나 행복하게 잘 살았단다…… 하고 말해도 될 것만 같은 그런 분위기였다. 정인은 찢어진 잠옷 때문에 자꾸 드러나는 맨어깨를 여전히 잡은 채로 그대로 앉아 있었다.

"말하라니까! 남편 말이 말 같지 않아!"

정인은 천천히 고개를 들었다. 여전히 한쪽 어깨가 드러나지 않게 하기 위해 잠옷을 움켜잡은 채로, 찢어져 터진 입술로, 그녀는 천천히 입을 열었다.

"왜냐하면, 왜냐하면…… 나는 당신과 더 이상 살 수가 없기 때문이에요."

정인의 말투는 조용했다. 우린 아무 일도 없었습니다, 그러니 어서 주무세요, 하는 음성같이도 들렸다. 그랬기 때문에 현준은 얼핏, 아무런 말도 듣지 못한 것처럼도 보였다. 그는 양미간에 주름을 모으고, 술이 확 깬다는 말투로 입을 열었다.

"뭐라…… 구?"

"나는, 더 이상, 당신과, 살, 수, 가 없어요."

정인은 터진 입술을 그제야 의식했다. 터진 입술이 아파서 발음을 하기가 힘들구나, 그런 생각도 들었던 것 같았다.

'그렇다. 방법이 아주 없는 것도 아니었구나. 헤어질 수도 있는 거였구나…… 나는 왜 이런 생각을 그동안 한 번도 하지 못했을까…….'

정인은 얼핏, 웃을 뻔도 했다.

"미쳤군."

현준은 말도 안 되는 소리를 다 들어본다는 듯이 침대에 벌렁 누웠다. 정인은 찢어진 잠옷의 어깻죽지를 여전히 손으로 움켜쥔 채 문으로 향했다.

"어디 가는 거야?"

자려고 누웠던 현준이 벌떡 일어나며 정인의 잠옷 치맛자락을 낚아챘다. 엄마, 어디 가…… 그것은 얼핏 어린아이의 얼굴처럼도 보였다. 정인은 조용히 현준을 돌아보았다. 왜였을까. 정인은 그런 현준의 얼굴에 덜컥 실리는 겁을 읽었다. 그는 두려운 표정이었던 것이다. 이 사람이 내 말을 아주 알아듣지 못한 건 아니었구나, 하는 안도감이 그녀의 머리를 스쳐 지나갔다. 그를 만난 지 여섯 해 동안 이토록 자신의 마음이, 진심이, 있는 그대로 전달된다고 느끼는 건 그날이 처음이었다.

상흔

　그 무렵, 명수의 결혼식에도 참석하지 않았던 자명(自鳴)이 왜 산을 내려와 현준의 집으로 찾아왔는지, 그 이유는 아무도 알지 못했다. 경동시장에 가서 약초를 좀 살 일도 있었지만 그런 일이야 함께 머무는 산사의 아이를 시켜도 될 일이었다. 하지만 자명은 터미널에 내려 주저 없이 버스 정류장에 가서 현준의 집으로 가는 버스를 탔다. 아마도 누군가 호기심 많은 사람이 있어서 그래도 그건 왜일까요, 하고 묻는다면 아마도 누군가 이런 대답을 할 수도 있었으리라. 인연이겠지…… 뿌린 인연이니 거두어야 하는 거겠지…… 하고. 하지만 자명의 암자에 놓인 조그만 목불(木佛)은 말이 없고 나무 향기 배어날 듯 무심한 미소만 띠고 계시리라. 하긴 그것은 아무도 모르는 일이다. 아마 자명 자신도 모르겠다, 라고밖에 대답할 수 없을지도 모른다.

정인의 집 앞 버스 정류장에서 내린 자명은 회색빛 장삼 자락을 휘적휘적 저으며 걷는다. 저녁나절이 되어서인지 상가 앞은 시끌벅적했다. 아파트를 지을 때 심었을 벚나무가 이제 제법 굵어져 있었다. 그 가지마다 환한 등불을 켜놓은 듯 벚꽃들이 화사했다. 봄이었다. 겨우내 방 안에서 놀다가 지친 아이들이 제 어미의 손을 이끌고 나와 세발자전거를 타고 있었고, 근교에 사는 시골 아낙들이 쑥이며 달래 등을 캐가지고 조그만 보자기 같은 데에 놓고 팔고 있었다. 모두 합쳐보아야 한 삼천 원어치쯤 될까, 하지만 아낙들은 기우는 봄볕을 견디며 그 자리에 앉아 지나가는 아파트의 여인네들을 바라다보고 있었다. 반바지에 운동화를 신은 젊은 새내기 주부가 이것저것 나물을 구경하며 고추장에 무칠까요 들기름에 볶을까요 묻고 있고, 그 곁을 자명은 지나쳐 걸어간다. 신심이 깊은 한 아낙은 스님의 뒷모습에 대고 조용히 합장을 하기도 했다.

가까이 가서 살펴보았다면 자명의 눈이 사람들 사는 그런 모습을 무심히만 바라보는 것은 아니라는 걸 알 수 있겠지만 멀리서 바라다보이는 그의 실루엣은 쌀쌀해 보인다. 사막을 걸어간대도, 혹은 비바람 치는 산길을 걸어간대도 다를 것 같지 않은 걸음걸이였다. 창백한 얼굴은 농사일에 그을리고 산바람에 시달리어 보기 좋게 불그레해서, 이제 검은 뿔테 안경만 선명했던 결벽한 모습의 청년은 그의 얼굴에서 사라져버렸다. 그의 얼굴에도 세월이 내리고 있었나 보다.

자명은 아파트 입구에서 성큼거리며 걸어간다. 터미널에서 전화 한 통 하지 않았던 그였다. 그는 계단을 올라 정인의 집 앞에 이르러 초인종을 눌렀다.

"누구세요."

안에서 늙은 노파의 목소리가 들렸다. 김씨였다.

"접니다. 저 자명입니다."

자명은 새삼 자기 자신을 소개하기가 멋쩍어졌는지 두어 번 기침을 하고 나서 대답했다.

"누구라구?"

"접니다. 물암산의⋯⋯."

문이 열리고 포대기로 민호를 업은 김씨의 얼굴이 비죽 고개를 내민다. 내민 얼굴은 순간 반색을 띠었다.

"아니 이게 누구야?"

하지만 반색을 하는 김씨의 얼굴과는 달리, 자명은 열린 문틈으로 성큼 들어서면서, 김씨가 잡고 섰던 쇠문으로 전해지는 저항을 읽었다. 그러니까 뭐랄까 지금 네가 여기로 들어서는 것이 어쩐지 나로서는 내키지 않는구나, 하는 희미한 저항 같은 것이었다. 간장에 무슨 음식인가를 졸이는 냄새, 전유어를 굽는 고소한 지짐 냄새⋯⋯. 하지만 부엌에서 그 음식을 만들고 있는 여자의 얼굴은 보이지 않았다.

그가 검은 고무신을 현관에 벗어두고 몇 걸음 문 안으로 들어섰을 때서야 한 여자가 무표정하게 자명을 바라보았다. 글쎄 뭐라고 설명해야 할까, 여자의 얼굴은 지나치게 무표정하고 그러니까 괴상해 보였다. 겨자색의 산뜻한 앞치마를 두르고 있기는 했지만 푸르게 칠한 아이섀도 하며 목에 둘둘 말아 거의 얼굴 끝까지 가리고 있는 스카프…… 음식을 만들고 있는 여자가 그런 화장 그런 복장을 하고 있는 것도 이상했지만, 자명은 순간 어떤 섬뜩한 느낌을 받는다. 글쎄, 아마도 자명의 머릿속으로 이미 오래전에 세상을 등졌던 어떤 한 여자의 영상이 스치고 지나갔다면 과장된 말이 될까…… 처음에 자명은 그 여자의 영상이 은주일 거라고 생각했었다. 여러 해 전 어느 초여름날 명수와 함께 있는 자명을 찾아왔던 정인과 현준의 모습에서 그는 얼핏 그걸 느낀 적이 있었으니까…… 하지만 자명은 나중에 다른 생각을 하게 되었다. 그건 어쩌면 자신의 생모, 부엌에서 목을 매어 죽은 그 생모의 얼굴이었던 것 같기도 하다, 라고. 어쨌든 자명은 속세의 제수씨를 향해 합장을 했다.

"저 왔습니다."

"……예."

여자는 자명의 합장을 받아 얼른 두 손을 모으면서 자명의 시선을 피한다. 피하면서 눈을 내리깔자 눈두덩에 푸르게 칠한 아이섀도가 얼굴에 주욱, 하고 차양을 내리는 것만 같다.

"아이구, 전화도 한 통 없이 웬일이셔?"

김씨는 반말도 아니고 존대도 아닌 어색한 말투로 자명에게 소파 방석을 마루로 내려놓으며 자리를 권했다.

김씨에게는 자명이 강씨 집안으로 시집 와서 만난 아들이었다. 그때 새색시였던 김씨가 만나본 어린 현국은 그늘 속에서 자라난 강아지풀 같았다. 가느다란 모가지 하며 하얗다 못해 새파란 기운이 도는 얼굴빛 하며……. 어린 현국은 걸어와 그녀에게 책을 읽듯이 어머니, 라고 말했었다. 김씨는 이상하게도 그날의 대면을 두고두고 잊지 못했다. 그 당시 김씨의 나이가 스물몇이어서가 아니라, 김씨는 그때 어린 현국의 눈에서 빛나는 어떤 야릇함을 감지했었다. 단지 낯가림도 아니고 딱히 적의라고도 하기 힘든 눈빛, 아마도 김씨는 그때 지켜보고 선 남편과 친척들의 눈을 의식하며 어린 현국의 손을 덥석 잡았을 것이었다. 하지만 손이라도 잡지 않으면 안 될 것 같은 어색함이 그와 그녀 사이에 이미 팽팽한 선을 퉁기고 있었다.

그날 이후로, 김씨는 늘 현국이 어려웠다. 서울로 그를 유학 보내자고 말한 것은 물론 아버지 강 주사였지만 김씨는 그날 이후로 한 번도 현국과 자연스레 마주 서본 일이 없었다. 마주 설 수 없었던 것이다. 그를 바라볼 때마다 목매 죽었다는 전처의 생각이 떠오르는 것도 어쩔 수 없었고, 머슴과 눈이 맞아 밤마다 뒷담을 넘었다는 그 질 나쁜 소문을 상상하는 것도 그녀로서는 어쩔 수 없었다. 그런 한편으로 그런 마음이 드는 것에 대한 죄책감이 어린 현국을 바라볼 때마다 언제나 따라다닌 것도 사실이었다.

─어린것이 얼마나 놀라고 슬펐겠어요?

현국에 대한 이야기가 나올 때마다 베개맡에서 남편 강 주사에게 한숨 쉬듯 말하곤 하던 말은 그러므로 입에 발린 소리만은 아니었지만, 그 께름칙한 기분……. 그녀로서는 현국에 대해서는 어쩔 수 없는 것이 너무나 많았던 것도 사실이다. 그런데 오늘 그녀는 한마디 통지도 없이 들이닥친 현국, 이제는 자명이 된 스님과 마주 선 것이다. 김씨는 이상스레 허둥대는 자신을 느낀다.

"점심은 자셨는가?"

"아, 예."

공손하게 대답하면서 자명의 머릿속 시선은 전유어를 부치고 선 여자의 뒷모습으로 가서 머문다. 차마 두 눈을 그리로 옮길 수도 없을 만큼 그는 강하게 그녀를 의식하고 있었던 것이다.

"뭐 마실 거라두?"

"됐습니다……. 민호가 많이 컸군요."

자명은 김씨의 등에 업힌 아이를 들여다본다. 아이 이야기를 꺼냈기 때문이었을까, 김씨의 얼굴은 금방 환해진다.

"컸지? 얼마나 신통하게 잘 크는지……."

아이는 자명이 기웃거리자 졸린 눈을 갸웃 뜨고 자명을 바라다보았다. 보다가 그래도 졸려서 견딜 수가 없다는 듯, 눈을 스르르 감는다. 하지만 그런 아이의 얼굴에서 미소가 번진다. 아마도 배냇짓 같은 웃음이었으리라. 하지만 자명은 이상하게두 이 아이 하나만이 이 집에서 자신의 출현을 환영하는 것만 같은 생각을 했다. 자명은 잠든 아이의 얼굴을 조심스레 쓸어내리고 나서 마른 두 손을 싹싹 비빈다. 비비면서 무심히 집 안을 둘러보았다.

"글쎄 명수가 온다지 뭐야. 색시하구……. 신혼여행에서 돌아왔다는데 글쎄, 안 와두 된다니까 부득부득 오겠다구 허잖아…… 뭐 인사할 친척두 없다구…… 뭐 우리가 걔네하구 딱히 친척일 것까지는 없대두…… 시방 그래서 에미가 장 봐다가 좀 지지고 있는거야. 잘됐네…… 혼인허는 것두 못 봤는데, 잘 됐어."

김씨는 잘됐다는 말 끝에 자명을 따라 손끝을 부빈다. 부비면서 얼굴빛이 뿌옇게 변한다. 정인이 냉장고에서 주스를 꺼내 따르는 것을 보았기 때문이다. 정인은 주스잔을 작은 쟁반에 받쳐 들고 자명 앞으로 걸어왔다. 자명의 앞에 놓인 탁자에 주스잔을 놓는다. 자명은 그녀의 손에 나 있는 상흔을 보고 말았다. 마치 검은색과 붉은 파스텔을 섞어 칠한 것처럼 검붉은 멍자국이 타원형으로 나 있고 그 위에 날카롭고 긴 상처가 꼬리를 끌고 있었다. 그 손길을 의식했는지 정인은 주스를 내려놓고 하늘색 스웨터 소매를 손등까지 반쯤 내린다.

"잘 지내셨습니까?"

주스잔을 받아 들면서 고맙다는 듯 가볍게 허리를 굽히던 자명이 스치듯 물었다.

그러지 않으려고 본인은 애쓰는 것 같았지만, 정인의 스카프를 맨 턱이 천천히 치켜지고 그녀의 눈이 처음으로 자명의 눈과 부딪친다. 가면처럼 딱딱해진 그녀의 얼굴, 눈두덩에 푸른 아이섀도를 바른 그녀의 눈빛에서 순간 물기가 반짝, 하고 빛났다.

"예."

정인은 쟁반을 가져다 놓으러 돌아섰다. 네 평 남짓한 거실……. 세 사람은 누가 뭐랄 것도 없이 어색해져버린다.

"아이구 이 녀석이 이번에는 좀 진득하니 자줄라나? ……토깽이 새끼처럼 뉘어놓으면 깨구 뉘어놓으면 깨구 그러니……."

벌써 잠에 곯아떨어져서 고개가 2시 방향으로 돌아간 손주 민호를 뉘어놓으려고 김씨는 방으로 들어간다. 자명은 한 모금 삼킨 주스잔을 내려놓으면서 정인의 뒷모습을 바라다본다. 음식 준비가 끝났는지 정인은 행주로 싱크대를 쓰윽쓰윽 닦고 있었다.

"출판사…… 일은 하실 만하세요?"

행주로 싱크대에 남은 물기를 닦던 정인의 손길이 문득, 멈추어 선다. 삼 초쯤 지났을까, 정인은 다시 손을 움직여 싱크대를 닦기 시작했다.

"…… 예."

"많이 아프시지는 않으셨어요?"

무심한 말투였다. 기계적으로 움직이던 정인의 손길이 이번에는 조금 더 오래 멈추어 선다. 그리고 잠깐의 무거운 침묵이 흘렀다. 그녀의 목은 어쩌면 돌아보고 싶은 마음을 억제하는 것도 같았다. 아니, 돌아서서, 정면으로 자명과 마주 서서 무슨 말씀이신지…… 묻고 싶은 지도 모르겠다.

"잘…… 모르겠어요…… 어디가 아픈 건지…… 잘……."

여전히 그에게는 뒷모습을 보인 채로 정인은 대답을 했다. 뒤돌

아선 자세였고, 목소리는 낮았기 때문에 소리는 자명에게 잘 전달
되지는 않았다.

"한번 오십시오……. 꼭 한번, 언제든지 말이지요."

정인은 대답 대신 그 자세 그대로 행주를 손에서 놓더니 한 손
으로 목을 죄고 있는 스카프를 잡아당겼다. 마치 단정한 넥타이를
헐겁게 풀어놓는 자세처럼, 목을 너무 많이 조인 스카프가 갑자기
갑갑하다는 듯도 했다. 하기는 자명이 들어설 때와는 달리 집 안
은 훈훈해지고 있었다. 라디에이터에서 탁, 탁, 소리가 들려오는 게
저녁 난방이 시작되고 있는 모양이었다. 창밖으로는 짧은 봄 해가
저물고 있었다. 와글바글거리던 아파트 광장에 고요가 찾아들면
서 방 안의 시계 소리가 뚝, 딱, 뚝, 딱, 거리기 시작했다.

순간, 억제할 수 없다는 듯 정인이 뒤로 돌아섰고 자명과 마주
섰다.

"강을 건넜으면 나룻배는 버려두고 가야지요……. 고맙다고 나
룻배를 이고 산길을 갈 수는 없습니다. 인연이라는 게 그렇지요."

정인은 붙박인 듯이 자명을 응시하고 있었다.

'가도 좋을까요? 제가 저지른 인연들, 다 버려두고 나 하나 힘들
다고 뛰쳐나간다는 것이 과연 옳은 일일까요?'

'헤어지는 건 나쁜 인연이 아닙니다. 서로 붙어서 으르렁대는 것
이 악연이지요…… 당신은 젊고 현준에게는 너무 큰 그릇입니다.
사슬을 푸십시오. 집착을 끊고 훨훨 떠나십시오.'

'민호는요? 제 아이 민호는요?'

'아이는 세상의 자식입니다. 인연을 따라 떠돌다가 당신 배를 통해 왔을 뿐이지요. 사랑하는 방법은 여러 가지니까요.'

"애비 전화 안 왔쟈?"

아이를 재워놓고 방에서 나오면서 김씨가 말했다. 말하면서 김씨는 자명을 향해 터질 듯한 자세로 서 있는 정인을 얼핏 노려본다. 김씨는, 정인을 바라보고 있는 자명의 시선을 가로막으면서 소파 아래 치마를 펴고 앉는다.

"몸이 좋지 않으신가 봐요……."

자명은 턱짓으로 정인의 뒷모습을 바라보며 말했다.

"누구? 아 아기? 글쎄 말이야. 그래서 내가 내려가봐얄 텐데 이렇게 눌러 있지 뭐야? 아, 그래두 여자들 다 그렇지 뭐, 애 낳구 나면 뭐 남는 거 있나? 뼈가 삭아지구 바람두 드는 거구. 아 뭐 그래두 아직 젊은데."

네 탓이야, 하지도 않았는데 김씨의 말소리는 누군가에게 쫓기는 것처럼 빨랐다. 정인이 행주를 빨아놓고 방 안으로 소리 없이 들어가는 것이 보였다. 심드렁하게 마치, 무언가를 가지러 가야겠다는 태도였다.

"아기는 그렇다치구 내가 말이야…… 이렇게 무릎이 시리니……. 손주 녀석 좀 업어줬다구 그러는지…… 글쎄 아침이구 저녁이구 내복이 없으면 산기를 못해요."

김씨는 어머니가 친아들에게 그러하듯 스스럼없이 치마를 걷어 속에 입은 두꺼운 내복을 보여준다.

"한여름에도 이 내복이 없으면 살지를 못한다니까."

"그러면 한번 오시죠. 며칠 침 좀 맞으시구 푹 쉬다가 가세요."

"그럴까? 그럴려고 그러는데…… 대체 말이야. 내가 영 마음이 펜찮아서……."

김씨의 얼굴은 정말로 편치 않다는 듯했다. 김씨는 하염없이 자명에게 자신의 시린 무릎에 대해 늘어놓을 듯하더니 말끝에 치마를 얼른 내리고 일어선다. 그러고는 정인이 들어간 방에 마치 무엇을 찾을 게 있다는 듯 따라 들어간다. 불도 켜지 않은 방, 손님이 있으니 문을 탁, 닫지도 못해서 방 안은 거실의 조명이 한 자락 떨어져 있을 뿐 어두워 보였다. 김씨가 창가에 멍하니 서 있는 정인에게 바싹 다가섰다.

"분 좀 더 발라라."

김씨는 방 안 한쪽 거울 앞에 놓인 화장대에서 분갑을 집어 주며 정인에게 말했다. 톤이야 낮았지만 단호한 말투였다.

"발라라! 내 말 야속하다 하지 말구. 발라! 나루 말하자면 나두 여자인데…… 나두 모진 세월 살아온 사람이다. 별꼴 다 봤지. 그래두 한 번두 남한테 그런 내색한 적 없다. 그래서 우리 동네 사람들 내 팔자가 늘어진 줄 알았지. 너두 한 동네서 컸으니 알 거 아니냐! 그래서 하는 말인데 남한테 좋지 않은 꼴 보일 거 뭐 있니! 시아주버님두 남이다. 알겠니 내 말?"

정인은 눈길을 내리깐 채로 시어머니 김씨가 내미는 분갑을 받아 들었다. 김씨는 그래도 안심이 안 되었던지 분갑 속의 분첩을 꺼내 정인에게 내밀었다. 정인은 천천히 투닥, 투닥, 대충 여기가 뺨이겠지, 코겠지 하는 표정으로 분첩을 두드렸다.

"……빌어먹을 놈의 자식…… 누굴 닮아서 저 지랄을 하는 지…… 민호 할아버지두 그런 일은 없었구, 우리 친정두 저런 남정네는 없었는데. 아, 명수가, 엊저녁에 명수가 오늘 온다구 전활 했으면 어제만이라두 지랄을 허지 말아야 옳지, 뭐 좋은 꼴이라 구 신혼부부한테까지……. 아이구 내가…… 참 뭐한다구 애 봐주 믄서 이 꼴까지 보구 있는지……. 여편네를 패는 놈이 어딨어 그래…… 그 좋은 말 다 놔두구……."

김씨는 혼자서 중얼중얼, 방 밖으로 나가 자명과 마주 서지도, 방 안으로 들어와 정인과 마주 서지도 못하는 그런 자세로 서서 말했다. 어쩔 줄 모르기는 정인이나 그녀나 마찬가지인 것 같았다.

명수가 도착한 것은 어두워지고 조금 지나서였다. 김씨가 문을 열었을 때 감색 신사복을 입은 명수가 서 있었다. 하늘색 와이셔 츠에 흰 물방울무늬가 있는 감색 타이 차림이 누가 보아도 새신랑 다웠다. 그 뒤로 연보랏빛 투피스를 입은 연주의 얼굴이 보였다. 그리고 뒤를 이어 자동차 키를 흔들며 미송이 나타났다. 아마도 신혼부부를 출판사의 봉고차에 태워 데리고 온 모양이었다.

미피 씨이는 사에는 거유어머 나지 데칠이며 흙은 부쌀 같은 음 식들이 놓여 있었다. 연주는 제주도에서 사온 하루방 모양의 병에 든 꿀을 김씨에게 내밀고 두 사람은 김씨에게 큰절을 올린다.

"그래 좋은 꿈 꿨는가?"

"아, 예. 뭐……."

"잘 살아, 싸우지들 말고…… 신랑이 참고 색시가 참고…… 참는 끝은 있는 법이니까."

애틋한 휴가를 다녀온 젊은 부부는 아직 해보지도 못한 부부 싸움에 대한 이야기를 듣는다. 정인도 뒤돌아선 채로 그 이야기를 듣는다. 정인은 가스레인지에 불을 켜고 전골을 데우기 시작했다.

"민호는요?"

명수는 마치 이 집의 막내아들쯤 되는 듯 스스럼없이 말했다. 언제나 강씨 집안을 드나들 때면 부끄럽고 소심해하던 그였지만 신혼의 달콤한 여행이 얼마간 그를 대범하게 만들었던 것일까.

"잔다……."

김씨가 대꾸를 했고 명수는 밝게 웃으며 정인 쪽을 돌아보았다. 이상한 분위기가 감지된 것은 아마도 그때쯤이리라. 명수는 이 집에 들어선 이래로 한 번도 정인과 마주치지 않았다는 생각을 했다.

"형수님, 저 왔습니다."

형수님, 이라는 단어를 명수는 처음으로 꺼낸다. 결혼이라는 제도 속으로 들어간 자의 안온함, 뿌듯함…… 그러므로 비로소 어른이 된 듯한 기분을 숨기지도 못하고 약간 장난기마저 섞인 어투였다. 하지만 정인은 얼핏 돌아다보며 인사를 받는 둥 마는 둥 다시 고개를 숙여버렸다.

"아픈 건 좀 어떠니? …… 어머니, 정인이가 회사 안 나오니까 저

장사 못하겠어요. 시집살이 너무 심하게 시키는 거 아녜요? 내일부턴 좀 보내주세요."

정인 곁으로 다가가 전유어를 하나 집어 먹다 말고 미송이 장난스레 말했다. 정인은 요 며칠째 회사에 나가지 못하고 있었던 것이다.

"아니 회사는 왜?"

나가지 못했냐는 듯, 명수가 묻는다.

"어디 아파요?"

"······네, 좀······."

"저 내일부터 출근인데······ 오면은 주사 한 대 맞고 그러면 되는데······."

형수님이라고 넙죽 부르다 말고 명수는 주어도 빼고 더듬거리며 말한다. 그래도 여기가 시댁이라는 생각 때문이었을까, 연주가 정인의 곁으로 다가갔다.

"숟가락 놓을까요?"

"아, 예······ 저기······."

순간 연주와 정인의 눈이 마주친다. 순간 연주는 어떤 기미를 눈치챈다. 그녀는 정인에게 예민해 있다면 예민해 있는 여자였다. 결혼을 하고 신혼여행을 다녀오고 명수에게 충분한 애정을 받았지만 정인 앞에 서면 0읍의 버스 정류장이 떠오르는 것은 어쩔 수 없었다. 이상하게도 그거기 끼면 연주는 불안해지는 것이다.

이상한 일이었다. 정인에 대해 명수로부터 많은 이야기를 들었지만 그래도 연주는 정인을 모르겠는 것이다. 그랬기 때문에 오히려 연주는 대번에 알아차린다. 저 여자가 오늘 조금 이상해 보이는구나…. 정인은 목에 여전히 스카프를 맨 채로 연주의 눈길을 피하며 숟가락을 건네준다. 산책을 나갔던 자명이 먼저 집으로 들어섰고 퇴근하는 남편처럼 이어 현준이 들어섰다.

술을 내어오고 전골을 보글거리는 채로 밥상에 올리고 그러는 사이 아이가 깨어나 울고 하면서 시간은 흘러가고 있었다. 현준이 특별히 내놓은 양주를 반쯤 넘게 비웠을 무렵 이 왁자지껄한 모임 속에서 자명 말고 또 한 사람 침묵을 지키고 있었다. 미송이었다.

정인이 며칠째 아프다고 결근을 한 것은 그렇다고 쳐도 눈가에 바른 푸른색 아이섀도며 거의 턱까지 두른 스카프가 그녀의 마음에 내내 걸렸던 것이다. 더구나 정인은 명수나 자신 앞에서 이토록 겉도는 짓 같은 것은 하지 않았었다. 억지로라도 명랑했던 그녀였다. 미송은 무언가 짚인다는 듯 현준을 빤히 바라본다. 그는 지나치게 유쾌한 듯했다. 유쾌해서 못 견디겠다는 얼굴…… 그러나 눈길을 의식한 그가 미송을 얼핏 바라보았을 때 미송은 느낀다. 그가 누구의 눈길도 피하고 있다는 것을. 정인이 그랬던 것처럼 얼른 눈을 내리깔아버렸던 것이다. 미송은 갑자기 담배 생각이 간절해진다.

"형수님은…… 저녁 안 드시나요?"

명수가 물었고, 그 말이 끝나는 순간 칼날 같은 침묵이 사람들의 머리 위를 베며 지나가는 것을 미송은 감지한다. 시어머니 김씨나 자명, 그도 아니면 연주와 현준…… 그리고 정인 자신…….

"어떠세요. 제수씨, 명수놈이 밤일에도 쓸 만합디까?"

그 침묵을 비아냥거리듯 현준이 연주 잔에 술을 채우며 말했다. 시댁 식구가, 뭐 이따위 질문을 다 한담, 하는 표정을 감추지도 않고 연주는 술잔을 받고는 생긋 웃으며 대답한다.

"네!"

사람들이 와와 웃었다. 몇 잔 술에 피곤한 기색을 하며 김씨가 민호를 안고 슬그머니 방으로 들어가버렸다. 이제는 젊은 사람들의 시간이라는 것을 알아차릴 만큼 그녀는 경우가 바른 사람이었을 것이다.

"정인아 밥 먹자, 응?"

그제서야 시중을 대충 마치고 상에 다가와 앉는 정인의 팔짱을 덥석 끼며 미송이 말했다.

"아야!"

순간, 정인의 입에서 신음 소리가 터져 나왔다. 갑작스런 신음 소리에 제일 먼저 놀란 사람은 정인 자신인 듯했지만 미송의 얼굴 역시 굳어진다. 자명의 얼굴 위로 한숨 같은 것이 스쳐 지나갔다.

"……너 어디…… 너 어디가 아픈 거니?"

미송의 말에 정인은 대답이 없고 애써, 아무런 것도 눈치채지 않겠다는 듯 사람들이 어색하게 다른 말들을 주고받았다.

" ▨▨, ▨▨ ▨▨▨ "

명수가 술병을 든 채로 정인에게 말했다. 정인은 주어가 없는, 이제는 장난기도 없어진 그의 말을 못 들은 척 빈 김치 그릇을 들고 일어나 싱크대 쪽으로 가버렸다. 술병을 든 명수가 머쓱해진 사이 현준이 입을 연다.

"여보, 이리 와서 한잔해. 명수가 한잔 드린다잖아."

순간 정인이 현준을 돌아보았다. 파란 불꽃이 팍, 하고 피어오르는 듯한 그녀의 시선 때문이었을까. 현준은 얼른 고개를 돌리더니 이번에는 굳은 얼굴로 말했다.

"어서 와서 잔 받아…… 명수가 따라준다는데!"

정인은 잠시 망설이는 듯 빈 그릇을 따각따각거리다가 현준의 옆자리로 와서 앉았다. 처음으로 정인과 명수의 시선이 마주친다. 푸른 아이셰도를 바른 정인의 눈은 이상한 빛으로 이글거리고 있었다. 명수는 그 시선에 잠시 사로잡히면서 아무 말도 없이 정인에게 잔을 건네고 그 잔을 채운다. 정인은 그 잔을 받아 단숨에 그것을 다 마셨다.

"너 대체, 어디가 아픈 거니?"

미송이 다시 정인에게 묻는다. 무심한 말투였지만 정인을 향해 어깨를 돌린 자세가 그리 만만해 보이지는 않는다. 잠깐의 침묵 속으로 현준이 잔을 비우고 그 잔에 술을 채운다. 갑자기 무거운 분위기가 여기 앉아 있는 젊은 남녀 여섯 명을 휘감았다.

"이건 또 뭐냐구?"

미송은 정인이 감고 있는 스카프를 잡아당기며 말했다. 정인이 방어하듯 미송의 손을 막으며 스카프를 완강하게 잡았다. 상관하지 마, 하는 자세가 하도 완강해서 미송의 손길이 스스로 풀어지려는 찰나 명수는 보고 말았다. 정인의 스카프가 헐렁한 그 틈새로 내비치는 검붉은 상흔…… 그걸 본 것은 물론 명수만은 아니었다. 연주와 미송의 얼굴도 해쓱해진다. 자명만이 조용히 술잔을 그러잡고 있다가 화장실이라도 가는 듯한 태도로 일어나 슬그머니 집 밖으로 빠져나갔다.

"목이…… 왜 그러세요?"

연주가 말을 꺼낸 것은 진심이었다. 아무리 정인에게 미묘한 감정을 느끼고 있었던 그녀였지만 그녀는 그런 여자의 목을 한 번도 본 일이 없었던 것이다. 연주의 얼굴은 이미 겁에 질려 있었다. 정인은 무심결에 목에 감은 스카프에 손을 가져갔다. 아니야, 아무 것도 아니야, 하는 안간힘처럼 그녀의 손가락은 스카프를 더듬어 그것을 여미려고 하고 있었다. 그 허둥지둥 속에서 스카프는 도리어 헐렁해지고 드디어 현준의 눈길이 정인의 목덜미에 와서 닿는다. 뱀이 감고 지나간 듯, 할퀸 자리 그리고 손가락 자국이 선명했다. 현준은 술잔을 움켜잡는다. 잡으면서 빙글빙글한 웃음기를 띠우며 대담하게 명수를 바라보았다. 명수 역시 술잔을 잡는다. 만가지 생각이 교차하는 듯, 하지만 이윽고 명수의 얼굴은 팍팍하게 굳어져버렸다.

"안주 더 없을까?"

명수의 입을 열었다. 느긋한 말투였다 정인의 관자놀이께로 땀방울이 흘러내리고 있다. 현준은 잔에 있는 술을 다 마시고 숟가락으로 찌개를 한술 떴다. 그의 입속으로 들어가는 후루룩 소리가 기괴한 침묵 속으로 울려 퍼진다.

"다 식었네. 좀 데워오지?"

현준이 전골을 떠먹다 말고 정인에게 말했다. 좌중 위로는 계속 침묵이 내려앉아 있다.

"데워오라니까!"

현준이 지나치게 큰 소리를 쳤다. 알았어요, 하는 얼굴로 정인이 일어서려는 찰나, 현준이 다시 말했다.

"그냥 둬! 내가 언제 따뜻한 찌개 먹고 살았나?"

전골냄비를 들고, 일어나지도 앉지도 못한 채 엉거주춤 선 정인의 얼굴이 현준을 향했다. 그때 정인이 낮게 입을 열었다.

"넌 개새끼야."

누구도 그 말을 알아듣지는 못하는 것 같았다. 하지만 누구도 그 말을 알아듣지 못하는 것도 아니었다. 무거운 침묵이 휘익, 그들을 덮쳤으니까.

"뭐라구, 그랬어, 당신?"

현준이 다시 물었다. 벙글거리며 웃으려 하지만 잘 되지 않는 듯한 그런 어색한 표정이었다.

"넌 개새끼야. 개새끼."

정인이 다시 말했다. 낮은 목소리였다. 현준의 입술이 비틀리면서 손이 정인의 머리채를 휘어잡았고 그와 동시에 현준의 얼굴로 액체가 쏟아져 내렸다. 난데없는 기습에 놀란 현준이 바라보자 명수가 술을 현준에게 끼얹은 채로 현준을 노려보고 있었다. 두 남자의 눈이 날카롭게 마주쳤다. 현준이 이것 봐라, 재미있게 되어 가는군, 하는 얼굴로 정인의 머리채를 놓았다. 현준은 빙그레 웃고 있는 듯도 했다. 하지만 그 빙그레 웃는 듯한 자조의 미소가 점점 굳어지면서 상이 엎어졌다. 여자들의 비명 소리가 짧게 울렸고 다음 순간 뒤로 나자빠진 명수의 목을 조르며 현준이 명수의 뺨을 거푸 때리고 있었다.

"이게 무슨 짓들이에요?"

연주가 전골이 쏟아진 투피스 치마를 어쩔 줄 모르는 채로 현준을 잡아당긴다. 명수는 상 위에 있던 음식들이 쏟아져 내려 범벅이 된 바닥에 깔린 채로 현준에게 뺨을 얻어맞고 있었다. 방 안에 있던 김씨가 튀어나오고 그리고 미송이 현준의 팔을 잡아당겼다. 모든 것이 순식간의 일이었다.

"……무슨 일들이냐?"

김씨가 물었지만 아무도 대답하지 않았다. 누워서 맞고 있던 명수가 일어나 앉았다. 연주가 기가 막히다는 표정으로 명수와 현준을 번갈아 보았다. 미송이 얼른 행주와 휴지를 가져다가 연주에게 그리고 명수에게 나누어 주었다.

"대체 이게 무슨 짓들이냐, 응?"

김씨가 다시 물었다. 아무도 대답하지 않는다. 현준은 엎어진 상을 기대지 비기나 한쪽 다리를 올린 자세로 담배를 피워 물었다.

"제수씨, 저 소년 좀 데리고, 이제 그만 가시지요."

제 치마에 묻은 반찬의 붉은 자국들을 지우고 있던 연주가 기가 막히다는 듯이 현준을 바라보았다. 현준은 말을 마치자마자 일어나 제 방으로 들어가버린다.

"그래 오늘은 그만 가게. 뭐 술들이 과해서⋯⋯."

김씨가 다시 말했다.

연주가 제 치마를 닦던 행주로 명수의 바지에 묻은 찌개 국물을 닦으려고 손을 내밀었다. 그 순간 날카로운 명수의 손길이 연주의 손길을 치워버렸다. 연주의 얼굴이 해쓱해진다.

"뭐 하고 섰는 게냐, 어서 치우지 않고!"

김씨가 멀거니 선 정인에게 말했다. 정인이 엉거주춤 엎어진 상을 들어 올리려는데 명수가 일어섰다.

"숙모님, 그만 가보겠습니다."

정인은 상을 올리다 말고 멍청한 얼굴로 명수를 바라만 보고 있다. 명수는 입술을 앙다물고 잠시 생각에 빠지는 것 같았다. 그리고 이윽고 고개를 들었다. 정인이 겁에 질린 눈동자로 명수를 바라보았다.

⋯⋯ 골목길에서 어린 정인이 울고 있다. 흙이 범벅된 쫄쫄이 바지를 입은 열 살짜리 정인이⋯⋯ 말라붙은 코피 자국이 정인의 코 밑에 엉겨 붙어 있다.

—또 정관이 형이 때렸니?

정인은 울기만 했다. 명수는 골목길에 서서 우두커니 우는 정인을 내려다보며 서 있다.

—또복이네 집에 강아지 새끼 낳았다⋯⋯ 보러 갈까?

정인은 고개를 저었다.

─새소년 잡지 부록, 너 다 줄게.

정인은 잠시 생각하는 듯하다가 고개를 저었다. 명수는 정인처럼 울 듯한 얼굴을 하고 있다가 정인의 손을 끌어당겼고 그래서 그들은 산으로 가곤 했었다. 명수가 할 수 있는 일은 그것밖에 없었다. 명수조차도 가끔 정관에게 코피가 터져버리곤 했으니까. 억새가 하얗게 자라는 산밭에서 명수는 흰 억새 다발을 만들었다. 정인의 작은 두 팔이 버겁도록 그것을 정인에게 안겨주고 나면 정인은 부르르, 턱 끝에 남긴 울음을 털어버리고 방긋 웃었다.

─정인아, 오늘 밤에 우리 집에 가자…….

─싫어.

─너 집에 가면 또 맞을 거야…….

─싫어. 우리 할머니가 나 기다릴 거란 말이야.

─내가 이야기해줄게. 우리 아버지보구 말해달라구 할게.

명수는 정인의 손을 잡아끌었지만 정인은 끝끝내 집으로 가야 한다고 고집을 피웠다.

─이담에 내가 크면, 정인아 내가 널 지켜줄 거야…… 정관이 형보다 더 크게 자라서 가만히 두지 않을 거야…… 공부 열심히 해서 훌륭한 사람이 돼서…… 내가 꼼짝 못하게 만들어놓을 거야…….

명수는 그때 정관보다 힘이 세어질 수는 없다는 것을 알고 있었다. 그렇지만 공부를 잘하면 그래도 무슨 수가 날 것 같긴 같아서,

젖빛 억새밭, 억새보다 키가 겨우 큰 명수는 두 주먹을 부르르 쥐어 보이기도 했다. 그러면 정인은 방긋 웃으며 젖빛 억새를 한 아름 안고 집으로 달려가곤 했다. 그때 뒷모습으로 보이던 정인의 머리칼은 억새의 젖빛 꽃잎보다 더 부드럽게 나폴거리고…… 그 부드러운 머리칼 위로 엷은 초겨울의 햇살이 반짝이며 떨어져 내렸다.

연주가 백을 들었고 명수는 양복 윗도리를 집어 들었다. 미송이 가방을 챙겨 들었다. 정인이 세 사람을 배웅하러 현관으로 나간다.

"정인아, 너 나 좀 보자!"

김씨에게 인사를 마치고 현관문이 닫히자 미송과 연주를 제쳐 놓고 명수가 입을 열었다. 정인이 고개를 숙인 채 명수 앞에 선다. 미송이 연주에게 눈짓을 했고 내키지 않는다는 얼굴로 연주가 미송을 따라 계단을 걸어 내려가기 시작했다.

명수는 잠깐 기다렸다가 그녀들의 발자국 소리가 아래층을 돌아 나가자 정인에게 다가왔다. 겁에 질린 얼굴로 정인이 뒤로 한 발자국 물러서는 시늉을 했다. 하지만 그녀의 뒤로는 굳게 닫힌 자신의 현관문뿐, 정인은 물러설 곳이 없었다.

명수가 다가와 정인의 목에 감겨 있는 스카프를 잡아당겼다. 정인은 거부하지 못한 채로 꼼짝없이 서 있었다. 정인의 목에 난 상흔이 계단참에 켜진 희미한 백열전구 사이로 선명하게 드러났다. 설마, 하고 아직도 믿고 싶지 않았던 명수의 시선이 그 상흔을 다 바라보지 못하고 아래로 툭, 떨어졌다. 잠시 두 사람은 말이 없다.

아래층을 걸어 내려가는 두 여자의 구두 소리가 멀어지고 있다.

"내 말 잘 들어, 정인아. 우선 아무런 대꾸도 하지 마…… 절대 자극하지 말구…… 때릴려고 하거든 무조건 피해야 한다…… 그리고 내일 아침 일찍 병원으로 와…… 나도 오늘 밤에 생각을 좀 해볼 테니까……. 약속할 수 있지?"

명수의 눈길이 무섭게 정인을 노려보았다. 정인은 눈길을 아래로 내리깔고 만다.

"약속해! 응? 아니, 만일 오늘 밤에라도 또 이러면…… 우리 집에 전화해! 약속할 수 있니?"

정인은 멀어지는 연주의 발자국 소리를 듣는다. 들으면서 고개를 끄덕였다. 명수는 손에 들고 있던 전골 국물이 범벅이 된 윗도리를 다른 팔에 걸치며 한 발자국을 떼려다가 끌리듯 정인을 돌아보았다. 정인은 명수의 눈길을 마주 대하지 않고 그 자리에 굳은 듯 서 있었다. 부르르 떨리는 어깨가 그녀의 인내심이 이제 거의 소진해가고 있다는 걸 말해주고 있는 듯했다. 차마 돌아서서 갈 수 없다는 듯 명수가 다가와 정인의 어깨에 팔을 올려놓았다. 그걸 신호로 삼기라도 하듯, 굳은 정인의 얼굴이 일그러지면서 참았던 눈물이 주르르 흘러내린다.

"미, 미안해 오빠."

빳빳이 머리를 이며 무고 말하다, 서 있는 그녀의 온몸이 경련을 일으키듯 바들거리기 시작했다.

"바보 같은 소리 좀 하지 마! ……너만 보면 화가 나! 너 그거 아니?"

　정인은 고개를 숙인 채 울고 있었다. 그녀의 슬리퍼 위로 굵은 눈물이 뚝뚝 떨어져 내렸다. 명수의 손길이 정인의 어깨에서 한참을 더 망설이고 있었다. 명수는 그 손길을 한참 의식하다가 기어이 그녀의 어깨에서 손을 떼고 만다. 그리고 계단을 향해 한 발을 떼어놓았다. 하지만 그는 다시 뒤를 돌아보았고 정인의 붉게 충혈된 눈이 그의 눈과 마주쳤다.

　"약, 속……한 거다!"

　명수가 힘들게 입을 열었다. 정인이 고개를 끄덕였다. 그러자 이 새신랑은 무거운 발길을 옮겨놓기 시작했다.

　아파트 광장 아래서 미송의 차가 붕붕거리며 시동을 걸고 있고 연주는 몸을 반쯤 비튼 채 미송 쪽도 명수 쪽도 보지 않은 채 서 있었다. 명수가 다가가 연주의 어깨에 팔을 올려놓았다. 날카로운 표정의 연주가 명수의 그런 손길을 뿌리쳤다. 명수는 잠깐 한숨을 쉬고 부시럭거리며 담배를 찾아 물었다.

　"미안하다, 연주야."

　"……"

　"현준이 형하고 나하고…… 오래전부터 좀 그럴 일이…… 있는 거야……"

　현준이 형하고, 라는 말에 연주가 고개를 돌렸다.

　"화내지 마라."

　명수가 힘없이 말하며 다가가 연주의 어깨에 팔을 둘렀다. 연주는 이번에는 거부하지 않았다. 샐쭉한 연주의 눈빛이 명수를 향하자 명수가 그런 연주를 향해 잠깐 힘없이 미소를 지었다. 연주는 잠깐 무슨 말인 듯 뱉을 듯하다가 말고, 연주는 명수의 넥타이에 붙은 오물을 한 점 떼어내 주었다. 옷에 김칫국물, 찌개 국물이 범벅이 된 두 신혼부부는 하는 수 없다는 듯 마주 보고 미소를 짓는다. 그런 사이 미송이 봉고차를 빼냈고 두 사람은 거기에 올라탄다. '왕초보'라는 글씨가 붙은 봉고차는 봄밤의 공기 속으로 하얀 배기가스를 내뿜으며 멀어져가고, 그날 밤, 그들이 사라진 그 광장으로 머리를 풀어 헤친 여자가 한쪽 발에 구두를 다 꿰지도 못한 채로 달려 나왔다.

꽃도 없는 마포 거리

출판사 앞에는 닫힌 가게가 있었다. 그 곁에 공중전화의 빨간빛을 바라보며 정인은 서 있다. 만일 오늘 밤에라도 무슨 일이 있으면 전화를 하라고 말하던 명수였지만 그녀는 그저 그 앞에서 동전이 없는 아이처럼 서 있다. 그녀의 머릿속으로 그녀가 아는 많은 사람들의 얼굴들이 스쳐간다. 몇 시쯤 되었을까. 모두 단잠에 빠져 있을 것이다. 현준조차도 이 밤의 의식을 끝낸 후, 코를 골기 시작했으니까…… 정인은 현준의 코 고는 소리가 제가 쓰던 방을 아직도 울리고 있다는 생각을 하다가 부르르 떤다. 취객 하나가 골목길에서 방뇨를 하고 걸어가다가 정인을 보고 멀찍이서 멈추어 섰다.

멀리서 두 사람의 남녀가 두런두런 말을 주고받으며 걸어간다. 남자의 팔은 여자의 어깨에 올려져 있다. 어깨까지 머리가 내려온 여자는 남자를 향해 방긋 웃는다. 남자가 웃으며 여자의 어깨를 껴안는다. 봄밤…… 꽃도 없는 마포 거리…… 꽃처럼 젊은 두 남녀가 사라져버린 밤거리는 낮의 모습처럼 쓸쓸하고 스산했다.

밤이 되면 보이는 것이 있다. 대낮에도 보이지 않던 것들, 밝은 낮에는 눈부셔서 보이지 않는 것들…… 쓰레기통과 키가 큰 전봇대 그리고 바람에 떨며 서 있는 어린 은행나무들과 쓰러진 간판들……. 바람은 휭 하니, 건물 사이로 불어와 꼬리를 감추고 사라진다. 멀찍이서 정인을 바라보던 술 취한 남자는 가래침을 뱉으며 걸어가기 시작한다. 어디선가 목 놓아 부르는 유행가 소리……. 쓰레기통을 뒤지던 검정고양이가 야우, 하고 울며 정인을 바라본다.

정인은 터덜거리며 출판사로 올라가기 시작했다. 그리고 그 출판사 입구에서 노란 불빛이 문틈으로 흘러나오는 것을 보고서야 자신이 열쇠도 없이 이리로 왔음을 깨달았다. 아마도 그 안에는 남호영이 있는 모양이었다. 정인은 그 문을 두드리지 못하고 계단에 걸터앉는다. 계단참으로 난 창으로 노란 눈을 밝힌 택시가 어디론가 급하게 사라지고 있다. 저 사람은 어디로 가는 걸까…… 모두들 어디론가 가는데 나는 갈 곳이 없구나, 정인은 계단에 앉아서 하염없이 그 심을 바라보고 있었나, 심인은 고글 흘 떠졌다.

그때 출판사 문이 열렸다. 이제 작은 기척에도 예민해진 정인이 몸서리를 치며 뒤를 돌아보았다. 문을 열고 선 남호영에게 정인의 겁먹은 눈빛이 날아가 꽂혔다. 사람에게 몹시 해코지를 당한 고양이처럼, 그래서 산으로 가서 들고양이가 된 짐승처럼 그녀의 눈빛은 겁먹고 겁먹어서 순간 적의를 띤 것처럼도 보였다.

"……정인 씨?"

놀라기는 남호영 쪽이 더한 것 같았다. 문틈으로 비집고 나온 긴 사다리꼴의 형광등 빛이 정인의 얼굴에 떨어지고 있어서 정인의 푸르스름한 안색에 짙은 음영이 뚜렷해 보였다. 남호영이 놀란 표정을 감추지 못하자 정인은 멋쩍게 일어나며 그제야 헝클어진 제 머리를 의식하고 머리를 손으로 대충 쓰다듬는다.

"이 밤에…… 웬일이세요? 왜 그래요? 무슨 일 있어요?"

마치 정인을 골목길에 몰아넣고 이런 몰골이 되도록 때린 불량배가 쫓아오는 것처럼 남호영은 잔뜩 긴장한 눈빛으로 계단 아래를 살폈다.

"아니에요…… 아무 일도 아니에요……."

정인은 설핏 웃으며 그의 눈길을 피했다.

"그런데 왜 이렇게 대체? 어디서 오는 길이세요?"

"…… 집에서……."

"집에서요? 집에 무슨 일 있었어요?"

묻다 말고 남호영은 입을 다물어버렸다. 그녀의 옷매무새 그리고 목덜미에 드러난 흉한 자국들을 보아버렸던 것이다. 남호영은 아무 말 없이 문을 더 열었고 정인은 마치 처음부터 그러기로 되어 있었던 것처럼 문 안으로 들어섰다. 그리고 그에게 등을 돌린 채로 소파에 주저앉는다.

남호영은 문을 닫으며 잠깐 생각에 잠기는 눈치더니 다가가 형광등 스위치를 껐다. 어둠이 훅, 하고 두 사람을 감쌌다. 정인의 어깨가 일순 굳어진다. 남호영은 아무 말 없이, 미송의 책상 위에 있는 작은 스탠드 하나를 켰다. 부드러운 스탠드 빛에 감싸인 정인의 겁먹은 눈이 그와 마주친다. 그는 그 눈길을 피하며 정인과 마주 앉았다. 정인은 순간 깨닫는다. 정인이 부끄러워하는 것을 알고 그는 알아서 불을 꺼준 것이다. 밝은 빛 아래서 보기에 그녀의 몰골은 흉측했으니까.

남호영은 술을 마시고 있었던 모양이다. 그는 말없이 종이컵에 소주 한 잔을 따라서 정인에게 건네주었다.

"좀 드시겠어요?"

정인은 소주잔을 들어 그것을 단숨에 마셔버렸다.

"제가 방해를 한 건 알아요…… 그냥 여기 가만히 있을게요."

탁자 위에 흩어진 원고지 더미들을 보며 이 착한 여자는 더듬거리며 말했다. 어이가 없다는 눈길로 남호영이 정인을 빤히 바라본다. 정인은 무안해져서 스커트 주름을 쓱쓱 펴며 어색하게 웃는다. 웃다가, 웃으면서 무어라 말을 해야 될 것만 같아서 입을 여는데 부풀었던 풍선이 터지듯 울음이 터져 나왔다. 남호영은 정인을 힌 민 고고 순 떤 싸 낄ᅥ ᄂ 리 ᄀ ᄀ 선 ᄡ 세ᄤ 마셔푸 미 기래 내 이마에 손을 댄 채로 길게 한숨을 내쉬었다. 여자는 울고 남호영은 한숨을 거푸 쉬다가 휴지를 찢어서 정인의 곁으로 다가가 건넸다. 정인은 그것을 받아서 코를 푼다. 그래도 눈물은 그치지 않았다. 남호영은 이번에는 크리넥스를 통째로 정인에게 건넸다.

"고맙습니다."

코가 맹맹한 소리로 정인은 겨우 말했다.

"뭐가요?"

남호영은 조금 화가 난 듯도 했다. 무안해져서 고개를 들지 못했다.

"그냥요……. 아무것도 묻지 않으시니까…… 그게 고마워요."

정인의 얼굴이 다시 일그러지고 눈물이 흘러내렸다.

"정인 씨는 왜 그렇게 고마운 게 많아요? …… 이런 정도인 줄은 몰랐어요."

미송에게 대충 정인의 사는 양을 들은 적이 있던 일이 생각나자 그는 담배에 불을 붙여 정인에게 건넸다.

"괜찮으시다면 한번 피워보세요."

정인은 눈물을 멈추고 물끄러미 남호영이 내미는 담배를 바라보다가 그것을 받았다.

"그냥 숨을 쉰다고 생각해요. 크게 들이 내쉬고 그냥 편안하게…… 맞지 않으면 끄시구요."

정인은 그가 내미는 담배를 받아 들어 연기를 한 모금 들이켠다. 들이켜고 내쉬고…… 그러는 사이 창밖을 기웃거리던 어두운 바람들이 저희들끼리 수군대며 지나가고 있다. 그런데 그때 이 나직나직한 어둠을 뒤흔들며 전화벨이 울렸다. 정인의 얼굴에 겁이 더럭 실린다. 남호영이 전화기 앞으로 다가가려고 일어섰다. 그런데 그 순간 여자의 발작적인 손길이 남호영의 스웨터를 부여잡았다.

"받지 말아주세요……. 아마…… 남편일 거예요…… 아마 깨어났나 봐요……. 제가 여기 온 걸 알면…… 그 사람 오면…… 저는…… 제발 부탁이니 받지 말아주세요."

그녀는 남호영의 두 팔을 잡고 커다란 소리로 두서없이 말하기 시작했다. 남호영이 전화를 받아서 남편에게 곧 그녀를 인도하기로 작정했다는 확신이라도 가진 사람 같았다.

"정말 싫어요…… 맞고 싶지 않아요…… 정말 싫어요! 맞고 싶지 않아요! 맞고 싶지 않아요!"

정인은 발작하듯 소리를 질렀다. 여자의 눈은 두려움에 질려 이미 초점을 잃고 있었다. 남호영은 얼결에 발작하듯 다가서는 여자의 어깨를 안았다.

"괜찮아요. 정인 씨, 안 받을게요! 괜찮아요, 정인 씨! 정인 씨!"

남호영은 여자를 안은 채로 등을 두드렸다. 순간, 전화벨 소리가 멈추었고 꿈에서 깨어난 것처럼 정인의 눈에 초점이 돌아왔다.

"……괜찮으세요?"

정인은 갑자기 남호영에게서 떨어진다. 그러고는 내가 왜 이러게, 이는 표정으로 들이의 병하게 선다. 나그에야 그녀는 떼내고 가서 소파에 앉혔다. 그리고 출판사 문을 열고 밖을 한번 확인한 다음 빗장을 채웠다. 남호영은 책상 위로 다가가 스탠드마저 껐다.

그리고 다가와 정인의 곁에 앉았다.

"이제 됐어요…… 아무도 정인 씨 때리지 않아요. 여기 정인 씨 있고 여기 내가 있고, 이제 괜찮아요. 내가 지켜줄게요, 됐죠?"

정인은 아직도 멍한 얼굴로 어둠 속에서 가물거리는 남호영의 얼굴을 바라다보았다. 어둠에 묻힌 방 안이 창밖의 가로등 빛 때문에 천천히 환해진다. 그 어둠 속에서 두 사람은 나란히 앉아 있다. 정인의 얼굴 위로 평정이 서서히 내려앉기 시작했다.

"죄송해요."

"그 말 이제 오늘은 그만 쓰기로 해요…… 알았죠?"

정인은 눈물이 번진 눈을 찌푸리며 어색하게 웃었다. 남호영은 술병을 비우며 술을 따라 정인에게 건넸다. 정인은 그것을 받는다. 마치 의식처럼 두 사람은 그렇게 소주를 나누어 마셨다. 그리고 푸르스름한 새벽이 유리창에 물들 무렵 정인은 그 자리에서 남호영의 어깨에 기댄 채 고른 숨을 쉬기 시작했다. 남호영은 제 어깨에 기댄 여자 머리의 무게를 느낀다. 느끼면서 담배조차 피워 물지 못한다. 작은 기척에도 그녀가 깨어나 다시 공포에 사로잡힐까 봐, 정작 겁이 났던 것은 아마도 그였나 보다.

4부

귓가에 남은
그대 음성

사랑에 대한 당신들 각자의 개념이 그렇게 크게 다르다는 것은
매우 불행한 일입니다.
당신들 중에서 어느 한 사람이라도
자기의 사랑 개념에 근거하여 상대편을 공격한다면,
그때는 당신들 사이의 문제를 해결할 가능성은 점점 더 어려워질 것입니다.
이 세상에 있는 어떤 사랑의 정의(定義)도 '틀린' 것은 없으며
오직 다를 뿐입니다.

—김중술, 『사랑의 의미』 중에서

기억은 버섯처럼 돋아난다

"떨지 마, 괜찮다니까."

미송은 정인의 한 손을 잡으며 말했다. 아직 약속 시간은 10분 정도 남아 있었다.

"난 안 떨려……."

떠는 건 너잖아, 하는 표정으로 미송의 옆자리에 앉은 정인은 샐쭉 웃으며 말한다. 길게 자란 머리를 한 가닥으로 묶은 정인의 얼굴은 조금 파리한 듯도 했지만 이제 담담하고 맑아 보였다.

"하기는…… 시집도 안 가본 처녀가 남의 이혼 일에 끼어들라니…… 떨리긴 좀 떨린다. 응?"

정인의 말대로 떨리는 것이 자신인지 아니면 정인인지 알지 못하면서 미송은 그래도 정인이 걱정이 된다. 두 손을 비비며 시선을 떨어뜨린 채 앉아 있는 정인의 옆모습을 물끄러미 바라보다가 미송은 담배를 한 대 피워 문다. 이제 곧 서른이 된다……라는 생각이 그녀의 머리를 스치고 지나갔던 것이다. 서른이라니…… 미송은 생각한다. 어린 시절에는 생각했던 것이다. 서른이 되면 엄마가 되고, 엄마가 되지 않더라도 그 나이면 이 세상에서 모르는 것이 없는 사람이 될 거라고……. 어린 시절, 모든 것을 다 아는 것처럼 보였던 선생님들조차 서른이 되지 않은 사람들이 많지 않았던가…….

그런데 서른이 되면서 미송은 모르는 것이 너무 많아져버린다. 열 살이 되었을 때 모르던 열 가지가 서른이 되면서 삼백 가지로 많아져버리는 그런 기분이라고나 할까……. 그러면서 문득 그녀는 생각한다. 정인이는 그래도 연애도 하고 결혼도 하고 아이도 낳고…… 게다가 이혼까지 치러내려고 하지 않나, 하는 생각……. 결코 그녀의 그런 나날들이, 그 단어가 어린 시절에 우리에게 주었던 환상들과는 다른 것들로 이루어져 정인을 괴롭혔다는 것을 알고 있으면서도 미송은 왠지 서른 살, 이 가을날이 서글프고 텅 비어 썰렁하게 느껴지는 것이다.

"그나저나 정인아, 그 인간이 또 때리거나 저번처럼 상을 뒤집어 엎개 | 더 그래기는 않개기?"

앞뒤가 맞지 않는 자리에서 공연히 쓸쓸해지는 상념들을 흩뜨려놓고 싶은 이유에서일까, 머리를 흔들며 미송은 묻는다. 정인이 집을 나온 후 몇 번 만남의 자리에서 현준은 언제나 이성을 잃고 탁자를 뒤집어엎거나 했다. 그로서는 정인이 이혼을 요구하는 것 자체를 용서할 수가 없었던 것이다. 아니 용서라는 개념도 적합지는 않으리라. 그것이 대체 그의 사전에 있기라도 한 말인지…… 그는 이혼이라는 단어의 해독을 하지 못하는 사람처럼 망연한 표정이었던 것이다. 몇 번이나 서류를 만들어놓고, 그래서 정인은 그것의 종지부를 짓지 못했다.

미송은 담배를 얼른 끈다. 한낮에도 어둑한 카페의 입구에 회색 싱글을 입은 키가 큰 남자가 나타났다. 미송은 엉거주춤 일어서고 현준은 이 자리에서 두 사람이 나와 있는 것이 의외라는 듯, 미간을 가늘게 찌푸렸다.

"오랜만입니다."

미송이 인사를 하자 현준은 아, 뭐…… 하는 말투로 얼버무리며 자리에 앉는다. 세 사람은 말이 없다. 검은 나비넥타이를 맨 웨이터가 다가와 물잔을 현준 앞에 내려놓는다.

"뭐 드실래요?"

정인이 평온한 목소리로 물었다. 현준의 눈이 잠깐 그런 담담한 정인의 얼굴을 재빠르게 훑고 지나간다. 얼핏 슬프기도 한 그런 눈길이었다.

"커피……."

"커피 셋 주세요."

아직 이른 시간이어서인가, 카페에서는 비로소 음악이 시작된다. 한때 이런 카페에 앉아서 저런 음악을 들으며 현준을 기다리던 그날들이, 벌써 10년쯤 지난 시간의 일들이 정인의 머리를 스쳐 지나갔다. 언제나 늦었던 그, 언제나 오지 않았던 그, 언제나 한 번도 친절하지 않았던 그…… 그날들이 빛바랜 꽃무늬 천처럼 펄럭거리며 정인을 스쳐 지나간다. 희미하게…… 정인은 이제 그날들의 서글픔이 아니라, 그를 기다리며 앉아 있던 자신의 옛 모습을 생각해내며 자신도 모르게 코끝이 찡해지고 있었다. 적어도 그때는 미래에 대해서, 적어도 그때는 이 남자에 대해서, 거짓일망정 희망은 가지고 있었다는, 그런 생각을 했던 것이다.

현준이 담배를 피워 물고 미송이 다시 담배를 물고 그러고 나서 커피를 날라오는 시간이 지났을 때 현준이 미송을 향해 거북한 눈길을 보냈다.

"저는 그러면…… 정인아, 난 저쪽 자리에 가서 앉아 있을게."

미송이 현준에게 이어서 정인에게 눈짓을 하고 테이블을 몇 개쯤 비켜 앉는다. 오늘 이 자리에 나온 현준은 예전과는 다르게 느껴졌지만 미송은 그래도 나, 여기 있다, 라는 시위를 해두고 싶었던 것이다.

두 사람만이 마주 앉았을 때 현준은 무심히 눈을 들어 정인을 바라보았다. 그 눈길이 이제까지 보아온 눈길과는 아주 달라서 정인은 순간 시선을 피했다.

"민호는……"

"잘 있어……. 어머니가 시골집 정리하고 서울로 오셨고……"

두 사람은 말이 없다. 정인이 머리칼을 공연히 쓸어 올리며 무안한 입술을 물었다. 그렇다면 저쪽에서도 엄마가 없는 아이에 대해 채비를 해두었다는 말이 되는 것이다.

"지내기는 어때?"

현준이 먼저 입을 열었다.

"좋아요."

정인이 말을 자른다. 미송의 거처에 얹혀 있는 처지였지만 다음 달이면 조그만 방을 얻어 독립을 할 작정이었다. 월급을 가불해준다는 미송의 배려였다.

"내가…… 잘못한 거…… 많다는 거 안다."

현준이 정인이 올려놓은 서류들을 바라보며 입을 열었다. 말소리는 담담했다. 정인이 무연한 표정으로 현준을 바라본다. 내가 한때 저 사람을 언제 사랑했었나 싶은 얼굴, 언제 저 사람의 아이를 낳고 살을 비비며 그 어깨에 기대고 싶었었나, 그의 얼굴은 멀고 낯설어 보였다.

현준은 아무 말 없이 담배를 물고는 주머니를 뒤적여 도장을 꺼내서는 서류에 도장을 찍었다. 그토록 원하던 절차였으면서 정인은 막상 그와의 마지막 끈들이 떨어져 나가고 있는 쓰라림을 느낀다.

"점심은……."

도장을 검은색의 작은 도장집에 넣으면서 현준이 물었다.

"점심요? …… 글쎄요."

정인은 설핏 웃었다. 처음 서울로 현준을 찾아와 만났던 그때의 기억이 그녀의 머리를 쓸쓸하게 스치고 지나갔던 것이다. 그때도 현준은 저렇게까지나 맑은 얼굴은 아니었다. 정인은 그의 맑은 얼굴을 바라보면서 순간 무어라 말할 수 없는 안도를 느낀다. 글쎄, 이 사람, 내가 한때 사랑했다고 믿었던 이 사람, 아주 나쁜 사람은 아니었구나, 하는 생각…….

"내가…… 정인이 맛있는 점심 한번 사주고 싶은데……."

현준은 천천히 말했다. 어쩌면 수줍은 듯도 한 얼굴이었다.

"괜찮아요."

정인도 가식 없이 말한다. 첫 미팅에서 만난 스무 살짜리들처럼 이 두 부부는 서로 수줍고 정다워까지 보였다. 이상한 일이었다. 이럴 수 있는 사람들끼리였는데, 왜? 라는 생각이 정인의 머리를 스친다. 왜 그토록 보지 못할 꼴을 보이며 살았던가 하는 생각…… 이상한 일이었다. 사실, 사랑하는 사람들끼리 그러니까 부부끼리, 사실은 이렇게 조용하고 이렇게 수줍은 대화를 했어야 하는 것이 아니었을까…….

현준은 담배를 톡톡 털며 서류를 접어 제 주머니에 넣었다.

"당신한테 해준 게 없었는데…… 이거 접수라도 내가 시켜야지."

건너편 탁자에 앉은 미송이 담배를 피우다 말고 정인을 휘둥그레한 눈으로 바라본다. 만일 미송에게 미끄럼라도 갖다 댄다면 그녀는 이렇게 말하고 싶은 표정이었다.

'저 사람 정말 강현준 맞아? 어디 새마을 연수라도 갔다 온 거

아니야?'

그런 미송의 시선이 제 등에 꽂히는 걸 아는지 모르는지 현준은 쑥스럽고 황망한 표정이었다. 마지막으로 그녀의 얼굴을 조금이라도 더 보고 싶다는 듯 시선은 정인의 숙인 고개에 가서 머물고 있다.

"민호 필요한 거…… 제가 힘닿는 데까지 보내드릴게요……. 어머니한테는 정말 죄송하다고…… 제가 자리가 잡히면 곧 민호를 데리고……."

"정리할 건 정리해……. 나이가 있는데 새로 남자도 만나야겠지…… 민호는 걱정하지 말고."

현준은 민호의 이야기를 꺼내며 장황해지는 정인의 말을 잘랐다. 자르면서 빤히 정인을 바라보았다. 생각 탓이었을까, 그의 눈에는 물기가 배어 있었다. 정인은 갑자기 당황한다. 만일 현준이 빈다면, 어떻게 하나, 겁이 났던 것이다. 제발이라고 매달린다면, 어떻게 하나…… 하는 생각……. 이혼을 치러낸다는 것이, 이 여자에게는 그렇게 쉬운 일이 아니었다. 그것은 단지 결심만의 일은 아닌 것이다. 그러므로 정인은 만일 현준이 매달린다면…… 하는 생각을 했었고 그랬다면 자신도 어떻게 될지 알 수 없다는 생각에 사실 이즈음 내내 불안했던 것이다. 아이도 있고, 아니 무엇보다 아이가 있으니까, 이 사람이 조금만 반성해준다면, 조금만 성실해준다면…… 그런 생각을 하지 않은 것도 아니었으니까.

"아이는 걱정하지 말고…… 우선 당신 자신만 생각해……. 어디가 어디인지 모르겠고 삶들이 얽혀버려서 힘이 들 때는 그게 제일 좋은 방법이야."

현준은 말을 꺼내며 잠깐 미송을 의식한 듯 잠시 뒤를 돌아보는 듯하더니 말을 이었다.

"당신, 나 사랑하지 않았던 거 알아…… 사랑은 내가 했던 거 같애……. 언제나 남 같은 당신을 안으면서 내가 늘 강간하는 기분이었던 거…… 이해, 할 수 있을까?"

고개를 숙인 채, 듣고 있던 정인의 고개가 그 자리에서 꼼짝하지 못하고 멈추어진다.

"그랬어…… 이제 와서 아무 소용도 없는 이야기지만……."

현준의 말은 진심처럼 들렸다. 정인은 굳어져 있던 고개를 들고 겨우 커피잔을 들어 마신다. 자신을 늘 강간하는 기분이었다는 현준의 말이 그녀의 가슴속 깊은 곳에 묻혀 있던 생각을 뒤흔들어 깨우며 지나갔다. 그랬다. 한 번도 그를 사랑한 일이 없었던 것도 같았다. 정인이 사랑했던 것은 자신의 순결—만일 순결이라는 것이 그 단어 그대로의 의미로 있기나 하다면—자신의 선택 그리고 그 사랑은 고집으로 오기로 바뀌어져 있었다. 결혼한 이후부터 그녀는 그저 그 결혼을 유지하기 위하여 살아왔던 것이다. 정인이 배반하고 싶지 않아 버텼던 것은 현준에 대한 사랑이 아니라 자신의 신념이 밀실에게 배째라는 말은 이었다. 저위우 입속에 고여 넘어가지 않는 상념을 꿀꺽 힘겹게 삼켰다. 이게 뭔가 하는 생각, 이게 대체 뭐하는 짓인가 하는 생각이 들었던 것이다. 정인은 순간 웃음이 터져버릴 것 같은 환각에 몸을 부르르 떤다. 만일 결혼 생활의 어느 한순간, 달려가던 파국의 한 줄기를 온몸으로라도 막은 채로 현준이 이런 표정으로 이런 말을 해주었다면, 만일 더 불행해지기 전에, 서로가 끝장을 보기 전에 현준이 이런 말을 해주었다면 결코 지금 같은 시간은 오지 않았을 거라는 생각이 들었던 것이다. 그러면서 정인은 처음으로 현준과의 결혼 생활의 파국에서 결코 자신도 그 책임을 면죄받을 수 없다는 생각을 했다. 나쁘게만 달려가던 시간을 온몸으로라도 막아서서, 그가 이렇듯 진심을 말할 기회를 그녀는 주어야 했던 것이 아니었을까 하는 자책 같은 것이었을까?

정인의 얼굴을 바라보는 현준의 눈길도 스산해 보인다. 어느 새벽 만취된 술에서 깨어나 어딘지도 모르는 여인숙 천장을 우두커니 바라보는, 그런 눈길이었다.

"시골집 정리되는 대로 돈을 좀 해줄게."

"아니에요."

정인은 고개를 흔든다. 현준은 맨손으로 턱을 한번 부볐다.

미송은 담뱃재가 길어지는 것도 잊은 채, 새마을 연수원에 다녀온 게 틀림없어 하는 표정으로, 그러나 자신도 혼돈스러운 감정을 주체할 수 없다는 자세로 앉아 그들의 대화를 듣고 있었다.

"당신은 영리한 여자야……. 하지만 이제부터는 영악하게 살아야 해……. 세상은 그렇게 착하지도 않고, 그래서 착한 사람들을 내버려두지 않아……. 내 맘 언제 변할지 모르니까 돈은 챙겨 뒤…… 돈이 자존심이라는 거 당신도 곧 알게 될 거야."

현준은 담배를 끄고 자리에서 일어난다. 정인은 그의 뒤를 따라 일어섰다. 현준은 주머니에 두 손을 집어넣으면서 정인을 한번 더 바라보았다.

"오래 생각해봤는데…… 당신…… 나한테 과분한 여자였어."

현준은 정인의 옹송그려진 어깨를 두드리며 말했다. 정인은 순간 당황한다. 당황하면서 왜였을까. 그의 손길이 어깨에 닿는 순간, 명수의 결혼식 날 밤 그가 그녀의 뺨을 아프게 때린 그 아픔을 생각해냈다. 기억은 집요한 것이었던가. 왜 이토록 애틋한 이별이 될 수도 있는 그 순간에 그 악몽 같은 기억은 버섯처럼 피어오르는 것인지.

그 기억의 힘으로 정인은 현준을 보냈다. 일찍 추락하는 나무이파리들이 두엇, 바람도 없는 허공으로 떨어져 내리는 가을날이었다. 정인은 걸어가는 현준의 뒷모습을 물끄러미 바라본다. 현준은 한 번도 뒤돌아보지 않았다.

"어디 가서 소주라도 한잔할까, 젠장 하늘은 왜 저렇게 파랗니."

미송은 현준과 헤어져 출판사로 돌아가는 길에 길가에 돌멩이를 차는 듯한 포즈를 취하면서 말했다. 정인은 그런 미송을 빤히 바라보았다. 이혼을 한 당사자는 마치 미송인 것처럼, 생각 탓이었을까 미송은 정말 나란히 교차에게서

"같이 가서 점심이라도 먹을까?"

두 사람은 가까운 설렁탕 집으로 들어간다. 반주로 소주를 시켜

놓고 미송은 정인에게 술을 따랐다.

"야, 임마 괜찮아⋯⋯. 아직까지 처녀 딱지도 못 뗀 내가 이런 말 하는 건 그렇지만⋯⋯ 그래도 괜찮아⋯⋯ 잘 살아라."

두 여자는 잔을 부딪친다. 많이 마신 쪽은 미송이었다. 내가 처음부터 그놈은 안 될 줄 알았다니까, 말을 하고 싶은 마음 때문이었을까. 입술이 조금씩 달싹거렸지만, 이제 와서 그런 말이 무슨 소용인지, 그런 건 이제 와서 다 부질없다는 그런 생각이 든 모양이었다.

"식구들한테는 말씀드렸니?"

"으응⋯⋯ 작은언니한테 전화가 왔길래⋯⋯ 사실대로 말했지 뭐."

"⋯⋯언닌 뭐라구 해?"

"⋯⋯그냥 알았다구 그러더라."

두 여자는 말이 없이 깍두기를 얹어서 뜨거운 설렁탕을 먹는다. 먹다가, 미송이 갑자기 머엉, 와자지껄한 점심시간의 식당을 바라보았다.

"정인아, 만약에 니네 엄마가 너 민호처럼 어렸을 때⋯⋯ 니네 아버지랑 이혼을 결심했다면⋯⋯ 그렇다면 어떻게 되었을까."

정인은 깍두기를 반쯤 베어 먹다가 미송처럼 망연해진다. 어린 시절에 그녀는 생각한 일이 있었다. 차라리 고아였다면 어땠을까, 하는 생각⋯⋯. 어머니와 아버지가 자신의 친부모가 아니어서 진짜 부모가 근사한 승용차를 타고 나타나는 그런 꿈을 꾸다가 작은언니 정희에게 면박을 받은 일도 있었으니까⋯⋯.

"아마 적어도 나는 아버지에 대해서 그저 그리운 생각만을 가지고 있었겠지…… 부재만을 생각했겠지……."

"그러고 보면 없는 게 나은 경우도 있는 거 아니겠니? 차라리 없는 거…… 그러면 최소한 나쁜 기억은 없을 거 아냐."

"나도 가끔 생각했어…… 그럴지도 모르지……. 그런데 우리 엄마…… 죽기 전에 평생을 두고 바느질하면서 그 돈으로 어렵게 자식들 키우고 시어머니까지 병수발해가면서 우리 엄마가 진짜로 아버지한테 바라던 것은 무엇이었을까…… 하고 말이야. 처음에는 생각했지…… 돈일까? 하지만 돈도 아니었어. 아버지는 생활비를, 내가 아는 한에서는 엄마한테 가져다준 일이 거의 없었으니까……. 흔히 여자들 말하는 울타리도 아니었는데…… 아버지는 울타리가 되어준 일이 없었으니까."

"이렇게 말해서 미안하다만…… 니네 아버지는 주로 그 울타리를 부숴버리곤 했잖아."

말하다가, 웃을 이야기도 아닌데 두 여자는 남의 이야기처럼 웃는다. 매운 깍두기와 뜨거운 설렁탕의 국물 때문에 두 여자의 이마에는 송송 진땀이 배어 있었다.

"그랬지…… 주로 부수는 일을 맡았지……. 그런데…… 그래도 어머니는 아버지가 오는 날은 밥상을 차렸어. 하다못해 간고등어 □□□ ┌□ ┌□ . ┐┌ ┌□□□ □□┌□ □□ □□□ ┌□□┌┐ ┌ □□ 가 부엌에서 진동하는 날은 대개 아버지가 돌아왔고…… 니가 알다시피 그런 날은 울타리가 다 부수어졌으니 말이야……."

고등어를 안 먹는다는 정인의 말을 듣는 미송의 얼굴이 설렁탕 국물처럼 뿌옇게 흐려진다.

"그래서 나도 생각해봤는데 어머니가 정말 필요로 했던 건 남편이라는 이름이 아니었을까……. 이름만 지닌 울타리라도 어머니는 거머잡고 싶었던 것 같애……."

아직 서른이 채 못 된 두 여자는 기가 막히다는 듯이 한숨을 내쉰다. 하지만 두 여자도 알게 되리라. 어머니가 그 많은 것을 희생하면서 왜 그 이름을 지키려고 했는지. 남편이라는 것이 왜 그 모든 대가를 치러서라도 잡아야 했던 이름이었는지…… 생활비라든가 하다못해 섹스라는 의미가 아니었다 하더라도 왜 그것을 부여잡아야만 했는지……. 다만 여자들의 수동성, 다만 여자들의 의존적 성격 혹은 소심증 그도 아니면 용기 없음이라고 쉽게 생각하지는 말자. 왜냐하면 한 사회에서, 부부와 그 아이들이 이루는 가정이 전체 사회의 가장 최소 단위인 이 사회에서 그 울타리를 부수는 일은 말처럼 그렇게 쉬운 일은 아니다. 마치 오른손잡이를 위해 모든 것이 고안된 세상을 당연하다고 여기듯이, 남자들을 위주로 질서 정연하게 정리된 세상에서 남편이라는 존재는, 다만 그 이름이 남편인 것만은 아니기 때문이라는 걸 그 여자들은 이제 곧 알게 되기 때문이다.

"하기는 우리 동네 말숙이 엄마…… 그 과부 아줌마…… 무슨 나쁜 일만 있으면 다 내가 남편 없어서 무시한다고 목 놓아 울곤 했잖아."

우연히 뒤진 호주머니 안처럼, 불쑥 비어져 나온 기억 앞에서 두 여자는 마주 보고 웃는다. 말숙이가 학교에서 돈을 훔쳐 벌을 받았을 때도 그 엄마는 그렇게 말하며 울었다. 그 엄마가 교무실에서 담임선생인 미송의 아버지 권 선생에게 삿대질을 하며 말하던 그 소리를 반 아이들은 모두 들었었다.

—내가 남편 없이 산다구! 우리 말숙이가 애비 없다구! 선생님까지 우릴 무시하는 거예요 뭐예요?

말숙이가 돈이든 학용품이든 훔치는 버릇이 있다는 것을 모르는 아이들은 없었다. 하지만 그것을 바라보아야 했던 여자아이들의 가슴에 그 말은 다가와 이렇게 이십여 년이 지난 어느 날에도 기억으로 남아 있다. 말숙이가 돈을 훔친 것도 사실이었지만 그녀가 말하는 '그 억울함'이 영 근거가 없는 것도 아니라는 것을, 그녀들은 아주 꼬마였을 때부터 뭐랄까, 가슴으로 이미 교육받았기 때문은 아닐까. 장에다 고추며 깨며 하는 것을 내다 팔고 그 장이 파하고 정인이와 명수와 미송이 막대사탕을 빨며 저녁 거리를 지나갈 때 장바닥에 쓰레기처럼 버려진 배추며 열무 부스러기 따위를 정성스레 망태기에 담던 그 여자. 말숙이는 그 쓰레기들을 주워 담아 만든 뻣뻣한 김치를 도시락에 싸왔고 점심시간이면 그것들을 손으로 쭉쭉 찢어 먹곤 했었다.

ᅩ 어제 ᅩ 바쓺쎄 서럼낳옥 비ᄋ ᅵ 히ᄮᅸᆨ ᅵ ᅴ ᅡᆫᅵ ᅮ네 ᄭ싾
소주를 마셨을 뿐인데도 미송의 얼굴은 발그스레했다. 따가운 가을의 햇살이 거리를 쨍쨍하게 비추고 있다. 해는 아직도 여름의 기

억을 다 잊지 않은 듯 뜨끈한데 바람은 벌써 가을이었다. 어느 식당 앞 비닐 돗자리 위에 놓인 붉은 고추가 빛깔도 곱게 마르고 있었다. 그러고 보니 햇살도 투명해지고 조금씩 더 황금빛으로 변해가고 있었다. 바람이 불면 진초록빛 이파리들은 와스스 소리를 내며 흔들거렸다.

"근데 난 뭐니 정인아, 연애 한번 못해보고……. 정말 난 뭐니?"

그 엷은 햇살 속으로 걸어가다가 미송이 불쑥 말했다.

"동구가 다 무너지고 있대……. 어제 소련 연방이 공식적으로 해체를 선언했지……. 그런데 난 이게 뭐니?"

미송은 딱히 정인을 바라보고 있지는 않았다. 서른이 못 되어서 이혼녀가 된 친구하고, 소련 연방이 해체를 선언한 거하고, 연애 한번 못해보고 서른을 기다리고 있는 자신하고 게다가 말숙이 엄마까지…… 그런 것들이 대체 무슨 논리적 연관성을 가지고 있을까마는, 미송의 눈에는 어느덧 눈물이 그렁그렁 괸다. 왜냐하면 그것들이 꼭 아무런 연관이 없는 것은 아니기 때문이다.

나쁜 사람

이제는 밤에 자기 전에 창을 단속해야 할 계절이었다. 창을 열어
놓고 자고 나면 아침에 코가 훌쩍거려지는 그런 계절. 오백만 원에
오만 원짜리 방으로 이사한 지 거의 한 달째 밤이었다. 두 평이 채
될까 한 방에는 옹색한 책상이며 초록색 비닐을 씌운 비키니 옷장
이 놓여 있다. 천장에 붙은 형광등은 오래되었는지 파르스름하게
깜박인다. 그 빛들이, 차마 우리 눈으로 다 헤아릴 수 없는 찰나들
의 명멸이 정인의 얼굴 위로 지나가는 것만 같다. 정인은 창을 닫
내 틸고 ㅜㅜ니니 싱쉬늘 내나몬나. 녹이 늘어서 삽아낭기면 금방
우두두두 떨어져버릴 것만 같은 방범창 밖으로 길이 보인다. 밤이
늦어서 사람들의 발길도 끊어지고 청명하던 가을밤 속으로 마른

바람들이 몰려간다. 건너편 골목에 뻘쭉하게 서 있는 가로등 빛 때문이었을까, 나무들이 그 바람에 부대끼는 그림자가 선명하게 아스팔트 위로 어린다. 그걸 바라보는 정인의 얼굴 위로도 그림자들이 얼룩지는 것만 같다.

정인은 창을 닫고 이불을 폈다. 연탄이 잘 들지 않는 방이었다. 퇴근해서 집에 돌아와보면 늘 꺼져 있던 연탄불. 번개탄의 솟구쳐 오르는 연기와 함께 정인의 저녁 일과는 시작되었다. 정인은 아까 초저녁에 퇴근하자마자 이불을 좀 펴둘걸 하는 생각을 하며 자리를 펴고 누웠다. 출판사의 일들 때문에 몸은 무너질 듯이 피곤했다. 온몸이 방바닥으로 녹아 스며들 듯이 그렇게 피곤했던 나날이었지만 정신은 또록또록 잠이 오지 않았다. 자신의 차가운 발이 이불 밑에서 딱딱하게 놓여 있다. 마치 자신의 신체가 아닌 것처럼 찬 발. 정인은 두 발을 교대로 아직 따뜻한 종아리에 대본다. 마치 남의 발처럼 그것은 이물스럽게 느껴진다.

발을 가지고 꼼지락거리다가 정인은 그대로 누워서 먼지가 낀 형광등을 바라본다.

─발이 왜 이렇게 차? …… 발이 차가우니까 매일 잠이 안 오지.

함께 잠자리에 들었던 어느 날 그것은 대체 얼마 전의 일이었는지 모르지만 현준은 그렇게 말하며 제 발로 정인의 발을 녹여주었었다. 따뜻한 그의 품이 좋아서 거기에 찬 발을 녹이면서 아마도 그런 때 정인은 생각했던 것 같다. 같이 산다는 건 좋은 일이구나.

형광등 빛은 여전히 깜박거리고 있다. 불을 꺼야 하는데, 하는 생각을 하면서도 정인은 꼼짝하지 못하고 그저 파르스름하게 깜박이는 형광등을 내내 바라보고 있다. 내일은 저걸 닦아야지……
먼지가 저렇게 많구나…… 그런데 딛고 올라설 의자가 없구나, 이번 휴일에는 동대문 시장에 가서 천이라도 두어 마 끊어다가 커튼이라도 매달아야지. 뭐 그런 생각들을 하는데 갑자기 눈물이 솟구쳐 오른다.

민호를 위해 기저귀를 끊으러 갔던 그 시장이었기 때문일까……. 민호는 엄마를 찾지 않을까, 엄마의 얼굴도 기억하지 못하겠지. 정인은 생각한다. 이담에 조금만 세월이 지나면 민호를 보러 갈 수 있을지 어떨지. 그때 낯선 눈길로 자신을 바라볼 민호를 생각하는 것이다.

혼자였다. 내동댕이쳤든 고이 모셔져 비단 금침에 싸여 있든 그녀는 이제 혼자였다. 껍데기만 같았던, 아니 물거품처럼 잡을 수 없었던 현준도 가버렸다. 거품이든 어쨌든 그때는 그가 있었다. 그런데 이제, 그 혼자, 라는 사실을 그녀는 생각한다. 언제든 사람은 결국 혼자가 아니겠냐고 묻는다면 뭐 할 말은 없겠지만, 그래도 그런 순간들이 있다. 그렇구나, 생각하는 순간…… 체온이 식어 내리고 쓸데없는 인간들에게 모두 연락을 해서라도 부질없는 농담이라도 나누고 싶은 그런 순간이 있는 것이다. 결국 사람은 혼자라는 사실을 모르거나 알거나 그런 문제가 아니고 말이다.

이 세상에서 사람들은 결국 혼자 태어나 혼자 죽어간다는 사실처럼 사람들이, 그렇게 많은 사람들이 알고 있는 진실을 그렇게 많은 사람들이 매 순간 거부하는 게 또 있을까. 하다못해 사람들은, 길게 줄을 서서 기다리더라도 인파로 와글와글한 극장 쪽을 택한다. 낯선 거리의 식사 시간에 기웃거리다가 사람들이 많은 식당을 택해서 들어가는 것이다. 하지만 그런 순간에도 돌아보면 모두가 혼자였다. 하지만 사람들은 그래도 몸을 비벼보는 것이다. 인간의 훈기, 다른 사람들의 입김, 매 순간 그 인간들이 나와 아무 상관이 없으며 때로는 내게 해를 끼치기도 하지만, 그래도 사람들끼리 모여 있고 싶어 하는 것이다.

사고가 나서 주검이 되어 병원에 실려 오는 사람들…… 응급실을 지키고 있노라면 혼자 당한 교통사고보다는 차라리 여럿이 관련된 사고를 당한 편의 가족들을 대하는 것이 더 편하다고 명수는 말한 적이 있었다. 식구를 잃더라도 여러 사람들이 같이 잃으면 좀 덜 억울해하는지, 병원의 지시에도 좀 더 고분고분한 법이라고 명수는 그렇게 말했던 것이다.

"하지만 둘이서 있을 때 혼자라는 사실을 깨닫는 게 사실은 더 무섭다는 걸 저는 이미 알고 있었나 봐요……. 혼자라서 혼자라는 게 아니고 여럿이 모여 있는데도 혼자라는 사실을 느끼는 거, 한때는 뜨겁게 입 맞추고 살을 비비던 남편하고 누워 있는데 혼자라는 사실을 느껴야 하는 거…… 사실은 그게 더 기가 막히는 거 아니에요? 그건 정말 어찌할 도리가 없는 거잖아요? 아마 차라리 제가 혼자이기를 택한 것은 그래서였을까요?"

훗날 정인은 내게 그렇게 말하곤 했었다.

그렇게 몇 달이 흘러갔다. 정인의 얼굴은 몰라보게 회복되어가고 있었다. 일을 하다가 얼핏 고개를 든 미송은, 아 저게 정인이 얼굴이었지 생각하는 때가 많았다. 날카로웠던 그녀의 눈매는 점차 안정을 되찾아갔으며 입매는 자신 있게 다물려져서, 사람들은 문득 저 여자가 참 아름답구나 생각하곤 했다.

"이 사회에서 여자가 얼굴이 아름답다는 것, 아마도 흉측한 얼굴을 가진 것보다는 좋겠지요……. 하지만 그것은 꼭 좋은 일이었을까요? 그것을 지켜낼 힘도 없이 아름답다는 것은, 겨울 벌판에 내던져진 칸나 같은 건 아닐까요? 아름답다, 강렬하다, 고 생각하는 순간 시들어 추해져버리는 거지요……. 사랑의 가면을 쓴 유혹이 쉽게 오고…… 사랑의 이름으로 저질러지는 수많은 죄들……을 생각해보신 일 있어요?"

정인은 그렇게 남호영의 이야기를 꺼냈다. 사랑의 이름으로 저질러지는 죄, 라는 단어를 썼던 것이다. 나와 인터뷰가 시작된 지 열흘 만의 일이었다. 그녀의 목소리를 녹음하면서 한편으로 취재 수첩에나 자신의 단상을 메모해가던 나는 얼핏, 고개를 들고 그녀를 바라보았다.

비고 싶신 볶은 기다린 생미티카릭, 릴링한 릴색 세롱의 세그부늬 남방셔츠 그리고 얼핏, 한복처럼도 보이는 그보다 더 짙은 갈색의 편안하고 헐렁한 바지 차림……. 얼핏 중국 혁명기의 소녀를 연상시키는 그녀는 아름다웠다. 나는 그 아름다움에 잠시 넋을 잃고 그녀를 바라보았다. 한 여자가 한 여자에게 매혹당하는 일이 일어나고 있었던 것이다. 정인은 그런 나의 눈길에 당혹감을 느꼈는지, 얼핏 수줍게 웃으며 머리를 쓸어 올렸다. 그녀의 왼쪽 손목에 남은 자해의 상흔이 걷어 접은 남방셔츠 사이로 얼핏 보였다. 바로 저것이 저 여자가 아름다운 것에 대한 대가였는가 나는 생각했다. 하지만 정인은 내게 말하지 않았던가. 아름다움에 대한 대가가 아니고 그것을 제대로 지켜낼 힘을 가지지 못한 것에 대한 대가였다고…… 나는 그 힘이란 게 대체 무엇이냐고 묻고 싶었지만 잠자코 그녀의 말을 듣고 있었다. 왜 정인에게서 이어지는 그다음 이야기가 정명수가 아니라 남호영인지, 그걸 묻고 싶었지만 말이다.

"일은 아마도 전화로 시작되었어요……. 그렇게 몇 달을 힘겹게 버텨나가고 있던 어느 날이었지요……."

그 어느 날 밤 적막한 정인의 방에 전화벨이 울린다. 잠이 오지 않아 책을 뒤적이고 있던 정인의 얼굴은 전화벨 소리에 얼굴부터 해쓱해졌다. 우선 머리를 스쳐간 것은 혹시 민호가……라는 상상이었으니까. 쉽지 않은 인생길을 걸어온 인간들의 머릿속은 온통 나쁜 일만이 일어나도록 되어 있는 프로그램만 입력된 컴퓨터와도 같다고 말해야 할 것 같다. 그들은 언제나 좋은 일보다는 나쁜 일에 대한 상상력이 뛰어나니까. 어쨌든 민호가 어디가 아픈 것은 아닐까, 혹은 무슨 사고라도, 하는 생각을 하며 정인은 수화기를 들었다. 작은언니 정희가 연락이라도 자주 하자고 달아주고 간 전화였다.

"여, 보세요……."

수화기 저쪽에서는 대답이 없다. 혹시나 현준이 아닐까 하는 생각이 들면서 정인은 멈칫 말을 못했다. 현준이 이 번호를 알 리는 없었지만 혹시나 하는 생각이 들었던 것이다.

"여보세요……."

"저……."

목소리는 남자의 것이었고 조금 취해 있는 것처럼 느껴졌다.

"명수 오빠?"

"네? …… 아, 아니에요. 저 남호영이라고 하는 사람입니다."

이쪽에서 명수의 이야기를 거론하자마자 그가 당황한 듯 말했다. 겨울바람 소리가 위이잉 수화기를 타고 들려오는 것이 느껴지는 것으로 봐서는 밖인 모양이었다. 정인은 새삼 시계를 올려다본다. 새벽 1시가 넘어 있었다.

"남 선생님…… 웬일이세요?"

정인은 수화기를 고쳐 잡으며 다시 말했다.

"웬일이요? 별일 아닙니다. 오늘 제가 소설을 하나 탈고했거든요……. 이 밤에 오랜만에 기분 좋아서 혼자 나와서 술 한잔 했습니다. 그런데 가만 생각해보니까 이 기쁜 소식을 누구한테 전해주고 싶다는 생각이 들었어요……. 그런데 지금까지 잠 못 들고 날 기다리고 있는 사람이 이 세상에 한 한 사람도 없다는 말입니다……. 그래서 생각했지요. 정인 씨는 잠들지 않았을 거다…… 틀림없이 정인 씨는 잠들지 않고 있을 거다…… 제 말이 맞지요?"

"……네."

"목소리를 듣고 그러실 거라고 확신했습니다……. 제가 기뻐해
도 되겠지요?"

"예, 취하셔서 기억을 하실지 모르지만 소설 마치신 거 축하드립
니다."

"예?"

남호영은 정말 많이 취한 듯했다. 정인은 문득 먼 목소리로 만나
고 있는 그를 경계한다.

"아, 예…… 축하해야죠……. 정인 씨, 기쁜 소식을 전해드릴게
요…… 지금은 말고 제 전화를 끊은 다음에 창문을 한번 열어
보세요……. 댁에 창문이 있겠지요? 인간들은 대개 집에다 창문
을 만들지요. 너무 작아서 사람이 드나들 수 없는 창문 말입니다.
심지어 이 공기 탁한 서울에서 나무 한 그루 없는 삭막한 길로라
도 사람들은 창을 내지요. 왜 그런지 아세요? 왜 그런지 아세요?
…… 인간들은 말이지요…… 모두 그리워서 그래요……. 그리워서
창문을 만드는 거예요. 대문처럼 크게 만들면 누가 들어오니까 작
게, 또 대문처럼 크게 만들면 자신이 못 견디고 아무나 만나러 나
갈까 봐 작게, 그렇게 창문을 만드는 거예요…… 엿보려고 말이지
요……. 몸으로 만나지는 말고 그저 눈으로 저기 사람이 사는구
나…… 그림자라도 서로 만나려고…… 아니 그림자만 얽히려고,
그래야 아프지 않으니까…… 그림자는 상처받지 않으니까……. 각
설하고, 왜 창문을 열어보라고 했는지 말씀드릴 차례이군요. 왜냐

하면 말이지요, 놀라지 마세요……. 눈이 오고 있어요……."

정인은 남호영의 말을 듣고 얼핏 창문을 내다보았다. 정말로 눈이 내리고 있었다. 첫눈답지 않게 소담스러운 흰빛이 창가에서 너울거리고 있었다.

"눈이…… 오네요."

정인은 시선을 창밖에서 떼지 못한 채 정말로 기쁜 소식이라도 전한 사람에게 하듯 대꾸하고 있었다.

"그래요 눈이 와요……. 그러니까 이제 정인 씨 편히 주무세요……. 우리 새파랗게 젊지 않습니까…… 그러니 저도 이제 들어가서 잡니다……."

"네……."

"그리구 제가 가끔 이렇게 전화해도 됩니까?"

바람이 수화기 속에서 위이잉거리고 있었다. 그 소리에 맞추기라도 하듯 정인의 작은 창문 밖의 눈송이도 너울거린다.

"아닙니다……. 저 말이죠…… 저 사실은 아주 나쁜 놈이에요…… 저 믿지 마세요."

전화는 일방적으로 그렇게 끊겼다.

정인은 생각하곤 했었다. 정말 나쁜 사람은 나, 나쁜 놈이다, 라고 말하지 않는다. 그러니 남호영은 아마도 착한 사람일 거라고…… 하시반 정인는 생각하게 된다. 그렇다면 나 반대로 아니 이쁜 사람이었던가? 하고.

남호영의 말대로 눈은 첫눈답지 않게 많이도 내려서 쌓였다. 첫, 이라는 것의 의미들…… 첫눈, 첫돌, 첫사랑, 첫 입맞춤…… 아직도 정인은 그런 것들에게 마음을 빼앗기고 있었는지도 모른다. 출판사의 문은 잠겨 있었다. 남호영은 어젯밤 정인에게 전화를 걸고 나서 아직 돌아오지 않았거나 아니면 여기서 자고 이른 새벽 쓰라린 위장을 부둥켜안고 어디 해장이라도 하러 나간 모양이었다. 발을 돋워서 출판사 문 위에 놓인 열쇠를 집어 내렸다. 열쇠와 함께 먼지들이 푸르르 마른 겨울 공기 속으로 흩어져 내렸다. 정인은 문을 밀었다.

창문을 열어 환기를 시키고 난로를 지피고 정인은 자리에 앉았다. 언제나 아침, 정인이 출근을 하면 남호영은 여기 앉아 책을 읽고 있었다. 그래서 아침의 시작은 언제나 남호영이 이미 피워둔 난로의 훈훈한 온기로 시작되곤 했었다.

어젯밤 목소리에 배어 있었던 남호영의 취기를 생각하며 정인은 막 불이 붙은 석유난로의 심지를 줄인다. 그의 목소리에 배어 있던 취기 아닌 것들, 그러니까 진심으로 느껴졌던 것들이 그녀의 머릿속으로 떠올라왔다.

— 저 말이죠…… 아주 나쁜 놈이에요. 믿지 마세요…….

그 목소리의 여운이 정인의 귓가에 남았다.

석유난로의 심지가 탁탁, 소리를 내며 타고 있었다. 정인은 쓸쓸하게 창을 때리고 가는 바람 소리를 듣는다. 어제 내린 흰 눈이 뽀소소 쌓여 있다가 빙수 가루처럼 흩날린다. 흰 눈 하나하나에 햇살이 반사되어서 영롱하게 빛이 나는 것도 같다. 잠시 후, 누군가의 발자국 소리가 들렸다. 정인은 혹시나 남호영일까 하는 생각을 하며 커피포트를 들었다. 하지만 발자국 소리는 한 사람의 것이 아니었다. 정인은 수도로 가서 커피포트에 물을 담는다. 벌컥, 문이 열리는 소리가 들렸다. 정인은 감히 돌아보지 못하는 자신을 의식한다. 의식하면서 그녀가 그를 기다리고 있음을 처음으로 깨닫는다.

— 용기를 가지고 담담하게 살아가세요…… 괜찮아요…….

말하던 그의 목소리를, 그 목소리가 제 가슴속에 지피던 그 훈기를 이제와 새삼 생각하는 것이다.

"정인이 벌써 나왔구나!"

목소리는 미송의 것이었다. 정인은 제 마음에 일어나는 파장이 한꺼번에 사라지는 것을 느끼며 그제야 뒤를 돌아보았다.

"안녕하세요?"

진보라색 점퍼를 입은 연주가 미송과 함께 서 있었다. 연주의 볼은 추위 때문인지 빨갛게 상기되어 있었다. 그날 이후 이렇게 얼굴을 마주 대하는 것은 처음이었다. 하지만 연주는 그런 일 같은 건 다 잊어버린 듯 보였다. 언제나 지나치게 당당한 연주였다. 정인은 그녀를 따라 안녕하…… 말을 얼버무리며 자신의 차림새를 돌아본다. 연수 앞에 서면 왜 언제나 자신이 그렇게 후질구질하게 느껴졌을까. 정인은 새로 빨아 방 안에서 말렸다가 입고 나온 자신의 밤색 코르덴 바지를 살펴본다.

"말야, 정인아 기뻐해주라……. 내가 말야 청평에서 여기까지 눈길을 달려왔단다. 이렇게 무사히!"

왕초보라는 딱지를 겨우 차에서 떼어낸 미송은 그 사실이 못내 자랑스러운 모양이었다. 두 사람은 여성 세미나가 열렸던 청평에서 밤을 새우고 새벽길에 달려 아마도 이제야 서울에 도착한 모양이었다. 세미나, 란 말은 왜 그렇게 아득하게 들리는지, 정인은 말없이 웃으며 커피를 탔다.

"언니, 나 전화 좀 쓸게요."

연주는 일어나 전화기 쪽으로 다가간다. 수화기를 들고 번호를 꾸욱꾸욱 누르면서 연주가 말한다.

"참 명수 씨가 한번 연락하시래요."

상대편에서 응답이 나오자 연주는 명수를 찾았고 이윽고 명수가 전화를 받은 모양이었다.

"으응…… 죽을 뻔했어…… 미송 언니 운전 솜씨 알잖아……. 어젯밤에 떠났어야 했는데……. 나 보고 싶었어요? ……난 자기 굉장히 보고 싶었는데."

연주는 까르르 웃는다. 아까 창문 틈 사이에 쌓여 있다가 바람에 파르르 날리는 눈송이처럼 희고 영롱한 웃음소리였다.

"저것 좀 봐라. 지 신랑한테 이르는 꼴이라고는…… 너 그게 지금 여성 해방 세미나를 하고 온 여자가 노처녀하고 이혼녀인 선배들 앞에서 지금 할 소리냐 응?"

미송은 농담 삼아 말한다. 명수가 무어라고 하는지 연주의 얼굴이 들어설 때와는 다르게 환하게 피어나고 있었다. 웃을 때마다 그녀의 흰 볼에 보조개가 패인다. 정인은 커피를 타면서 그 어여쁜 보조개에서 얼른 눈을 뗀다.

"정인 씨?"

연주는 전화기를 든 채로 정인을 바라보았다.

"받아보세요."

연주가 수화기를 정인에게 건넸다. 정인은 폭폭 끓기 시작하는 주전자를 들다 말고 마른 입술을 한번 훔쳐냈다.

"잘 지내니?"

명수의 목소리는 여전했다.

"……네."

"네, 가 뭐야. 갑자기 너답지 않게 존댓말이라니 임마…… 뭐 필요한 건 없니? 내가 한번 찾아가본다면서 이렇게 됐다."

"……"

"우리 집에 한번 놀러 와라. 이번 일요일쯤 어때? 내가 해물탕 끓여줄게. 그리구 오늘은 연주보고 맛있는 거 사달래서 점심 먹어…… 저번에 보니까 너 너무 말랐더라……. 그때 민호 낳을 때 그때가 보기 좋았었는데."

명수는 말해놓고 임신 중독증으로 부어오른 정인의 몸을 생각했는지 하하, 웃는다. 연주의 비웃게 보호 싸인 개구 피피를 받던 정인은 창밖으로 펼쳐지는 시퍼런 하늘을 바라보면서 따라 웃지 못한다. 목구멍으로 알 수 없는 덩어리들이 꾸역꾸역 올라오기 시작했다.

"……너 생각하면 가끔 마음이 아파……. 진작 니가 말했었더라면 더 늦어지기 전에 내가 가서 그놈의 인간 녹실하게 패주고 아마 널 끌고 나왔을 거야……. 요즘은 별 해코지 안 하지?"

정인의 이마에 작은 땀들이 배어나기 시작했다. 그는 언제나 이런 식이었다. 이런 식의 말들을 아무렇지도 않게 하곤 했던 것이다. 만일 명수가 자신의 손을 끌고 그 집을 나왔다면, 그랬으면 어떻게 됐을까, 하는 생각이 그제야 정인의 머리를 아득하게 스치고 지나갔다. 스치면서 정인은 또 생각했다. 그런 사이였을까, 그와 나는? 그래도 되는 것이었을까? 하고

"아니, 어젯밤에 얼굴도 못 본 나 말고, 외간 여자하고 왜 그렇게 통화가 길어?"

수화기를 통해 들으라는 듯 미송에게 커피잔을 건네받던 연주가 큰 소리로 장난스레 말했다.

"밥 잘 먹구…… 어려운 일 있으면 꼭 병원으로 연락해야 한다. 내 전화번호 알지?"

"응."

"내가 없으면 메모를 남겨놔. 꼭이다. 알았지?"

"응."

전화는 그쪽에서 끊겼다. 정인이 전화를 끊고 돌아서자 연주의 눈길이 얼른 정인의 뒤통수에서 미끄러졌다. 미송이 탁자 위에 정인의 커피잔을 밀어주었고 정인은 하는 수 없이 연주와 마주 앉

는다.

"명수 씨, 전화, 그냥 끊었어요? ……저 다시 바꾸라고 안 해요?"

"네…… 바쁜 일이 있나 봐요."

연주가 다시 묻자, 정인은 하지 않아도 될 말을 덧붙였다.

"어떻게 그렇게 잘 아세요?"

듣기에 따라서는 가시 돋친 말이었다. 하지만 연주의 얼굴은 여전히 생글생글, 정인은 그만 무안해져서 커피잔을 두 손으로 그러쥐었다.

"명수 오빠가 잘해주지?"

미송이 담배를 물면서 연주에게 묻는다.

"응……."

연주는 그제야 수줍게 웃는다.

"내가 이번에 우리 기관지에 실릴 너희 부부 이야기 읽으면서 생각했지. 나두 노선을 바꾸기로 했어. 나두 결혼해야겠다구…… 이렇게 재미나구 평등하게 살 수도 있는 것이구나, 그럴 수도 있구나, 하구……. 이럴 줄 알았으면 명수 오빠를 일찍이 내가 꼬셔두는 건데."

말이사 농담이었지만 연주의 눈길이 정인을 스치고 지나가며 샐쭉해진다. 눈 시선을 느낀 미송이 끼어든다.

"정인아, 우리 연주는 이렇게 이쁘고 똑똑한 데다가 남편 복까지 있으니 어쩌면 좋으니? 명수 오빠가 집안일 반씩 나누고 얘 세

미나 준비까지 다 해준단다. 그게 어디 거만한 요즘 의사들이 할
짓이니?"

연주의 얼굴에 처음으로 자랑스러움이 피어난다.

"반씩 나누는 게 아니구요, 거의 다 하는 거나 다름없어요. 제가
글쎄 주부 습진이라는 게 걸렸거든요. 명수 씨가 설거지 못하게 해
요. 병원에서 수술 장갑을 가지고 와서는 그걸 끼고 설거지를 한
다니까요. 전 커피나 타래요."

전화를 끊어버린 명수에 대한 서운함이 어리던 연주의 얼굴에
담박 웃음이 피어난다.

"글쎄 미송 언니, 제가 학교에서 강의가 있는 날은 다리가 좀 아
프거든요. 끙끙 앓고 있으면 밤에 다리를 주물러주면서 자긴 정
신 노동자인데, 신경정신과니까 말이지요. 나는 다리품 파는 육체
노동자라나 뭐라나……. 그래서 자기가 밤에 운동을 해야 된대요.
우리 엄마가 정 서방 별스럽다구 그래요. 저렇게 여자 위하는 남
자 처음 봤다구……."

철이 없다고나 할까, 아니면 한때 자신의 남편을 잠 못 들게 했
던 여자, 정인에 대한 시위였을까. 연주는 의기양양해 보였다.

"너 어디 가서 이런 이야기 절대 해서는 안 된다, 연주야. 남의
남편이 좋은 사람이라는 이야기 듣고 좋아할 여자가 이 세상에 어
딨니?"

미송이 담배 연기를 내뿜으면서 천연스레 말한다. 연주는 두 손
으로 입을 가리고 까르르 웃는다. 미송은 그런 연주가 귀엽다는

듯 함께 웃는다. 정인은 뜨거운 커피를 삼키면서 설탕을 넣지 않았다는 생각을 그제야 했다.

"요즘 혼자 계시죠?"

연주가 정인을 보고 물었다

"아…… 네."

정인은 말을 얼버무린다. 자신의 집에 돌아가면 늘 꺼져 있는 연탄을 생각했다. 생각하는데 어떤 서늘함이 등줄기를 쓸고 내려갔다. 미송과 연주는 세미나에 관한 이야기를 나누기 시작했다. 커피잔을 든 채로 그 자리를 아주 비켜서지도 못하고 그렇다고 그들의 이야기에 끼어들지도 못하면서 정인은 우두커니 앉아 있었다.

얼마 전 어떤 작가의 집을 방문했던 날이 생각났다. 수유리 어디쯤이었던가, 물어물어 찾아갔던 그 집. 늦가을의 햇볕이 따스하던 날이었다. 그 집의 번지수를 찾고 그 작가의 이름이 문패에 달린 것을 확인했을 때 마당에서 들려오던 강아지 짖는 소리. 정인이 초인종을 누르자마자 문을 열어준 여자는 아직 널지 못한 흰 빨랫감을 한 아름 안고 있었다. 아마도 가을 차렵이불을 겨울 것으로 바꾸었는지 그리 화려하지도 넓지도 않은 마당에는 흰 홑청이 나부끼고 있었다. 소설가의 부인 뒤에서 두 살이나 먹었을까, 남자아이가 제 엄마 치맛자락을 붙들고 빠끔 정인을 내다보고 있었다.

강아지는 짖기를 멈추지 않았다. 여자가 말했다.

—어서 들어오세요. 해피, 저리 가! 해피…….

강아지의 이름은 하필이면 해피였다. 왜냐하면 가난한 소설가의 집은 가난해 보이기는 했지만 빨랫줄에 널린 흰 광목천처럼 산뜻하고 화사해 보였으니까.

―집이 누추해요. 어서 들어오세요.

여자는 남편의 원고를 꺼내러 가면서 자랑스레 말했다. 참 이상한 일이다. 그 집 부인의 얼굴을 보면 그 집안의 부부의 내력이 이제는 금방 읽힌다. 남편하고 사이가 좋은 여자인지 그렇지 않은지…… 여자의 얼굴은 해사해 보였다. 아이는 연신 제 엄마의 치마꼬리를 잡고 정인을 수줍은 눈길로 훔쳐보고 있었다. 아이를 보아도 안다. 이상한 일이다. 그 집안에서 제 엄마와 아빠가 얼마나 아이를 사랑하는지. 아니다. 여자의 얼굴이나 아이의 얼굴이 아니라 그 집 안에 들어섰을 때 사물 하나만 보아도 이제 정인은 알 수 있었다. 하다못해 강아지의 이름만 보아도 알 수 있었다. 이 집안의 주성분이 무엇으로 이루어져 있는지를……. 정인은 그래서 받아내야 할 원고를 들고 부인이 굳이 권하는 커피를 마시지도 않고 허둥지둥 그 집을 나왔다. 그 집안의 주성분은 사랑과 신뢰인 것 같았기 때문이다. 그런 사랑과 신뢰로 가득 차 보이는 그런 집에 앉아 있는 자신에게 느껴지는 그 이물감, 그 생뚱맞음…… 그 어울리지 않음, 그런 것들을 정인은 차마 견디고 있을 수 없었던 것이다. 허둥거리며 해피가 짖는 골목길을 빠져나올 때 그녀의 숙인 얼굴로 내리쬐던 햇볕은 아팠다.

내가 꿈꾸던 것은 저런 것이었다는 인정도 차마 할 수가 없었다.

남들은 그렇게 쉽게 일구어내는 것을 자신은 왜 그렇게 어렵게라도 잡지 못했을까, 하는 회한이 가슴속을 이미 넘쳐버리고 있어서 정인은 이제 그것이 제 내장들을 출렁거리게 만들 수밖에 없었다. 어쩌자고 그 수유리 골목길에는 어린아이와 엄마들이 그렇게 많았던지…… 아이들은 어쩌자고 다 그렇게 민호만큼 나이를 먹었던지.

"저기 오정인 씨도 공부 좀 해보시지 않겠어요? 여성학 같은 거……."

연주가 물었다. 미송에게는 꼬박꼬박 미송 언니, 이지만 정인에게는 꼬박꼬박 오정인 씨이다.

"아…… 여성학이요? 네……."

정인은 또 바보처럼 대꾸했다.

"그래도 참 대단하시기는 해요. 여성학 공부한 우리 선배들도 못 산다, 못 산다, 하면서도 그래도 참고들 사는데……. 어떻게 아이를 두고 이혼할 생각을 하셨는지……."

듣기에 따라서는 경멸도 되는 말이었다. 정인은 그저 바보처럼 웃는다.

"야, 너 뭐 여성학이 이혼하라고 있는 학문이냐?"

미송이 끼어들었다.

"이게 이래를 뭐라래키 봤어서 뭐……에 지원빼 이미 뭐, 는 이혼 못할 것 같애, 미송 언니……. 결혼하기 전에는 선배들한테 애는 둘째다, 자신이 중요하다…… 애 때문에 이혼 못하는 건

다 핑계다…… 나, 말두 잘했지 않았겠수?"

연주는 말해놓고 까르르 웃는다. 미송이 정인의 안색이 굳어지는 것을 보고 끼어들려고 했지만 연주는 아랑곳없이 말을 이어간다. 아직 젊기 때문이었을까 아니면 아직 아무것도 잃어보지 않은 자가 가지는 삶에 대한 얄팍한 확신이었을까.

"하지만 그래두 때리는 경우는 예외야. 구타 문제는 정말 안돼……. 왜 여성의 전화 같은 데 연락하시지 그랬어요? 그때 말이에요……. 미송 언니한테 연락만 하셨으면 금방, 알아봐주셨을 텐데 말이에요."

연주는 정말 궁금하다는 듯이 미송을 바라본다. 미송이 무슨 말을 할 듯 할 듯 하다가 말을 돌렸다.

"정인아, 그 박 선생 소설 원고 검토해봤니?"

하느님이라고 불러도 좋은 분

그리고 그 오후 내내 남호영은 나타나지 않았다. 해가 맑고 하늘이 쨍! 한 그런 날씨였다. 오후가 지나고 출판사 사람들이 퇴근한 뒤에 정인은 그냥 그 자리에 앉아 있었다. 왜였을까. 집에 돌아가고 싶지 않다는 생각이 들었다. 연탄이 정인의 방 아궁이에서 저 혼자 창백한 몸뚱이로 사그라들고 있는 환영이 내내 정인을 덮쳤다. 정인은 난로의 심지를 높이고 혼자 어둑한 사무실의 의자에 앉아 있었다.

그때 누군가의 발소리가 들렸다. 아마도 남호영의 것이리라. 정인은 문을 향해 정면으로 고개를 들었다.

"아직 퇴근 안 하셨어요?"

남호영은 들어서면서 정인에게 물었다. 그의 얼굴에 와락 반가운 기색이 돌았다. 언제나 정인을 마주 대할 때면 그는 그런 표정을 지었다. 그 기색을 놓치지 않으면서, 그 반가움은 정말일까 하는 생각에 망설이면서 정인은 방긋 웃었다.

　"제가 저녁을 사고 싶어서요."

　정인은 대담하게 말했다. 남호영은 저한테 말입니까, 하는 눈빛으로 잠시 고개를 갸웃거리더니 정인의 맞은편에 앉는다.

　"진짜 저한테 말이에요?"

　"네."

　"어 이거 영광이군요…… 그런데 어쩌지요……."

　남호영은 담배를 물면서 잠시 망설이는 눈치였다.

　"정인 씨가 사주시는 거면 정말 영광입니다만……."

　정인은 그 자리에 가만히 앉아 그를 빤히 바라보았다. 남호영이 차마 정인의 눈길을 다 받지 못하고 소년처럼 얼굴을 붉혔다.

　"일이 있으신가 봐요?"

　"아 네, 일이라기보다는…… 아니, 그게 아니구요……. 저…… 제가 사귀는 여자, 친구가 있는데 오늘 저녁에 연락을 하기로…… 괜찮으시다면 같이……."

　사귀는 여자 친구, 라는 말이 정인의 목에 턱, 걸린다. 저녁 한 끼 먹자는데 사귀는 여자가 있다는 말을 그는 뭐하러 하나, 하는 생각이 스쳤다. 하지만 너는 정말로, 아무 생각 없는 저녁 한 끼를 먹자는 거니, 하는 질문을 자신에게 하면서 정인은 문득 꺼낸 말을 도로 주워 담고 싶어졌다. 그렇다면 대체, 대체 네가 이 사람에게서 바라는 것이 무엇이었던 거니? 하는 질문이 자신에게 퍼부어지는 것 같았던 것이다. 그런 자신이 몹시 작고 초라했고 또 추해 보이기도 하는, 그런 이상한 느낌이었다. 하지만 이제 와서 그러면 관두라고 하기도 이상했다. 혼란을 느끼면서 정인은 고개를 숙였다.

"저기…… 혹시 저 없을 때 전화 오지는 않았었지요?"

어색한 표정을 감추지도 못하면서 남호영이 물었다.

"예……."

둘 사이에 말이 끊긴다. 석유난로의 불꽃이 난로의 유리벽에 부딪히는 소리가 쿵쿵 울려오는 것만 같은 무거운 침묵이었다.

"집에서 하두 장가를 가라고 해서요……. 동생놈두 빵에서 나와서 또 수배 중이구…… 아들이라구 달랑 둘만 두셨는데 뭐 효도해드린 것두 없어서…… 선을 봤어요. …… 장가……가보려구요…… 만난 지 한 달 된 사람인데……."

무거운 침묵을 깨고 남호영은 묻지도 않은 말을 해나간다. 순간 정인의 머릿속으로 명수의 얼굴이 스쳐 지나갔다. 그가 결혼을 하기 전, 터미널에서 마주쳤을 때 연주를 기다리면서 하던 말이 떠올랐다.

— 어머니가 몸이 펴께서서……,

남자들은 왜 여자를 이런 식으로 소개할까 하는 생각보다는, 어떤 예감이 정인의 머릿속을 스쳐 지나갔다. 그 예감은 무엇이었을까, 예감이 아니라 거의 확신처럼 다가오는 그런 느낌…… 명수와 선이 쭉 그어지는 것만 같은 어떤 예감들…… 을 다 확인하기도 전에 남호영이 무거운 침묵을 깨면서 말을 꺼냈다

"저기요…… 그래요, 나가요. 전화 없는 걸 보니까 바쁜가 봐요……. 건축설계 사무실에서 일하는 사람인데 아마 일이 있을지도 모른다고 했어요."

남호영은 먼저 일어섰다. 정인은 남호영을 향한 자기 자신에 대한 참담한 기분과 예감이 던져준 아직은 알 수 없는 어떤 파문을 다 정리하지도 못하고 남호영을 따라 일어섰다.

두 사람은 소박한 한식집의 방에 마주 앉았다. 전유어하고 낙지 데침이 상에 올라와 있고 동동주병은 어느덧 반 넘어 비워져 있었다. 방바닥이 따뜻해서였을까, 정인은 오랜만에 집에 돌아와 앉은 것만 같은 안온함을 느낀다. 그것 때문이었을까, 한 잔 반쯤 마신 술기운이 볼을 확확 덥혀왔다.

"참 좋네요. 따뜻해요."

정인은 방바닥에 앉은 제 다리 밑으로 두 손을 집어넣으면서 말했다. 안온한 기운이 정인의 얼굴을 감싸고 있어서였을까, 그녀를 바라보는 남호영의 얼굴에 애틋하기도 하고 안쓰러운 듯도 한 것 같은 뿌연 기운이 어린다. 정인은 그런 남호영의 시선을 비끼며 술잔을 들었다. 내가 오늘 많이 마시네, 싶은 생각이 얼핏 그녀의 머리를 스쳤지만 그녀는 들고 있던 그 술잔을 그냥 마신다.

이 세상에는 닿아서는 안 될 인연들이 있다. 그 인연이 이루어지기 위해서는 다른 인연들이 상처 입어야만 하는 그런 인연들……그래서 이 세상에는 이미 어긋나야만 하는 그런 인연들이 많이 있는 것이다. 그 인연들의 주위를 배회하는 사람들처럼 두 사람의 시선이 잠시 얽혔다가 풀어지고 얽혔다가 풀어지곤 했다.

주위의 자리들이 술꾼들의 왁자한 담배 연기로 흐려질 무렵, 두 사람은 길을 나섰다. 아직 음지 쪽의 골목에 어제 내린 첫눈이 쌓여 있어서 정인은 길을 나서면서 잠시 비틀거렸다. 앗, 소리를 입술 사이로 물며 남호영이 정인의 팔을 잡았다. 팔을 잡히면서 정인은 몸을 바로 하고 그의 팔을 놓았다. 술기운이 일시에 깨어나는 듯한 그런 기분이었다.

시끌시끌한 극장에서 갑자기 뛰쳐나온 것처럼 찻집은 한산했다. 두 사람은 구석 자리에 앉아 녹차를 시켰다. 동동주의 아직 발효되지 못한 기운이 정인의 턱 끝으로 시큼하게 올라왔다.

"괜찮으세요?"

남호영이 담배를 물며 말했다. 정인은 머리를 쓸어 올리며 고개를 끄덕였다. 찻집의 낡은 스피커로 노래들이 흘러나오고 있다. 귓가에 남은 그대 음성……이었다. 정인은 언젠가 저 음악을 듣고 한동안 몹시 멍하게 앉아 있었던 적이 있었다. 아마도 우체국에 앉아 있었을 것이다. 언제나 즈즈, 새는 발음으로 조용필의 노래를 소개하던 DJ가 아직 출근하기 전이어서였는지 다방에는 클래식 FM이 그대로 틀어져 있었다. 테너의 아름다운 목소리의 절규……. 취기 탓이었을까, 정인의 눈에 얼핏 눈물이 그렁하니 맺혀버린다.

"무슨 생각 하세요?"

남호영이 어두워지는 정인의 얼굴을 바라보며 물었다.

"노래…… 들어요."

정인은 대답을 하면서 이미 이 남자에게 많은 것을 들켜버렸다는 생각을 했다. 남호영은 정인의 얼굴을 물끄러미 바라본다.

"귓가에 남은 음성이 정인 씨한테 있어요?"

"아니…… 내 귓가에 남을 그런 음성 같은 거 생각하나 봐요. 아직 내가 바라는 게 많은가 봐요…… 인생에 말이에요."

정인은 중얼거리듯 말을 마치고는 고개를 숙인 채로 현준을 생각했다. 아니 현준이 아니라 그를 기다리며 보냈던 그 시간들…… 그 시간들 속에서 그토록 정처 없었던 자신의 마음들. 이제 그 시간들은 정인에게 무감각하다. 하지만 정인은 아직 말하고 있지 않은가. 내가, 인생에 대해 바라는 것이 많은가 봐요, 하고.

"정인 씨는 무슨 꿈이 있어요?"

난데없이, 마치 어린아이를 데려다 앉혀놓은 것처럼 상냥하고 부드러운 목소리로 남호영이 묻는다.

"꿈이요?"

남호영의 얼굴은 진지해 보였다. 정인은 술기운 때문에 약간 풀어진 얼굴로 푸르르, 웃었다.

"꿈? …… 있었지요……. 저녁에 말이에요…… 비가 오는 날 저녁에 말이에요. 밖은 어둡고 비가 오니까 오실오실 추워요. 아마 늦가을 아니면 초겨울일지도 몰라요…… 저녁이 빨리 내리는 것 이 예민하게 느껴지는 계절에 말이에요. 나는 식탁 위에 노란 백 열등을 밝히고 상을 차려요. 반짝반짝한 은수저를 놓고 김치를 썰어놓고 국을 데우고 시금치를 무치고…… 남편이 들어서면 낮 잠 자는 아이를 깨워서 식탁에 앉히죠. 프라이팬에 든 갈치는 불 을 작게 해서 노릇노릇하게 만들었다가 남편이 손을 씻고 식탁에 앉으면 그때 상에 올리는 거예요……. 그 냄새를 한번 생각해봐 요……. 떨어져 뒹구는 낙엽 냄새가 비에 섞이고…… 아이에게선 나른한 낮잠 냄새가 나고 내가 받아 거는 남자의 외투에서는 바람 의 냄새가 나지요……. 게다가 고소한 갈치 냄새…… 그리고요? 그러고는 식탁에 둘러앉는 거예요…… 또 그리고요? ……또 그 러니까, 그러고는 밥을 먹는 거예요…… 그렇게 밥을 먹는 거…… 무슨 꿈이 고작 그러냐구요? ……모르겠어요…… 내가 일평생 바 랐던 건 이런 저녁이에요……. 좋지 않아요? 식구들이 둘러앉아서 따뜻한 밥을 먹는 거……."

정인은 비가 오는 날에 턱없이 쓸쓸해지는 아주 늙은 창녀처럼 말했다. 말하고 나서 그 여자의 얼굴에 금방 수줍은 홍조가 떠올 랐다.

"너무 우습지요?"

생각에 잠긴 듯한 남호영의 시선이 물끄러미 그녀의 얼굴을 스 쳐 내려갔다.

"우습지 않아요……. 정인 씨 그렇게 살 거예요. 그러면 내가 가끔 놀러 갈게요. 그러면 저한테도 국 한 그릇쯤은 떠 주시겠지요?"

"그러세요…… 꼭 떠 드릴게요."

두 사람은 가당치도 않은 꿈을 이야기하고 있는 것처럼 갑자기 우울해진다.

"전 말이에요…… 평생을 그냥 이렇게 떠돌아 다니다가 죽을 것만 같아요……. 그저껜가 술에 취해서 출판사 계단을 올라가다 발을 헛디뎌서 계단을 몇 바퀴 굴렀어요. 문득 정신을 차리고 보니까 내가 큰 소리를 지르고 있지 않겠어요? 얼른 입을 다물었지요. 세상에 맙소사 무슨 비명 같기도 하고 얼핏 무슨 짐승 소리 같기도 한 것이 내가 입을 다무니까 내 안에서 쾅쾅대다가 내 몸뚱이를 붕 띄워서 밑바닥으로 굴려놓대요…… 소리를 지르는 쪽보다는 낮은 곳으로 굴러떨어지는 쪽을 택했죠."

남호영은 빨려들 듯이 자신을 응시하고 있는 정인의 눈길을 다 피하지 못하고 눈을 몇 번 깜박인다.

"왜 결혼하지 않으세요?"

"결혼요? 해야죠……. 나를 기다리면서 갈치를 굽는 그런 여자가 나타나면."

두 사람의 눈이 마주친다. 남호영의 눈은 검은 안경테 속에서 정인을 물끄러미 응시한다.

"이 세상에…… 그, 그런 일을 할 여자야 얼마든지 많으니까."

물끄러미 바라보는 눈길이 어색해져서 정인은 조금 더듬거렸다.

"이 세상에 나만을 위해서 그런 일을 할 여자는 그렇게 많지 않아요……. 있다 해도…… 그건……."

정인은 빈 잔을 둥그렇게 돌린다. 시선의 의미, 사소한 말의 의미 따위에 더 이상 내 인생을 걸지 않겠다고 결심한 그녀는 그의 시선을 피하기 위해서 안간힘을 쓰는 듯도 보였다.

"저는…… 그만 집에 가고 싶어요."

정인은 찻잔을 돌리다가 겨우 입을 열어 그렇게 말했다. 머뭇거리던 남호영의 시선이 아래로 툭 떨어지다가 결심한 듯 그는 일어섰다.

"예전에 말이에요."

밖으로 나와 찬바람을 쐬자 정인은 한층 또렷해 보였다. 연초록과 진초록 털실을 섞어서 짠 목도리를 칭칭 두르고 걸어가는 그녀의 모습은 이제 생기를 찾은 듯했다. 어둠 때문이었을까. 아니, 하지만 자동차의 헤드라이트 불빛이 잠시 그녀의 얼굴에 얹혔다가 사라질 때도 그녀는 생생해 보였다. 아마 정인을 오래 두고 본 사람이 있다면 이렇게 말했을지도 모른다. 어머 정인이가 이제야 정인이답네, 하고.

"어떤 오빠가 있었어요. 고향에서 같이 소꿉을 살 때 남편도 되고 아버지도 되었던 그런 오빠 말이에요……. 커서 결혼을 할 때까지도 그 오빠가 많이 포외기 있었고. 그 오빠는 언제나 이렇게 말하곤 했어요. 정인아, 이다음에 내가 크면 널 어디로 데려가줄게…… 서울이든 미국이든 어디든 그 어디든……. 이젠 그 오빠도 결혼을 하고 저는 이렇게 다시 혼자예요……. 그런데 오늘 그 오빠와 통화를 했는데 그 오빠는 또 말했지요…… 무슨 일이 있으면 전화해야 한다…… 내용이야 달랐지만 제게는 그렇게 들렸어요, 어디든 내가 데려가줄게……."

정인의 목소리는 지나치게 톤이 높아서 흥겨운 노래 몇 소절을 읊조리는 듯 들렸다.

"남자들은 그런 마음이 드나 봐요……. 나는 그 오빠가 내게 그런 식으로 말하는 게 그렇게 싫었거든요."

"왜죠?"

남호영이 담배에 불을 붙이며 물었다. 바람에 날리는 머리칼 몇 가닥이 이마로 내려와 있어서 그는 찌푸린 인상이었다.

"왜냐하면요…… 왜냐하면…… 그냥 나를 불쌍히 여기는 것 같아서 싫었어요. 게다가 그 오빠 엄마가 저를 아주 싫어했거든요……."

"정인 씨 귓가에 남은 음성이 그 말이었습니까?"

남호영은 정색을 하고 묻는다. 그가 너무 정색을 했기 때문에 정인은 걸음을 멈추고 그를 올려다보았다.

"아니에요…… 그게 아니구요……."

정인은 아직 술이 덜 깬 여자처럼 높은 톤으로 웃음을 터뜨렸다.

"글쎄요, 전 그런 식으로는 한 번도 생각을 해본 적이 없어요……. 전 사랑 같은 건 다시는 하지 않을 거거든요."

"그런 식으로 말을 하는 사람은 사랑을 다시는 안 하고는 못 배기죠."

정인은 남호영의 얼굴을, 가로등 그림자를 받아 차갑게 얼룩거리는 그의 얼굴을 물끄러미 올려다보았다. 정인의 얼굴이 샐쭉 굳어졌다. 두 사람은 바람이 부는 어두운 포도 위를 걸었다. 가끔 그들을 지나쳐가는 택시의 불빛이 횅한 텅 빈 거리였다.

"그 여자분 오늘 전화 안 해서 화나시지 않았을까요?"

정인이 아까 남호영이 만나기로 했다던 여자 친구의 이야기를 생각하면서 다시 말했다.

"그건 정인 씨가 신경 쓸 일이 아닌 것 같아요."

남호영은 차갑게 말했다. 갑자기 내미는 두 손을 확, 뿌리치는 것 같은 그런 말투였다. 노래를 읊조리듯 생글거리던 정인의 표정이 금방 어두워졌다.

"전 이쪽으로 갈게요……. 저기 길을 건너가면 집으로 가는 버스가 있을 거예요."

"가십시다. 제가 모셔다 드릴게요."

남호영은 무표정한 얼굴로 손을 들었고 늦고 추워진 밤, 인적 드문 길을 달리던 택시가 그들의 앞에 와서 멎었다. 정인은 잠시 망설였지만 그가 권하는 대로 택시에 올라탔다.

정인의 집 앞에 내려 ~~~ 시간은 ~~~ 시~~나 집인 이 여자를 집에 데려가서 차라도 한잔 대접해야 하는 건지 어떤지 아까부터 그걸 망설이고 있었다. 우선 날씨가 너무 추웠고 게다가 집 앞까지 그녀를 데려다주기 위해 그는 자신의 잠자리인 출판사에서 너무 먼 곳까지, 무엇보다 그는 정인의 제의로 저녁을 먹기 위해 자신의 여자 친구와의 약속까지 취소한 사람이라는 생각이 들었다. 남호영은 두 손을 바지 주머니에 찌른 채로 정인을 따라 걸음을 옮겨 놓는다.

"그만 돌아가세요……. 저희 집 바로 요기거든요."

"가시는 데까지 가세요."

남호영은 화가 난 사람 같았다. 망설이는 그의 뒷모습을 바라보다가 그를 다시 따라잡는 정인의 입에서 하얀 입김이 쏟아진다.

"집에 들어가서서 차라도 한잔하실래요?"

"아니에요…… 여자 혼자 있는 집에 가면……."

정인은 그의 그런 말이 안심이 되었다. 그냥 이 사람 나쁜 사람이 아닐 것 같다는 그런 생각이 들었던 것이다.

"그냥 생맥주나 한잔했으면 하는데요."

남호영은 정인의 집 앞에 있는 통닭집을 바라보며 말한다. 오래전에 튀긴 듯한 닭 조각들이 놓인 곳으로 두 사람은 들어간다. 가게 문을 닫을까 어쩔까 오래도록 망설인 듯한 표정의 중년 남자가 일어서며, 썩 반갑지도 않은 표정으로 두 사람을 훑어보았다.

생맥주를 두 잔 시키고 나서도 남호영은 말이 없었다. 담배만 피우고 있는 그를 바라보며 정인은 또 생각한다. 이 사람이 혹시 나 때문에 화가 난 것은 아닐까 하고. 이 착한 여자는 그래서 잔뜩 긴장한 채로 그를 바라보고 있었다.

"내가 재미있는 이야기 하나 해드릴까요?"

남호영은 긴장해 있는 정인의 얼굴을 바라보며 말했다.

"오래전에 어떤 남자와 여자가 살았답니다. 남자는 이미 북쪽에 가족을 두고 혼잣몸으로 서울로 내려온 남자였죠……. 여자는 소문에 의하면 얼굴이 곱고 아주 착한 여자였대요……. 삼팔선이 막히고 나서도 영 가망이 없자 남자는 그 여자와 살기로 합니다. 그래서 아들도 하나 낳았죠……. 남자는 남대문 시장에서 어묵 도매로 성공을 하면서 돈을 벌었고…… 두 사람은 아이가 다섯 살이 되기까지 잘 살았답니다. 하지만 남자에게는 술만 먹으면 이상한 버릇이 있었어요……. 안하무인이 되어서 여자와 아이를 꼼짝없이 남 취급을 했대요……. 그의 무의식 속에서는 북에 두고 온 처자만 처자였는지 어쨌는지, 심지어는 추운 겨울에 두 모자를 밖으로 내쫓은 적도 있었다는군요……. 착한 여자는 그래도 그런 남편의 상처를 다독이며 살아보려고 무진 애를 썼던 모양입니다. 하지만 여자와 남자의 나이 차이는 무려 스무 살……. 남자의 심복이던 어떤 자와 여자는 그만 사랑에 빠져버린 모양입니다. 좋은 말이니 사랑이지 아마도 눈이나 배가 먼저 맞았겠지요……. 여자는 어느 날 드디어 남자와 도망쳐버렸어요……. 글쎄 그 여자가 아이가 붙든 옷고름을 가위로 잘랐는지 어쨌는지는 모르겠어요……. 다만 남자는 그동안 이득이 방안 것을 세에 다 잃어버리구르 미쳐 둘이 두 연놈을 찾아 나섰던 거지요."

아주 천천히 그의 말은 이어졌다. 정인은 맥주잔에는 손도 대지 않은 채 그를 응시하고 있었다. 남호영의 얼굴은 점점 더 창백해지고 있었다.

"어때요…… 별로 재미없지요?"

남호영은 좀 취기가 오른 듯했다. 아까 정인이 그랬듯 그는 푸르르, 맥 빠진 웃음을 짓더니 담배를 물었다. 그게 당신의 이야기군요, 라는 짐작을 하는 데는 많은 시간이 걸리지 않았다. 정인의 얼굴도 그의 얼굴을 따라 창백해진다.

"아니에요. 내가 왜 이런 이야기들을 꺼냈는지."

남호영은 남은 맥주를 벌컥거리며 다 마시더니 정인이 손도 안 대고 있는 맥주잔을 집어 들었다. 그러고는 그것을 마시더니 주인집 남자가 내어놓은 기름기 빠져버린 오래된 땅콩을 우적우적 씹었다.

"그래서 그냥 그렇게 된 겁니다. 그 남자가 그 연놈을 찾았는지 어땠는지는 나도 몰라요……. 다만 아이가 고등학생이 됐을 때 그는 하교하는 길모퉁이에서 어떤 여자를 보게 됩니다. 보는 순간 예사롭지 않다는 느낌이 있었겠지요……. 그녀가 묻습니다. 학생, 저 말 좀 물어보겠는데…… 학생 아버지 함자가 저 남 뭐뭐 되시는 거 맞는가? 분명 아버지의 이름이었지요. 아이는 그 여자를 바라봅니다. 교복에 이름 석 자가 떠억 하니 박혀 있는데 열몇 살, 이미 조숙해질 대로 조숙해져서 세상의 고민을 혼자 짊어진 듯한 그 아이는 아니라고 말합니다……. 귓가에 남은 음성? ……아니라 말이지요……."

섞어 마신 술의 취기가 올라오는지 남호영은 얼굴을 잠시 부볐다.

"아니에요. 다 쓰잘 데 없는 이야기들이에요……. 늦었는데 그만 들어가보시지요."

남호영은 갑자기 풀어 헤친 셔츠의 깃을 채우는 것처럼 정색을 하고 말했다. 정인은 마음의 빗장을 열었다 닫았다 하는 것 같은 남자의 얼굴을 물끄러미 바라본다.

"이야기해주세요. 귓가에 남은 거 그럼 뭐였는지……."

"그게 궁금해요? …… 뭐 별거 아니에요……. 아마 아이가 엄마를, 도망간 그 엄마를 부르던 그 목소리가 아니었을까요?"

남호영은 웃지도 않고 말을 이으며 일어섰다. 정인이 맥줏값을 계산하고 거리로 나오자 남호영은 전봇대에 기대어 서 있었다. 잔돈을 지갑에 넣고 나오면서 정인은 방범등 아래로 드러난 그의 긴 그림자를 바라본다. 그 그림자는 길었고 그래서 쓸쓸해 보였다. 벌판에 혼자 서 있는 긴 깃대처럼 바람에 휘이휘이 나부낄 것만 같이 위태로워도 보였다.

정인이 그의 앞으로 천천히 걸어갔다. 고개를 숙이고 있던 그가 다가오는 정인을 바라보았다. 두 사람의 눈이 어둠 속에서 마주친다. 방범등의 흔들리는 불빛이 그와 정인의 눈빛 속에서 동시에 흔들거린다. 그의 눈에서 얼핏 날카로운 섬광 같은 것이 스치고 지나갔다. 정인은 그 눈빛에 찔린 듯 숨을 후욱, 들이마셨다. 그 찰나였을 것이다. 뒤로 물러서려는 정인의 팔목을 그가 잡았다. 정인이 그 손목을 빼려고 한다. 하지만 그의 손아귀의 힘은 강했다. 그가 머뭇거리는 정인을 천천히 끌어당겼다.

아마도 이미 모든 것들이 아주 오래전부터 예정되어 있는 듯했다. 아마도 그녀가 현준에게 도망쳐 나와 출판사로 도망쳤을 때부터, 아니 그녀가 처음 구치소 앞에서 그와 마주쳤을 때부터, 아니 그보다 더 오래전, 그들이 태어나기 전부터…… 그들이 어쩔 수도 없는 인연의 고리들이 얽혀서…… 어쩔 수 없다는 말처럼 슬픈, 인연들의 고리들……. 여기까지 생각했을 때 남호영이 와락 그녀를 안고 입술을 눌렀다. 글쎄 설마, 하는 눈빛을 하던 정인은 흠칫 놀랐지만 잠시 후, 그의 입술을 받아들인다. 하지만 그의 입술을 받아들이면서 이게 대체 무슨 의미일까, 그녀는 생각했다. 이래도 되는 걸까, 그녀는 또 생각했다. 생각하면서 그녀의 몸에 힘이 쭉 빠져나간다.

언제나 버려진 것들, 언제나 뒤에 남아 혼자 울고 있는 것들, 언제나 그런 것들에 마음을 빼앗겨버린 그녀였기 때문일까……. 그가 긴 키스를 마치고 그녀를 안았다. 어디선가 누구의 집 닫힌 대문 안에서 강아지가 커엉 짖는다. 그 소리에 놀란 정인은 그의 몸을 밀치려고 했다.

그는 빠져나가려는 정인의 몸을 더 세게 끌어안았다. 그의 뜨거운 입술이 정인의 귓바퀴에 와서 닿았다. 오래도록 잠자고 있던 관능들이 깨어나고 있었다. 정신이 아뜩해지는 바람에 정인은 잠시 휘청거린다.

"그냥 잠시만 이대로 있어줘요…… 움직이지 말고 잠시만……."

그의 목소리는 낮았다.

"정인 씨가 내 인생으로 걸어 들어왔었어요……. 아니라고 생각하려 했지만…… 그건 정인 씨도 알고 있었잖아요."

아니야, 나는 이제 누구의 인생 속으로 걸어 들어가는 짓 같은 것은 하지 않을 거야, 생각했지만 정인은 마치 몸의 모든 저항력을 상실한 사람처럼 그가 말한 대로 그의 품에 안겨서 그대로, 움직이지도 않고 서 있었다. 아까 정인이 그와 마주 앉아서 만져보았던 따뜻한 방바닥…… 먼 호수에서 일렁이는 호수의 반짝임…… 다시 한 번…… 다시 한 번만 시작할 수 있다면…… 정인은 눈을 감았다.

남호영이 천천히 정인을 떼어놓았다. 두 손을 그녀의 턱에 받치고 남호영은 정인의 얼굴을 들여다본다.

"내가 무서워요?"

정인은 그의 두 손에 턱이 받쳐진 채로 고개를 저었다. 남호영은 정인의 손을 잡아끌었다. 그의 손은 뜨거웠다. 정인은 그의 따뜻한 손바닥을 느끼면서 그에게 끌리듯 걸어간다. 걸어가면서 그녀는 기도한다. 아마 기도였을 것이다. 하느님, 하느님이라고 불러도 좋은 분이 계시다면…… 제게 다시는 벌을 내리지 말아주세요…… 하고. 그런데 하느님은, 하느님이라고 불러도 좋은 분이 계시다면 그 까짓 기도를 들으셨을까

눈물의 중력

그해 겨울에는 눈이 많이 내렸다. 잠시 내린 눈으로 도로가 막히고 TV뉴스 화면 속에는 눈 때문에 버스와 자동차들이 자주 몸을 부딪치곤 했다. 부딪친 속도와 강도만큼 찌그러지고 상처 입은 채 널브러져 있는 사람들과 차의 모습들도 심심찮게 보였다. 여기에서 저기로 달려가던 자동차와 저기에서 여기로 달려오던 자동차들은, 이런 식으로 먼 곳에서 달려와 서로가 서로에게 돌이킬 수 없는 상처들을 입히고 있을 것이라고 단 한 번이라도 상상한 일이 있었을까. 하지만 그해 겨울은 어떤 겨울보다도 기온이 높아서 스케이트장이 개장이라는 플래카드만을 매단 채 개장하지 못하고 연탄과 석유와 오리털 점퍼를 준비해놓은 상인들이 여기저기서 울상을 짓고 있었다.

그 전화가 오기 전까지는 사실 모든 것이 정인의 기도대로 잘 되어가는 듯했다. 그날 아침에도 쌓인 눈이 녹아 길이 푹푹 파였다. 부츠 한 켤레 없이 겨울을 나는 정인의 발에는 사철을 신는 얇은 구두만 신겨져 있어서 눈 녹은 땅을 디딜 때마다 스타킹에는 얇은 얼룩들이 튀어 올랐다. 그래서 정인은 남보다 일찍 출근해서 난로를 피워놓고 젖은 발을 말려야 했다.

남호영이 출판사를 나와 정인의 방에 스며든 지 거의 한 달이 지났다. 처음에 안쓰러운 그를 잡은 것은 물론 정인이었다. 집과의 불화 때문에, 정확히는 그가 고백한 대로 자신의 어머니를 내몬 아버지와 자신의 어머니 자리를 대신한 새어머니와의 불화 때문에 집을 나와 추운 출판사 소파에서 새우잠을 자는 그가 안쓰러워서, 그를 재워준 것이 첫 번째 이유였을 것이다. 술을 자주 마시는 그가 담배를 하루에 거의 세 갑이 다 되도록 피우는 그가, 아침에 일어나 따뜻한 콩나물국 한 그릇 못 먹는 것이 안쓰러워서…… 아니, 이유는 꼭 그뿐이었을까. 가로등 아래서 그가 그녀를 끌어안은 이후, 정인은 신탁을 받은 여인처럼 정갈해졌다. 그날, 그녀가 부른 하느님과 눈을 오래도록 마주하고서 새끼손가락을 걸어 굳게 맹세한 것처럼 그녀는 선뜻 남호영의 뒷바라지에 나섰다. 정인은 마치 이 세상에서 가녀운 심지를 친 사람이라두 남겨놓지 말라는 신탁이라도 받은 듯했다. 그를 위해 쌀을 씻고 그를 위해 생선을 굽고 그를 위해 국을 끓이는 일이 마치 이 세상에 자신이 존재하는 이유인 듯했던 것이다.

그 여자의 저녁 퇴근이 빨라졌고 회식 자리에 빠지는 일이 자주 일어난 것도 그 무렵이었다. 하지만 그 여자가 가끔 빠질 수 없는 술자리에 끼어들어 노래방에 갈 때면 몰래 한 사랑이라는 일견 달콤한 노래를 부르는 이유를 눈치채는 사람은 아직까지는 없었다. 작은언니 정희가 한번 다니러 온다는 것을 굳이 바쁘다는 이유로 거절한 것도 전에 없던 일이었다.

정인은 어느 때보다도 싱싱해지고 있었고 아름다워졌다. 그 여자는 참으로 오랜만에 살아 있는 듯이 보였던 것이다. 누군가를 사랑하고 바로 그 사람에게서 사랑을 받는 사람들이 우리에게 보여주는 신비의 빛을 그 여자도 보여주고 있었다. 그러니 이제 다만 그 신비가 그리 오래 지속되지 않는다는 그 신비만이 남아 있었던 것일까.

만원 버스에서 내려 집까지 오는 길에 있는 시장에는 단골도 생기기 시작했다. 그 여자는 채소 가게 중에서도 가장 작은 곳, 생선 가게들 중에서도 가장 누추한 곳을 골라 단골을 정했다. 대개는 이 추운 겨울 판자로 겨우 바람을 막아놓은 곳이었다. 퇴근 시간이면 그래서 그들이 먼저 정인에게 인사를 건네기도 했다. 싱싱한 물미역을 파는 아주머니가 가끔 다시마를 두어 장 얹어주기도 했고 생선 가게 아주머니는 그녀가 매운탕감을 고를 때면 물에 담가놓은 바지락을 매운탕에 넣으라며 두어 개 건네주기도 했다. 정인은 언제나 상냥하게 그들에게 말했고 가끔 출판사에서 좋은 책이 나오면 채소 가게 아주머니에게 아들을 주라며 책을 건네기도 했다. 그해 겨울은 그래서 추울 수 없었는지도 모르겠다.

시장을 본 그녀는 숨이 턱에 차도록 집으로 달려오곤 했다. 좁은 골목을 돌아 자신의 창이 보이는 일이, 예전에는 그토록 쓸쓸하던 자신의 창이, 이제 그가 있으므로 해서 그녀에게는 희망의 등불이 된 듯했다. 일찍 저녁이 내린 골목길을 돌면 거기에는 언제나 노란 백열등이 켜져 있는 자신의 창이 있었던 것이다. 그것은 그가 그녀를 기다리고 있다는 표시였다. 그러면 그 여자는 언덕배기를 오르느라 숨이 찬 볼을 더욱 붉게 물들이며 서둘러 집으로 돌아오곤 했다.

그러면 낮에도 어둑어둑한 방에서, 정인이 새로 장만한 스탠드를 켜놓은 남호영이 일어나 찬바람에 꽁꽁 언 정인의 뺨을 제 뺨으로 녹여주었다. 그 온기 때문에 어쩌면 정인은 더 따뜻한 눈빛을 할 수 있었는지도 모르겠지만……. 어쨌든 남호영은 현준과 달랐다. 그는 지나치게 멋을 부리지도 않았고 늘 책을 보고 있었으며, 아직 제대로 된 소설을 발표하지는 않았지만 열심히 일을 하고 있었다. 그것이 정인은 보기가 좋았다. 그는 많은 것을 알고 있었고 그는 한때는 민주화 운동에 몸을 바치다가 어쨌든 감옥 생활까지 한 사람이었다.

가끔 남호영 몰래 두 손을 모으고 정인은 기도하곤 했었다. 하느님 감사합니다. 이런 사람을 제게 보내주셔서……, 하고.

그 여자의 부엌은 이제 요술을 부리기 시작했다. 남호영이 표현

한 대로 그토록 작은 냉장고에서 그토록 많고 다양한 음식이, 화력이 신통치 않은 그녀의 석유풍로에서 그토록 보글거리는 찌개들이 태어났다. 물미역이 소금에 살짝 데쳐져 참기름과 깨소금과 그리고 간장에 무쳐져 나왔고 슬쩍이라는 미묘한 시간을 맞춰 데쳐진 꼬막들이 빨긋한 양념장에 얹혀져 밥상에 올랐다. 콩나물국과 육개장과 때로는 곰국과 곰국의 국물로 만든 우거지국과 그리고 생선조림과 어묵 볶음과 고사리…….

—밥을 사 먹는 사람들이 제일 먹고 싶은 게 뭔지 알아? 갈치하고 미역국하고 두부 부침이야. 그런 것들은 식당에서는 참 구경하기 힘든 음식들이거든.

그리하여 그 이후에는 그 세 가지 메뉴들이 매일 밥상에 올라왔다. 갈치 쪽으로 말하자면 이제는 쇠고기보다 비싸진 바람에 조금 힘겹긴 했지만 그래도 가끔 눈을 질끈 감고 그녀는 큼직한 갈치 토막을 골라 샀다.

저녁을 먹고 나면 남호영은 정인의 앉은뱅이책상에 앉아 노트북을 두드렸다. 설거지를 끝낸 정인이 연탄을 갈고 방 안으로 젖은 손을 털며 들어서면 그가 그녀의 찬 손을 잡아 데워주기도 했다. 거센 외풍 때문에 발이 시린 방이었다. 하지만 이제 적어도 방바닥은 따뜻하다. 그가 낮에 연탄불을 갈아주기 때문이었다. 그는 오리털 점퍼를 걸쳐 입고 자판을 두드리다가 가끔 창밖으로 지나가는 바람을 물끄러미 바라보기도 했다. 정인은 차가운 방의 공기 때문에 뺨이 시려서 이불을 목까지 덮어쓰고 책을 읽다가 그렇게 담배를 피우는 그의 뒷모습을 바라보곤 했었다. 그럴 때 정인은 가끔 생각했었다. 이렇게 할 수도 있는 거구나…… 이렇게 평온하고 정답게 살 수도 있는 거구나. 정인은 그때마다 누구에겐가로 향해 다시 감사의 말을 중얼거렸고 그런 그녀의 눈동자로는 벅찬 기쁨의 빛이 숨길 수 없이 솟아올랐다. 이 정도로도 행복할 수 있는 여자였던 것이다, 그녀는.

현준을 만나 힘들었던 것도 마치 이 남자를 만나기 위해서인 것처럼도 느껴졌다. 그가 조금만 좋은 사람이었다면 그녀는 아이를 맡겨놓으면서까지 취직을 하려고 하지는 않았을 것이고 그가 조금만 더 좋은 사람이었다면 구치소 앞에서 그와 마주치지도 않았을 것이며 그가 조금만 더 좋은 사람이었다면 그녀가 그 밤 맨발로 집을 뛰쳐나와 출판사에서 남호영의 어깨에 기대는 일도 없었을 테니까. 그래서 지난날이 좋게 생각이 되었던 것은 아니지만 그녀는 그렇게 생각을 하기로 했다. 존재가 뿌리 뽑힐 것 같은 괴로운 기억들은 마음이 아니라 육체가 알아서 회피하는 법이니까.

가끔 그렇게 글을 쓰다가 그가 문득 뒤를 돌아보기도 했다. 안자? 그가 물었다. 조금만 더 읽구요, 나 얼른 잘 테니까 글 쓰세요. 그들은 그렇게 마주 보며 미소를 지었고 가끔은 남호영이 그녀의 차가워진 입술에 가벼이 따뜻한 키스를 건네기도 했다. 아랫목에 두 발을 넣고 귤을 까먹기도 하고, 가끔 밤에 양파나 냄새를 넣은 자장면을 만들기도 했다. 둘은 가난한 신혼부부처럼 정답고 아기자기했던 것이다.

그랬다. 어찌 되었든 귀중한 시간들이었다. 서로가 서로에게 따듯했고 서로가 서로를 필요로 하고 있었으니까. 게다가 정인이 가끔 부르는 노래 제목처럼 몰래 하는 사랑이었고 사춘기의 그것처럼 서로 마음의 갈피를 확인하기 위해 오랜 해독의 시간이 필요하진 않았으니까 말이다. 하지만.

그 전화는 그녀가 출판사 문을 막 열었을 때 울렸다. 정인은 열쇠를 제대로 제자리에 놓기도 전에 달려가 허겁지겁 전화를 받았다. 가끔 이 시간, 이렇게 아무도 없는 시간에 맞추어 그녀를 출근시킨 남호영이 전화를 했기 때문이다.

수화기를 들고 여보세요, 명랑한 목소리로 말을 이었지만 반응이 없었다. 정인은 몇 번 더 저쪽을 불러보다가 전화를 끊고 코트를 벗었다. 난로를 피우고 커피물을 막 올려놓을 때였을 것이다. 다시 전화벨이 울렸다.

수화기 저쪽의 사람은 몹시 망설이는 듯했다. 라디오를 틀어놓았는지 아나운서의 목소리가 흘러나오고 이어서 엷은 음악 소리가 들리기 시작했다.

"말씀하세요."

무언가가 이상하다, 라는 생각이 들었다. 정인은 침착하게 수화기를 들고 서 있었다.

"……저…… 남호영 씨 좀 부탁합니다."

목소리는 젊은 여자의 것이었다. 서울 말씨였고 카랑카랑한 음색이었다.

"그분은…… 지금 계시지 않는데요."

정인은 일순 긴장했다. 커피잔을 든 채로 그녀의 오른손이 멈추어졌다. 이상한 일이었다. 남호영을 찾는 전화가, 그것도 여자의 전화가 가끔 오긴 했었지만 정인은 지금 이상한 긴장이 온몸을 쭉 훑고 지나가는 것을 느낀다. 오전 8시 20분에 한 출판사에 전화를 걸어 그 출판사에 딱히 속해 있지도 않은 사람을 찾는 여자는 사실 예사롭지만은 않았다.

"요즘 출판사에는 통 들르시지 않거든요……."

정인은 한 발로 바퀴 의자를 끌어다 자리에 앉으며 말했다. 저쪽에서 머뭇거리는 느낌이 들었다.

"혹시 연락이 되지 않을까요?"

여자는 다시 말했다. 이상한 일이었다. 꼭 연락을 바라는 것 같지도 않은 느낌이었다.

"가끔 연락을 하시기도 하는데요……. 누구시라고 전해드릴까요?"

"아, 아니…… 됐어요……."

정인은 수화기를 그저 내려놓으려고 했다. 그런데 바로 그 순간 저쪽에서 다급하게 그녀 쪽을 부르는 소리가 났다. 정인은 끊으려던 수화기를 다시 들었다.

"저, 저…… 실례지만 오정인 씨 되십니까?"

여자는 오래 망설여온 듯 말했다. 정인은 수화기를 고쳐 잡았다.

정체를 알 수 없는 불안감이 멀리서부터 서서히 그녀를 향해 좁혀오고 있는 것 같은 이상한 느낌이었다.

"그런데요…… 그런데 어떻게 제 이름을?"

"실례가 되었다면 죄송합니다만, 남호영 씨 일로 좀 뵙고 싶은데요."

그때 갑자기 영업부 쪽에 있는 전화가 울리기 시작했다. 정인은 반사적으로 그쪽을 바라보며 말을 잇지 못한다.

"원하지 않으신다면 하는 수 없습니다만…… 전 꼭 뵙고 싶군요."

전화벨이 울린다. 아마도 주문이 시작된 모양이었다. 전화벨이 반복적으로 울리고 있었다. 따르릉, 따르릉, 따르릉……. 정인은 갑자기 갈피를 잃은 것처럼 영업부 쪽 책상을 바라보며 다급하게 말했다.

"좋으실 대로 하시지요."

정인은 무슨 일인지 묻지 않고 그녀와 약속을 한 뒤 전화를 끊었다. 낯선 여자가 난데없는 시간에 난데없는 일로 전화를 걸어 자신의 이름을 부르며 만나자고 하는데 그녀는 그때 왜 묻지 않았을까, 대체 무슨 일이시냐고 말이다.

영업부 쪽의 전화는 지친 듯이 끊겨버렸다. 책상 위에 교정지를 꺼내놓고 정인은 손가락 두 개를 입술 가에 댄 채로 멍하니 겨울 하늘을 올려다보았다.

여자는 정인의 출판사 아래쪽 카페에 와 있었다. 정인이 들어섰을 때 카페에는 사람이 아무도 없어서 정인은 주춤거리며 그 여자에게로 다가갔다. 여자가 들고 있던 담배를 비벼 끄며 물었다.

"오정인 씨?"

이상한 일이었다. 그 순간 정인의 머릿속으로 왜 연주의 얼굴이 스쳐 지나갔을까?

"불쑥 만나자고 전화를 드려서 죄송합니다."

물론 여자는 연주와는 전혀 다른 스타일이었다. 좀 가녀린 인상이었다. 가는 골의 수박빛 코르덴 치마가 발목까지 내려와 있었고 위에는 풍성한 베이지색 스웨터를 입고 굵은 벨트로 허리를 묶은 모습이 질끈 동여맨 긴 생머리와 잘 어울렸다. 미인이라고 말을 하기는 좀 뭣했지만 맑고 깨끗한 얼굴이었다. 화장기가 거의 없는 흰 피부에 빛나는 갈색 눈동자는 정인을 빤히 바라보고 있었다.

커피를 시키고 나서 여자는 느긋이 뒤로 기대앉더니 담배를 피워 물었다. 빤히 정인을 바라보는 눈길 때문에 정인은 얼른 커피잔을 들었다. 자기도 모르게 얼굴이 화끈거리고 있었다.

"무슨 일이신지……."

정인은 어색해져서 자신도 모르게 여자에게 미소를 지었다.

"생각해보니까 제 이름을 밝힐 필요는 없을 것 같아요. 그쪽 이름을 제가 아는 건 제 탓이 아니니까."

여자는 작은 입술을 오므리며 말을 꺼냈다. 싱뚱한 빈응이었네. 정인은 천천히 커피잔을 들어 그것을 마시고 그녀를 물끄러미 바라보았다. 여자의 야릇한 시선이 그 눈길을 받았다. 무안해진 정인이 먼저 시선을 떨어뜨리고 말았다.

"그럼 절 만나자고 하신 건?"

"남호영 씨 아시죠?"

거두절미하고, 예의도 귀찮고, 상식도 귀찮으니 니가 양해해달라는 말투로 여자가 정인의 말을 잘랐다. 젖은 재떨이에 재를 쾅쾅, 털다가 여자의 손에 있던 담배의 불이 피시시, 하고 꺼지는 소리가 났다. 여자는 급하게 담배를 몇 번 빨더니 성냥을 그어 다시 불을 붙였다. 신경질적으로 보이는 그녀의 손가락 사이로 노란 물감 자국이 얼핏 엿보였다.

"남호영 씨하고 어떤 사이세요?"

여자가 다시 물었다. 정인의 얼굴에 비로소 노여운 빛이 얼핏 스치고 지나갔다. 하지만 들켰다는 기분 때문에 정인의 얼굴은 금방 해쓱해졌다. 여자에 대한 노여움이 아니라 자기 자신에 대한 자격지심 때문에 정인은 잠시 눈을 깜빡깜빡했다.

"아니, 뭐 말하시지 않아도 좋아요. 요즘 함께 지내시죠?"

여자는 성격이 좀 급한 듯했다. 정인은 비로소 눈을 뜬다. 갑자기 아찔한 현기증이 지나갔다. 번갯불처럼 강하고 흰빛이었다.

"얼마 전에 호영이 만났더니 말을 하더군요. 출판사에서 알게 되셨다구요……. 뭐 긴장하지는 마세요. 내가 걔 부인인 것도 아니고 숨겨논 딸이 있는 것도 아니니까."

정인은 머릿속을 때리고 지나간 현기증 때문에 그대로 앉아 있었다. 여자는 커피잔을 들어 거기에 차가운 엽차를 휘익 붓더니 숭늉처럼 단숨에 들이켰다.

"하실 말씀이란 게……."

정인은 어서 이 자리를 비켜나고 싶었다. 하지만 어디선가 번개가 내리꽂히고 이어서 천둥소리가 들려오는 것만 같았다. 아니, 그건 카페 카운터에서 울리는 전화벨 소리였던가.

"우린 한 7년쯤 같이 지냈어요……. 아니 같이 지냈다는 말이 우습군요…… 내 화실에서 걔가 일방적으로 나를 뜯어먹고 산 거니까……. 그 사람 언제나 여자의 뒷바라지가 필요한 사람이니까요. 뭐, 예술, 이런 거 한답시고 말이지요. 그 사람 아마 제 돈을 들여서 정인 씨한테 선물 한번 하지 않았겠죠. 그 사람 쓸데없는 약속 같은 것은 하지 않아요. 책을 써서 잘 팔리면 한턱내겠다, 뭐 이런 유의 상투적인 말은 하지 않겠지요……. 그래요, 그래도 그의 곁에 있는 여자들은 마법에라도 걸린 것처럼 신통하게 생각하곤 하겠죠. 책만 쓰면……. 하지만 그 사람은 언제나 완성을 하지 못해요……. 그 사람은 아마 어느 날 정인 씨한테 전화를 했을지도 모르지요. 드디어 소설을 완성했어요, 하구요. 하지만 그 책은 출판되지 않지요. 그 사람은 그것이 더 완성되어야 한다고 생각하는 자칭 예술적 결벽주의자니까…… 어때요?"

여자는 꽁초까지 타버린 담배를 끄고 다시 새 담배에 불을 붙이더니 아무렇게나 밀했다. 그녀가 내뿜은 담배 연기가 정인의 얼굴 위로 휘이익, 덮쳐왔다. 정인은 연기 때문에 따가워진 눈을 천천히 깜박였다.

"저랑 이렇게 마주 앉아 계신 게 불편한 모양인데, 말을 빨리 끝내도록 하지요……. 전해주세요. 2백만 원 갚으라고 말이죠. 그것도 한 달 내로 말이에요……. 그 말을 하려고 했는데, 그놈의 자식, 아, 죄송합니다……. 거처를 옮겨버렸어요. 정인 씨네 집에 있다고 하면서 전화번호는 끝내 가르쳐주지 않더라구요……. 어쨌든 전 2백만 원만 되돌려 받으면 돼요. 사실 그것뿐이 아니지만, 됐다구 전해주세요…… 미련 없다구……."

먼 바다에서는 이 겨울, 해일이 일고 있을까. 천둥이 치고 번개가 내리꽂히고 그리고 바람이 불고 전신주가 제 뿌리를 허옇게 드러내며 엎어지고 있을까. 정인은 자기도 모르게 이마를 짚었다. 이마는 끈적끈적했다.

여자가 의자에 걸쳐두었던 회색 코트를 들고 자리에서 일어섰다. 정인은 멍한 시선으로 그녀를 올려다본다.

"미련은 없지만 결코 평생을 용서하지 않겠다고 전해주세요."

"잠깐만요, 잠깐만!"

일어서는 여자를 정인이 잡았다. 이럴 수는 없다는 생각이 그녀의 머릿속을 스쳤다. 이렇게 마른번개처럼 느닷없이 다가왔다가 느닷없이 떠나가버리는 것, 난데없이 2백만 원이라니……. 여자가 정인을 물끄러미 바라보다가 하는 수 없다는 듯 다시 자리에 앉았다. 정인과 여자의 눈이 마주친다. 여자의 눈은 불안해 보였다. 여자는 잠시 정인을 바라보더니 곧 시선을 떨구었고 이어서 거짓말처럼 훅, 하고 울음을 터뜨리기 시작했다.

이 여자는 아직도 그를 잊지 못하고 있구나. 사랑하지 않는다면 여자들은 울지 않으니까, 생각하는데 머릿속에서 너무나 많은 상상과 생각들이 폭탄처럼 터져 나온다. 정인의 머릿속이 다시 하얘진다. 너무 많은 생각 때문에 아무 생각이 없어져서 정인은 오히려 침착해 보였다.

"저기…… 혹시 건축 사무소에서 일하신다는……."

남호영과 첫 키스를 하던 날, 그가 말한 그 여자일까 하는 생각에서 정인이 물었다. 아니, 어쩌면 정인은 안간힘을 써서 그렇게 생각하고 싶었는지도 모르겠다. 아까 그녀가 화실이라는 말을 했고 이제 정인 자신이 그녀의 손가락에 묻은 노란 물감 자국을 보면서도 정인은 그렇게 묻고 있는 것이다. 휴지로 눈물을 훔쳐내는 여자의 입술이 비틀리고 이어서 비웃음 같은 신음 소리가 흘러나왔다.

"무용하는 여자 이야기는 안 했나요?"

아직 그것도 모르냐는 듯, 여자가 다시 말했다. 그녀의 얼굴은 비웃음과 자기 모멸과 그리고 적개심에 일그러져서 참담해 보였다. 은박지처럼 구겨진 그녀의 흰 얼굴 위로 다시 눈물이 흘러내렸다.

"죄송합니다. 전 당신의 얼굴을 더 이상 마주볼 힘이 없어요……."

여자는 고개를 떨구었고 그래서 인하시켜는 누챘니 하시바 무엇이 그녀를 박차고 일어서지 못하게 만드는지 그녀는 그대로 그 자리에 앉아 있었다. 이미 흘려버린 눈물의 중력이었을까? 아니면 미련이 없다고 정인에게 소리치게 만든 그런 미련이었을까?

　카페를 나섰을 때 여자는 서둘러 길을 떠났다. 연한 쑥색 코트를 입은 여자의 몸은 더 이상 마를 수 없이 헐렁해 보여서 마치 허수아비 위에 코트를 걸쳐놓은 것 같았다. 정인은 잠시 그 자리에 서서 그 여자의 뒷모습을 바라보다가 천천히 출판사로 돌아왔다. 어젯밤 눈을 머금었던 하늘은 맑게 개서 홀연히 엷은 구름들을 흩뿌리고 있었다. 저 여자 힘들었겠구나, 정인은 그저 그런 생각만을 겨우 하고 있었다.

　머리 뒤통수께로부터 아주 무거운 추가 매달려 있는 것만 같았다. 그리고 그 추의 무게는 점점 무거워져서 정인은 얼굴 표정 하나, 손가락 하나 까딱할 수가 없었다. 정인은 천천히 사무실로 들어가 제자리에 앉았다. 미송에게 손님이 와 있는 모양이었다. 미송의 자리로부터 담배 연기가 피어오르고 웃음소리가 낭낭낭 들려왔다.

　정인은 안간힘을 쓰며 제 책상에 놓인 교정지를 폈다. 그리고 천천히 교정을 보았다. 글자들에도 무거운 추가 하나 얹혀진 것처럼 정인은 잘못된 글자들을 끄집어내기가 힘겨웠다. 하지만 그 여자는 안간힘을 쓰며 그 글자들을 하나하나 바로잡는다. '안'을 '않'으로, '징'을 '정'으로……. 그것은 망망한 대양, 혼자서 쪽배를 타고서 아주 무거운 그물을 끌어 올리는 것만 같은 노동이었다. 정인은 온몸의 힘을 다해 글자를 잡아낸다.

7년쯤 같이 지냈어요, 2백만 원 갚으라고 하세요…… 무용하는 여자의 이야기는 하지 않던가요…… 라는 단어들이 교정지의 활자와 얽히고 있었다. 그리고 남호영의 눈빛과 그녀를 안던 그의 뜨거운 입술과 그리고 그 체온들…….

어느 날이었던가. 그들은 아이용품을 파는 집 앞을 지나쳐 집으로 돌아왔었다. 저녁을 차려서 잘 먹고 다시 남호영이 글을 쓰기 시작했을 때 정인은 이불을 쓰고 누워서 울기 시작했다.

왜 그래요 정인 씨, 정인은 아무 대답도 하지 못하고 그저 눈물만 흘리고 있었다. 남호영이 잠시 망설이다가 다가와 그녀를 안았다. 숨죽여 흐느끼던 그녀의 울음소리가 높아졌고 남호영은 그녀를 안고 그녀가 그렇게 울도록 내버려두었다.

─아, 아이 생각이 나요……. 난 아이들 물건을 파는 집 앞을 지나쳐갈 수가 없어요…….

그때 그녀의 머리칼만 쓰다듬으며 남호영도 울고 있었다. 그때 그의 눈빛이, 정인을 바라보며 함께 슬퍼해주던, 말하지 않아도 이해할 수 있을 것처럼 슬퍼 보이던 그의 눈빛은 그러면 거짓이었을까? 그는 그날 글쓰기를 멈추고 흰 십육절지를 가져다 정인 앞에 펴놓았다. 이담에 말예요, 우리가 살 집을 한번 생각해봐요. 남호영은 그림을 그리기 시작했다.

─정인 씨 지붕 밑 방이 있는 곳에 살고 싶다고 했죠? 개도 한다섯 마리 키우고 싶다고 했죠? 여기 연못도 있어요. 여기 벽난로도 있고…… 그리고 여기다가 파초도 심어요……. 자, 날 한번 볼

래요?

아이를 달래는 것처럼, 안간힘을 쓰며 그림 그리기 놀이 하듯 글 쓰던 펜을 둥그렇게 굴리던 그는…… 무용하는 여자와 건축하는 여자와 그리고 7년을 함께 지냈던 여자를 숨긴 그렇고 그런 잡동사니였던가? 그런데 왜 정인은 하필이면 이런 순간에 그가 그녀를 그토록 지극한 사랑의 힘으로 위로해주던 그런 순간을 떠올리는 것일까.

과거라는 덫과 현재라는 안간힘들은 그녀의 머릿속에서 한 치의 기울어짐도 없는 줄다리기를 계속하고 있었다. 하지만 기억하고 싶지 않았던 한 단어가 드디어 그녀의 머릿속으로 떠올라와서 그 균형은 무너지고 말았다.

─내가 그쪽 이름을 아는 것은 내 탓이 아니니까요……. 얼마 전에 호영이 만났더니 말을 하더군요……. 출판사에서 알게 되셨다구요……. 뭐 긴장하지는 마세요. 내가 걔 부인인 것도 아니고 숨겨논 딸이 있는 것도 아니니까요……. 지금 정인 씨 집에 있다고 말하더군요.

그는 그 자신의 입을 벌려서 그녀에게 정인의 이야기를 했다고 했다. 정인 쪽에서 감히 미송에게도 말하지 못했던, 너무도 당연히 지켜질 거라고 이쪽에서 굳게 믿었던 그 비밀들이 그토록 쉽게 새어 나가고 있었다는 것에 대한 배신감이었을까. 아니다. 배신감이라는 단순한 말로는 표기할 수 없는 어떤 무너짐들이 그녀의 가슴속을 와와 때리고 있었다. 그래서 그녀는 생각했다. 끝이구나…… 이렇게 허망하게, 하고.

빈집에 혼자 내버려져 있던 경험을 여러 번 가지고 있는 아이가 있다. 그러니까 엄마는 일하러 갔거나 계 하러 갔거나 그도 아니면 시장에 가느라 빈집에 남겨져 있던 경험을 가진 아이들이 있다. 낮잠에서 깨어난 아이는 빈집에 남겨져서 사방을 두리번거리며 생각한다. 모두들 나를 두고 어디로 간 것일까. 아이가 아는 것은 집 안의 방들과 마루 그리고 부엌 그리고 광 안이나 다락 속이 전부이다. 아니면 집 앞의 골목, 학교 가는 길…… 그 바깥의 세계는 아이가 알 수가 없고, 안다 해도 제 힘으로 어쩔 수 없는 미지의 세계이다. 식구들이 자신의 손이 미치지 않는 그 경계 밖으로 나가버리고 아무 소식도 없을 때, 남은 아이에게 달려드는 것은 무력감과 공포뿐이다. 그리고 그 공포의 이름은 자신이 버림받았다는 절망감이다. 이 공포는 단 한 번 빈집에 남겨져보았거나 단 한 번 엄마에게 자신의 예쁜 생각이 무참히 거절당했다거나 하는 경험이 아니라, 그런 여러 가지 경험들의 반복으로 인해 아이에게 각인된다. 아이가 멀쩡한 성인으로 자란다 해도 그 버림받는다는 것에 대한 감정은 아이의 가슴속에 공포의 핵으로 남아 있다. 하지만 어른이 된 아이는 이 공포의 핵을 결코 알 수 없고 인식할 수도 없다. 자신은 그저 그런 집안에서 자랐다고 자신의 신상명세서를 친구에게 넘김히 이야기하거나, 아니면 이런 말을 하기도 한다. 난 어린 시절에 대해 도무지 생각나는 것이 없어……. 이런 말을 자주 하는 성인들의 특징 중의 하나는 친밀한 어떤 관계의 위기가

닥쳤을 때, 이런 생각을 자주 하기도 한다는 것이다.

니가 나를 버리기 전에 내가 먼저 너를 버리고 말 거야.

그들은 어머니가 자신을 혼자 내버려두었던 벌을 자신이 가장 사랑하는 상대방에게 줌으로써 일종의 복수를 꾀하고자 하는 것이다. 내가 너를 떠나버리는 것, 그것은 자신이 알기로 인간이 인간에게 가할 수 있는 이 세상에서 가장 무서운 벌이기 때문이다. 하지만 이런 사람들의 특징 중의 하나는 이런 생각을 많이 하는 것만큼의 빈도와 강도로 결코 그 만남에서 벗어나지 못한다는 것이다. 왜냐하면 그들은 누군가와 헤어지는 것에 대해 원초적으로, 이미 마음의 핵이 되어버린 죽음보다 강한 공포를 가지고 있기 때문이다.

만일 당신이, 니가 나를 버리기 전에 내가 너를 버릴 거야, 라는 생각을 해본 일이 있거나 한 번의 헤어짐으로 인해 필요 이상의 고통을 오래 받은 경험을 한 적이 있다면 당신은 먼저 눈을 감고 당신의 어린 시절을 떠올려보아야 한다. 세월의 더께 때문에 그 상처들은 흐려지거나 덧씌워졌을 뿐 상처는 언제나 거기 그대로 머물러 있기 때문이다.

당신들은 성녀들처럼

정인은 골목길을 돌아섰다. 퇴근길의 그녀의 손에는 여느 때처럼 장을 본 봉지가 들려 있었다. 하지만 그 봉지에는 두서가 없었다. 여느 날 같았다면 그녀의 봉지는 한 치의 어김도 없이 아기자기했을 것이다. 다음 날의 식단에 대한 구상으로 꽉 차 있어서 오늘 조개탕에 들어갈 조개들의 일부는 내일이면 된장찌개에서 보글거릴 양으로 냉장고에 소금물을 머금은 채로 담길 것이기 때문이다.

정인은 십 잎 내린 새 나나. 나에 때끼의 기쳐요 두리지 않았다 정인은 다행이라고 생각한다. 뒤통수에 달려 있는 무거운 추 때문에 안집 여자에게 늘 상냥하게 건네던 인사를 할 수도, 억지로 웃을 수도 없었다. 생각해보면 후회할 일은 아니라고, 생각해보면 귀중한 시간들이었다고, 처음으로 남자와 여자가 체온을 비비고 귀엣말을 나누며 잠이 들 수도 있다는 걸 그녀에게 가르쳐준 시간들이었다고 그녀는 생각했다. 결혼을 한 것도 아니고 아이가 태어났던 것도 아니다. 전화를 걸어 남편의 안부를 묻는 사람들에게 나, 이혼했어, 왜냐하면……으로 시작되는 그 지리한 설명들을 하지 않아도 되니까……. 두고 온 아이 때문에 그 앙증맞게 작고 이쁜 옷과 구두들, 그 장난감들을 울며 바라보지 않아도 되는 일이었다. 하지만 정인은 대문의 열쇠를 꺼내다 말고 잠시 거기 서서 가쁜 숨을 몰아쉬었다.

그날의 저녁 식사는 예전대로 진행되었다. 다만 남호영이 언뜻언뜻 불길한 기분을 느낀다는 듯, 그녀 쪽을 흘끗흘끗 바라다보곤 했다. 정인은 겨우, 머리가 아프다는 핑계를 대고 입을 열지 않았다. 콩나물들이 뻣뻣하게 줄을 선 채로 그녀의 목줄기를 타고 힘겹게 넘어갔다. 그녀는 거의 먹을 수가 없었다.

겨우 설거지를 마치고 다시 방으로 들어섰을 때 남호영은 예의 노트북 앞에 앉아 글을 쓰고 있었다. 정인은 그의 뒷모습을 오래도록 바라보았다. 노란 백열등 스탠드 빛에 반사되어 뽀송뽀송 드러난 그의 노란빛 머리카락, 그의 거무스레한 뒷덜미…… 그리고 마른 듯한 균형 잡힌 체구……. 그가 돌아보며 말했었다. 정인 씨 자요? 정인 씨 춥지 않아요? 정인 씨 내가 하루 종일 정인 씨 생각 얼마나 많이 했는 줄 알아요?

그럴 때 그녀 자신이 느끼던 따뜻한 감정들이 숨을 쉴 틈도 없이 그녀의 목구멍으로 밀려 나왔다. 그런데 이상한 일이었다. 이 작별을 연습하는 시간, 이제 말을 꺼내면 되는 그 시간들 앞에서 그녀는 갑자기 억제할 수 없는 이상한 충동을 느낀다. 그를 끌어안고, 뒤에서 끌어안고, 절대로 그와 그녀의 눈이 마주칠 수 없는 자세로 그녀는 한 번도 하지 않았던 그 말을 하고 싶었던 것이다. 사랑해요, 하고.

그 순간 거짓말처럼 남호영이 뒤를 돌아보았다. 남호영의 미간이 얼핏 찌푸려졌다. 그래 그가 물으면 이제 모든 것은 끝난다. 무슨 일이 있었어요? 하고 묻는다면 정인은 오늘 만났던 그 이름도 성도 모르는 허수아비처럼 마른 여자의 이야기를 꺼내면 되는 것이다. 하지만 남호영은 아무것도 묻지 않았고 다시 고개를 돌려 자판을 두드리기 시작했다. 정인은 그 자리에 앉는다. 남호영이 피다 만 담배가 눈에 띄었다. 정인은 그것을 조심스레 당겨 하나를 입에 대었다. 성냥을 켜는 순간 남호영의 손가락이 동작을 멈추었다. 작은 방 안을 사각사각 울리던 자판 소리가 멎고, 마치 커다란 소음이 방 안을 울리고 있던 것처럼 갑작스러운 정적이 찾아왔다. 정인은 성냥 대가리에 불을 붙인 채로 손가락을 멈추었다. 성냥은 정인이 담배에 불을 붙이기도 전에 꺼져버렸다. 남호영이 뒤도 돌아보지 않은 채로 입을 열어 정인에게 말했다.

"무슨 일이 있는 거군요."

정인은 마치 그 소리를 신호 삼기라도 하듯이 다시 성냥을 켰다. 오래 닳은 성냥갑은 불이 잘 붙지 않았다. 그때 정인의 담배로 불이 당겨져 왔다. 남호영이 자신의 책상 위에 있는 라이터로 정인의 담배에 불을 붙이는 것이다. 그가 당긴 불이 정인의 얼굴 앞에서 작게 빛난다. 정인은 담배에 불을 붙이다 말고 남호영을 빤히 바라보았다.

"피우고 싶으면 피워요."

정인은 그가 내미는 라이터 불에 담배를 붙였다. 언제였던가, 그가 현준에게 맞고 집을 뛰쳐나갔던 날, 추웠던 기억뿐인 그 출판사 사무실에서 그가 이렇게 담배에 불을 붙여준 일이 있었다. 그때 그가 없었다면 정인은 아마도 오랜 날들을 혼자 차가운 베개에 엎어져 있었을 거라는 생각이 들었다. 그렇게 생각하자 정말 헤어진다는 생각이 들었다.

"……화실이를 만났군요."

그가 말했다. 경련을 일으키듯 떨고 있는 정인의 손이 문득 멈추어졌다.

"이번에는 이름을 말하지 않았나 보군요. 그 여자 이름이 화실이에요…… 유화실."

정인은 얼핏 웃음을 터뜨렸다. 하지만 얼굴은 다시 마분지처럼 빳빳하게 굳어지고 있었다.

"왜 웃지요?"

"…… 아니에요……. 작업하는 화실 이야기를 꺼내고…… 자기 이름은 가르쳐주지 않았더랬는데…… 그런데 그 이름이 화실이라니……."

정인은 한참을 웃었다. 남호영은 웃지 않았다. 정인은 담배를 껐다. 갑자기 이 모든 사실이 다 장난처럼 느껴져서 그 여자는 웃음을 멈추고 시선을 떨구었다. 남호영은 천천히 돌아앉아 노트북을 껐다. 그리고 그것을 닫고 다시 그것을 포터블 백에 넣었다. 그는 일어나 자신의 코트와 정인의 작은 서랍장 속에 차곡차곡 개어져 있던 자신의 속옷들을 챙겼다. 그는 자신이 정인의 집에 올 때 가지고 들어왔던 가방에 그 속옷들과 스웨터를 넣었다. 그가 가지 않겠다고 하더라도 이 이상 그와 함께 지낼 수는 없어, 생각했던 정인의 눈에 겁이 더럭 실린다.

"뭐…… 하시는 거예요?"

정인이 물었다. 그는 뒤돌아보지 않고 책상 위에 펼쳐져 있던 소설책 몇 권을 가방 속에 넣었다. 완강하게 그는 정인을 외면하고 있었다. 짐은 그새 불어나 있었는지 그가 들고 온 가방은 이제 짐으로 넘쳐서 지퍼가 잘 잠겨지지 않았다. 그는 처음으로 허탈한 숨을 내쉬더니 다시 한 번 지퍼를 닫으려고 애썼다

"뭐 하시는 거냐구요?"

정인의 음성이 조금 높아졌다. 그가 잠시 침묵하더니 천천히 뒤를 돌아보았다.

"이제 남은 짓는 한 가지밖에요   . 그더니 빨고 께미 이노 너고 싶지 않아요."

남호영은 필생의 힘을 다하려는 듯이 지퍼를 닫았다. 정인의 손

길이 그 지퍼 위로 다가가서 그의 손을 잡았다.

"그 말은 무슨 뜻이죠."

정인은 화가 난 듯이 보였다. 그녀의 안색은 창백했고 푸릇해진 입술은 격앙된 감정을 억누르려는 듯이 작게 떨고 있었다. 남호영이 그녀의 팔을 귀찮다는 듯이 치워냈다. 반사적으로, 마치 도망치는 어머니의 옷고름을 잡듯이 그녀는 그의 팔을 다시 잡았다.

"놔요! 이거 놓으란 말이에요!"

남호영은 이번에는 거칠게 정인의 팔을 떼밀었고 그래서 정인은 그만 방바닥에 나동그라지고 말았다.

사실 따귀라도 올려붙일 감정은 정인 쪽에서 지니고 있었다. 객관적으로, 사실 이 세상에 정말 한 치의 기울어짐도 없는 객관이라는 게 존재할까마는, 그래도 객관이라고 생각해본다면 정인 쪽에서 화를 내야 했다. 방바닥에 이상한 자세로 엎어져야 할 사람도 그였다. 하지만 이 갑자기 뒤바뀌고 전도된 상황을 정인은 잘 해석해내지 못한다. 마치 정인이 그에게 돌이킬 수 없는 모욕을 가했고 그래서 그가 화를 내고 그녀를 떠나려는 것처럼 그녀는 당황스러웠다. 정인은 천천히 자리에서 일어났다. 자신이 무슨 일을 하는지 도무지 모르겠다는 표정으로, 넘어진 정인은 아랑곳도 하지 않은 채 남호영은 그토록 힘겹게라도 닫으려던 가방을 팽개치듯 옆으로 밀어놓고 쭈그리고 앉았다. 진한 카키색 스웨터 소매 사이로 드러난 그의 손목의 정맥이 파랬다. 남호영은 머리를 감싼 채로 조그맣게 몸을 움츠렸다. 정인은 멍한 표정으로 그를 바라보고 있었다. 막상, 이제 정인은 그가 울까 봐 겁이 났던 것이다.

"한 남학생이 있었지요."

남호영은 그렇게 머리를 감싸 안은 자세로 조그맣게 앉아 낮은 목소리로 이야기를 꺼내기 시작했다.

"감옥에 다녀와서 복학이 된 남학생이었어요. 그는 이제 아는 사람이라고는 아무도 없는 학교에서 한 여자를 만납니다. 미대 대학원생이었지요. 그들은 예전에 같은 서클에서 잠시 안면이 있었던 사이였어요……. 그 남학생은 집에서 쫓겨났고 의지할 데가 없었습니다. 그 여학생은 돈 많은 아버지를 둔 탓에 학교 앞에 작업실을 하나 가지고 있었지요. 남학생은 그 여학생의 배려로 그 작업실에서 잠을 잡니다. 둘은 친구였다고 생각했어요…… 적어도 남자는 그랬지요……. 남자는, 그 친구였다고 생각한 여자의 몸뚱이와 어느 날 몸을 섞습니다. 이 세상은 자신이 아니어도 얼마든지 썩어 뭉개지고 있었고 한때는 세상의 소금이고 빛이고 싶었던 그 남자는 이 세상과 함께 자신을 다 부수어버리고 싶었나 봅니다. 그렇게 7년이 지났습니다. 남자는 이 세상에서 할 일이 아무것도 없었고 여자는 그림을 그렸어요. 남자가 하는 일이란 고작 그 여자의 아뜰리에를 어슬렁거리다가 술을 마시거나 그 여자와 몸을 섞는 일밖에는 없었어요……. 그렇게 7년을 뭉갰지요……. 여자는 남자가 밖에 나가거나 지금은 헤어진 옛 동료를 만나거나 하는 일을 병적으로 싫어했어요……. 여자는 말하자면 그를 온전히 자기만의 것으로 가지고 싶었던 겁니다.

서른이 넘은 남자는 어느 날 아침 잠에서 깨어나 술병과 물감이 짓이겨진 화실을 바라보며 울음을 터뜨립니다. 이게 아니다, 라는 생각이 들었지요…… 그 생각은 너무 강렬해서 그의 몸을 송두리째 찢어버리는 것 같았어요…….

그는 패배자가 되고 싶지는 않았어요……. 그 남자는 그때 처음 생각했어요. 글을 쓰자고…… 하지만 그것에는 조건이 있었지요. 그는 그녀에게서 벗어나야 한다고 생각했어요. 먹이를 던져주고 잠자리를 제공해주는 이 사육의 터를 벗어나야 한다고.

여자는 허락하지 않았지요. 둘은 싸움이 잦아졌지요. 화실의 그림들이 박살 나고 술병이 깨어졌어요. 두 사람은 그렇게 매일을 싸움과 술로 보내며 짐승처럼 뒹굴었어요……. 어느 날 그가 늦은 아침 숙취에서 깨어나보니 밖에 자물쇠가 잠겨 있더군요……. 남자는 갇혀버린 거지요."

남호영은 담배를 피워 물었다. 잠시의 침묵이 무겁게 이 방 안을 감싸고 있었다.

"자물쇠만 채워지지 않았다면 남자는 어쩌면 그 자리에서 그녀와 신방을 차렸을지도 모르겠어요. 어쨌든 그녀는 그의 첫 여자였고 그는 자신의 아버지와 같은 삶을 살지는 않겠다고 지겹게도 여러 번 다짐하곤 했던 사람이었으니까요……. 하지만 그날 자물쇠가 채워진 거예요…….

내 안에 이런 다른 모습의 내가 살고 있었을까 싶게 남자는 광포해져버렸어요. 그녀가 돌아왔지요. 그가 좋아하는 술과 안주를 사가지고······. 그날 그는 처음으로 그녀를 때립니다. 아마 내가 혼자 밤을 지새우던 출판사로 날아들던 정인 씨보다 더 많이 맞았겠지요······. 그랬어요. 때리는 사람이 가져야 하는 마음의 고통을 사실 나는 알고 있어요······. 그래요, 어쨌든 그는 그날 그 화실을 도망치듯 빠져나와 다시는 돌아가지 않았어요······."

남호영이 정인에게 등을 돌린 채로 머리를 부비며 먼 창을 바라보았다. 창문에는 하얗게 성에가 오르고 있었다. 바람이 창을 덜컹이며 지나가고 있었다. 정인은 그가 입을 열어 말을 하고 있는 것이 아니라, 그의 손가락이 자판을 사각사각 두드리는 것만 같은 환청을 느낀다.

"여자는 그 후로 그가 가는 곳이면 어디든 따라다녔지요······. 그 남자는 그 때문에 먼 길을 돌아다녔어요. 집에도 이미 알려진 후였고—그 여자는 자신이 다섯 번이나 남자의 아이를 유산했노라고 말했다지요— 남자는 그래서 더더욱 집에 들어갈 수가 없었습니다.

몇 년이 지났지요. 남자는 노가다 판으로도 떠돌고 헤매어 다녔어요······. 그러던 어느 날 무용을 하는 후배를 만나게 되었지요······. 그녀는 화실이와도 서로 알고 있는 사이였기 때문에 이 모든 사실을 털어놓았습니다.

그녀는 받아들여주더군요. 남자에게는 쉴 곳이 필요했어요. 그래서 남자는 빨리 결혼이 하고 싶었지요. 그 여자를 피할 수 있는 방법은 그것밖에 없다고 생각했었으니까요.

가까스로 부모님에게 허락을 받아내고 청첩장을 돌렸지요. 남자는 시간이 없다고 생각했어요. 여자도 좋은 사람이었고……. 어느 날 일방적으로 파혼 통지가 전해져 왔습니다. 화실이가…… 그 여자의 집으로 전화를 해댄 거예요. 매일 밤…… 아마도 저주에 가득 찬 목소리로…… 무용하는 여자의 부모님들은 그 사실을 오랫동안 제게 알리지 않고 있었습니다. 그러던 어느 날 밤 그 여자가 칼로……, 칼로 제 손목을 긋고 무용하는 여자의 집에 전화를 했던 거지요……. 앰뷸런스를 부르기 위해 그녀의 부모님이 처음으로 제게 전화를 하셨습니다. 화실의 위치를 알기 위해서였지요…….

우리는 헤어졌습니다. 화실이는 살아났지요. 그리고 다시 살아난 그녀에게 이제 인생의 목표가 분명해진 거예요. 그녀는 나를 그림자처럼 따라다녔고…… 어떤 여자를 소개받거나 단둘이 데이트를 시작하면 그녀의 음성이, 그녀가 대체 어떤 여자이든 그녀에게 곧바로 달려갔어요…….

정인 씨를 처음 보았을 때 이 이야기를 꺼내고 싶었지만…… 꺼내지 못했어요……. 만일 신이 있다면, 나도 한 번쯤 행복해질 권리가 있는 사람이라면…… 한 번쯤은 나도 새로 시작해보고 싶다고…… 나는 생각했던 거예요……. 만난 지 얼마 되지도 않은 사이에, 아직 사랑인지 아닌지 서로 확신하지도 못하는 사람에게 그런 이야기를 꺼내는 고통 없이 나도 그저 다른 사람들처럼 토닥거리며 싸우는 것이 둘 사이의 최대의 고민인 그런 새로운 시작을 한 번만 하고 싶었던 거예요……. 하지만 인생에는 에누리가 없나 봐요……. 자기가 저지른 것을 운 좋게 피할 기회도 없는 모양입니다. 화실이가 이야기한 것은 모두 사실일 겁니다. 아마도…… 그래요, 사실! 사실이겠지요……. 그 사실이라는 것은 언제나 여러 가지 측면을 가지고 있어서 그것을 한쪽으로만 바라보게 마련이지만…… 그래도 언제부터인가 나는 생각했지요……. 사실은 사실이다, 하고 말이에요. 다행히도 그녀는 거짓말을 하지는 않아요……. 얼마 전에 술집에 있는 나를 그녀가 찾아왔지요. 어떻게 찾아냈는지는 모르지만…… 그녀에게 말했어요. 난 정인 씨와 결혼할 거라고……. 도박을 하는 기분이었는지도 몰라요…… 우리 사이에 그녀가 끼어든다고 해도, 나빠지지는 않을 것 같은…… 아닙니다. 됐어요. 내가 어리석었어요. 내 인생은 그러니까 만들어질 때부터……."

그의 얼굴이 귀까지 붉어졌다. 그는 격앙된 목소리로 말을 이으려다가 입을 다물었다. 그의 검은 안경 속으로 보이는 눈가에 눈물이 맺히고 있는 것이 보였다.

"한 여자를 행복하게 해주고 싶었어요. 맨발로 내 품에 날아든 매 맞은 새 같은 정인 씨를…… 내가 행복하게 해주고 싶었어요……. 하지만 정인 씨를 알아가면서부터 나는 두려움에 사로잡혔어요…… 정인 씨는 결코 그런 나를 용서해줄 그런 여자가 아니라는 걸."

그는 혼잣말처럼 되뇌고 나서 천천히 고개를 가로저었다.

"그래요, 정인 씨는 할 수 없어요."

그는 다시 말했다. 정인은 주술에 사로잡힌 사람처럼 꼼짝하지 못하고 그의 말을 듣고 있었다. 아마, 그녀는 말하고 싶었을 것이다. 그래요, 나는 그런 당신을 용서할 수 없어요……. 아버지와 남편을 용서할 수 없었듯이……. 하지만, 난 백 번이라도 당신을 용서하고 싶어요……. 용서, 하고, 싶다, 라고 생각하는 순간 정인의 눈에서 눈물이 흘러내렸다. 그러나 정인은 아직 입을 열지 않았다. 그가 입을 일그러뜨리고 피식 웃으며 정인을 바라보았다.

"처음에 당신들은 성녀처럼 나를 감싸주며 그렇게 말하곤 했지요……. 그건 지나가버린 일이에요. 나는 호영 씨를 용서하겠어요, 하고…… 두 번째는 힘겹게라도 그렇게 말했어요. 하지만 세 번, 네 번째는…… 나는 이제 더 이상 이런 짓거리는 하고 싶지 않아요……. 이 세상에 특별한 관계나 특별한 사람들은 없어요…… 모두가 같아요……."

그는 담담한 어투로 정인을 바라보며 담배를 끄고 가방을 들었다. 정인은 그의 뒷모습을 바라보았다. 남호영의 벗은 발이 눈에 보였다. 정인은 바람이 불고 어두운 창밖을 생각한다. 그의 발이 시려울 거라는 생각이 들었던 것이다.

"저…… 양말…… 신고 가세요."

정인은 천천히 말했다. 남호영이 그녀를 뒤돌아보았다. 정인은 아무 말 없이 일어나 부엌으로 가서 아직 빨랫줄에 걸려 있는 그의 양말을 걷었다. 처음 그들이 백화점에 갔을 때 그녀가 사준 양말이었다. 그날 명동에서 쇼핑을 마치고 나와 소프트아이스크림을 핥으며 그와 영화를 보았던 것 같다. 그리고 아마 아이용품을 파는 집 앞을 지나친 것도 그날이었을 것이다. 이제 이런 기억들이 날마다 긴 행렬을 지어 내 앞을 지나가겠지. 지치지도 않고 지나가겠지……. 정인은 그의 양말을 걷으면서 문득 그 생각을 하자 벌써 여러 달 전에 실연이라도 당한 여자 같아졌다. 정인은 양말을 그에게 내밀었다. 남호영이 물끄러미 그녀를 바라보았다.

"괜찮아요…… 됐어요."

남호영은 부엌에서 다시 방으로 들어서는 그녀를 밀치고 신발을 신으려고 하는 듯한 자세로 말했다.

"밖이 추워요……."

그가 잠시 머뭇거렸다. 정인은 양말을 내민 자세로 앉아 그의 눈을 보지 않으려고 애쓰고 있었다. 눈이 마주치기만 하면 그에게 말해버릴 것 같았다. 가지 말아요…… 제발…… 제가 용서할게요, 제가 잘못했어요. 쉽게 용서하지 못하고, 당신을 의심한 제가 잘못했어요……. 하지만 정인은 눈을 들어 그의 눈을 보아버리고 만다. 무연한 눈, 우물처럼 깊은 슬픔을 가지고 있는 눈이었다. 그를 거쳐간 여자들이 그 우물 속에 빠져 있으리라. 그를 버리고 도망간 그의 어머니와 그의 첫사랑이었고 그의 첫 지옥이었던 화실이라는 그 발라빠신 여사와 부흥하는 여사와 선숙하는 녀사와…… 그리고 이제 자신의 이름도 저 우물에 빠지게 될 것이다. 그는 그 우물을 튼튼한 뚜껑으로 덮어버리지도 못하고 언제까지나 괴로워하

겠지. 자신도 그의 기억으로 남게 될 것이었다. 그의 상처에 다시
또 상처를 입힌 여자의 이름으로……. 정인은 고개를 떨구었다. 그
는 언제나 저렇게 발을 벗은 기분으로 세상을 떠돌았겠지. 대체 그
의 과거 때문에, 난데없이 나타난 그의 첫 여자 때문에 나는 이 사
랑을 깨어도 좋을까 하는 생각이 갑자기 그 모든 배신감을 밀치고
나타났고 정인은 잠시 휘청대었다. 과거라는 이름으로 말하자면 그
녀 자신이 누구보다도 확연한 과거를 가지고 있었다. 남호영은 한
번도 그 이름으로 그녀를 비난한 일이 없었다. 그런데 그런 사람을
그 과거의 이름으로 떨쳐버리고 내쫓아버려도 좋은 것일까.

"갈게요……."

남호영이 다시 말했다.

"양말…… 양말, 신…… 신고 가세요. 제발……."

정인은 드디어 울음을 터뜨리고 있었다. 그 여자는 양말을 손에
쥔 채로 방바닥에 앉아서 꺼이꺼이 울음을 터뜨렸다. 어릴 때는
생각했었다. 스물이 되고 서른이 되는 나날들에 대해서, 그날들이
단 한 번이라도 이렇게 얼룩진 것으로 상상된 적이 있었던가…….
왜 삶이 이렇듯 힘겨울 거라는 걸, 삶이라는 건 상처 위에 상처가
얹히고 그 상처 위에 다시 상처가 나서 그것은 언뜻 붉고 선연한
장밋빛으로 보일지도 모르겠다는 걸 왜 아무도 가르쳐주지 않았
을까…… 하는 생각이 그 여자의 머릿속을 스쳐 지나갔다.

누군가의 손길이 그녀의 머리를 스쳐 지나갔다. 정인은 알 수 있
었다. 그건 남호영의 것이었다. 언제나 잠 못 드는 밤에 그는 그녀

의 머릿결을 그렇게 한없이 쓸어주곤 했었으니까.

"신을게요…… 내가 양말 신고 가야 정인 씨가 마음 편하다면 그렇게 할게요."

그는 정인의 손을 붙들고 천천히 정인의 손에 잡힌 양말을 들었다. 혹시라도 물소리가 그의 일에 방해될까 봐 정인은 수돗물을 졸졸졸 흐르도록 조그맣게 틀어놓고 그 양말을 빨았었다. 그는 정인의 우는 얼굴을 물끄러미 바라보다가 돌아앉아서 양말을 신었다. 정인은 그의 야윈 발 위로 감색 양말이 신겨지는 것을 멍한 시선으로 바라보았다.

"첫 번째 책이 나오면 맨 먼저 정인 씨한테 보낼게요."

그가 낮은 소리로 말했다. 정인의 입술이 덜덜 떨리기 시작했다. 정인은 그의 점퍼 한 자락을 자신도 모르게 부여잡았다. 그런 정인의 손길을 남호영이 천천히 고개를 숙여 바라본다. 잠시 침묵이 흘렀다. 안집 아이가 갑자기 와앙 하고 울음을 터뜨리는 소리가 그 침묵을 비집고 들어선다.

"정인 씨보다 세상을 아주 조금 더 바보스럽게 산 덕으로 내가 얻은 게 있다면…… 그건 이거예요…… 이 세상에는 안 되는 일이 있다는 거…… 안 되는 건 안 되는 거라는 거."

하지만 안 된다는 소리 앞에서 정인은 정말 어린아이처럼 그의 옷자락을 움켜잡는다. 엄마! 하고 무언가 소리가 머리를 어지럽힌다. 안집 아이의 울음소리였을까……. 엄마는 흰 옷자락을 펄럭이며 저수지 쪽으로 달려갔었다. 우리 엄마가 죽어요! 저수지에 빠져 죽어요! 그날 밤 아버지가 후려치던 뺨 위의 매운 손길이…… 그녀에게 생생하게 살아나고 있었다. 엄마! 엄마! 부르던 목소리는 이제 열 살이었던 소녀, 정인의 것이 아니라, 열 살이었던 소년, 남호영의 것으로 바뀌고 있었다.

정인은 그의 옷자락을 여전히 잡은 채로 그의 점퍼에 얼굴을 묻었다. 그의 손길이 정인의 몸뚱이를 꽉 조였다. 그의 점퍼에서 사각사각 소리가 났다. 날개를 부비는 것처럼 사각사각, 정인은 그가, 그녀를 더 가까이 안기 위해서 다가오는 소리를 들었다.

"상처 입은 사람들끼리니까…… 상처 입은 사람들끼리…… 서로 돕구 의지하면서 그렇게 살, 수가 있다면……."

정인은 말하고 있었다. 현준이 결혼을 청했을 때, 차곡차곡 쌓인 볏짚단을 보면서 자신이 그와 똑같은 말을 했다는 것을 도무지 의식하지 못한 채로.

열 살짜리 정인이가 거기 서 있었다

명수는 어두운 방에 들어서서 불을 켰다. 집은 텅 비어 있었다. 연주의 벗은 잠옷 자락, 흩어진 화장대의 로션병들, 물컵, 커피잔들이 흩어져 있는 방 안은 산란해 보였다.

명수는 불을 끄고 거실로 나왔다. 부엌 개수대에는 엊저녁의 접시들이 쌓여 있고 식탁 위에는 빵 부스러기가 가득했다. 연주가 어제 집에서 잠을 잔 흔적은 없었다. 명수는 담배에 불을 붙여 물고는 베란다 문을 열어젖혔다. 봄바람이라고는 했지만 바람은 찼다. 날이 흐리려나 보았다. 창밖을 내다보니 회색빛 서녘 내기 위로 빨간 꽁짓불을 매단 차들이 고가도로 위를 매섭게 달리고 있었다.

대체 어디서부터 잘못된 일이었을까. 명수는 설거지를 하려고 물을 튼다. 그릇들을 대충 씻어 엎어놓고 식탁 의자에 삐딱하게 걸려 있는 뒤집어진 연주의 치마를 들고 그는 방으로 들어갔다. 발단은 물론 어머니였다. 한식날 명수가 내려오지 못한다면 연주라도 내려오라고 화를 내신 모양이었다. 그러자 연주도 지지 않고 어머니에게 몇 마디 한 모양이었고 그날 밤, 명수가 인턴들과의 회식을 끝내고 돌아왔을 때 어머니의 울먹이는 전화를 받았다. 그런 일이야 사실, 외아들을 둔 홀어머니와 며느리 사이에서 얼마든지 일어날 수 있는 일이 아니던가. 누구든 자신의 것을 빼앗기기 싫어하는 법이니까. 어머니 역시 자식을 제 것이라고 생각하고 살아온 사람이었다. 새삼 며느리라는 사람이 나타나서 30년을 키워온 공을 무시하고 그이는 내 사람이에요 한다면, 화가 날 수도 있는 일이었다. 사람이든 집이든 돈이든 소유한다고 생각하는 것은 무서운 일이니까 말이다.

요즘 논문 때문에 연주도 정신이 없어요, 논문이라는 게 말이지요, 사람 신경을 바싹바싹 말리는 일이래요. 석사가 되고 박사가 되는 게 어머니, 그렇게 쉬운 일이 아니라서…… 하고 전화를 끊었지만 머리가 개운치 않았다. 그날따라 새삼 어지럽혀진 집 안 꼴이 신경에 거슬렸다. 아버지의 산소에 성묘라도 다녀와야 하는 것이 아닐까. 길이 막혀 못 가는 것도 아니었고, 버스를 타면 한 시간 남짓이면 닿을 수 있는 곳……. 자신을 위해 평생을 살았던 어머니에게, 이제 며느리도 보셨으니 그 정도의 복도 누리게 할 수 없는지……. 그는 말없이 침대 위에 벗어 던진 연주의 속치마를 들어 연주에게 내밀었다. 발단은 어쩌면 그것부터였는지도 모른다.

—이걸 왜 나한테 내미는 거야?

연주가 물었다. 클렌징크림으로 화장을 지우고 있던 중이어서 그녀의 얼굴에는 흰 크림이 가득했다. 명수는 아무 말도 없이 연주의 속치마를 그녀의 무릎 위에 내려놓았다.

—말로 해, 집 안 깨끗이 치우라고 말을 하란 말이야! 그렇게 말 없이 사람 신경을 바싹바싹 태우지 말고!

—집 안이야 치우지 않을 수도 있어. 하지만 이런 속옷은 제발!

—어머니가 뭐라시는 줄 알아? 나보고 석사고 박사고 다 때려치우고 집에서 애 낳을 생각이나 하래. 당신 아들이 밥이나 제대로 먹는지 모르겠다시면서…… 당신 어머니, 정인 씨한테도 이런 식이었다면서? 그 여자가 당신같이 좋은 조건을 두고 왜 순순히 물러났는지 난 사실 아주 궁금했었어!

또 시작이구나 싶었다. 처음에는 하도 어이가 없어서 그는 연주가 그저, 논문 때문에 지도교수와의 마찰 때문에 히스테리를 부리는 줄만 알았다. 대체 그들이 싸울 때마다 거기 왜 정인이가 등장하는지 그로서는 영 영문을 알 수 없었기 때문이다. 하지만 어제의 싸움은 좀 달랐다.

—명수 씨 굉장했다면서? 정인 씨 어렸을 때부터 아무도 안 태워주는 자전거 태워주고 서로 별어서서 고등학교 다니면서 날비다 편지했었다면서? 게다가 정인 씨가 결혼하고 났을 때까지도 어머니에게 싸우면서 내가 정인이한테 결혼하자고 했었어요, 걔가

날 좋아한 게 아니고, 그러면서 대들었다면서? 나 때문에 명수 씨가 어머니한테 거슬린 적 있어요? 언제나 나보고 이해하라고 했잖아?

이야기를 어디서 들었는지, 아마도 어머니였으리라. 그건 두 사람만의 일이었으니까. 그런 말을 새삼 이제 와서 며느리에게 전하는 어머니의 심사도 허탈했지만 어쨌든 명수는 처음에 그냥 웃었다. 질투하는 연주가 귀엽기도 했던 것도 사실이니까. 하지만 연주 쪽에서는 그것이 꽤 충격이었나 보았다.

—바보 같은 소리 작작해!

그는 웃음이 나왔지만 싸움이 시작될 때마다 연주가 정인의 이야기를 꺼내는 게 불쾌하지 않은 것도 아니어서 버럭 소리를 질렀다. 바로 그때였다. 연주가 화장대 위에 있던 커피잔을 명수에게 던진 것은 얼결에 그것을 피하기는 했지만 명수의 얼굴은 뻣뻣하게 굳어졌다. 날아온 커피잔이 바닥을 데구르르 구르는 소리의 여운이 길게 이어진다.

—내 집에서 당장 나가!

그렇게 커피잔을 던져놓고, 막상 던져놓고 보니 연주도 당황스러운 것 같았다. 평소 같았으면 그렇게 말을 함부로 할 그런 사람은 아니었으니까. 하지만 연주는 내 집, 이라고 말했다. 사실, 처가 쪽에서 얻어준 집이었다. 어머니가 일부를 보태기는 했지만, 학교 병원에서 가까운 아파트를 얻어야 했고, 형편에 맞추어 작은 연립이라도 얻어보자던 명수를 설득한 것은 연주 쪽이었다. 의식하지 않으려 애쓰던 어떤 감정이 명수의 머리를 스치고 지나갔다. 명수는 묵묵히 식탁 의자에 앉아 담배를 물었다.

　—그때, 명수 씨가 결혼한 정인 씨를 감싸주기 위해서 어머니에게 대드는 그 순간에 나는 명수 씨를 쫓아다니고 있었어. 아니지, 내가 명수 씨를 처음 본 게, 당신이 정인이라는 그 여자를 찾아 그 집 주변을 어슬렁거리고 있던 그때였으니까. 처음부터 당신은 내 사람이 아니었던 거야……. 내 인생이 이렇게 자존심 상하게 흘러가는지도 모르고 살아왔다니. 그깟 여자 하나 때문에 내가 이래야 하다니…….

　연주는 발작 상태로 화장대 위의 물건들을 쓸어버리고 있었다. 그것이 와르르르 쨍강 떨어지는 순간, 명수는 외투를 집어 들고 집을 나와버렸다. 아직도 명수는 그 순간 자신이 느꼈던 정확한 감정을 잘 잡아낼 수가 없다. 유치한 그녀의 꼴에 대한 실망감 때문에 나락으로 떨어져 내리는 것 같기도 한 기분이었고, 거꾸로 알 수 없는 분노가 치솟아 오르는 것 같기도 했으니까. 떨어져 내리는 것과 치솟아 오르는 것이 뒤엉켜서 명수는 병원 앞까지 걸어갔었다. 싸움이 끝을 향해 치닫기 전에 누군가가 자리를 피하는 것이 옳은 일이라고 그는 생각하고 있었다. 그리고 그것은 남자인 자신인 편이 나은 거라고. 그런데 오늘 돌아와본 집에 연주의 자취는 없었다. 연주는 이제 집을 나가 씨의 아내로서 남수 부장이었다. 명수는 잠시 망설이다가 수화기를 들었다. 전화해볼 만한 곳이 미송의 출판사밖에는 없었다. 그곳에 하필이면 정인이 있다는 것이 마음에 걸렸지만, 연주의 말이 진심이라면 바로 그 이유 때문에 연주가 그곳에 있을 가능성이 높았다.

삶은 잡지에 소개되는 인테리어처럼 언제나 단정하지만은 않다는 것을 명수는 알고 있었다. 잡지에 소개되는 인테리어를 보고 아름답다는 생각을 할지언정 편리하겠구나 생각하는 사람은 드물다. 신경증 환자들은 주로 삶이 파놓은 함정에 빠진 사람들이었다. 그들은 대개는 자신들의 머릿속에 있는 이 세상의 아름다움이 바로 현실이라고 생각하고 있었다. 마치 인테리어 잡지를 모범으로 삼아놓고 그중의 한 가구라도 흐트러뜨리지 않으려고 기를 쓰고 있는 것처럼. 그들은 이 세상이 사실은 악의와 시기심과 편법으로 가득 차 있다는 것을 믿지 않는 사람들이었다. 그러므로 그들이 믿는 세상과 그들이 보는 세상은 너무나 달라서 그들은 드디어 더 견딜 수가 없는 것이다. 자신이 담당하고 있는 가지가지의 신경증 환자들만 보아도 그랬다. 언젠가 미국의 유명한 정신과 의사가 말한 대로 '산다는 것은 바지에 똥을 싸는 것'인지도 모른다. 그것은 본능과 쾌락과 그리고 자연스러움을 이야기하기 위해 한 발언이었지만 명수는 설사, 그렇게 오물을 뒤집어쓰고서라도, 그것을 알고 지켜보며 묵묵히 견디며 사는 것이 옳다고 믿는 편이었다.

"네, 미송출판사입니다."

목소리는 정인의 것이었다. 정인이 그곳에 있는 것을 뻔히 알고 한 전화였지만 막상 정인의 목소리가 들려오자 명수는 순간 어색해져버렸다.

"여보세요?"

이쪽에서 응답이 없자, 정인은 다시 말했다.

"저 혹시 거기, 황연주 씨 와 계시지 않습니까?"

"명수 오빠?"

저쪽은 아주 스스럼이 없었다. 하필이면 이때, 명수는 새삼 느낀다. 정인의 목소리가 이렇게 밝고 거리낌 없는 것은 처음이라고. 명수는 얼결에 으응, 대답했다.

"나야, 정인이야. 잘 지냈어요? 어쩌 연락 한번 없었어?"

언제나 명수 쪽에서 하던 말을 정인이 먼저 해버린다. 명수는 그저 으응, 하고 얼버무려버렸다.

"연주 씨, 아까 오후에 왔다가 미송이랑 나갔어. 오늘 S대에서 여성대흰가가 열린다는데? ……이야기하지 않았나 보구나. 뭐 밤 10시에 뒤풀이 계약한다고 미송이랑 인사동 들렀다가 간다던데."

명수는 연주의 행방에 대한 안도감과 함께 이상한 배신감을 느낀다.

"아직 퇴근 안 했구나? 저녁은 먹었니?"

어색함을 마무리하느라 명수는 아무 말이나 한다. 시계가 7시를 넘어가고 있었다.

"이제 집에 가서 해먹어야지. 오빠?"

명수는 통통 울리는 그녀의 목소니에서 씬께 쓰니 그뭉 오 느꼈다. 오래 그녀를 잊고 살았다는 자책 같은 것이 그를 스쳤다. 왜 자신이 정인에게 그런 자책을 느껴야 하는지 의식하지도 못하면서 명수는 정인과 저녁 약속을 했다.

명수가 택시에서 내릴 무렵 비가 내리고 있었다. 봄비치고는 거세게 쏟아져 내리고 있는 편이었다. 명수는 지하도로 뛰어들어가 비닐우산을 하나 사느라고 조금 늦어 있었다. 약속 장소를 찻집으로 해둘걸, 하는 생각이 스쳤다. 금방 저녁 먹으러 갈 거잖아, 뭐하러 찻값을 버려? 정인은 커다란 제과점 앞을 고집했었다. 명수는 서두르고 있었다. 멀리 제과점 앞에서 유리창에 등을 바싹 붙인 채 한 여자가 서 있었다. 왜 저기서 서 있을까, 제과점 안으로 들어가 있으면 좋을 텐데. 그래도 나는 너를 찾을 수가 있을 텐데……. 명수는 정인을 발견하고는 알 수 없는 감정 때문에 보폭을 늦추었다. 가슴속으로 오래된 기억이 형체도 없이 뭉클거리며 지나가는 것 같았다. 빗속에 혼자 서 있는 겁에 질린 소녀의 환영…… 명수는 순간 열 살짜리 정인이가, 학교가 파하는 길에 우산을 가지고 마중 오는 사람이 아무도 없어서 현관 앞에 맨 마지막까지 혼자 서 있는 것 같은 기억을 환영으로 느낀다.

왜 정인이라는 여자의 어린 시절에 그렇게 집착하는 거지? 그에게 정신 분석을 해주던 스승은 그렇게 물었었다. 타인에 대한 지나친 연민은 결국 자기 자신에게로 향하는 거라는 거 알고 있지 않은가. 그는 대답을 하지 못했었다. 알고 있습니다. 하지만 그래도 열 살짜리 정인이가 늘 제 마음의 아픈 현을 건드리며 거기 서 있었거든요……. 제가 세상을 바라보는데 그 세상 속에 정인이가 있었어요. 좀 더 생각해보지. 스승은 아무 말도 하지 않았다.

그가 다가가 장난스러운 표정으로 정인의 머리를 우산 끝으로 가볍게 쳤다. 그의 비닐우산 위에 고였던 빗방울들이 와르르 정인의 머리칼로 떨어져 내리는 바람에 정인은 눈살을 찌푸리며 밝게 웃었다. 그녀를 제 우산 밑으로 끼워 들이고 두 사람은 길을 걸었다. 오랜만에 만난 남매처럼 정다운 모습 같기도 했다. 하지만 둘 사이에는 작은 손 한 뼘쯤의 공간이 비어 있었고 정인에게 우산을 기울여주느라 그의 왼쪽 어깨가 축축이 젖어들고 있었다.

가까운 일식집으로 들어가 복매운탕을 시켜놓고 두 사람은 비로소 서로의 얼굴을 환한 빛 속에서 마주 보았다. 둘은 이렇게 스스럼없이 서로를 마주 보는 게 헤아리기도 힘든 아주 오래전을 빼놓고 처음이라는 것을 의식했지만 가볍게 비 이야기를 꺼냈다. 매운탕을 날라오고 명수가 시킨 술을 두어 잔 마셨을 무렵, 명수는 정인이 파리해져 있다는 걸 느꼈다. 형광등 빛 탓이었을까. 흰 얼굴이 더 창백해진 것 같고 윤곽들은 더 섬세하게 파르르 떨리는 것 같고, 그래서 정인은 불안해 보였다.

"연주 씨가 오빠 자랑 많이 해…… 행복한가 봐. 미송이가 부러워서 죽으려고 그러는걸."

명수는 초고추장에 무친 참치를 집으려다 말고 젓가락으로 그것을 뒤섞이며 어색하게 웃었다.

"정인이는 어떠니? 부럽지 않아?"

정인은 아까 명수가 그랬던 것처럼 어색하게 웃는다. 행복하다고 말하는 사람은 결코 행복하지 않다는 걸 명수는 안다. 그건 불행한 사람이 불행하다고 말을 꺼낼 수 있는 용기와는 다른 일이었다. 행복은 말해질 수 없는 것이다. 왜냐하면 행복은 이 세상에 존재하지 않기 때문이다. 다만 사람들이 행복이라는 실체가 어딘가에서 살고 있고 자신만이 거기서 제외되었다고 생각할 뿐이다. 그래서 사람들은 제 나름대로 불행한 것이다. 설사 이 세상에 정말 행복한 사람이 존재한다면, 그는 질문을 받았을 때에야 잠시 망설이고 나서 대개는 이렇게 대답하는 법이다. 행복요? 모르겠어요…… 그런 것 같기도 하네요……. 출판사에 가서 정인을 의식하고 자신의 행복을 이야기했을 연주의 심정을 생각하자 명수는 잠시 우울해진다. 그러지 않아도 연주는 행복할 수 있는데, 아니, 그러지 않아야 행복할 수 있을 텐데 하는 생각이 그를 스치고 지나갔던 것이다.

"내가 청혼했을 때 눈 딱 감고 결혼해버릴 걸 그랬지?"

명수는 우울함을 감추기 위해 짓궂은 표정으로 웃었다. 정인의 얼굴이 설핏 굳어졌다가 얼른 펴지며 높은 톤으로 웃음을 터뜨렸다.

"그럴 걸 그랬나 봐."

둘은 함께 웃는다. 정인의 얼굴에서 불안하던 모양새가 사라진다. 그러고 보니 이제 농담을 할 만큼 정인은 안정되어 있는 듯도 보였다. 명수는 난데없이 연주에 대한 죄의식이 덜어지는 것을 느낀다. 정인이가 저렇게 안정되어 있는 걸 두 눈으로 보았다면 연주도 틀림없이 안심할 것이었다. 비 오는 날 빈 속에 거푸 들이켠 술 기운 탓이었을까. 명수는 다 잘될 거라는 생각을 한다. 그래야만 끈질기게 따라다니는 불길함 같은 것들이 사라져버리는 것 같았던 것이다.

"내가 명수 오빠하고 결혼하는 거 한 번도 생각해보지 않았다면 그건 거짓말이겠지?"

정인은 젓가락으로 흰밥을 뜨면서 명랑하게 말했다. 순간, 명수의 가슴 밑바닥으로 조용하고 깊은 파문 하나가 퍼져갔다. 명수는 입속에 있는 밥을 우적우적 씹었다.

부인은 사랑하나? ……네. 그러니까 결혼을 했겠지요. 부인의 뭐가 그렇게 좋았나? 그에게 정신 분석을 해주던 스승은 물었다. 그건 그러니까…… 그 여자는 밝았고 구김살 없는 가정에서 자랐고……. 그건 중매쟁이들이 하는 말이고 자네가 말이야 자네! 스승은 난데없이 몰아붙였다. 연주는 나를 좋아했어요……. 그것도 한 이유가 될 수 있지. 또? 왜 이 부분에서 스승은 그렇게도 집요하게 질문을 퍼부어대는지 명수는 허둥대고 있었다. 사랑이라는 게 어떻게 설명을 할 수가 있는 겁니까. 그건 그러니까 말로는 안 되는 거잖아요? 설명도 할 수 없는 것이……. 그러니까 설명해보라는 거야. 한 번쯤 왜? 라고 생각해서 나쁠 거야 없지. 정말 설명해낼 수 없는지 스스로 확인해보는 것도 좋은 일이고……. 어머니도 연주를 맘에 들어하셨고, 연주는 제가 처음에 좋아했던 그 정인이하고 아주 달랐어요……. 그는 말하고 말았다. 스승은 담담한 표정으로 대꾸했다. 그럼 정인이라는 그 여자가 자네의 기준이 되어버린 거로군.

매운탕을 먹는 정인의 코에 작은 땀방울들이 몇 개 맺혀 있었다. 명수는 얼른 정인에게서 시선을 뗀다. 밖에는 비가 내리고 일찍 핀 꽃들이 비에 젖은 채 떨어져 내리고 있을 것이다. 하염없이 지고 있을 것이다. 명수는 왠지 그런 생각을 했다.

"여기서 창경원이 가까워?"

정인이 물을 마시며 물었다.

"응…… 창경원은 왜?"

"그냥…… 예전에 미송이가 서울로 대학 간 다음에 부친 편지에 창경원 밤 벚꽃 놀이를 갔었다는 이야기가 있었거든."

"모르겠다. 아직도 밤 벚꽃 놀이를 하는지. 미송이가 대학 입학했을 땐 거기 호랑이도 살았었는데……"

정인은 아무 말도 하지 않았다. 명수는 문득, 이 비 오는 봄날, 정인이를 누군가가 거기 데려다주었으면 하는 생각을 한다. 우체국에 앉아 서울로 대학 간 친구가 밤 벚꽃 놀이를 갔다는 편지를 받고 한없이 우울했었던 그녀의 처녀 시절을 누군가가 한 번쯤 보상해주면 좋겠다고. 사는 일이 쓸쓸해질 때 꺼내서 들여다볼 추억 하나쯤 있었으면 좋겠다고. 누군가가, 라고 생각한 것은 어쨌든 자신은 한 여자의 남편이고 같이 만나 밥을 먹는 정도라면 몰라도 밤 고궁을 같이 걷는 일 같은 건 좀, 하는 생각 때문이었다. 게다가 그 이유가 타당하든 어쨌든 정인이 때문에 연주와 다툼이 일어났으니 정인과 함께 고궁에 가는 일 같은 것은 하지 말아야 하는 것이다. 결혼을 한다는 것은 이렇게 여러 가지 금기가 생겨나는 일이구나, 하는 상투적인 진실을, 명수는 문득 마음으로 깨닫는다. 그러자 언젠가 연주가 와서 전하던 미송의 말이 떠올랐다.

—정인 씨하고 거기 출판사에서 잠자던 남호영인가 뭔가 그 사람하고 좀 이상하대. 미송 언니는 더 말은 안 하는데 그 사람이 어느 날 갑자기 짐을 싸가지고 나갔다는데. 정인 씨가 방을 얻은 다음에 말이야. 웬 여자가 전화를 해서 말까지 하더래. 자기가 남호영하고 같이 살던 여잔데 지금은 그 사람이 정인이하구 살고 있다구 말이야.

남의 말 그렇게 쉽게 하는 거 아니야. 정인이는 그렇게 쉽게 그럴 사람이 아니야, 그는 말해버렸지만, 명수는 정인의 얼굴을 찬찬히 훑어본다. 만일 그렇다면…… 명수는 남호영의 얼굴을 떠올리며 이상하게도 불길한 예감에 사로잡힌다.

"이제는 정말 좋은 사람도 만나고 그래야지."

명수는 아직도 제 마음에서 퍼져 나가는 파문이 죄스러워서 말을 꺼냈다. 정인은 고개를 약간 숙이고 묵묵히 밥을 썹는다. 많이 빨아서 낡은 검정색 스웨터 깃이 새삼 명수의 눈에 들어온다.

"좋은 사람 생기거든 이번에는 나한테 꼭 먼저 보여. 남자는 남자가 알아보는 법이니."

명수는 정인의 친정 오빠처럼 말한다. 정인은 가만히 고개를 끄덕였다.

"그래…… 그렇게."

"오다가 보니까 바겐세일들 하던데 정인이 오늘 옷 한 벌 사줄까?"

명수가 물었다. 물으면서 아까 택시를 타고 오는 길에 바겐세일 플래카드가 붙은 화려한 상점을 보면서 정인을 떠올렸다는 것을 새삼 깨닫는다. 그러자 이 결벽스러운 청년 의사의 가슴으로 아내인 연주의 얼굴이 스쳐갔고 명수는 이상스러운 죄의식에 다시 사로잡힌다.

"옷? 있으면 좋지 뭐."

바로 그때 명수의 호출기가 띠리리리, 울리기 시작했다. 명수는 호출기를 들여다본다. 레지던트가 되면서 받은 호출기였지만 정신과 병동에서는 크게 응급한 사안이 별로 없어서 자주 울리지 않는 삐삐였다. 발신지는 집 전화번호였다. 마침 연주의 얼굴이 죄스럽게 그의 가슴을 스치고 지나갔기 때문이었을까, 명수의 낯빛이 순간 굳어진다. 정인의 눈초리가 그런 명수를 빠르게 훑는다.

"가봐야 되는 거 아니야?"

명수는 그저 으응, 하고 대답하고 만다. 집이라면 연주가 벌써 돌아왔다는 이야기가 된다. 명수는 그래도 숟가락을 들어 밥을 마저 먹었다.

밥집을 나서며 명수는 우산을 폈다. 명수는 조금 망설이다가 유리창이 커다란 커피집으로 정인을 밀었다.

"차 마시고 갈 시간은 있어."

하지만 찻집에 들어가서 두 사람은 아무 말도 하지 못한다. 명수의 머릿속은 벌써 연주에게 댈 알리바이를 생각하고 있었다. 과장하고 레지던트들하고 회식이 있다고 말해도 될 것이다. 그것이 연주에게나 자신에게나 서로를 위해 좋을 것이다. 하지만 연주는 물을 것이다. 그렇다면 왜 빨리 호출에 응답하지 않았는지…… 그리고 승강이가 벌어질 것이다. 그러고 나면 명수가 머릿속으로 궁리해둔 거짓말들이 사실 아무 소용이 없을 것이다. 커피만 호로로, 마시는 침묵 속으로 다시 호출음이 울렸다. 정인이 커피를 마시다 말고 화들짝 놀란 얼굴로 명수를 바라본다. 정인이 하도 놀라는 바람에 명수는 대범한 남자처럼 얼굴을 펴고 아무것도 아니야, 하는 듯 웃는다.

"연주 씨야?"

"…… 응."

두 사람의 대화가 잠시 끊겼다. 마치 불륜의 관계라도 되는 것처럼 둘은 이상한 어색함에 사로잡혀버리고 말았다. 그때 정인의 시선이 명수의 꼬질꼬질한 와이셔츠 소매 끝에 가서 머문다. 명수는 정인의 시선을 느끼고 검자줏빛 재킷의 끝을 내려 소매를 감춘다. 둘은 마주 보고 어색하게 웃었다.

"집에 전화해줘. 기다릴 텐데."

"됐어. 조금 있다가 내가 가 지."

명수는 그제야 커피에 설탕을 탔다. 대체 정인과 오랜만에 만나서 저녁을 먹은 것이 뭐가 그렇게도 당황할 일인가 싶은 기분도 있었던 것이다. 게다가 짧은 간격으로 두 번씩이나 호출이 오자 그는 더욱더 집에 전화를 하고 싶지 않았다.

"전화해줘……. 연락도 없는 사람 기다리는 거…… 그거 괴로운 일이야."

정인은 알 듯 모를 듯 낮게 중얼거렸다. 그런 정인의 얼굴 위로 쓰라림이 지나가고 있다. 명수가 날카로운 눈으로 정인을 바라보았다. 왜 그때 하필 남호영의 얼굴이 떠올랐을까. 현준의 얼굴이 아니고 말이다.

그래서 두 사람은 서둘러 커피를 마시고 길을 나섰다. 비는 아직도 내리고 있었다. 바람이 없어서 대기는 포근했다. 재킷 주머니 속에서 다시 한 번 삐삐가 운다. 명수는 알 수 없는 화가 치미는 것을 느끼며 손가락으로 삐삐의 전원을 꺼버렸다.

"택시 잡아줄게."

정인은 갑작스럽게 내리는 비 때문에 어수선한 거리에서 잠자코 서 있었다. 비닐우산에 부딪히는 빗소리가 그들 사이를 두두두두 울리고 지나간다.

"무슨 일 있으면 연락하고…… 이거."

명수는 지갑에서 십만 원짜리 수표를 한 장 꺼내 들었다.

"같이 가서 옷 한 벌 사주고 싶었는데……."

수표를 내미는 명수의 손을 정인은 우두커니 바라본다. 바람을 타고 내리는 비 때문에 정인의 머리칼에 자디잔 물방울들이 맺혀 있다. 명수는 얼른 우산을 정인 쪽으로 기울였다. 그러자 명수의 검자줏빛 홈스펀 재킷 위로 또글또글 빗방울이 맺힌다.

"받아둬. 얼른……."

그때 빈 택시가 와서 그들 앞에 섰다. 명수가 정인의 백 속에 수표를 밀어 넣었다. 그리고 바로 그때 명수는 보았다. 정인의 얼굴에 덮이는 참담함을……. 정인이 택시에 타고 명수가 앞좌석 문을 열고 택시 운전사에게 요금보다 많은 돈을 내밀었다.

"합승하지 말고 데려다주세요."

그리고 명수는 문을 닫는다. 될 수 있는 한 그녀의 얼굴을 보지 않으려고 했지만 어쩔 수 없이 눈길을 보내고 말았다. 그리고 명수는 본다. 멍한 정인의 시선이 명수에게 얽혀들고 있었다. 왜였을까, 처음으로 명수에게 그런 생각이 들었다. 아주 오래전 어린 시절부터 정인은 한 번도 명수를 떠나고 싶어 하지 않았다는 것을.

좋은 걸 볼 때 생각나는 것이 사랑이다

열쇠로 문을 땄을 때 연주는 식탁에서 담배를 피우고 있었다. 재떨이가 놓인 식탁에는 두 사람분의 식사가 차려져 있다. 오래전에 차려놓았는지 작은 돌냄비 속의 된장찌개가 식어 있고 작은 백자 접시에 담긴 김치는 말라 있었다. 금박으로 복(福) 자를 새겨놓은 은수저 두 벌이 얌전하게 오리 모양의 수저 받침에 놓여 있다. 명수가 들어섰는데도 연수의 시선은 꼼짝없이 식어가는 식탁에 붙박여 있었다. 연주가 호출을 했던 것은 아마도 화해의 표시로 저녁을 함께 먹자는 의도였던 것 같았다. 그래서 연주는 아마 세미나에도 참석하지 않고 집으로 바로 왔었던 모양이다. 두 사람은 짧은 간격을 두고 집으로 들어왔다가 어긋난 것이다.

명수는 안방으로 가서 옷을 벗는다. 싸움 끝의 침묵이, 화장대 위에 놓인 한 쌍의 나무 원앙새 위에도 무겁게 내려앉아 있다. 결혼할 때 명수의 동기들이 선물한 원앙이었다. 명수는 하늘색 와이셔츠 바람으로 잠시 생각에 잠기다가 거실로 나갔다.

"저녁 안 먹고…… 날, 기다린 거야?"

명수가 조심스레 물었다. 연주는 대답이 없다. 연주가 짓이겨 꺼버린 꽁초들에 엷은 립스틱 자국들이 묻어 있다. 명수는 연주와 마주 보며 식탁에 앉았다.

"어떻게 하지? 나 밥 먹었어. 아까 들어왔는데 당신이 없길래……."

"……."

"당신이 나 때문에 저녁 안 먹은 거라면 내가 다시 먹을게."

명수는 상냥하게 말하며 숟가락을 들었다. 연주는 여전히 그 자세 그대로 앉아 있다가 담배를 물었다. 명수는 일어나 찌개 냄비를 들었다.

"뭐 하려는 거예요?"

그제야 연주는 입을 연다. 낮게 가라앉은 목소리였다.

"찌개 데워서 같이 먹자구……."

"명수 씨, 그거 두고 거기 앉아요."

연주가 무겁게 말했다. 명수는 싱키 ㅣ ㅠ ㅣㅃㅌ ㅗㅜ 세끼개에 내려놓고 의자에 앉았다.

"어디…… 갔다 왔어요?"

명수는 담배를 문다. 물면서 치밀어 오르는 짜증을 느낀다. 하지만 꿀꺽 그 짜증을 누르며 명수는 재를 재떨이에 톡톡 털었다.

"어디 갔다 왔는지 말해줄 수 없어요?"

연주의 목소리는 감정을 많이 억제하느라고 조금 떨고 있었다.

"친구, 만나서 밥 먹었어."

연주가 명수를 빤히 바라본다. 명수는 얼결에 시선을 떨구고 말았다.

"친구…… 누구요?"

연주는 천천히 물었다. 하지만 올가미처럼 서서히 좁혀오는 그런 말투였다. 명수로 말하자면 그저 도망치고 싶었다. 이런 승강이 따위가 대체 우리 사이에 무슨 소용이 있을까 그런 생각이었던 것이다. 명수는 담배를 든 채로 낮게 말했다.

"정인이…… 하구……."

"정인이가 당신 친구예요?"

연주가 묻는다. 억양이 없는 목소리, 제발 그만해, 명수는 외치고 싶은 기분을 다시 누른다.

"난 당신하고 더 이상 정인이 때문에 싸우고 싶지 않아."

"그렇다면 그 여자를 만나지 말아야죠."

연주는 또박거리며 말했다.

"말했지만 정인인 동생 같은 사람이구, 걔 처지가 지금 안 좋아, 내가!"

"그렇지만 그 여자는 당신 동생이 아니에요! 동생한테 청혼하는 사람도 있어요?"

그러지 않으려고 했지만 명수의 목소리는 거칠어지고 있었다. 연주가 그런 명수의 말을 자른다. 대화라는 게 상대적인 것이어서 물론 이제 연주의 목소리도 높아지고 있었다.

"그건!⋯⋯."

명수는 무슨 말인가 더 하려다가 그대로 일어나서 냉장고로 가서 물을 마신다. 연주가 다시 라이터를 켜는 소리가 탈칵, 하고 들려왔다. 명수는 물병을 다시 냉장고에 넣는다. 넣는데, 한구석에 푸른 곰팡이가 핀 햄 조각이 보였다. 커다란 냉장고, 발 디딜 틈 없이 먹을 것들이 들어선 냉장고에 여기저기 말라빠진 양배추, 시어빠진 김치⋯⋯. 명수는 냉장고 문을 쾅 하고 닫았다.

"연주야⋯⋯ 난 지금 아주 피곤해."

명수는 애원하는 듯한 목소리로 말했다.

"나도 피곤해요. 당신만 그런 게 아니라구요!"

명수는 다가가 연주의 팔을 잡았다. 연주가 그 팔을 홱 뿌리친다. 명수의 얼굴이 굳어지고 이윽고 딱딱하게 변했다. 명수는 결심을 한 듯이 연주와 마주 앉는다. 딱딱해진 명수의 얼굴 때문일까, 연주의 얼굴이 당황한다.

"그래, 말해! 당신이 그렇게 원한다면 말해! 다 물어봐, 무엇이든 대답해주지."

막상 말을 하라니까 연주의 입술이 머뭇거리기 시작했다. 연주가 보기에 명수 저 사람도 저런 표정을 지을 줄 알았던가 싶게, 싸늘하게 연주를 바라본다.

"말해! 알고 싶은 게 뭔지."

명수가 들이대고 이번에는 연주가 말을 못한다. 하지만 작고 도톰한 입술이 야무지게 모아지고 이윽고 그녀가 입을 열었다.

"정인이라는 여자를 계속 만나는 이유가 뭐예요?"

명수는 머리를 부빈다. 그래, 한번 붙어보자, 생각했었지만 또 정인인가 싶어서 명수는 그만 맥이 빠지고 마는 것이다.

"이유가 뭐냐구요?"

"왜냐하면 정인이는…… 정인이는 미송이도 그렇지만, 우린 어린 시절부터 형제처럼 지냈어……. 우린…… 그러니까 그게 남자와 여자라는 걸로……."

"우리라구요?"

연주가 다시 묻는다. 명수는 잠시 말을 멈추고 망연히 연주를 바라보았다.

"말꼬리를 잡기 시작하면 대화라는 게 안 되는 거야."

명수는 참을성 있게 말했다. 연주는 입을 다문다. 다무는데, 나락으로 툭, 툭, 떨어지고 있는 표정 같았다. 그래 여기가 절벽이구나, 드디어 한 발을 내딛는구나 생각하는 것 같기도 했다.

"정인이는 가진 게 없어. 한 번도 뭘 가져본 적이 없다구……. 걘 언제나…… 솔직히 말해서…… 당신은 많은 걸 가졌어. 길거리 지나가다가 예쁜 옷을 보면 정인이 생각이 나……. 당신으로 말하자면, 내가 골라주기도 전에 언제나 좋은 옷들을 입고 있었지…….

당신은 좋은 부모님을 가졌고, 당신은 좋은 대학을 나왔고, 당신은 앞으로도 많은 걸 가질 거니까……. 그렇다고 내가 당신을 사랑하지 않아서가 아니라, 그건 그런 거야."

연주의 얼굴이 하얗게 굳어진다. 굳어지면서 얼핏, 웃음을 터뜨리는데, 어색한 웃음의 꼬리에 눈물이 쏟아져 내린다. 솔직하게 이야기한다던, 이 도무지 솔직하기만 한 남자는 당황하는 표정을 감추지 못한다. 명수는 손을 뻗어 흐느끼고 있는 연주에게 손을 내민다. 연주는 뿌리치지도 못하고 그대로 흐느낀다. 명수는 일어나 의자 뒤로 가서 흐느끼고 있는 연주를 황망한 표정으로 바라다보았다.

"연주야……."

명수는 그제야 깨닫는다. 자신이 그녀를 상처 입히고 있다는 것을……. 하지만 깨닫는 것까지는 좋았는데 이제 어떻게 해야 하는지 그는 도무지 알 수가 없는 것이다. 잠시 후, 연주는 고개를 들었다. 명수는 어쩔 줄 모르고 안절부절못하고, 그저 다시 담배를 허둥지둥 입에 문다.

"명수 씨."

연주의 목소리는 침착했다. 명수는 대답도 하지 못하고 눈물이 그렁그렁한 연주를 안쓰럽게 바라보았다.

"명수 씨, 명수 씬 나보다 아는 것도 많고, 나보다 마음도 넓고 이 세상을 어떻게 사는지에 대해서 나보다 고민도 많이 했던 사람이라는 거 알아……. 난 그런 명수 씨가 참 자랑스럽고 좋았거든······."

연주의 목소리는 순했다. 하지만 연주의 눈에서 다시 눈물이 흘러내린다. 명수는 등줄기에서부터 굳어지는 자신을 느꼈다.

"그런데 명수 씨는 모르는 게 있어······. 그거 말이야. 좋은 옷 보면 생각나는 거, 그게 사랑이야. 맛있는 거 보면 같이 먹고 싶고, 좋은 경치 보면 같이 보고 싶은 거, 나쁜 게 아니라 좋은 거 있을 때, 여기 그 사람이 있었으면 좋겠다 생각하는 거, 그게 사랑인 거야······. 그건 누가 많이 가지고 누가 적게 가지고 있어서 그러는 게 아닌 거야······. 명수 씨는 다 좋은데 그걸 몰랐던 거야."

연주는 눈물을 참느라 끄윽끄윽거리면서 말했다.

"연주야, 그러지 마, 내가 널 얼마나······."

명수가 내민 손을 연주는 이번에는 뿌리치지 않았다. 명수의 손에 잡힌 연주의 손은 떨고 있었다.

"명수 씨 나 아껴주는 거 알아. 내가 살림도 잘 못하고, 세미나다, 논문이다 해서 집 비우고 그런 것도 다른 사람들보다 훨씬 너그럽게 이해해준다는 것도 알아······. 아는데, 내가 명수 씨한테 원했던 건, 꼭 그런 것만은 아니었던 거야······."

명수는 뒤에서 연주를 안았다. 연주는 고개를 숙인 채로 다시 중얼거렸다.

"난 논문 심사 통과 못했어······ 지도교수가 안 되겠다고 한 학기 더 하래······. 오늘 그랬거든······. 후배들 보기 창피하구······. 나 이렇게 비참한 기분 처음이야."

명수는 연주를 안은 채로 고개를 끄덕였다. 끄덕이며 그녀를 더욱더 가까이 끌어당겼다.

"미안해, 연주야…… 난 그것도 모르고."

"명수 씨, 아직도 모르는구나……. 내가 듣고 싶었던 말은 미안하다는 그런 말이 아닌 거야. 그런 게 아닌 거야."

연주는 다시 흐느낀다. 명수는 그녀를 안고 그녀의 머리칼을 쓸어주면서 그저 바보처럼 고개를 끄덕였다.

"미국 이모님 댁에 간다고 하는 거야……. 친정에는 그저 논문 때문에 날카로워진 신경 좀 다스린다구 그랬대."

미송은 입을 연다. 명수는 식사에는 손을 대지 않은 채 맥주만 거푸 두 잔을 비우고 있었다.

"연주 걔가 강한 것 같아두, 내심이 그렇게 약해……. 나한테 찾아와서 막 울더라구. 지 딴에는 자존심이 아주 많이 상했나 봐, 게다가 그 녀석이 자라면서 남한테 아쉬운 소리 한번 해볼 일이 있었겠냐구."

명수는 아무 말 없이 잔을 비운다.

"다 내가 못난 탓이다."

출판사 어귀의 레스토랑에 명수와 마주 앉은 미송은 썰어놓은 돈가스 한 조각을 몇 점 베어 먹는다.

"오빠가 못난 게 아니라…… 우리가 같이 께벗구 목욕두 한 사인데 정인이한테 오빠가 마음 쓰이는 거 내가 이해 못하면 누가 이해하겠어? 하지만 연주는 다르잖아. 정인이한테 그러면 좋아할 여자가 이 세상에 어딨어? 나라도 연주 같았을 거야."

미송은 농담처럼 그러나 꼭 농담은 아닌 것처럼 말한다. 어쨌든 명수는 후배의 남편이고, 미송은 자신도 관련이 된 이 두 부부의 파국을 막고 싶었다. 정인 역시 그녀의 친구였지만, 명수하고의 사이가 뭐랄까, 말로 설명할 수 없이 미묘하다는 것을 그녀 역시 느끼지 못하는 것은 아니었지만 어쨌든 정인이하고 명수하고는 좀, 하는 생각이 들지 않는 것도 아니었다. 사회적인 관행, 관습 이런 것들을 이제 미송은 생각하는지도 모른다. 지난 시절, 가슴이 빨갛게 되도록 마음이 활활 타던 시절에 노동자와 결혼한 남자 선배들의 파국을 이제사 보면서 느낀 일이었는지도 모른다. 둑이 무너지듯이, 동구권과 사회주의의 붕괴가 제방 터지듯 터져 나오면서 그런 부부들의 파국 소식도 둑이 무너지듯이 들려왔다. 예전이라면 미송은 생각했을 것이다. 생각하는 것만 맞다면 모든 조건, 모든 환경, 이런 것들쯤이야 얼마든지 인간의 힘으로 극복할 수 있는 거라고……. 하지만 이제 미송은 생각한다. 모든 조건 모든 환경 그런 것들이 사실은 바로 그 사람이라고, 세상 모든 부부들이 서로 아끼며 사는 일보다는 차라리 한반도에 이집트의 피라미드를 쌓는 편이 쉬운 일일 것이라고. 인간의 힘으로, 머릿속에 든 것만으로 안 되는 일이 있다는 것을 미송은 새삼 깨달았던 것이며, 또한 이 세상 모든 여자들이 그렇듯 우선 부인의 입장에서 생각하게 되는 것이다. 어쨌든 두 사람은 결혼을 했고 정인이야 정인이의 길을 가는데, 명수가 꼭 부인하고의 사이를 거스르면서까지……
싶었던 것이다. 그걸 누군가는 여자들의 '조강지처 콤플렉스'라고
부른다고 했던가.

"정인이……."

명수의 빈 잔에 맥주를 채워주며 미송이 말을 꺼낸다. 명수의
얼굴이 일순 긴장으로 굳어진다.

"왜, 정인이 이야기하지 말까?"

명수는 입을 다물고 잠시 머뭇거리더니 응, 하고 대답했다. 미송
의 눈초리가 순간 이상하게 반짝인다.

"왜…… 연주 때문에?"

명수는 미송이 채운 맥주잔을 들고 잠시 그것을 물끄러미 바라
보다가 입을 열었다.

"꼭 그래서가 아니라…… 연주가 그것 때문에 그렇게 신경이 날
카로운데…… 좀 그렇지 않겠니?"

"그럼, 연주가 없다면……."

미송은 말을 해놓고 빤히 명수를 바라본다. 마치 명수에게 정신
분석을 해주던 스승이 그랬던 것처럼. 명수는 순간 당황스러운 표
정을 감추지 못한다.

"너까지 그러기냐 임마."

명수는 스치듯 말했다.

"그건 그래…… 그런데 정인이 말이야."

하지만 미송은 다시 말을 꺼내고 명수는 취기가 오르는지 그냥

잠자코 말을 듣는다.

"무슨 일이 있는 게 틀림없어……. 요즘 꼭 조개처럼 입을 다물고 뭘 물어두 말을 안 해……. 가끔 화들짝 놀래기두 하구……. 이혼하구 나서보다 한참 나빠진 것 같애……. 게다가 어떤 이상한 여자가 나한테 전화를 해가지구 말이야……."

"그 얘긴 나도 들었다."

명수는 말을 끊는다. 미송은 내키지 않는 듯 머뭇거리다가 다시 말을 이었다.

"남 선배 지금 경주에 가 있어……. 거기서 또 어디로 튈지 모르겠지만…… 내가 보기엔 재능도 있고 그런 사람인데…… 왜 그렇게 글을 완성하지 못하는지……. 그 결벽증, 조금만 양보하면 될 텐데……. 난 정인이가 그냥 평범하구, 그냥 성실한 사람 만났으면 해……. 소설 쓰는 사람의 부인 자리라는 거, 그거 참 힘든 자리거든."

한숨을 쉰다. 명수는 아무 말도 하지 않았다. 대책 없이 친정으로 짐을 싸가지고 가버린 연주 때문에 미송과 만난 자리였는데, 명수의 가슴속으로 정인의 얼굴이 스쳐 지나간다. 비 내리는 날 택시에 앉은 채로 명수를 바라보던 그녀의 참담한 얼굴……. 그날 정인에게 우산을 쥐어주지 못했다는 생각이 그제야 들었던 것이다.

─그거 말이야. 좋은 옷 보면 생각나는 거, 그게 사랑이야. 맛있는 거 보면 같이 먹고 싶고, 좋은 경치 보면 같이 보고 싶은 거, 나쁜 게 아니라 좋은 거 있을 때, 여기 그 사람이 있었으면 좋겠다

생각하는 거, 그게 사랑인 거야······.

연주의 말이 스치고 지나간다. 누가 자기 마음을 다 알고 있을까. 누가 자신의 생각을 책상 서랍처럼 정리된 채로 가지고 있을까. 명수는 하지만 더 이상 아무것도 생각하고 싶지 않은 기분이었다. 그래서 그는 잔 속에 든 맥주를 한 번에 다 마셔버리고 다시 술을 채워 마저 다 마셔버렸다.

왜 저 사람은 그 사람이 아닌가,
왜 그만 빼고 모두 여기 있는가

오늘따라 골목길이 길다. 정인의 옆구리에는 장바구니 대신 오늘 다 못 본 교정지 꾸러미가 들려 있다. 우산으로 떨어지는 빗소리. 그해 봄과 여름 사이에는 비가 잦았다. 비 때문에 일찍 어둠이 내리는 골목길, 집집마다 벌써 불들이 밝혀져 있었다. 여름이 성큼 다가오는지 라일락 이파리가 조금씩 더 푸르르고 비를 맞아 더욱 싱싱하다. 정인은 모퉁이를 돌면서 손바닥만 한 자신의 집 창문을 습관적으로 바라본다. 불은 꺼져 있다. 남호영은 오늘도 돌아오지 않았다.

집에 들어선 정인은 어둠 속에서 불도 켜지 않은 채 교정지를 내려놓고 재킷을 벗지도 않은 채, 두 다리를 쭉 펴고 방바닥에 퍼

질러 앉는다. 엉덩이를 통해 방바닥의 찬 기운이 올라온다. 그는 오늘도 돌아오지 않을까.

얼마를 그러고 앉아 있었을까. 어둠 속에서 화들짝, 전화벨이 울리기 시작한다. 정인의 몸이 용수철처럼 잠시 움찔거렸다가 다시 돌아온다. 전화벨은 계속 울려댔다. 정인은 손을 뻗어 수화기를 잡았다.

"집에 있었구나."

미송이었다. 긴장되어 있던 정인의 입가가 얇게 처진다. 미송은 전화를 걸어놓고 잠시 말이 없었다. 정인은 이제 짐짓이라도 꾸며서 명랑하게 말을 할 기운도 없는 모양인지, 수화기를 들고 벽에 등을 기댄 채 멍한 표정이었다.

"밥은 먹었니?"

미송은 말을 꺼내기가 힘들다는 듯, 잠시 망설이는 듯했다.

"내가 그리로 갈까, 아니면 니가 좀 나올래."

갑작스러운 미송의 제안을 받으면서도 정인은 여전히 멍했다.

"이왕 집에 들어갔으니까 내가 가는 편이 좋겠다……. 듣고 있는 거니?"

정인은 작게 응, 하고 대답하고 나서 푹 고개를 숙였다. 전화를 끊고 정인은 방 안을 둘러본다. 출판사에서도 매일 얼굴을 마주 보는 미송이 왜 새삼 집으로 찾아오겠다고 하는지 정인은 그 이유를 안다. 남호영이 찢어버린 A4용지들이 앉은뱅이책상 위에 가득하다. 글이 안 돼, 안 돼, 안 돼……. 어느 날인가 그는 노트북을 끄고 그렇게 울부짖었다. 그리고 집을 나가 한 달째 소식이 없는 것이다. 정인은 꼼짝도 할 수 없는 무기력감 속에서도 몸을 움직여불을 켜고 주섬주섬 방 안을 정돈하기 시작했다. 그가 집을 나간사흘째까지 정인에게는 아직 두근거리는 희망이 남아 있었다. 아침에 일어나면 전화기를 문지방까지 끌어다 놓고 부엌에서 이를닦고 머리를 감았다. 수돗물 소리는 왜 그렇게 전화벨 소리와 닮아 있었던가. 행여 그가 전화를 했는데 자신이 받지 못할까 봐 퇴근길 그녀는 집 앞 골목을 돌아서면 거기서부터 뛰었다. 헤어져 있는 연인들에게 전화처럼 잔인한 무기가 또 있을까. 안간힘을 쓰듯몸을 일으켜 정인은 커피포트에 물을 올리고 부엌으로 나가 쌀을씻는다. 그리고 시간이 흘러갔었다. 바람이 창문을 조금이라도 덜컹이면 그녀는 화들짝 깨어 일어났다. 혹시 술에 만취한 그가 그녀의 창문을 두드릴 기운도 없이 쓰러져 있을까 봐 그녀는 잠옷차림에 재킷을 걸치고 여러 번 골목길로 나가보기도 했었다. 대체어디에 그가 있는지 알기만 한다면 그러면 감사할 수 있을 것 같았다. 하지만 그는 한 번도 전화 같은 건 하지 않았다.

미송은 한 시간쯤 후에 도착했다. 정인이 끓여놓은 김치찌개 냄새가 방 안에 가득했다. 미송은 무거운 얼굴이었다. 밥은 무슨, 하며 내려놓은 꾸러미에는 빵과 고기가 들려 있었다. 밥도 해놓았고찌개도 끓여놓았지만 두 사람 모두 밥 먹을 생각도 없다. 서로의시선을 애써 피하면서 그러나 마주칠 끈을 조금씩 당기면서 그렇게 앉아 있었다.

미송의 시선이 남호영의 노트북에 가서 멎는다. 아까 들어올 때부터 남호영의 자취를 찾던 미송의 얼굴은 이제 납처럼 무겁다. 손바닥만 한 창문 밖으로 빗소리가 투두두두, 지나가고 있다.

"저건 남 선배 거지? ……니가 사줬니?"

정인은 대답 대신 방바닥에 작은 동그라미들을 천천히 그렸다. 미송은 책상 위에 쌓인 신용카드 명세서를 펼쳐본다. 정인이 그런 미송을 만류하려다가 만다. 남호영의 노트북은 삼십육 개월 할부로 사준 것이었다. 노트북 하나의 값이 정인의 두 달 월급보다 많은 돈이었기 때문이다. 그런데 그 노트북을 할부 삼십육 개월의 육분의 일도 채우지 못하고 그는 사라져버린 것이다. 미송이 한숨을 쉬며 할부 용지를 내려놓는다.

"언제부터 함께였던 거니?"

손톱을 만지작거리면서 미송은 묻는다. 정인은 머리카락을 쓸어올리며 아무 말도 하지 않는다.

"아니, 됐다. 그게 무슨 중요한 일이겠니……. 이제 앞으로 어떻게 할 거니?"

정인은 대답하지 않는다. 미송이 니가, 아니, 이 세상에 있는 그 누구라도 그 대답 좀 해줄래, 하는 표정이었다.

"내가 이렇게 말하는 거, 그렇지만, 우리 모두 서른이나 넘은 성인들이라서 내가 모른 척하고 있으려고 했지만, 생각해보니까 그거 말이 안 되는 거 같아……. 그래 그냥 솔직하게 이야기해보자. 정인아, 그 사람, 한마디로 말해서…… 안 돼! 내 말 알아듣겠니?"

정인은 고개를 숙인 채로 아무 말도 하지 않는다. 한숨을 쉬다가, 비 오는 창밖을 바라보다가 미송은 드디어 담배에 불을 붙인다.

"유화실인지 뭔지 그 여자가 여러 번 내게 전화했었어……. 언젠가는 너를 만나겠다고 하길래 나는 차라리 그러면 잘될 거라고 생각했었지……. 하지만 너 그 여자하고 만나기까지 했었다면서……. 그런데 그 여자를 만나고도 아직도 남 선배를 이렇게……."

미송은 말을 멈춘다. 자신의 말대로 서른이 넘도록 아직 남자를 모르는 미송의 입가가 이렇게, 하며 경멸감으로 일그러진다. 정인은 애써 미송을 바라보지 않았다. 하지만 비 내리는 저녁 여기까지 찾아왔을 때는 그만한 결심이 있었지, 하는 표정으로 미송은 정인에게 바싹 다가앉는다.

"난 남 선배를 거의 10년 넘게 봐왔어. 그 사람 언제나 그런 식이었어……. 필요할 때 여자한테 얹혀 있다가 뭐, 제 소설이 잘 씌어지지 않으면 나가서 지 맘대로 떠돌아다니다가 그러고는 또 어떤 여자를 만났겠지……. 그거 아니?"

숙이고 있던 정인의 고개가 그대로 굳어진다.

"내 말은 그 선배, 그래 좋은 사람이지, 좋은 사람인데, 재능도 있으니 앞으로 가능성도 있겠지. 그런데 여자 문제만은 안 돼! 늘 이런 식이야. 그 사람한테는 니가 필요하기보다 그냥 자기를 돌봐줄 어머니가 필요한 거야……. 여자들이 어느 날 어머니이기를 멈추고 여자이기를 요구할 때 그는 떠나. 그 유화실이라는 여자 얼마나 발랄하고 괜찮은 여자였는지 모르지? 너 그렇게 될래?"

정인의 입술이 하얗게 질린다. 미송의 말이, 단 한마디도 빠짐없이 심장을 쓰윽쓰윽, 베며 지나간다. 정인의 고개가 천천히 들렸다.

"내가 감 놔라, 배 놔라 할 사안이 아닌 것은 알고 있지만, 처음에 네가 남 선배하고 가까워질 기미가 보였을 때 내가 이야기를 해줬어야 하는 건데 싶은 생각이 들었었는데 기회를 놓치고 말았어. 이미 늦었더라구. 아니, 내가 늦은 게 아니라, 너희 둘이 너무 빨랐던 거야. 너 어떻게 겁도 없이 이렇게 빨리…… 사람들이 뭐라고 하는지 너 아니? 너만 모르고 다 알고 있어, 이 바보야."

미송은 남호영이 쓰던 재떨이를 끌어다가 담배를 서둘러 끈다.

"넌 그 사람하고 사귈려면 적어도 내게는 물어보았어야 했던 거 잖아? 잘 알지도 못하는 남자를 뭘 믿고 네가 대체."

"그 사람…… 민주화 운동 하던 사람……이잖아."

미송의 얼굴이 어이없다는 듯, 굳어졌다가 다시 풀어진다. 난감한 표정이 미송의 얼굴에 아른거린다.

"그래. 한때는 그랬지……. 하지만 민주화 운동 했었다고 다 성인이었던 것도 아니구. 또 그때는 그랬다가 어려워지니까…… 사람들 참 우습게들 변했어. 나는 생각하곤 했지. 그래, 이제 진짜 ~~이제 진짜만 남고 다 사라지는 세상, 왜냐하면 사람의 진~~ 짜 마음은 어려운 순간에 드러나는 법이니까, 하구……. 그 사람은 그러니까 결과적으로, 겉멋으로 운동하던 사람…… 말이 심한

지 모르지만 그랬어. 그 선배 실제로 한 일도 없구, 대학 때 우연히 걸려들어서 감옥 한 번 갔다 왔다고 다 좋은 사람인 게 아닌 거야. 아니, 그런 게 아니라, 내가 지금 무슨 이야기를 하고 있는 거니?"

미송은 말을 하다 말고 어이가 없다는 듯 입에서 헛바람을 뺀다.

"……그 사람에 대해서…… 그렇게 말하지 마."

정인은 겨우 말한다. 담배를 끄던 미송의 얼굴이 어이가 없다는 듯 정인에게 가서 멎는다.

"사람들이 뭐라고 하든 상관없어. 사람들이 날 칭찬한다고 내가 행복해지지 않듯이…… 난 그런 거 상관 안 해."

"정인아."

"괜찮아. 그 사람…… 그러면 어때? 그런 사람이면 어때? 성인만 골라서 사랑을 해야 하는 것도 아니잖아. 누구나 실수는 하는 법이고 누구나 결점은 있는 거야……. 아니야…… 그게 아니라 해도 내가 그 사람 사랑하는데 그 사람이 나 하나만을 사랑하지 않는다고, 다른 여자도 좋아한다고 해서 내가 화낼 권리가 있니? 사랑은 내가 하는 거구, 그 감정은 내 건데……."

논리적으로, 이치가 맞게 상식에 맞춰서 정인과 이야기를 해보려던 미송의 얼굴이 벙벙해진다.

"상관없어. 그 사람 누구랑 무슨 과거가 있든, 지금 우리 집을 나가서 다른 여자를 또 사랑한대도 내 사랑은 내 사랑이야……."

"너 정말 미쳤구나, 정인아."

정인의 얼굴이 미송의 얼굴과 정면으로 마주친다. 상처 입은 짐승처럼 정인의 입술이 덜덜 떨리고 있다. 빳빳해진 은박지처럼, 하지만 누군가 손을 대면 곧 와르르 구겨져버릴 것 같았다.

"너 대체 왜 이러는 거니? 왜 이런 어리석은 고집을 부려? 그깟 사랑 하나 때문에 니가 지금 나한테 이래도 되는 거니?"

미송은 담배를 잡으려다가 말고 성냥을 먼저 잡았다가 다시 성냥을 놓아두고 담배를 잡았다가 한다.

"그래…… 내가 힘들 때, 그때 옆에 있어준 사람 그 사람밖에 없었어. 내 눈물 닦아준 사람도 그였어…… 미송이, 네가 아니라……. 너를 그래서 싫어한다는 게 아니라…… 그랬다는 이야기야."

네가 아니었다는 말에 미송은 입을 다문다. 그랬다. 자신은 정인의 눈물을 닦아주지 않았었다. 무엇보다도 바빴던 것이다. 하지만 꼭 바빠서만이 아니라 열심히 살면, 어떤 자리에서든 열심히 살면 되는 거지 싶었던 것이다. 미송은 한숨이 나온다. 이렇게까지나 자신들의 마음이 멀어져 있을 줄은 몰랐다 싶은 것이다.

"정인아, 내 말 잔인하겠지만 들어. 이 세상에는 룰이라는 게 있어. 통념과 상식과 그런 것들이 존재한다구. 그거 너 혼자서 거부하지 못해. 남 선배, 일주일 전쯤 서울로 올라왔어. 남 선배 아버지 고혈압으로 쓰러지셨구……. 남 선배 아마 지금 집에 있을 거야. 남 선배 아버지까지 되살아나는 마당에 건방지게도 써버데…… 남 선배가 어떻게 했을 것 같니? 유화실이라는 여자 다음 달로 예식장 잡았다고 전화했더라. 이제 좀 알겠니? 그 사람은 대체 자기가

뭘 원하는지도 모르는 사람이야. 노트북이랑 양말짝이랑 여기다
다 벗어 던지고 나가서 유화실이랑 예식장 잡으러 돌아다니는 사
람이야. 이래도 너 열일곱 살처럼 굴래?"

정인은 두 팔로 무릎을 껴안은 자세로 한 마디도 하지 못한다.

그리고 다시 며칠이 지났다. 골목길에서 누군가의 발자국 소리
가 이어졌다가 끊기고 이어졌다가 끊긴다. 정인은 일어나 책상 서
랍에서 진통제를 꺼내 물도 없이 두 알을 삼킨다. 머리가 터질 듯
했다. 퇴근 후 아직도 벗고 있지 않은 재킷을 그제야 벗어 던진다.
재킷을 반쯤 벗는데 발자국 소리가 선명하게 들린다. 정인은 그 발
자국 소리가 누구의 것인 줄 이제 안다. 수많은 밤 창가 쪽으로 귀
가 쭈뼛 솟아올라서 이제 그녀는 수많은 군중의 발자국 소리 중
에 그의 발자국 소리를 구별해낼 줄 알게 되었던 것이다.

사람을 사랑한다는 것은 누군가를 구별해내는 일이다. 그렇고
그런 사람들 중에서, 사랑하지 않았으면 한낱 군중일 뿐인 그 많
은 사람들 중에서 유독 그 사람을 구별해낼 줄을 알아지는 것이
다. 마치 쌍둥이 형과 동생을 구별해내고 남극의 그 많은 펭귄떼
중에서 펭귄의 에미 애비가 잡아온 물고기를 물고 틀림없이 제 새
끼에게 다가가 물고기를 먹이는 것처럼. 그러니 인간을 창조한 신
은 사람을 사랑했던 것은 틀림없다. 그는 모두를 구별해서 다르게
만들었으니 말이다. 하지만 정인은 이제 이 방에 혼자 앉아 그 발
자국 소리를 구별해내는 자신의 귀가 형벌처럼 느껴진다. 정인은

서둘러 진통제 껍질을 치우고 일어나 앉는다. 창문을 두드리는 소리가 났다. 정인은 나가서 대문을 따주었다.

남호영이 들어섰다. 시큰한 술 냄새가 방 안을 채우고 있다. 침묵이 방 안을 꽉 채운다. 정인은 뇌수가 빨갛게 부풀어 오르는 환상을 느낀다. 고통만 선명할 뿐 아무 생각도 나지 않는다. 정인은 관자놀이에서 욱신거리는 고통을 센다. 육체의 고통이 위안이 되는 때도 있구나, 싶다.

"무슨 말이든 해봐요, 정인 씨."

남호영은 천천히 말했다. 정인은 대답 대신, 몸을 일으켜 가방에 넣어두었던 노트북과 속옷 꾸러미를 싼 가방을 내왔다. 남호영의 눈길이 정인에게 와서 천천히 멎는다. 정인은 처음으로 그 남호영의 뺨을 한 대 갈기고 싶다는 생각을 한다. 그가 예전처럼 변명이라도 한다면, 그건 모두 나의 실수였다고 젊은 시절 나의 방황이었다고 말한다면……. 하지만 그런다 해도 정인은 그의 뺨을 갈길 것만 같았다. 그러고 나면 정인은 아마도 그의 목을 누르게 될지도 모를 것이다. 정인은 요즘 그런 악몽에 오래 시달리고 있었다. 자신이 누군가의 목을 조르는 꿈, 상대는 때로는 남호영이기도 했고 때로는 현준이기도 했고 때로는 아버지이기도 했지만 가끔 목을 조르고 있는 상대가 바로 자신이기도 했다. 정인의 이마에 비직비직 식은땀이 깨어난다.

"아버지가 쓰러지셨어요……. 아버지가 화실이랑 결혼하기를 원해요. 난 내 운명을 더 이상 어쩌지 않기로 했어요……. 난 이제 내 인생을 구경하면서 평생을 보내기로 했어요."

남호영은 충혈된 눈으로 말을 이어나간다.

"빠져나오려고 발버둥치면 칠수록 나는 더 깊이 빠지고."

"그런 말은 소설에나 쓰세요, 남호영 씨."

정인이 딱딱한 어조로 말한다. 취기와 과도한 자기 연민 때문에 풀어져 있던 남호영의 얼굴이 일순 굳는다.

"짐을 가지러 오셨지요? 그러면 짐을 가지고 가세요……. 더 이상 나를 두고 유희 같은 건 하지 마세요. 저는 어려운 말은 몰라요."

정인은 한 무릎을 세우고 벽 쪽으로 돌아앉았다.

눈앞의 벽이 정인에게 캄캄히 쏟아져 내린다. 누렇게 바랜 장방형의 벽지가 장방형의 균형을 무너뜨리고 흘러내리는 자리, 또다시 벽이 으깨진 두부처럼 무너져 흐물흐물 쏟아져 내린다. 버림받는다는 감정처럼 이 여자의 인생에서 선명했던 것이 또 있을까. 할머니는 어린 정인에게 말하곤 했었다

—니 에미가 널 밴 걸 알고는 을마나 떼려고 애를 썼는지. 읍내 병원에 마침 그때 소파수술인가 뭔가가 한창이었는데, 돈이 있어야 말이지. 그래 내가 니 에미를 달랬다. 아들인지도 모르는데 한번 낳아보자꾸나. 그러면 애비 마음이 좀 잡힐지도 모르고…… 어쨌든 계집아이라 섭섭하긴 했지만…… 큰일 날 뻔했지. 그때 에미한테 돈만 있었으면 이 이쁜 정인이를 내가 못 볼 뻔했지 뭐야.

이쁜 정인이, 는 그 후의 우연한 결과였을 뿐, 어머니가 자신을 원하지 않았다는 사실, 어머니가 자신을 존재이기 이전에 없애려

고 마음먹었다는 사실, 돈 몇 푼만 있었다면 자신은 쓰레기통에 버려졌을 거라는 사실…… 누구도 자신을 원하지 않았다는 사실이 어머니의 뱃속에서 정인의 어린 뼈와 엷은 피와 야들한 살에 각인된다. 뼈는 굳어지고 피는 붉어져서 정인은 큼직하게 자라났지만 애초에 각인된 암호는 DNA의 부호처럼 그녀의 피 속을 돌아다녔다. 더구나 그녀는 혹시나, 했던 아들도 아니었고 그래서 어머니는 아버지를 잡을 수 없었다. 그래서 그 후로도 오랫동안 정인은 버림받았었다. 아버지가 식구들을 버리고 떠났고 어머니가 저수지로 달아났으며 작은언니 정희가 서울로 갔었다. 미송이가 가고 명수가 가고…… 현준과 아이가 갔으며 이제 남호영이 떠나려 하고 있다. 평생을 두고 되풀이한대도 결코 익숙해지지 않는 고통, 아니 상처 위에 상처가 쌓여서 더욱 생생해지는, 부푼 풍선 같은 고통을 정인은 무릎 아래로 억지로 깔고 앉아 있다. 남호영이 짐을 주섬주섬 드는 소리가 들린다. 소리는 정인이 존재의 무게를 다 바쳐서 겨우 견디고 있는 상처를 툭툭 건드리며 지나간다. 그럴 때마다 정인의 존재가 이리로 저리로 갸우뚱거린다. 남호영이 머뭇거리는 기척을 정인은 느낀다. 얼핏, 정인의 얼굴 위로 웃음이 지나갔다. 모든 것이 꿈만 같았다. 아니, 어쩌면 그만 꿈에서 깨어나게 될 현실이 어디쯤이면 좋을까 하고 생각해보는 정인의 입술 위로 가벼운 경련이 스쳤나. 민준과 빌든 방일요 이, 세일 구 세겨두 이니고, 우체국에 앉아 있던 스무 살 시절도 아니었다. 어머니가 송장처럼 미싱을 돌리던 어린 시절도 아니고…… 돌아갈 때가 없었다.

그러고 보니 뱃속에 든 자라지 않은 생명을 떼려고 마음먹었던 어머니가 옳았는지도 모른다. 돌아갈 곳은 거기밖에 없는 듯했다. 그래서 결코 태어나지 말았어야 했다. 소파수술을 할 돈 몇 푼만 있었더라면 이 고통은 처음부터 없는 일이었을 것이다. 그렇게나 쉬운 일이 이렇게 어그러지고 있는 것이다.

남호영이 다가와 정인의 어깨 한쪽에 손을 얹는다. 온몸의 세포 하나하나를 일으켜 세워 버티고 있던 정인의 몸이 균형을 잃고 그 자리에서 촛물처럼 무너져 내린다. 아니, 그러나 정인의 환영일 뿐, 무너져 내리는 것은 누렇게 바랜 벽지의 장방형이다. 정인이 바라보고 있는 두부 같은 벽이다. 정인은 아직 허물어지지는 않았다.

"정인 씨…… 저 가요."

제 인생에 대해서조차 무책임한 사내가 정인의 등 뒤에서 낮고 슬픈 어조로 입을 열었다. 참고 있던 정인의 붉은 입술이 석류 열매처럼 조금 벌어졌고 그녀의 굳은 표정 한 귀퉁이가 드디어 조금씩 균열을 보이기 시작했다.

"잘…… 지내세요. 용기를 가지고 담담히…… 날 용서하지 말아요."

남호영이 정인의 어깨에서 손을 뗐다. 그가 방문을 여는 소리, 그가 구두를 신는 소리, 그가 발을 끄는 소리……가 들려왔다.

얼마나 시간이 지났을까, 아니 사실은 단 몇 초밖에 흐르지 않았는지도 모른다. 그가 떠난 후, 시간은 갑자기 탄력을 잃고 박자를 흐트러뜨리기 시작했다. 정인은 홀린 듯이 천천히 자리에서 일어났다. 자리에서 일어나 아까 남호영이 그랬던 것처럼 방문을 열고, 신발을 신고 그리고 드디어는 퉁겨져 나가는 자세로 대문을 열고 골목가를 달려 나갔다. 대체 왜? 라고 그녀는 자신에게 묻지 않았다. 그래서? 라고도 묻지 않았다. 그의 마지막 모습을 보고 싶다는 두서없는 생각만이…… 두통을 밀어낸 그녀의 자리에 들어섰다. 누구의 시선도 없이, 앞뒤도 맞지 않게, 그녀는 생각했다. 한 번만, 마지막으로 한 번만 보자고, 떠나는 그 모습을 한 번만……. 달려 나가던 그녀가 한길 가에 다다라 우뚝, 멈추어 선다. 그녀의 입가에서 뜻밖에도 엷은 미소가 번지기 시작했다. 그가 저기 걸어가고 있었다. 그래, 살아 있어……라는 생각을 그녀는 한다. 그의 어깨는 무거운 가방 때문인지 처져 있다. 그녀는 그의 무거운 어깨를 보면서 조금은 위로받고 싶었다. 그도 괴롭구나 생각하면서, 그의 말대로 이것이 운명이라고 적당히 통속적인 슬픔으로 위로받고 싶었다. 그러면 노래방에서 슬픈 노래를 부르고, 해 질 녘에 창밖을 보고 서서 조금씩 멍해지면서…… 그렇게 상투적으로 그녀는 조금만 위로받고 싶었다. 그녀는 그를 따라 천천히 걸어갔다. 한길 가에 세워둔, 검은색 스포츠카에서 누군가가 내려섰다. 정인에게도 낯이 익은 실루엣이었다. 막상 숨을 데도 없으면서 정인은 길 한쪽으로 얼른 숨고 싶어졌다. 유화실은 남호영의 짐을 받아 트렁크에 넣으면서 무어라 말을 건넨다. 남호영은 화가 난 사람처럼 아무 말 없이 차에 올라탔다. 그리고 유화실이 차에 탔고 빨간 브레

이크 등이 이곳으로는 접근하지 말라는 경계의 표시처럼 깜박하더니 부르릉, 차가 떠났다

딸기 리어카에는 딸기들이 독이 오른 것처럼 빨긋빨긋하고 분식집에서 우르르 나오는 중학생들이 제 몸보다 커다란 교복을 입고 신발주머니를 칼자루처럼 뱅뱅 돌리며 집으로 돌아가고 있었다. 어두운 거리, 노란 백열등과 서투른 네온사인들이 번쩍이는 이 변두리 거리에서 정인은 이제 더 움직일 수가 없다. 심장은 이미 턱밑까지 부풀어 올랐고 뒤이어 등골이 아주 낮은 곳으로 스르르 빠져나가는 환각 때문에 정인은 반사적으로 몸을 탁 접으며 그 자리에 주저앉았다.

딸기를 손질하던 노점상 사내가 그런 정인을 흘끗거리며 바라본다. 서둘러 퇴근하던 미니스커트의 여자가 정인 앞에 다가오더니 못 볼 것을 보았다는 듯이 비잉 길을 둘러 간다. 그래도 정인은 그 자리에 주저앉아 있다. 주저앉아서 길 가는 사람들을 바라본다. 저 사람은 왜 그가 아닐까. 저 사람은 왜 그가 아닐까. 저 사람은 대체 왜 그가 아닐까. 왜 그만 빼고 모두 여기 있는 것일까.

그 여자는 그렇게 생각하는 것이다.

방문은 열려 있었다. 미송은 사가지고 온 딸기를 부엌에서 씻어서 정인의 발치에 내려놓고 방 안에 불을 켠다. 창가에서 희미하게 비치던 엷은 햇빛 그림자가 창밖으로 스윽 사라진다. 정인은 방구석에 앉아 미송이 딸기를 내려놓고 불을 켜는 모습을 구경하듯 바

라본다. 정인의 머리카락은 오래 감지 않은 듯 기름기가 엉겨 붙어 흐트러져 있었고 몸에서는 나쁜 냄새가 났다. 하지만 그 눈빛만은 이상하게 번득이고 있었다. 미송은 정인과 마주 앉아서 잠시 침묵하다가 담배를 꺼내 물었다. 담배 연기가 귀신의 흰 머리카락처럼 엷고 섬세하게 백열등을 따라서 회오리치며 천장으로 올라갔다가 창밖으로 빠져나간다. 정인이 출판사에 나오지 않은 지 열흘이 지났다. 처음에 미송은 그런 정인을 내버려두는 편이 옳다고 생각했었다. 생전 처음, 자신을 비난한 정인에 대한 충격도 있었을 것이다. 하지만 나흘이 지났을 때 미송은 전화를 걸었다. 아주 여러 번 벨이 울린 다음에 정인의 목소리가 들렸다.

—이제 다 아팠어?

정인은 응, 하고 대답했다. 내일부터 사무실 나올 거지, 하고 물었을 때도 그녀는 응, 그랬다. 하지만 다음 날도 그다음 날도 정인은 출판사에 나오지 않았다. 미송이 전화를 걸어 내일은 나올 거지? 하면 응, 하고 한결같이 대답할 뿐이었다. 계절은 기우뚱, 여름으로 달려가 있어서 거리에는 벌써 반팔을 입은 성급한 사람들이 눈에 띄기도 했지만 방 안은 초겨울처럼 음산했다. 어쩌면 정인의 방 안에서는 시간이 조금도 흐르지 않고 있었는지도 모른다.

오늘에서야 살심을 내고 비나을 리이 겨우 미송은 후회한다. 혼자 내버려두지 말았어야 했다는 자책감이 스쳐 지나간 것이다. 혼자 내버려두는 편이 좋았던 것은 미송 자신이었다. 미송은 그럴 때 혼자 있는 편이 좋았으니까. 하지만 사람마다, 경우마다, 모든 것은 같을 수가 없는 것이다. 남을 배려하기 위해서, 라고 스스로 확신하는 그 순간에조차, 모두 그저 제 자신의 경우에 비춰보고 행동하는 것이다. 미송은 그걸 생각하자 미안한 마음이 들었다.

"딸기 먹어……. 밥은 먹고 지낸 거니?"

"응."

"잠도 좀 자고?"

"응."

하지만 정인의 방에는 식사와 수면의 자취가 없었다. 하지만 만일 그랬다면 그것은 아주 이상한 일이었다. 식사를 하지 않고 잠을 자지 않은 사람치고 정인은 미송이 내미는 딸기를 한 알 입에 넣고 오물오물 씹는다. 딸기의 빨간 물이 그녀의 흐릿한 입술에 붉게 배어든다. 미송은 저도 모르게 정인을 외면했다.

"내가…… 너에게 아무 도움이 되지 못한다는 게…… 이럴 때…… 힘이 드는구나."

미송은 정말 힘이 드는 것처럼 말했다. 딸기를 먹는 정인은 그런 미송을 빤한 눈길로, 아무 감정도 없이 바라다보고 있다. 딸기의 빨간 물이 정인의 입술을 다시 한 번 물들인다. 미송은 정인의 한쪽 손목을 잡는다. 손목은 섬뜩하게 야위어 있었다. 미송은 순간 뭐라 설명할 수 없는 감정에 사로잡히면서 눈가를 붉힌다.

왜 정인이는 이렇게 힘들까, 하는 생각이 오래된 기억처럼 그녀를 스쳐 지나갔다. 열 살 무렵, 어머니가 저수지에서 건져 올려진

다음에도 정인은 이런 표정을 짓지 않았었다. 미송에게 한 뼘쯤 거리를 두긴 했지만 그래도 그때 정인은 자존심이 있어 보였다. 이혼을 했을 때도 그녀에게 다가와 오케이 교정지를 내미는 정인의 머리카락 사이에서는 삶의 냄새가 났었다. 그러나 오늘 정인은 아주 늙은 창녀처럼 앉아 있다. 수치심도 없어 보이는 모습이었다. 수치심도 사라진 상태…… 그건, 어쩌면 죽음이었다. 미송은 그런 생각을 하는 자신이 순간, 섬뜩했지만, 하는 수 없었다. 미송은 정인의 앙상한 손목을 놓아버린다. 그러고는 서둘러 담배를 껐다.

"우리 목욕하러 갈까?"

정인은 물끄러미 미송을 바라보다가 응, 하고 대답했다.

정인은 미송의 손에 이끌려 목욕탕으로 가서 말없이 옷을 벗었다. 나쁜 냄새가 옆에서 옷을 벗는 미송에게 후욱 끼쳐온다. 글쎄, 무슨 냄새일까. 진땀과 난액(卵液) 그리고 어쩌면 황폐의 냄새 같은 것……. 미송은 천천히 옷을 벗는 정인을 기다렸다가, 마치 막냇동생을 데리고 온 큰언니처럼 수건으로 무방비 상태인 정인의 몸을 가려주고 그녀의 손을 이끌었다.

수증기가 매캐한 탕에 몸을 담그자 미송의 기분도 풀어져 내렸다. 따뜻하다, 는 것은 좋은 것 같았다. 희끄무레한 수증기 속에서 정인은 솜 하늘만 교정비씨1. 써티 티 요게에게 목욕이 좀 무리였나 싶어 미송은 겁이 난다. 하지만 가끔 물을 휘젓는 정인의 얼굴도 조금씩 분홍빛으로 변하기 시작했다. 미송이 어린 시절처럼 물을 휘저으며 정인에게 다가갔다.

"우리 같이 목욕탕 온 거 정말 오랜만이다. 20년도 더 지난 것 같아……. 20년이라, 벌써 그런 햇수를 세는 거 보니 우리 늙긴 늙었다. 그치?"

정인은 대답이 없고 미송이 혼자 웃는다.

"여기서 나가서 맛있는 거 먹자……. 정인이 뭐 먹고 싶니?"

정인은 대답 대신 눈길을 떨군다. 수증기에 젖은 그녀의 짙은 속눈썹이 아래로 초로롬히 내리깔린다.

"술도 한잔할까?"

"나 그 사람 집에 갔었어."

정인은 심드렁하게 말했다. 가슴이 쿵, 하고 내려앉은 것은 미송 쪽이었다. 따뜻한 탕 안의 수증기가 갑자기 섬뜩해왔다.

"언……제?"

"가게에서 정종을 사가지고 갔었어. 그 사람 아버지가 따끈하게 데운 정종을 좋아한대……. 인사드렸어, 그 사람 아버지한테……. 그 사람이 말했었어. 결혼하고 싶다구……. 한 번 실패했던 사람이지만 잘 살아보겠다구. 아버지는 완고해 보이긴 했지만 그 사람이 말한 대로 딱딱한 사람은 아닌 것 같았어……. 난 생각했지, 아버지라는 사람이 있는 집에서 밥하구 국 끓이구, 아침이면 신문두 집어다 드리고 돋보기라도 닦아드리고 어깨도 주물러드리면서 살고 싶다구……. 시아버지들이 며느리들한테 아가, 라고 부르는 소리가 나는 그렇게 좋아 보였단다."

정인은 꿈결처럼 말했다. 어제가 아니라, 요새가 아니라, 한 달 전쯤의 일인 것 같았다. 그 나쁜 놈이 집에 데려가 인사까지 시켜 놓고…… 미송은 입술을 문다. 그 인사 때문이 아니라 그 인사와 함께 행해졌을 수많은 약속들을 남호영은 대책 없이 버리고 떠난 것이다. 그리하여 깨어진 희망들은 이제 정인의 몸 구석구석으로 유리 파편처럼 퍼져갔으리라. 하지만 미송은 문득 정인에 대해 화가 치밀었다. 어쩌자고, 대책 없는 남자들의 약속을 그렇게 쉽게 믿어버렸는지……. 깨어질지도 모른다는 일말의 배수진도 없이 어쩌자고 정인은 그토록 희망에 몸을 송두리째 맡겨버리는지……. 미송은 정인과 함께 탕에서 나와 자리에 앉았다. 미송이 건네주는 수건을 받아 정인은 때를 민다. 한때는 빛나고 탄력 있었던 살들이 두두두두, 하얗게 때로 밀려 떨어져 내렸다. 밀려난 때는 하수구로 돌돌돌돌 말려 들어간다.

"서로 살 비비고 지내면서 그게 다 내 살인 줄 알았나 봐, 헤어지려니까 그게 싹둑 베어지지가 않아……. 어디가 내 살이구 어디가 그 사람 살인지 둘 다 잊어버린 거야. 그래서 그 사람, 하는 수 없이 내 살점까지 다 떼어가버린 것 같아."

정인은 꿈을 꾸는 것처럼 계속 말했다. 미송은 수건에 비누를 칠해 정인의 등을 밀어준다. 정인의 등은 정말 살점이 떨어져 나간 것처럼 야위어 있었다. 하지만 미송은 자꾸 미안하고 괜히 겁이 난다. 대체 이 일을 어떻게 하나, 와락 겁이 났던 것이다.

그리고 며칠 후, 비가 내리던 어느 날 정인은 버스를 타고 그의 동네로 가서 그를 만나고 집으로 돌아와 제 손목을 그어버렸다.

5부

사람이
사는 집

다음번에는 더 많은 실수를 저지르리라
긴장을 풀고 몸을 부드럽게 하리라
이전 인생보다 더욱 우둔해지리라
가능한 한 매사를 심각하게 생각하지 않을 것이며
보다 많은 기회를 붙잡으리라
여행을 더 많이 다니고 석양을 더 자주 구경하리라
산에도 더욱 자주 가고 강물에서 수영도 많이 하리라
……내가 인생을 다시 시작한다면
초봄부터 신발을 벗어 던지고
늦가을까지 맨발로 지내리라.

──나틴스테어, 「만일 내가 인생을 다시 산다면」 중에서

상처는 사랑의 어두운 이름이다

지난가을 나는 한 시사잡지사로부터 '사람이 사는 집'에 대한 취재를 해달라는 부탁을 받았다. 소설 원고가 밀려 있는 터라 보통 잡지사의 청탁을 거절하는 것이 통례였지만 그 당시 여러분도 기억할 만한 그 뜨거운 논쟁, 그러니까 페미니스트와 보수 진영에서 시작하여 뭇 논객들을 흥분시켰던 논쟁이 한창 불붙고 있었던 때여서 마침 나도 흥미롭게 그 잡지사의 취재를 허락했었다. 솔직히 말하자면 나는 '사람이 사는 집'보다는 '함께 사는 세상' 쪽에 더 흥미가 많았다. 작가로서의 나를 말하자면 '사람이 사는 집'에서 일견 표방하고 있는 여성의 독립, 24시간의 완전한 탁아 그리고 풍문으로만 들었던 공동 가사에 이르기까지가 나의 관심사가 되어야겠지만, 남편과의 갈등, 아이 문제, 시댁의 문제에 이르기까지 나는 초보 주부로서 사실 어쩔 줄을 모르고 있던 참이었다. 작가이기 이전에 한 남편의 아내로서 나는, '함께 사는 세상' 쪽에서 표방하고 있는 '남편 기 살리는 법'이나 '침실에서 남편 사로잡는 법', '사랑받는 아내 되기' 등과 같은 덕목에 호기심이 많았다. 그런 사실들은 '김치찌개 맛있게 끓이는 법'처럼 실생활에 유용하기 때문이었다. 하지만 그곳은 이미 내 선배 소설가가 취재를 하기로 이미 내정이 되어 있다고 했다.

그래서 나는 얼마간은 큰 흥미 없이 '사람이 사는 집'으로 떠났고 거기서 오정인이라는 여자를 만났다. 오층 건물 마당에서 그녀는 마침 김장용으로 배달되어 온 배추 트럭에서 배추를 나르고 있었다. 그녀는 긴 파마머리를 뒤로 질끈 묶은 헐렁한 청바지 차림이었다. 키가 훌쩍 크고 좀 여윈 듯한 모습이었다. 뭐랄까. 세월이 많이 짓밟아놓은 것 같은 흔적이 그녀의 눈가에 벌써 패어 있었다. 하지만 맑고 담담한 피부가 안정되어 보여서 그녀의 인상은 얼핏 커다란 호수 같았다. 나중에 생각해보건대 아마도 그녀의 눈빛 때문이었을 것이다. 여윈 얼굴에서 빛나고 있는 그 검은 눈 때문에 그녀의 인상이 아마도 호수 같다고 했는지도 모르겠다. 한국이라는 사회에서 여자가 미모를 가지고 있다면, 그것도 고졸의 여자가 그렇다면, 그것도 혼자 사는 여자가 그렇다면, 그것은 때로는 멍에 질곡으로 작용한다. 때때로 미모 때문에 얻게 되는 프리미엄 역시 질곡이기는 마찬가질 것이다. 여자에게는 얼굴이 아름답거나 추하

거나가 언제나 문제가 되니까. 나는, 미송에게 얼핏 전해 들은 그 여자의 생이, 만일 어려웠다면 저 아름다움의 탓이 많았을 것이라는 생각을 혼자 했다.

제주 바다를 연상시키는 연한 푸른색으로 지은 오층 건물 일층 한구석에 자리 잡은 그녀의 집무실에 들어섰을 때 그녀는 창문을 조금 열어놓으며, 참 좋은 가을이지요, 하고 물었다. 나는 순간 영어로 질문을 받은 것처럼 당황스러웠다. 이날 아침부터 하필이면 떨어져 나간 남편의 와이셔츠 단추를 꿰매고 남편이 그토록 싫다는 빵을 고집스레 굽고, 아이를 세수시켜 놀이방에 보내고 집 앞의 신호등 몇 개를 무시하고 약속 시간에 맞춰 달려온 나는, 그제야 창밖에 널린 하늘을 바라보았다. 창가에 심어진 붉은 단풍 사이로 시린 하늘이 널리, 좋은 가을날이긴 했다. 그러네요. 나는 얼떨떨하게 대답하면서, 이런 질문을 받는 것이 얼마 만일까 하는 생각이 들었던 것이다. 그래도 나는 작간데, 하는 생각이 한숨처럼 내게서 새어 나왔다. 아침에 일어나 하늘 한 번쯤 바라보고 살아야 하는 것이 내 직업이 아닌가 말이다. 문득 심란한 생각이 들었고, 내가 이 가을을 제대로 넘길 수 있을까, 하는 생각이 들었다. 사실을 말하자면, 결혼식을 올릴 때부터 아니, 다시 말하면 시댁 식구라는 사람들과 인사를 나눌 때부터, 우연히 거리서 마주쳤다면 이 사람하고는 오래 이야기해서 좋은 게 없겠군, 하고 생각했을 수다스러운 시이모와 시어머니 시아버지에게 억지로 상냥스러운 표정을 짓고 있었을 때부터, 아니 어쩌면 그가 우리 이제 결혼할래, 라고 물었을 때부터 내 마음속 깊은 곳에서는 사실 묶인다, 라는 생각이 스쳐 지나갔었던 것이다. 하지만 그도 나도 나이가 찼었고, 결혼을 하고 아기자기한 신혼 방 창가에 흰 린넨 커튼을 나부끼고 사는 친구들의 모습이 부러워서, 그도 아니면 밤에 내 집 앞까지 바래다주고 먼 길을 다시 걸어가야 하는 그의 뒷모습이 안쓰러워서 나는 그 결혼이라는 걸 덜컥 해버렸던 것이다. 대체 결혼을 하지 않고 그를 사랑할 방법이 무엇이 있단 말일까. 그런데 그녀가 참, 좋은 가을이지요, 하고 묻자 그만 내 마음속에서 잠자던 오래된 생각 하나가 기지개를 켜고 일어나는 것을 느꼈던 것이다. 절대 시간과 절대 공간의 자유. 산사에 가서 한 일주일만, 더도 말고 일주일만, 아무런 일 없이 툇마루에 무릎을 모으고 앉아서 처마 끝에서 떨어지는 물방울 소리를 세다가 돌아오고 싶었다. 그런데 그 희망조차도 잊혀진 지금, 그녀가 물은 그 한마디가 잠자고 있던 내 희망을 깨워 일으켜버렸던 것이다.

그녀는 급하게 걸려오는 인터폰을 몇 통 받고 일을 지시한 다음 미안하다, 는 뜻의 미소를 지으며 나와 마주 앉았다. 손을 간결히 마주 잡으며 나와 마주 앉은 그녀의 자세에서 얼핏 수도자의 자세가 엿보이기도 했다.

그랬다. 그때가 만남의 시작이었다. 처음에 나는 그저 잡지사의 취재원으로서 그녀가 몇 년 동안 이룩한 성과들을 낱낱이 훑어보기 시작했다. 우선 지하 주방 그리고 일층의 놀이방, 이층의 예능 시설 그리고 삼, 사, 오층에 이르는 작은 소모임들의 방. 24시간 탁아를 하는 작고 어여쁜 아가들의 방……. 배추색의 면 니트 스웨터를 유니폼처럼 입은 여자들이 아이들과 어울려 놀고 있었다. 아이들은 어떤 규율도 없이 각자의 햇님 엄마―이것이 선생님이라는 호칭의 대신이란다―들과 함께 놀고 있었다. 규모만 컸다 뿐이지 일반 집 안이나 놀이방 같아 보였다.

하지만 무엇보다 나의 시선을 끈 것은 지하 주방이었다. 일견 보수적인 논객들의 비난의 대상이 된, 그 밥 공장, 김치 공장이라는 데가 여기인가 싶었기 때문이다. 공장에는 메뉴판이 붙어 있었고 절 부엌에서나 볼 수 있을 법한 가마솥이 여러 군데 걸려 있었다. 그리고 빵 굽는 기계 같은 것들이 있어서 커다란 무쇠 보울 같은 쇳덩이가 통닭처럼 돌아가고 있었다. 마치 국화빵을 찍어내는 기계를 연상하면 될 것이다. 하지만 그 기계에서 탄생하는 것은 빵이 아니라 밥이라고 했다. 밥이요? 하고 내가 묻자, 오정인은 그중 한 기계를 열어 밥을 내게 내보였다. 잡지에는 사진이 첨가되기는 했지만 여기서 말로 여러분들에게 그 밥을 설명하기가 힘이 든다. 그러니까 이렇게 말하면 혹시 이해가 될지 모르겠다. 딱딱하고 둥근 불란서 빵 말이다. 불란서 빵과 다른 점은 딱딱한 빵 껍질 대신 누룽지가, 그리고 흰 빵의 속살 대신 흰밥이 들어 있다고 생각하면 될 것이다. 그들은 이것을 '새밥'이라고 불렀다. 그 새밥들은 새벽이면 여기서, 밤에 공부를 하는 청소년이나 주부들에 의해 집집마다 하루 두 차례씩 배달이 된다고 했다. 그리고 간단한 국들이 반조리 상태에서 함께 배달된다고 했다. 그러니까 식사 시간이 되면 주부는 그 배달되는 밥과 국을 받아 각자의 접시에 담고 국을 끓여서 아침을 먹는 것이다. 겉껍질인 누룽지를 끓여 먹든가 말이다.

"밥을 배달한다구요?"

내가 묻자 오정인은 빙그레 웃으며 내게 말했다.

"우유도, 야구르트도 배달되지요. 신문도 배달되구요."

그러자 갑자기 내 머릿속에서 나의 입안 그림이 떠올랐고 내 마음이 들뜨기 시작했다. 이건 '김치찌개 맛있게 끓이는 법'과는 비교가 되지 않는 것이었다. 맛있게 끓이는 것이 아니라, 이미 맛있게 끓인 김치찌개를 배달해준다면, 이건 어쩌면 나의 생활을 뒤흔들 수 있는 하나의 사건이 될지도 모르는 일이었기 때문이다. 그러고 보니 언젠가 교양 불어 시간에 배운 프랑스 사람들의 식생활이 생각났다. 아마도 화덕에 관해 이야기하던 챕터였을 것이다. 그들의 아침 일과는 빵 가게에 줄을 서서 갓 구워져 나온 따끈따끈한 불란서 빵을 사는 것으로 시작한다는 것, 예전에는 집집마다 빵을 구웠지만 이제는 빵 가게에서 빵을 사는 것이 보편적이라는 것이었다. 치즈나 버터 같은 발효 식품 또한 예전에는 집집마다 맛과 향기가 다르게 직접 만들어 먹었지만 이제는 각 지방과 가문의 맛을 살린 치즈와 버터들이 상표를 붙이고 생산된다는 이야기였다. 대학을 다니지 않은 정인이 그런 이야기에서 힌트를 얻었을 리 없지만 사람이 사는 집의 시스템은 신기하게도 그런 개념 새념과 일치하고 있었다. '사람이 사는 집'에서는 이런 메뉴 외에 김치와 깍두기 그리고 기본적인 밑반찬을 팔고 있었다. 진한 멸치젓

향내에 참쌀풀을 쑤어 만든 걸쭉한 전라도 김치, 시원한 서울 김치, 국수를 말아 먹을 수 있는 말간 평안도 김치, 된장, 고추장 또한 각 지방의 것이 골고루 있어서 누구나 그것을 사서 쉽게 응용할 수 있게 되어 있었다. 이런 것을 배달시켜서 식사를 할 수 있다니, 예를 들면 이 '새밥'을 들고 먹는다면 설거지도 필요 없을 것 아닌가……. 원고 마감 때와 빵은 먹을 수 없다는 남편의 지겨운 식습관과 아이의 식생활이 이 정도면 해결될 것 같아서 나는 그때부터 매우 솔깃해졌다. 하지만 '사람이 사는 집'의 특징은 다만 이러저러한 먹거리에서 끝나지는 않는다.

자 천천히, 이야기를 해보기로 하자. 나는 사실 이런 밥과 탁아시설에 마음이 끌리기도 했지만 이 모든 것을 고안해낸 여자, 오정인에게 더 마음이 끌렸다. 대학 동창, 미송에게서 언뜻 귀동냥을 듣기도 했지만 나는 우선 이 여자에 대한 취재를 하기로 마음먹었다. 하지만 무엇보다 그때 그 여자의 내면을 향하여 나의 마음을 끌었던 것은 그녀의 왼쪽 손목에 나 있는 깊은 상흔이었다.

그녀가 이 시설을 소개하는 팸플릿을 집기 위해 손을 뻗었을 때, 나는 그녀의 상흔을 발견했다. 순간 가슴이 쿵, 하고 내려앉았다. 미송은 이런 일에 대해서는 귀띔을 해준 적이 없었기 때문이다. 아니, 미송의 귀띔이 없어서가 아니라, 사실을 말하자면 나도 왼쪽 손목에 그와 똑같은 상흔을 가지고 있었기 때문이라는 말이 옳을 것이다. 내가 그 상처에서 눈을 떼지 못하자, 그녀는 얼핏 부끄러운 표정을 지으며 배춧빛 면 스웨터를 손목 아래쪽까지 내

렸다. 하지만 그 상처 하나로 나는 오정인이라는 나와 동갑내기인
이 여자에게 일순, 저항할 수 없는 이끌림을 느꼈다.

　아마도 이 여자는 세상을 지나치게 사랑했을 것이다. 세상을 사
랑한 만큼의 강도로 자기 자신을 사랑하지 않았을 것이다. 누군
가를 열렬하게 사랑한 적이 있었을 것이고 누군가를 열렬하게 미
워한 적이 있었을 것이다. 그리고 그 열렬한 증오가 이윽고 자신을
향하게 되었을 때 여자는 자신의 손목에 날카로운 칼을 대었을 것
이다. 새삼 처녀 시절, 내가 제주 바닷가에서 손목을 그었던 일이
떠올라 나는 잠시 아무 말도 할 수가 없었다. 그땐 아직 지금의 남
편을 만나기 전이었다.

　깨어났을 때 사람들은 내게 왜, 라고 물었다. 왜였냐고 묻지 않
는 사람들은 제 나름대로 여러 가지 이유를 붙여대며 수군거리고
있었다. 어쩌면 그 무렵 내가 떠나보냈던 내 첫사랑 남자의 이름이
여러 번 거론되었을 것이다. 하지만 그때 그 제주 바닷가에 소주병
을 들고 앉아 나는 우선 준비해간 날카로운 면도칼에 소주를 부
었다. 죽을 사람이 칼을 소주로 소독하다니, 지금 생각해보면 배
를 잡고 웃을 일이지만 그때 나는 내 자신의 죽음에 한 치의 불결
도 끼어들게 하고 싶지 않았다. 그래서 만일 그때 술 취한 사람이
나 불량스러운 사람이 밤바닷가에서 홀로 울고 있는 나를 집적거
리기라도 했다면 나는 아마도 그늘 찔러머렸을지보 모르겠네. 아
직도 내게 너그럽던 삶은 다행히 나를 살인자로 만들지 않았지만,
그건 사실은 내가 올바르고 착해서가 아니라 어찌 보면 순전히 우

연이었다. 그만큼 나는 인간들에게 지쳐 있었고 내 자신이 오직 그들의 악함에 희생된 가련한 인간이라고 생각하고 있었다. 그것은 떠나간 그 남자 때문이 아니었다. 딱히 무어라 꼬집어 말할 수는 없었지만 나는 이 세상이 무서웠다. 내게는, 말하자면 이 세상 어디에나 복병처럼 숨어 있는 칼날들로부터 나를 보호해줄 갑옷이 없었다. 아파, 아파, 아파서 죽을 것만 같아! 나는 소리를 지르고 있었지만, 그들조차도 나를 찌르지 않을 방법을 알 수 없었을 것이다. 왜냐하면 나를 찌르지 않으면 그들이 찔렸을 테니까. 세상이 무서워서, 다만 무서워서, 겁에 질린 얼굴로 칼을 들고 서 있던 그때의 내게, 떠나간 남자는 다만 그 세상의 한 상징일 뿐이었다. 연애는 그 사람 인격의 총아라고 누군가가 말하지 않았던가. 그때 나는 소리를 내지 않고 몹시 울고 있었는데 지금 생각해보면 나는 사실은 죽고 싶었던 것 같다. 삶은 그냥 살아지는 것이지, 잘 살고 못 사는 일 따위는 없다는 것을 나는 그때는 몰랐던 것이다. 우등상장을 받지 않으면 형편없는 저능아가 되는 것처럼 자존심이 상했던 어린 시절의 내 습관도 남아 있었을 것이고 중간에 서는 법을 배우지 못하고 살아왔던 나의 짧은 이력 탓도 있었을 것이다. 세상은 왜 내게 유리한 방향으로만 흘러가지 않는지, 나는 아마도 어린아이처럼 화가 나 있었을 것이다. 하지만 정말 죽고 싶은 마음이었다면 나는 아마 울지는 않았으리라. 눈물은 삶의 징표이고 희망의 징표이니, 죽음이었다면 그건 이미 눈물 너머의 문제였을 것이니까.

그리고 죽음에서 깨어났을 때 나는 한 1년을 멍하니 집 안에 처박혀 있었다. 그때 만일 쇼팽의 피아노 협주곡 1번이 없었으면 어땠을까, 하고 나는 생각한다. 하루 종일 방 안에 처박혀 나는 그 음악을 들었다. 피아노 건반의 맨 오른쪽을 거의 다 사용할 만큼 높은 음의 피아노 소리, 스륵스륵, 그 배음으로 깔리던 혼과 오케스트라의 소리……. 자작나무가 줄지어 선 러시아의 평원을 달리는 것처럼 아득했고, 모든 것이 희뿌연한 그 아득함 사이로 언뜻언뜻 다가왔다 멀어졌다. 높은 음으로 올라가면 격하게 흐느끼는 듯한 바이올린이나 첼로 같은 현악기와 달리 피아노의 소리는 높이 올라갈수록 소리가 작아진다는 것도 그때 처음 알았다. 그들은 높이높이 올라갈수록, 자신을 부끄러워하기라도 하듯이 더 부드러워지고 작아지는 것이다. 부모님이 억지로 등록해놓은 정신과 의사의 도움도 컸지만, 그 음악이 높이높이 올라갈수록, 작아지고 부드러워지는 그 피아노 소리가 나를 구원했다. 딱딱한 나의 사고와 턱없이 높다랗기만 하던 나의 욕심이 나를 망쳐왔다는 것을, 이제 높이 올라갈수록 더 부드러워지고 작아지는 그 피아노 소리를 통해 깨달았던 것이다.

쇼팽은 아마도 몰랐을 것이다. 그가 조국 폴란드를 떠나기 직전에 슬픔에 사무쳐 작곡했던 한 피아노 곡이, 먼 훗날 삶과 사랑에 대해 과장되게 지쳐버렸던 어떤 어리석은 사내를 나시 일고 싶게 만들었다는 걸. 나는 그런 쇼팽을 생각하며 처음으로 펜을 들고 글을 쓰기 시작했었다. 혹시라도 나의 글이 나보다 더 고통스러운 누군가에게 위안이 될 수 있지는 않을까. 생각해보면 그 누군가는 바로 나 자신이었지만, 나는 쇼팽을 짝사랑하고 있었는지도 모르겠다.

모든 사물에 이면이 있듯이 상처 또한 여러 이면들을 가지고 있다. 그것은 때로 사람을 망치기도 하고 때로는 제 속에서 고인 채 썩어 사람을 성숙시키기도 한다. 그것은 누군가와 돌이킬 수 없는 결별을 불러오기도 하지만 누군가에게로 선뜻 다가서게도 한다. 사랑해보지 않은 자는 상처 입지 않은 것이니, 상처는 사랑의 어두운 이름일지도 모르겠다. 아니, 아니다. 사랑은 사람을 상처 입히지 않는다. 사랑은 아이를 크게 하듯 사람을 자라게 하고 사랑만이 사람을 성숙시켜 익어가게 한다. 상처는 사랑이 아니라, 사랑 아닌 것들로부터 온다. 그러니 상처는, 사랑이 아닌데도 내가 사랑이라고 착각했던 것들 혹은 사랑할 때 함께 올 수밖에 없는 나와 타인의 잘못들, 이 세상에서 살아가야 하는 우리네 삶의 다른 이름인지도 모른다.

나는 상처 이야기를 꺼냈다. 오정인은 잠깐 생각에 잠긴 얼굴이더니 이어서 밝게 웃었다. 내가 그녀에게 내 손목에 남은 상흔을 보여주었을 때였다.

—그래요, 죽지 않았어요. 죽지 않고 이렇게 살아 있으니까요.

그녀의 얼굴은 그때 아주 밝아 보였다.

혹은, 이미 늦어버린······ 만남

먼 데서 아주 먼 데서 바람 소리가 휘익, 들리는 것 같다. 아니 빗소리였던가. 캄캄한 공간, 아주 깊은 잠에서 깨어나는 것 같은데 멀어졌다 가까워졌다, 소리만이 그 캄캄한 어둠 속에서 선명하다. 아주 어린 시절, 초여름 바람 따사로이 불던 날, 서늘한 대청마루에서 잠들었던 어린 정인의 귀에 들려오던, 할머니와 어머니가 마주 앉아 두드리던 다듬잇방망이 소리 같기도 하고, 쟁쟁쟁쟁 당당당당 울리던 굿판의 바라 소리 같기도 한······. 소리는 귓바퀴를 놀며 나가쳤다가 사라지고 비끼쌨다가 사라세고 비스고 아주 먼 곳에서부터 이리로 선명하게 윤곽을 잡으며 다가온다. 눈을 뜨지도 못하는 노곤함 속에서 정인은 그 소리를 듣는다. 바람 소리도 아니고 빗소리도 아닌 그 소리가 드디어 선명해졌을 때, 정인은 그것이 한 남자의 울음소리라는 걸 어슴푸레 깨닫는다.

한 남자가 울고 있다. 누가 이 밤에 이렇게 울고 있을까, 정인은 생각한다. 참 슬픈 목소리로 울고 있구나, 깊은 밤 몸을 뒤척이듯이 정인은 무심히 생각했다. 생각하는 순간 창백하고 강렬한 흰빛이 정인의 망막으로 부서져 내렸다. 천장에 칠한 연둣빛이 너무 환해서 정인은 다시 눈을 감았다.

누군가의 손길이 정인의 베개 밑으로 들어왔다가 사라진다. 따뜻한 손길이다. 그 따뜻한 손길이 고쳐준 자세가 편안하다. 정인은 이제 울음소리가 사라졌음을 느낀다. 누가 울고 있었는데……. 정인은 다시 잠에 빠진다. 빠지는데 오슬오슬한 기분 때문에 자신도 모르게 이불 한 자락을 잡아당겼다. 그러자 누군가가 정인의 시트 자락 위로 새로운 담요를 덮어주는 게 느껴진다. 머리칼을 쓸어주고 어깨 위로 이불을 꼭꼭 여며준다. 울음소리는 이제 들리지 않는 대신 깊은 한숨 소리가 들려왔다. 누구세요? 정인은 묻는다. 그런데 입술은 납덩이처럼 무거워 벌어지지 않았고 몸은 촛물처럼 녹아 더 낮은 곳으로 가라앉는 것만 같다.

그리고 얼마의 시간이 지났을까……. 다시 눈을 떠보았을 때 환한 연둣빛이 눈에 선했다. 여기가 어디지, 하는 생각을 하고 있을 때 미송의 얼굴이 불쑥 정인의 시야로 들어섰다. 액자 속의 그림처럼 순간, 미송의 얼굴은 멀고 낯설었다.

"정인아!"

와락, 말을 꺼내놓고 미송의 눈에 눈물이 고인다. 블라인드를 친 창으로 들어서는 아침의 엷은 햇살도 부셔서 정인은 여러 번 눈을 깜박거렸다. 그리고 미송의 얼굴을 보는 순간 정인은 모든 것을 알아차린다. 그녀는 여기 살아 있고, 아직 이 지상을 떠나지 못했음을.

"괜찮아? …… 정신이 좀 나니?"

정인은 대답 대신 자신의 손에 꽂힌 링거 바늘을 바라다본다. 링거가 꽂힌 손등이, 공급되는 수분을 다 감당하지 못해 둥글게 부풀어 있고 그 반대편 손목에는 붕대가 매어져 있다. 정인의 얼굴이 순간적이지만 참담함으로 일그러졌다. 서른몇 살을 버텨온 안간힘으로 그었던 손목이었다. 그런데 생을 걸고 베어버린 목숨이 한갓 작은 상처 자국으로 남아 작은 고통을 호소하고 있었다. 아픈 걸 보니 살아 있구나, 하는 생각을 하다가 힘이 드는 듯 정인은 눈을 감았다. 기운이 없었다. 누군가 여러 사람이 달려가는 발소리가 복도 밖으로 와와 달려간다. 하지만 만일 여기가 이 세상이 아니라 저세상이면, 나는 분명 죽었는데 죽음 너머로 가보니, 내가 팽개친 세상이 고스란히 이어지고 있다면…… 하는 생각을 했던 것이다. 그건 누구도 알 수 없는 일이었다.

정인은 누운 자세 그대로 고개를 돌리고 방을 둘러본다. 해사한 연둣빛 벽, 민뎅기 친소를 상태 써내 써 벼 써이있[읽] 캐 이이었거 그때 정인은 죽을까 봐 겁이 났었다. 명수가 말했었다. 우리 정인인 절대 안 죽어……. 그런데 누군가가 주스병에 화사한 흰 장미를 한 아름 꽂아놓았다. 흰 장미가 초여름 아침처럼 신선한 빛깔이다. 저 장미를 대체 누가 가져다 놓았을까? 긴 인생을 지나온 것처럼 정인이 잠시 생각에 잠기는데 그 위로 실패구나, 라는 생각이 그런 정인을 문득 덮쳐 지나간다. 죽음으로 떠나는 것조차 실패했구나, 하는 생각. 하지만 저 흰 장미 송이가 참 아름답구나 하는 생각을 하면서 정인은 갑자기 살고 싶어지는 기분을 느꼈고 그래서 순간 이었지만 몹시 부끄러워졌다. 저 흰 장미를 꽂아놓은 사람은 저 무 연히 흰 빛깔 때문에 한 여자가 다시금 살고 싶어 한다는 것을 알지 못했겠지. 정인의 입술로 얇은 한숨이 스쳤다.

"……미안해."

정인이 미송에게 말했다. 미송은 아무 말 없이 정인의 머리칼을 쓸어준다.

"며칠이나 지난 거야?"

정인이 물었다. 미송은 사흘, 이라고 짧게 대답한다. 정인은 미송의 얼굴을 보다 말고 벽 쪽으로 돌렸다.

"……네가 날 이리로 옮겼니?"

정인은 말라서 흰 가시랭이가 일어나는 입술을 의식하며 천천히 말했다. 미송은 정인의 침대 가로 의자를 끌어다 당겨 앉는다.

"니가 이 정도로 바보인 걸 내가 진작 알았어야 했는데……."

미송은 대답 대신 말하면서 붕대가 감긴 손목을 잡는다. 감긴 붕대 위로 미송의 손길이 느껴지자 이번에는 생생하게 상처가 아파왔다. 그러자 정인은 다시 한 번 정말 자신이 살아 있다는 것을 느낀다. 정인의 눈에 눈물이 금세 맺히고 한 줄기가 뚜르르, 흘러 내렸다.

"뭘 잘했다구 우니?"

미송은 휴지를 찢어 정인의 눈물을 닦아주었다.

"이상하다 미송아, 슬프지도 않은데 왜 눈물이 나는지…… 그래도 이렇게 깨어나니까 좋다…… 그런 생각도 든다. 힘이 없어서 그런가 봐."

정인은 눈물을 흘리다 말고 웃었다.

"그래, 힘이 있어야 눈물도 막을 수 있는 거야…… 그나저나 이제 나 니 눈물 닦아주는 거다. 이제 친구 자격 있는 거지?"

언젠가 정인이 너는 내 눈물을 닦아주지 않았잖아, 했던 말이 미송에게는 마음이 아팠던 모양이다. 두 여자는 힘없이 웃는다. 그때 문이 열리고 누군가가 들어섰다. 미송의 눈길이 설핏 굳어졌다가 풀어진다. 명수가 흰 가운 주머니에 손을 넣고 말없이 들어서고 있었다.

"오빠, 정인이 깼어."

미송이 굳은 얼굴을 풀고 엉거주춤 일어서며 말했다. 명수의 얼굴이 정인을 향하고, 두 사람의 눈이 처음으로 부딪친다. 정인은 명수가 많이 초췌해졌다는 생각을 한다. 수염을 깎지 않은 턱이 까실해 보였나.

명수는 아무 말 없이 정인의 팔을 걷더니 혈압을 재기 시작했다. 푸식푸식, 바람이 들어가는 소리, 팔에 압력이 느껴지고 그리고 바람은 다시 빠져나갔다. 명수는 들고 들어온 차트에 무언가를 써놓고 주머니에서 체온계를 꺼내 정인의 입에 물린다. 가느다란 체온계를 입에 문 채로 정인은 눈을 내리깔았다.

"언제 깨어났니?"

명수는 억양 없는 말투로 미송에게 물었다.

"방금."

명수는 정인의 얼굴을 쳐다보지도 않고 체온계를 빼더니 그것을 흔들어서 주머니에 넣었다. 미송이 작은 냉장고에서 캔주스를 꺼내 명수에게 내밀었다. 명수는 주스는 받지 않고 허탈한 듯 자리에 털썩 주저앉아 두 손으로 얼굴을 부볐다. 그의 손에 정맥들이 울툭불툭 서서 손은 마르고 앙상해 보였다. 미송이 정인과 명수 두 사람을 번갈아 바라보다가 자신도 자리에 앉는다.

"아침은 먹지 말구, 점심 때부터 미음 넣으라구 이를 테니까 먹어."

세 사람 사이에 먹먹하게 이어지던 침묵을 깨고 명수가 일어서며 말했다. 정인에게는 일별도 던지지 않은 채였다.

"오빠……."

겨우 입술을 움직이는 작은 소리였지만, 낚싯줄에 채인 것처럼 명수는 멈추어 서더니 잠시 후 뒤돌아보았다.

"미안해……."

명수의 눈빛이 부셔서였을까, 순간 정인의 어깨가 움찔하고 경련을 일으켰다. 충혈된 눈빛, 금방이라도 달려와서 정인의 멱살을 잡을 것처럼 화가 난 것 같기도 하고, 그도 아니면 그 자리에서 금방 울어버릴 듯한 눈빛이기도 했다. 아니 이 세상에서 정인이 너라는 여자 이젠 꼴도 보기 싫다, 라는 눈빛이기도 했고 정인이 한번도 느껴보지 못했던 열렬한 사랑의 눈빛 같기도 했다. 정인은 그런 모순된 느낌에 사로잡힌 채로 명수의 시선을 피하지도 못했다.

"얘기 많이 하지 마……. 너 아직 다 안 나았어!"

명수는 정인이 무어라 말을 많이 하기라도 한 것처럼 차갑게 말하고는 문을 쾅! 소리가 나게 닫고 나가버렸다. 미송의 입가에서 긴 한숨이 새어 나왔다.

"내가 이 얘기를 너한테 해야 되는지 어떤 건지 나도 모르겠다."

명수가 나가고 나서 잠시 침묵을 지키던 미송이 낮은 목소리로 중얼거렸다.

"누가 널 여기로 데리구 왔느냐구 물었지? 그날 오후에 명수 오빠가 전활 했었어…… 예감이 이상하니까 너한테 가보라구……. 명수 오빠가 니 꿈을 꾸었대."

미송은 천천히 말을 꺼낸다. 아주 나쁜 소식을 전해주는 것처럼 미송의 목소리는 떨리고 있었다.

"가보니까 너 쓰러져 있었구…… 네가 찌른 게 다행히 동맥이 아니라 정맥이었구……. 명수 오빠가 앰뷸런스를 보냈어……."

성인이 아기를 낳던 날도 명수는 꿈을 꾸었어…… 그 날도 명수는 생전 하지 않았던 전화를 했었고 그리고 정인에게 달려와서 그녀를 병원까지 데려다주었었다. 정인은 방금 명수가 나가기 전 던진 그 충혈된 눈빛을 생각한다. 그러자 쇠약한 그녀의 가슴이 뛰기 시작했다.

"신고 와서 명수 오빠가 제 피를 수혈해주었어. 정인이 너한 테 말이야……. 병원 피 못 믿겠다고 명수 오빠가 고집을 피웠지. 나한테만 한 소리지만……. 네 옆에 누워 있는 명수 오빠 보는데…… 명수 오빠 O형인데 네 피는 AB형이라, 굳이 그렇게 하지 않아도 됐다구 병원 사람들이 수군거리더라구……."

미송은 말을 더 잇지 않는다. 듣고 있는 정인의 표정이 그 자리에서 우뚝, 굳어진다. 제 몸을 흐르고 있는 피 중의 일부가 명수의 것이라는 생각이 그녀 자신의 몸뚱이에 갑자기 이물감을 느끼게 했다.

"그때 생각했어, 나도 이젠 모르겠다구."

미송은 말을 마치고는 자리로 돌아와 앉는다. 연주가 미국으로 떠나버린 일을 미송은 정인에게 말하지 않는다. 명수가 정인을 위해 피를 뽑는 것을 연주가 보았다면 어떻게 됐을까. 명수하고 정인이 대체 이 두 사람 어쩌자는 것인지, 미송은 겁이 난다. 겁이 나면서도 진작에 만났더라면…… 하는 생각이 그녀를 스쳐 지나간다. 아마 그랬더라면 적어도 정인은 이런 꼴로 이곳에 누워 있지는 않았을 것이다. 가끔씩 부부 싸움을 하고, 그래 그만 이혼해, 이혼하자구! 소리를 지르기도 했겠지만 그래도 이런 몰골로 정인이 실려 오지는 않았을 것이다. 하지만 삶에서 만일, 이라는 게 있었던가. 이미 저질러온 것을 우리는 삶이라고 부르는 것이다.

"어제 새벽인지 아닌지 어쨌든 밤에 니가 쭉 내 옆에 있었니?"

"밤에?"

"응."

"그건 왜?"

정인은 대답하지 않는다. 미송이 잠시 머뭇거렸다.

"……밤엔, 명수 오빠가 여기서 널 지켰어……. 말은 안 했지만 오빤 네가 깨어나서 다시 죽으려고 할까 봐 걱정이 되었나 봐."

울음소리……. 한 남자의 울음소리가 떠올랐다. 그건 환청이었을까. 귓가에 새삼 그 울음소리가 왕왕거린다. 정인은 더 생각하고 싶지가 않은 얼굴이었다.

저녁이 내릴 무렵 누군가가 문을 두드렸다. 남호영은 초췌한 얼굴이었다. 그가 들어서자 미송의 얼굴이 굳어진다. 따라서 굳어지던 정인이 오히려 빨리 담담함을 되찾는다. 그날, 비가 내리던 날, 찾아간 정인을 냉대하던 그의 얼굴이 아주 오랜 옛날처럼 가물거린다. 우린 이미 그만 만나기로 하지 않았습니까, 묻던 그 존대 말씨…… 흙탕물이 종아리에 튀어 오르던 기억들이, 하느님 제발 그가 이 흉한 제 종아리를 바라보지 않게 해주세요, 기도하던 그날이 먼 옛날처럼 정인을 스쳐 지나간다. 비 냄새가 그날의 그의 몸에 묻어 있다게 그를 바라 쳐쳐에 이 사이를 끼마 갔다 정말 단지 사흘의 시간만이 나를 스쳐 지난 걸까, 저승과 이승을 휘돌아 다시 30년을 산 것처럼 정인은 지나온 시간이 낯설었다.

"앉으세요, 남 선배."

미송이 엉거주춤 의자를 내어준다. 남호영은 창백한 얼굴로 주스 박스를 미송에게 내밀고는 거북한 듯 미송을 바라다본다. 앉으라고 권하긴 했는데 남호영의 얼굴을 더 보기 싫은 듯, 미송이 화가 난 얼굴로 탁자에 놓인 담배와 라이터를 들고 밖으로 나간다. 미송은 정인이 의식을 찾지 못하고 있던 때에 남호영이 한 번 찾아와 주스병을 놓고 갔다는 말을 아까 했었다. 그때 미송의 얼굴은 다들, 왜 이러구들 살아야 하나, 그런 얼굴이었지만 막상 정인이 깨어나고 세 사람이 대면하게 되자 화가 나는 모양이었다. 미송이 나가는 뒤통수를 보며 남호영은 또 엉거주춤 자리에서 일어났다 앉는다.

"결혼 준비는 잘 되어가세요?"

정인이 물었다. 남호영은 대답 대신 입술을 앙다물더니 주머니를 더듬거렸다. 담배를 찾는 모양이었다. 정인은 남호영에게 고개를 돌려 그를 물끄러미 바라보다가 말했다.

"아마 이 병원 금연일 거예요."

남호영이 급히 시선을 떨구고 손에 쥐었던 담뱃갑을 도로 넣는다.

"……미안해요."

그는 무거운 목소리로 말했다.

"이런 일 처음도 아니시잖아요……. 전 괜찮아요."

정인이 담담한 목소리로 말했다. 언젠가 유화실이라는 여자가 자살을 기도했다는 소리를 들은 일을 말하는 것이다. 남호영의 얼굴에 순간 두려움이 어린다. 죽음에서 깨어나 태연히 말하는 이 여자, 이 여자는 누구일까, 하는 그런 눈빛이었다. 빗속에서 우산이 뒤집어진 채 쓰러지던 정인을 두고 휑 하니 택시를 타고 가버리던 남자는 이제 볏짚단처럼 누워 있는 바로 그 여자 앞에서 당황하고 있었다. 남자는 도무지 그날의 쌀쌀함, 그날의 위엄을 되찾지 못하고 있었다. 왜냐하면 이제 여자가 다른 태도를 보이고 있었기 때문이다.

"호영 씨 때문에 그런 거 아니에요……. 난 그냥 좀 쉬고 싶었던 거예요……. 제 말 이해할 수 있으시죠?"

정인의 목소리는 작고 힘이 없었지만 담담했다. 그랬기 때문에 한 치의 들어설 구멍도 없이 남호영을 탁, 가로막아버렸다.

"정인 씨, 난……."

남호영은 말하다 말고 목이 메는지 말을 끊었다.

"호영 씨가 말했었잖아요……. 언젠가 가시려는 걸 제가 붙잡은 날…… 나보다 조금 더 인생을 산 선배로서 말하자면, 안 되는 건 안 되는 거라구……. 나 그 말 아직도 기억해요."

대체 누가 아픈 거고 누가 문병을 온 것인지 알 수 없다. 듣는 남호영은 아무 말도 하지 못한다. 피곤한 듯 정인의 눈이 감겼다 뜨이고 감겼다 뜨인다.

"나 화실이하구 헤어졌어요……. 난 깨달은 게 있어요 . 그건…… 내가 정인 씨를……."

남호영은 더듬거리다가 손을 뻗어 정인의 손을 잡았다. 정인의 손이 그의 마른 손 안에서 움찔하다가 그대로 멈춘다.

"미안해요……. 내가 착한 정인 씨를…… 욕되게 했어요. 날 정말 사랑해준 사람은 당신뿐이었어요. 그날 그렇게 보내구 맘이 너무 안 좋아서…… 오후에 가보았더니…… 정인 씨 피가…… 날 용서해주세요."

그가 다시 말했다. 울먹이는 목소리였다. 다시금 피곤이 덮치는 듯, 정인의 눈이 오래 감긴다. 담담하던 그녀의 얼굴 위로 고통이 지나가는 것 같았다. 죽으면 모든 것이 끝난다고 누가 말했을까. 그건 산 사람의 생각일 뿐이었다. 만일 죽어보았는데 그런데 거기서도 이런 상황들이 계속되고 있다면……. 정인은 링거가 꽂힌 손을 들어 이마에 얹었다. 설사 다시 죽어버린다고 해도 더 도망칠 곳이 없다는 생각을 하자 그녀는 힘들어졌던 것이다.

남호영이 고개를 떨구었다. 그때 다시 문소리가 들렸다. 미송이 돌아오나 싶었는데 퇴근을 한 끝인지 양복 차림의 명수가 들어서고 있었다. 명수의 걸음걸이마다 풍기는 옅은 술 냄새가 정인의 예민한 코를 자극한다. 세 사람은 잠시 망연한 표정이었지만 명수의 눈이 금세 남호영에게로 향한다. 정인의 손을 잡고 있던 남호영이 엉거주춤 일어섰다. 그 손길을 명수의 시선이 날카롭게 스쳐 지나갔다. 남호영은 명수가 정인의 친정 오빠라도 되는 듯 고개를 떨군다. 무거운 침묵이 세 사람을 감쌌다. 링거 병에서 투명한 액체가 똑똑 떨어지고 있었다. 정인은 명수에게 나는 시큼한 술 냄새가 불길해진다. 아니, 불길한 것은 꼭 술 냄새만은 아닐 것이다. 명수는 이전에는 결코 볼 수 없었던 그런 분위기를 풍기고 있었다.

"오빠, 인사해…… 남호영 씨야."

명수가 그 자리에 그대로 서 있다. 그의 얼굴이 왠지 고통스러워 보인다고 정인은 느낀다. 느끼는데 순간, 명수의 주먹이 남호영의 얼굴로 날아갔고 불시에 당한 습격으로 남호영은 비틀거리며 의자 저만치 날아가 떨어진다. 정인은 상체를 버럭 일으켰고, 어느새 명수는 쓰러진 남호영의 멱살을 잡아 올리고 있었다.

"오빠!"

정인이 비명처럼 소리를 질렀지만 그녀의 몸은 스르르 아래로 내려앉고 만다. 명수가 남호영의 멱살을 잡은 채로 낮게 말했다.

"너에게 두 가지 경고를 해두겠어. 니가 어떤 여자들하고 어떻게 놀아나든, 니가 어떤 소설을 쓰든 그건 내 알 바 아니야……. 하지만 첫째, 정인이 앞에 다시는 나타나지 말고, 둘째, 너 어디 가서 다시는 80년대에 민주화 운동 했다는 소리 하지 마! 알겠니?"

멱살을 잡힌 남호영의 얼굴 위로 웃음기 같은 것이 번진다. 정인은 알고 있다. 그가 저런 표정을 지을 때는 얼마나 참담한 순간인가를…… 그가 사라져버린 엄마의 이야기를 꺼낼 때도 그랬고, 그가 완성되지 않은 소설을 부둥켜안고 안 돼! 안 돼! 라고 소리를 지를 때도 그랬었다. 한 사람을 사랑하면 그에 대해 너무 많이 알아버리고 만다. 정인이 ##이 남호영을 떼며 허덕이며, 명수는 남호영을 끌어내 병원 복도 밖으로 내팽개치고는 문을 잠가버렸다. 망연해 있던 정인의 얼굴이 발끈하게 명수를 향한다. 명수는 그런 정인을 본체만체 병실 창문을 열어젖히고 담배를 피워 물었다. 그의 뒷모습으로 보이는 어깨가 힘겹게 오르락거린다. 여기가 병원이고 뭐고 의사고 뭐고 금연이고 뭐고 명수는 그런 얼굴이었을 것이다.

"넌 자존심도 없니."

명수가 물었다. 정인의 입술이 앙다물린다.

"니가 니 자신을 그렇게 하찮게 내팽개치는 거 이젠 정말이지 신물이 나! 꼴도 보기 싫다구!"

"그 사람…… 오빠가 그렇게 할 사람이 아니야……. 나한테 화가 났으면 나한테 내! 그 사람 적어도 오빠에게는 잘못하지 않았잖아……. 그 사람은 악할 수 없는 사람인 거야, 약해서 그래…… 약해서."

정인은 차분한 목소리였다. 명수가 대답하지 않았다. 대답하지 않았지만 뒷모습의 명수는 모든 것을 포기한 사람처럼 광포해 보였다. 그런 명수의 모습을 정인은 처음으로 본다. 사람은 모두 그림자 같은 이면들을 숨기고 사는구나 싶은 생각도 들었다.

"애기는 어떻게 할래?"

잠시 후 명수는 정인에게 물었다. 정인의 눈이 무슨 소리야, 싶은 표정을 지었지만 아주 짐작되는 바가 없지는 않았는지, 가슴이 덜컥, 하고 내려앉는 표정으로 변한다.

"미송이가 이야기 안 하디?"

그때 노크 소리가 들렸다. 명수가 담배를 끄고 가서 문을 열었다. 미송이 창백한 얼굴로 명수를 바라다본다. 명수는 그런 미송의 얼굴까지 외면해버린다. 미송이 담배 연기를 느끼고 명수를 집요하게 바라다보았다. 대체 왜 그래? 오빠 그래도 의사잖아, 하는 말을 참고 있는 표정이었다.

"몸 회복되는 대로 소파수술 하자고 내가 산부인과에 이야기해 놓았어."

미송이의 존재는 무시한 채 명수는 말을 이어나갔다. 서늘한 표정으로 명수를 바라보고 있던 정인의 얼굴에 핏기가 싹 가셔버린다. 미송이 만류하고 싶은 눈빛으로 명수를 바라보다가 모르겠다는 표정으로 구석 자리에 가서 털썩 주저앉았다. 명수가 메스를 들고 정인의 배를 향해 돌진해오는 것처럼 정인은 자기도 모르게 배에 손을 가져다 댔다.

"새로 시작해! 훌훌 털고 새로 시작해."

창백한 정인의 얼굴이 명수에게로 향해 붙박인다. 그녀의 손은 아직도 자신의 배에 가져다 댄 채였다. 명수의 시선이 그런 정인을 지나쳐간다.

"감상적인 거 이제 그만해. 정인아, 그래 지금 마음으로는 아기 키우고 싶겠지. 그래도 생명인데 죽여서는 안 돼, 하고 생각하겠지. 하지만 사람에게는 그런 순간이 필요한 거야, 도덕이고 윤리고 간에 자기 자신을 지키기 위해 온 힘을 다해야 하는 그런 순간 말이야. 지금이 바로 네게는 그런 때야. 넌 지금 독하게 마음먹어야 되고……. 넌 이미 불행해졌고 앞으로는 행복해지는 것이 아니라 덜 불행해지기 위해 살아야 해……. 아무것도 생각하지 마. 죄는, 누구나 지어! 다만 그 죄가 허용된 것이라면 눈 딱 감고!"

"나한테 왜 이러는 거야? 오빠."

정인이, 만일 서 있었다면, 뒤로 물러서려는 자세로 명수의 말을 막았다.

"명수 오빠, 정인이 겨우 오늘 깨어났어……. 이제 그만해."

미송이 만류했지만 명수는 들은 체도 하지 않았다.

"나도 네 인생에 관여하고 싶지 않았어. 지금도 관여하고 싶지 않구! 앞으로도 그러구 싶어……. 그러구 싶었지……. 남호영 그 새끼가 나한테 잘못한 거 없다구? 악한 게 아니라 약한 거라구? 그래, 그렇게 따지자면 나쁜 놈이 어디 있겠니? 하지만 관계에서 나쁘면 그게 나쁜 거야……. 그런데도 뭐? 그 사람한테 왜 그러냐구? 내가 왜 이러는지 네가 정말 그걸 몰라서 묻는 거니?"

명수는 들이대듯 정인에게 퍼부었다. 미송이, 저 사람이 정말 의산가, 싶은 눈길로 망연히 명수를 바라보고 있는데 정인은 그저 무너지듯 시선을 떨군다. 몸속을 돌고 있는 반쯤이나 되는 명수의 피가, 그 붉은 피돌기들이 쿵쿵 쿵쿵 혈관을 때리며 정인에게 말하는 듯했다. 명수가 왜 그러는지…… 그걸 정인은 정말 모르고 있었던가. 단 한순간이라도 외면할 수 있었던가. 정인은 하지만 아직도 반이나 남아 있는 자신의 피의 힘을 안간힘으로 느끼며 입을 열었다.

"그런 식으로 이야기하지 마, 평생을 언제나 내게 그런 식이었지.

오빠…… 이 세상에 불쌍한 사람 많아…… 내가 아니라, 저 밖에!
거지도 있고 창녀들도 있고…… 내가 아니라."

이를 악물고 소리를 지르다가 정인은 그만 풀썩 눈을 감아버린
다. 몰라서가 아니라, 누가 깊은 밤 정인의 침대맡에 앉아 울고 있
었는지, 누가 그녀에게 베개를 바로 베어주었는지, 대체 누가 흰 장
미를 저렇게 한 아름 사다가 꽂아놓았는지 그걸 모르는 게 아니
라, 아니 모르고 알고 그런 문제가 아니라, 처음부터 우린 이미 늦
어 있었던 거야…… 그런 생각이 들어버렸던 것이다.

자운영꽃 같은 여자

정육점에 들어가 고기를 사고 나오다가 명수는 아기용품을 파는 집 앞을 지나간다. 곤혹스러움이 그의 얼굴을 스쳐 지나간다. 몇 걸음 그렇게 아기용품집 앞을 스쳐 지나가다가 명수는 다시 돌아와 아기용품을 파는 집에 들어간다. 다시 나온 명수의 손에는 꾸러미 꾸러미가 들려 있다. 겨울이 지나가고 이제 봄이 오려는지, 볕은 다사롭지만 바람은 아직 차갑다. 그래도 명수는 느낀다. 여기저기서 봄이 오고 있는 기미를. 토요일 오후 명수는 원주에서 올라오는 참이었다. 지난여름 명수는 레지던트 과정의 1년을 원주에 있는 학교의 방계 병원으로 발령을 받았었다. 버스를 타고 오는 중에 내내 창밖으로 보이는 풍경, 아직 겨울의 잔해도 다 떨구지 못한 마른 갈색의 나무마다 하지만 푸르스름한 기운이 가득하고 지금 명수가 보따리를 들고 걸어 올라가는 골목길, 아가씨들의 짧은 치마가 아니라도 사람들의 얼굴에 이미 봄은 와 있는 것처럼 보인다. 여름이나 가을, 그도 아니면 겨울과는 다르게 봄이 가까이 오면 사람들의 표정에는 기다림이 드러나기 시작한다. 그러므로 봄은 기다림이라는 이름인지.

이 봄 어디선가 강물이 흘러가고 있을 것이다. 넘실넘실 수면 위에는 뿌연 바람을 가득 뿜어내며 연한 파도를 넘실거리고 있을 것이다. 공장에서는 기계들이 꽃무늬 프린트의 직물을 찍어내고 벌레들은 알에서 깨어나 꼼지락거리고 있을 것이다. 봄…… 보는 계절, 그저 바라보고 견디는 계절…… 명수는 대학에 들어온 이후 아주 오랜만에 또다시 계절이 제 속으로 걸어 들어오고 있다는 걸 느꼈다.

—일단 오려무나. 와서 시작하자.

며칠 전 연주와의 통화에서 그는 그렇게 말했다. 아니 며칠 전뿐만 아니라 한 달 전에도 그는 언제나 그렇게 말했었다. 사랑이라니, 라고 늘 생각하던 명수였다. 그래, 스승이 말했고 미송이 암시했고, 연주가 발끈했던 대로 정인을 사랑한다고 친다 해도, 백 번 그렇다고 해도, 명수는 제 일에 대해서 책임을 지고 싶었다. 결혼은 잠시의 공백으로 깨어지는 그런 빛이 나 이 일 에이어 가는 제 자리 고 있었다. 사랑이라는 것은 눈이 맞고 가슴이 울렁거리고 단지 그런 것만은 아니라고. 사랑이라는 것은 시간을 따라 쌓아가는 하나의 성채 혹은 멀리멀리 두고두고 흘러가야 할 강물이었다. 사랑한다고, 적어도 그렇게 말할 수 있다면 그건 남아 있는 시간들을 어떻게 애쓰며 채워나가느냐의 문제였다. 그랬기 때문에 그는 연주를 공항까지 바래다주었고 시간이 흐르면, 이라는 생각을 했던 것이다.

─명수 씨가 날 깨우쳐주었어. 나도 이제는 진짜 내 사랑을 찾아야 할 것 같아……. 미국이라는 나라, 와보니까 생각만큼 나쁜 곳도 아니구……. 잘못된 결정들은 누구나 하는 거야. 다만 그 결정에 얽매여서 세월을 흘려보내는 것이 잘못이지. 그렇게 생각했더니 마음이 편해. 명수 씨가 꼭 날 사랑하지 않았다고 생각하는 것도 아니구…… 다만, 우린 서로 생각이 달랐던 거야.

연주는 담담한 목소리였다.

─서류 정리해줘. 엄마한테 이야기 해놓았으니까 조만간 연락이 갈 거야.

명수는 연주에게, 혹시 남자가 생긴 것이 아니냐고 묻지 않았다. 서류 정리가 무슨 의미인지 명수는 애써 외면하고 있었다. 하지만 명수는 원주에서 매주 토요일, 특별한 일이 없는 날이면 서울로 올라왔고 정인에게 들렀다. 정인이 낳은 두 번째 아이는 딸이었다.

─대체 이게 무슨 일이야. 오빠가 내 두 아이를 다 받아주고……. 오빠가 민호 낳을 때 그랬었지. 고통이 고통스러운 것은 그것이 언제까지나 끝나지 않을 것처럼 우리를 속이기 때문이라구……. 난 이제 알아. 이 아픈 거 끝날 거라는 거. 끝나고 나면 언

제 그랬냐는 듯 아무렇지두 않을 거라는 거. 그런데 그래두, 아픈 건 아프다…….

두 번째 아이였기 때문일까. 정인은 분만실로 들어가면서 명수를 향해 여유 있게 미소 띠며 말했다. 지금 웃음이 나오니, 싶은 생각이 들었지만, 명수는 정인이라는 여자, 참 대책이 없구나, 그런 생각을 했다. 하지만 그 대책 없음을 명수는 사랑했었다. 그것이 이 세상에 나와 가장 잔인한 방법으로 상처 입고 망가져가는 것을 가장 못 견뎌한 것도 그였다.

정인의 집은 작은 연립이었다. 명수가 서울의 아파트를 빼서 연주에게 보내고 남은 돈을 정인에게 내밀었던 것이다. 물론 정인은 그 사실을 알지 못했다. 그저 미송이 대출을 받아준 것이라고 알고 있는 모양이었다. 벨을 누르자 잠시 후, 누구세요? 높은 톤의 명랑한 목소리가 흘러나왔다. 나야, 명수는 출장에서 돌아오는 남편처럼 말했고 정인이 문을 열었다.

집 안은 아이의 냄새로 가득 차 있었다. 아니, 그건 어머니의 냄새였을까. 기분이 좋은 옅고 부드럽고 달콤한 냄새…….. 정인은 손에 아이의 기저귀를 든 채로 명수를 맞는다.

"밖이 따뜻하지? 오늘은 빨래를 해서 잔뜩 널었어…….."

정인은 노래하듯 밝은 얼굴로 말했다. 사가지고 온 선물 꾸러미를 내밀고 명수는 방에 들어가 섬른 아이의 ▨▨▨에 ▨▨기, ▨가에는 연분홍 물방울무늬가 있는 흰 커튼, 천장에는 곰돌이 모빌이 걸려 있고 따스한 봄 햇볕이 방 안의 커튼에 넘실거리고 있다. 만일 우리가 예전에 결혼을 했었더라면, 하는 생각이 어쩔 수 없이 명수의 마음속으로 떠올랐다. 만일, 그랬더라면 다른 누군가가 두 사람에게 끼어들기 전에 새끼손가락을 잡아 건 채로 푸르른 생을 두고 맹세하고 나서, 아직 모욕받지 않았던 입술을 마주했더라면, 그랬더라면 우리는 이렇게 살고 있었겠지, 하는 생각 때문에 명수의 얼굴은 아주 굳어졌다.

"차 한잔 줄까? …… 밥은 먹었어?"

유자차를 두 잔 타가지고 들어서며 정인이 다시 묻는다. 명수는 잠든 아이의 분홍빛 이마를 내려다보고 있다. 길고 짙은 속눈썹, 어린 시절 정인의 얼굴이, 아이의 얼굴에 상처 입지 않은 원형으로 드러나 있다. 명수는 순간 그 아이의 얼굴에서 남호영의 흔적을 찾고 있는 자신을 느낀다. 아이의 얼굴에 남호영의 윤곽이 없는 것에 안도를 느끼는 것이다. 하지만 이 아이는 명수 자신이 소리를 질러가면서 없애라고 한 아이였다. 그래서 아이에게 두고두고 속죄하자고 혼자 생각했었지만 그는 이제껏 한 번도 아이를 안아본 일은 없었다.

"오는 길에 휴게소에서 먹었어."

명수는 코트도 벗지 않은 자세로 정인이 내미는 유자차를 한 모금 마신다.

"아이 이름은 정했어. 효빈이라구…… 새벽 효 자에 빛날 빈, 어때?"

명수는 대답하지 않았다.

"오빠가 오면 물어보구 내일 동회 가서 신고하려구."

"그걸 왜 나한테 물어?"

만일 정인이하고 나하고 우리였다면, 하는 생각 때문에 얼핏 당황해서 명수가 퉁명스레 대꾸했다. 하기는 그도 그럴 일이었다. 정인의 시선이 아래로 내리깔린다.

"오빠가 살려낸 애기잖아……. 나를 살려낸 애기기도 하구."

정인은 긴 치마의 한 무릎을 세우고 그 위에 팔꿈치를 괴며 말했다. 그런 정인의 얼굴 위로 잠깐이었지만 지난날의 회한이 스쳐지나간다. 어머니가 저수지에 빠져 죽어요! 외쳐대던 정인이, 퉁퉁부은 얼굴로 명수의 손을 붙들고 아이를 낳으러 가던 정인이, 현준에게 맞은 채로 푸릇한 멍을 스카프로 감추고 있던 정인이, 그리고 지난여름 파란 얼굴로 앰뷸런스에 실려 오던 그녀, 명수는 유자차를 다시 한 모금 마시고는 주머니 속을 부스럭부스럭 뒤져 봉투를 내밀었다.

"뭐야?"

두툼한 봉투를 바라보며 정인이 물었다

"나…… 이제 못 와."

명수가 말했다. 오래 생각한 일이었다는 듯, 명수의 표정은 굳어 있었다. 정인의 시선이 하얀 종이봉투에 가서 붙박인다.

"휴가를 내서 미국에 다녀오려구……. 현주가 원한다면 거기 눌러앉을 방법을 생각해보든지……."

TV 수상기 위에 얹힌 가습기가 휘휘휘휘 소리를 내며 하얀 안개를 뿜어내고 있다. 덜컹, 바람이 창문을 흔들며 지나간다. 시계가 새삼 톤을 높여 째깍였던가.

"이거 도로 넣어."

정인이 봉투를 들며 명수에게 말했다

"받아둬. 당분간 아이 때문에 일도 못할 텐데."

"……."

"사람이 받을 줄도 알아야 하는 거야."

"주지도 못하고 받기만 해야 하는 사람의 마음을 오빠는 몰라."

"왜 항상 네가 무엇을 주어야만 한다고 생각하지?"

"……."

"그냥 니 자신의 존재가, 네가 한 손으로 입을 가리고 웃을 때, 네가 재잘거리며 이야기할 때, 네가 어딘가를 멍한 시선으로 바라볼 때, 그걸 바라보는 사람에게 네 존재가 주어지는 거야……. 왜냐하면 넌 이 세상에 하나밖에 없는 정인이니까."

정인이 명수를 바라보았다. 명수가 그 시선을 받아들이자 정인의 눈가에 반짝, 물기가 어렸다.

"내가 오빠를 어렸을 때부터 말이야…… 한 번도 변함없이 사랑했었다는 거 알아?"

명수의 얼굴이 굳어진다. 정인이 이토록 담담하게 자신의 마음을 열어 보이는 것은 처음이었다. 마지막이라는 생각 때문이었을까, 정인은 아무 거리낌이 없어 보였다. 그랬을 것이다. 떠나는 사람이기 때문에 정인은 담담하게 말할 수 있었을 것이다. 하지만 왜 대체 사람은 항상 마지막 순간에야 입을 여는 것일까, 왜 지나가버린 다음에야 알게 되는 것일까, 그러니 우리는 언제까지나 뒤돌아보면서 살아야 하는 것일까, 그때는 이래야 했어……. 하지만 정인에게 자신이 느꼈던 수많은 마지막 중에서 이번은 정말 마지막이 될 수 있는 것일까. 명수는 잠든 아이의 솜털 같은 머리칼을 바라본다. 저 생명, 저 무고한 생명들은 이제 자라면서 얼마나 상처를 입고, 얼마나 먼 길을 헤매 다녀야 평화로움에 다다를 수 있을까, 하는 생각이 아득하게 그의 머리를 스쳐 지나갔다.

"어떤 사람이 진정으로 원한다면 모든 것을 이룰 수 있다고 이제 나는 생각해. 행복이나 불행까지도 말이야. 사실은, 불행조차도 우리 마음속에서 우리가 원해서 오는 법이야……. 다만 우리는 그게 우리가 원해서 얻어진 거라는 걸 죽는 날까지 모르고 살 뿐이지. 내가 살아온 날들을 되돌아보면 그래…… 언제나 몇 가지 길이 놓여 있었어. 설사 행복에 이르는 길은 아닐지라도 조금 덜 불행해질 수 있는 길이…… 하지만 나는 언제나 가장 나쁜 쪽을 택했던 거야. 그럴 때마다 이게 가장 최선의 선택이라는 것을 한 치도 의심하지 않았지. 나는 아주 어릴 때부터 남을 불행하게 만드는 사람이었어……. 내가 태어난 후 아버지가 영 집을 떠났다는 것이 내 운명이었지, 그것이 운명이었다면 말이야…… 민호 아빠 그리고 님호형 씨까지 너를 만나고 다시 나쁘게 변해가는 걸 보면서 나는 그것을 확신하게 되었던 것 같아……. 누구든 내가 사랑하는 사람은 불행해진다고, 내게는 사랑하는 사람을 해치는 나쁜 저주가 붙어 있다고 말이야…… 그랬지. 그래서 오빠를 절대로 가까이해서는 안 된다고 생각했어. 나는 나쁘게 될 소지가 많은 사람, 절대로 나를 행복하게 해주지 못할 사람만 선택했던 거야. 날 따라다니는 저주는 아버지가 아니라 바로 그런 선택들이었어. 나에게 친절한 사람들을 소홀히 대하고 나에게 불친절한 사람에게 지극한 마음을 쏟아붓기…… 빈 구석이 많은 사람만 사랑하지, 그래야 그 사람들이 날 버리지 않을 것 같았거든……. 그래서 오빠가 결혼을 한 다음에야 나는 그 사람하고 이혼을 결심할 수 있었던 거야. 오빠…… 오빠, 내 원죄였거든."

명수는 참담한 표정이었다. 정인은 흐트러지지도 않은 머리칼을 가만히 쓸어 올렸다.

"이제는 얼핏 알 것도 같아. 사랑한다는 것은 오래 지켜봐주는 거라는 거. 지금 하늘이 무너지면 그 사람 달려와줄 거다, 생각하게 하는 거. 그래서 하늘이 무너진 채로 나를 내리 짓누르는 시간을 희망으로 견딜 수 있게 해주는 거……. 오빠는 그걸 내게 해줬어. 실패한 사랑에서 얻은 상처를 이 세상에 대한 상처, 사람에 대한 상처로 남기지 않게……. 난 말야, 아무에게도 그걸 못해줬어. 심지어 우리 민호한테까지."

정인은 굳어진 명수를 향해 설핏 웃었다.

"이 돈은 넣어둬. 나 곧 이사 가게 될 것 같아……. 집 빼서 미송이한테 은행 대출금 받은 거 갚을 거야."

명수가 의아한 눈빛으로 정인을 바라본다.

"먹고살 길이 막연하긴 했어…… 난 학벌도 없구 집안 배경두 없구……. 애기 낳구 쉬는 동안 미송이네 출판사 컴퓨터 편집 시스템으로 바뀌었나 봐. 그런데 아주 재미있는 일자리가 들어왔어. 밥하구 빨래 해주구 애기 봐주는 거……."

"파출부?"

설마, 명수의 얼굴이 굳어지며 정인에게 물었다.

"그 집에 사는 거니까 파출부는 아니지…… 교통사고로 남편이랑 애기랑 모두 잃은 분이야. 그때 임신 팔 개월이었던 그 사람만 간신히 살아서 아이를 조산했다나 봐. 그분이랑 같이 살기로 했어. 아이 보구 빨래하구 집 안 치우고 요리하는 게 난 그렇게 재미있었거든……. 할 줄 아는 게 그것밖에 없기도 했고…… 그래서 빨리빨리 결혼하구 싶었던 거잖아……. 그쪽도 딸이라니까 우리 효빈이하구 쌍둥이처럼 키울 거야."

우리 효빈이, 하는 정인의 얼굴이 부드러이 밝아진다. 순간 그녀의 얼굴은 누구도 범접할 수 없는 천연의 모성으로 빛나고 있었다. 명수는 웃는 정인의 얼굴을 빤히 바라본다. 누구도 저 여자를 짓밟고 지나갈 수 없으리라. 누군가 다가와 그녀를 아무리 짓밟는다 해도 결코 밟힐 수 없는 여자…… 먼지를 덮어쓰고 시들어 내리다가 비 한번 내리면 싱싱하게 고개를 들었던 자운영꽃 혹은 여뀌풀처럼. 그래, 저것이 정인이었지. 상처 입은 채로 명수에게 참담한 얼굴로 도움을 청하던 것이 정인이가 아니라, 명수는 생각한다. 정관에게 코피가 터지도록 매를 맞고도 명수가 젖빛 갈대를 쥐어주면 와아, 금세 얼굴이 밝아지던 소녀의 환영이 명수를 스쳐 지나간다. 그랬다. 그게 정인이었다. 명수는 순간 처음으로 정인을 안고 싶었다. 한평생을 곁에 두고 살았으면서 제대로 손 한번 잡아보지 못했던 저 여자를 한 번만 품에 안고 등을 토닥여주고 싶었다. 그 볼에 자신의 볼을 맞대고 그녀의 얼굴에 아슴푸레 돋아 있는 솜털을 느껴보고 싶다고……. 괜찮아, 그래 정인아 이제 괜찮아, 말해주고 나서 그녀가 고른 숨소리를 내며 잠드는 것을 지켜보고 싶었던 것이다. 명수는 두 손을 맞잡고 천천히 비볐다.

"밥 잘 먹고…… 떠나기 전에 전화를 한번 할게."

명수는 주섬주섬 벗지도 않은 재킷을 여미며 말했다. 하지만 간다고 말해놓고도 명수는 선뜻 일어서지 못한다. 명수는 망설이다가 천천히 새근거리며 자는 아이에게로 손을 뻗었다. 효빈을 안은 명수를 바라보는 정인의 얼굴에 움찔 경련이 지나가는 것 같기도 하다. 한 번도 제 아이를 안아보지 못한 명수는 어색하게 아이를 안고 연분홍빛 아이의 얼굴을 들여다본다.

"효빈이……는 정말 예쁜 여자가 되겠구나……. 정인이 널 꼭 닮았어."

"……내가, 오빠한테 예쁜 사람이었나?"

정인이 물었다. 명수는 가만히 고개를 끄덕이더니 아이를 뉘어놓고 자리에서 일어났다.

현관으로 나가려다가 명수는 잠깐 따라 나오는 정인을 뒤돌아보았다. 정인이 담담한 눈동자로 명수를 바라보았다. 하지만 명수는 보고 만다. 그녀의 속눈썹이 파르르 떨리고 있었다.

"우리 정인이하고 악수 한번 할까?"

명수의 가슴속으로 짜르르, 쓰라린 것이 흘러내린다. 정인이 손을 내밀었다. 명수는 내민 정인의 손을 잡고 그녀의 손에 붉게 그어진 상흔을 바라보았다. 시선을 느낀 정인의 손이 명수의 손 속에서 미세하게 꿈틀거린다. 짜르르, 쓰라림이 흘러내리던 명수의 가슴 한 귀퉁이로 조금씩 균열이 생기기 시작했다. 그날, 정인이 파랗게 된 얼굴로 병원에 실려 왔을 때 그의 머릿속으로 하얀 섬광들이 소낙비처럼 내리꽂혔었다. 그때 명수는 생각했었다. 하느님, 아직은 안 됩니다. 아직은 이 여자를 이 세상에 살아 있게 해주세요. 꼭 내 곁이 아니라도 이 세상에만 살아 있어서 나랑 같이 한 해에 하나씩 나이를 먹게 해주세요. 이 여자도 한 번쯤 이 세상을 따뜻하고 행복한 곳이라고 생각하며 밤에 잠들 수 있게……. 그때도 명수는 실려 온 그녀의 손을 놓지 못했었다. 그런데 지금 이 순간 이 마주 잡은 손, 그는 또 마지막이라는 말과 마주친다. 하지만 언젠가 자신이 결혼을 한다는 걸 정인에게 알리고 시외버스 터미널에서 마주쳤을 때도 명수는 생각했었다. 이건 마지막이 아닐까하고……. 그러니 이번 마지막은 정말 마지막이 될 수 있을까……. 자신의 피가 정인의 서늘한 혈관 속으로 들어갔었다. 그럼 그런 정인과 자신은 이미 우리가 아닐까……. 명수는 그제야 손을 놓았다. 정인이 명수에게 잡혔던 손을 연갈색 치맛자락에 쓰윽 문지른다.

"너한테 한 가지 부탁을 해도 될까."

명수가 말했다.

"밥 잘 먹구, 영악하게 살아."

정인이 미소를 지으며 대답했다.

"그래 밥도 잘 먹구, 영악하게 오래오래 살아야 해."

정인의 눈길이 쓸쓸하게 아래로 떨어져 내렸다.

"죽는 건 쉬운 거야…… 어려운 건 힘들게라도 살아내는 거야. 넌 오래오래 살아서 내 장례식에 와주어야 해, 약속해주겠니?"

"왜 그런 말을 해?"

정인이 고개를 들었다. 장례식이라는 말 때문이었을까, 정인의 눈에 눈물이 핑 돈다.

"난 네 장례식에 갈 수 없을 거야…… 아마 심장이 터져버리겠지."

명수도 대담해진다. 아마, 정말이든 아니든 마지막이라는 생각 때문이었을 것이다. 아니, 사실은 마지막이 아니라는 걸 알고 있었기 때문인지도 모른다.

"나오지 마라. 나 갈게."

명수가 말했다. 내내 숙이고 있었던 정인의 고개가 들려졌다. 여자의 눈동자 속에서 바람이 불고 있다. 아니, 바람은 현관 밖에서 불고 있었던가.

"들어가."

명수는 신발을 신으면서 다시 말했다.

응, 하고 대답해놓고 정인은 명수를 따라 신발을 신고 현관을 나섰다. 아까 명수가 정인의 집으로 올 때 따사롭던 햇볕은 사라지고 하늘은 우중충하게 변해 있었다. 차고 메마른 바람이 휘이휘이 불어대고, 어느 집 지붕에 쌓여 있던 낙엽들이 회오리처럼 따라 오르다 쓰러진다. 이제 겨울이 가고 봄이 올 것이다. 겨울에서 봄으로 가기 위해 바람은 한동안 갈피를 잃고 헤매일 것이다. 지난 가을에 이 지상으로 내려와 한겨울을 죽은 듯이 엎드려 있던 낙엽들도 일어나 허공을 떠돌다가 땅속으로 들어가게 되리라.

봄이 와야 하니까. 지구의 자전축이 기울어진 이래로 수만 년을 반복되었던 계절조차도 이렇게 힘겹게 몸을 뒤척이며 앞으로 나가는 것이다. 변한다, 라는 이 세상에서 유일하게 변하지 않는 진실조차도 아픔을 동반하는구나, 명수는 생각한다. 아프다고 해서 변하지 않는 것도 아니듯이. 하나의 사물이 다른 사물에게 제자리를 내줄 때 따라오는 혼돈…… 바람은 그렇게 혼돈스레 정인의 머리칼을 날린다.

"들어가라니까. 아기 깨면 어쩌려구……."

"응."

정인은 몇 발자국 걷다가 그 자리에서 멈추어 섰다. 손을 흔들고 돌아서서 걷다가 명수는 다시 뒤를 돌아보았다. 어지러운 바람 때문에 다시 고개를 내민 엷은 햇살이 정인이 비서며 피기나간 비쌔니 부서지고 있었다. 명수는 일순 걸음을 멈추고 그 자리에 선다. 정인이 엷게 미소를 지었다. 명수도 웃는다. 멀리서 그 두 사람의 눈길이 마주친다. 이제 저 눈길은 더 멀어질 것이다. 그리고 마음이 남겠지. 마음속에서 폭탄이 터져버리는 것처럼, 내 마음을 내가 어쩌지 못하는 그런 순간이 있을 것이다. 한 폭탄이 터지고 나면 그 파편들을 다 수습하기도 전에 또 다른 폭탄이 터지고, 그래서 마지막에는 그저 입술을 앙다문 채로 표정을 굳히고 제 마음속에 폭탄이 터지는 것을 물끄러미 바라볼 수밖에 없을 것이다. 동료들과의 회식 자리를 파하고 돌아서서 혼자 걸을 때, 모든 걸 포기하고 그녀에게 달려가고 싶은 격정도 울컥거릴 것이다. 명수는 휘이 휘이 부는 바람 때문에 펄럭이는 재킷을 여미며 두 손을 주머니에 찌르고 돌아서서 걸었다. 하지만 사랑이 강물이라면, 아니 성채였다면 그건 이미 흐르고 있었고, 그건 이미 쌓아온 것은 아닐까, 모든 것은, 늦었지만 사실은 이미 시작되고 있었던 것은 아닐까, 하는 생각 때문에 그는 혼란스러웠다. 그래서 그때 아직도 거기 서서 명수를 바라보고 있는 그녀를 그는 결코 돌아보지는 않았다.

착한 여자

두 젊은 엄마는 각자 아이를 업고 노래를 부르고 있었다.

우리 아기 착한 아기 잘도 자고 잘도 논다
우리 아기 잠잘 적에
꼬꼬닭아 울지 마라 멍멍개야 짖지 마라
금자동아 은자동아 우리 아기 귀염동아

처음에는 이인혜의 아기 민정이가 깨어났고 그래서 옆에서 자
던 효빈이마저 깨어나 두 엄마는 각자 뜨개질을 하고 소장을 쓰다
가 달려왔다. 처음에는 정인이가 제 아이를 안고 토닥토닥 노래를

부르던 것이었는데 자장가가 반복되어도 아기들은 잘 생각을 하지 않았다. 정인은 그래서 다른 노래를 시작했는데, 동요를 부르다보니 그렇게 노래를 부르는 것도 재미가 있어서 두 여자는 가끔씩 눈을 마주치며 이제 자신들이 흥에 겨워 노래를 부른다. 처음에는 푸른 하늘 은하수, 동요로 시작했던 곡이 그래도 교육상, 이라는 생각 때문에 가곡을 휘돌았다가 나중에는 이것도 다 노래고 정서인데 싶어서 동백아가씨로 이어졌다. 아이를 업고 그 작고 부드러운 궁둥이를 토닥토닥거리며 두 여자는 수학여행 온 소녀들처럼 옛 노래들을 불러댔다. 제 엄마의 따뜻한 등에 업힌 채로 두 눈을 말똥거리는 아이의 눈동자 속에서 천장에 매달린 곰돌이 모빌이 천천히 돌아가고 있다. 서산 너머 햇님이 숨바꼭질 할 때면 저녁 먹고 놀러 나온 별이 하나 빛나죠. 아니 아니 아니죠, 그건 별님 아니죠. 서산 너머 외딴집에 등불 하나 켜졌죠……. 초저녁 별, 언제인지 모르는 어느 여름밤, 그 매캐한 모깃불 냄새, 저녁을 먹고 어른들이 평상에서 술을 마시며 두런거리는 동안 아이들은 골목길로 몰려나와 빗자루나 빨래판을 엉덩이 밑에 깔고 앉아서는 작은언니 정희가 해주는 무서운 귀신 이야기를 들었었다. 그럴 때 어린 정인이 바라보던 키가 큰 포플러는, 귀신들이 하늘에서 이 세상으로 타고 내려오는 무섭고 긴 사다리처럼도 보였었다. 하지만 그 배경 너머 후두둑 펼쳐진 검은 하늘에는 먼 곳에 매달린 등불처럼 별이 빛나고 있었다. 또 명수네 집이나 미송의 집에서 저녁을 먹고 늦게까지 새소년을 보다가 돌아오는 골목길도 있었다. 그때

온 세상에 비옥한 흙냄새가 푸짐하게 퍼지고, 벼들은 논에 발을 담그고 열심히 크고 있었다. 그녀의 작은 발자국에도 숨을 멈추던 벌레들…… 그래, 좋은 기억도 있구나. 그때 그 골목길에서 정인은 혼자라는 사실이 두렵지 않았었다. 아직 세상이 무섭지 않았던 그 때……. 깊은 우물에서 오래전에 잃어버렸던 작고 예쁜 구슬 하나를 건져 올린 것처럼 정인의 기억들이 따뜻하게 윤색된다. 엄마가 따뜻하고 편안해지자 등 위에 얹힌 효빈의 머리가 무거워 효빈은 이인혜가 부르는 가곡 '비가' 부분에서 잠들었고 민정도 연이어 잠이 들었다.

정인은 아이를 눕히고 거실로 나와 뜨개질감을 바구니에 넣어 놓고 어제 읽다가 만 책을 집어 들었다. 연회색 추리닝을 입고 소파에 한 발을 올려놓은 정인의 모습은 이제 편안해 보였다. 마치 비바람 치는 숲 속을 맨발로 걸어 집에 돌아온 방랑자가 이제 막 자신이 쓰던 방, 자신의 침대에서 깨어난 것처럼, 혹은 그 아침 눈을 떴을 때 엄마가 끓이는 된장국 냄새를 맡는 것처럼 그녀는 얼핏 나른해 보이기도 했다. 나른하다, 라는 표현은 정인의 삶에 한 번도 해당되지 않던 단어였는지도 모른다. 그래서였을까, 미송이 소개한 변호사 이인혜와 살기 시작한 지 한 달 남짓, 정인은 요즘 들어 얼굴이 참 편안해 보인다는 말을 많이 듣고 있었다. 정말 그래요? 물으며 정인은 가끔 거울 앞에서 생각에 잠기기도 했다. 그녀는 자신을 바라보기 시작한 것이다. 나의 코와 눈과 귀와 입술……. 내 얼굴이 이렇게 생겼구나. 손가락을 더듬어 가만히 윤곽을 만져보기도 했다.

효빈보다 삼 개월 이르게 태어난 민정이를 뉘어놓고 방에서 나오던 이인혜가 정인의 곁에 다가와 앉는다. 두 살이 많고 정인보다 키가 작은 그녀는 금테 안경 너머로 빤히 정인의 얼굴을 바라보았다. 책을 읽다 말고 시선을 느낀 정인이 인혜를 쳐다본다.

"왜 그렇게 보세요?"

"정인 씨가 예뻐서요."

인혜의 말에 서른두 살 먹은 정인이 머리를 묶고 있어서 그대로 드러나버린 그녀의 동그란 귓가가 금세 붉어진다.

"집에서 노래 불러보는 게 대체 얼마 만인지…… . 정인 씨 고마워요. 이런 재미도 있을 수 있는 거 나 처음 알았어."

정인은 인혜를 향해 방긋 웃었다. 그럴 때 정인은 얼핏 소녀 같아 보이기도 했다.

"하지만 고맙다는 건…… 그래요, 나 오늘 처음 내가 엄마라는 사실이 좋았어요…… . 내 말 이해하겠어요? 아이 업고 궁둥이 두드리면서 노래 부르는 거, 내가 한 생명의 엄마라는 거…… 이게 얼마나 좋은 건지 오늘 정인 씨가 내게 깨우쳐준 거예요."

말을 하는 인혜의 눈가에 살짝 눈물이 고인다. 정인은 그녀를 향해 미소를 짓다가 설핏 고개를 숙인다. 두 여자 사이로 침묵이 서서히 내려앉는다. 둘 다 엄마가 얼마나 좋은 건지 알 수 없어서 그렇게 기쁜 마음으로 노래를 부르며 업어주지 못했던 그들의 첫 아기를 생각했을 것이다.

"정인 씨, 우리 기념으로 포도주 한잔하지 않을래요? 어때요?"

"그래요."

정인이 자리에서 일어나려 하자, 인혜가 정인의 팔을 잡았다.

"정인 씨 오늘 하루 종일 아이들하고 수고했는데 그냥 앉아 있어요. 내가 할게요."

인혜는 모처럼 일찍 퇴근한 남편처럼 호쾌하게 말했고 정인은 그 자리에 앉는다. 남편과 큰아이를 교통사고로 그 자리에서 잃고 자신만 기적적으로 살아나 뱃속의 아기를 조산한 여자…… 처음 미송으로부터 인혜를 소개받았을 때, 인혜는 아주 담담하고 당당한 표정을 짓고 있었다. 하지만 이야기를 나누면서 정인은 생각했었다. 저 여자는 안간힘을 다해 버티고 있구나…… 왜냐하면 정인은 깊은 상처를 입어본 사람이었고, 한번 깊은 상처를 받아본 사람들은 상처 입은 다른 사람들을 잘도 구별해내는 법이었다. 인혜는 그때 마치 누가 내 감정을 건드리기만 한다면, 난 여기서 목을 놓아 울어버릴 거야, 하는 표정을 짓고 있었던 것이다. 하지만 정인과 살면서 그런 인혜의 표정도 많이 부드러워지고 있었다.

인혜는 냉장고에서 연어를 꺼내놓고 채소를 찾기 위해 냉장고를 뒤지고 있었다. 냉동 훈제 연어를 꺼내 전자레인지에 삼십 초간 살짝 돌리고, 양파를 잘게 채 썰고 양상추를 곁들여 초에 절인 케이퍼 열매를 내놓고 마지막으로 레몬을 뿌리면 되는 간단한 요리였지만 인혜는 일요일에만 요리를 하는 남편처럼 허둥대고 있었다. 정인 씨 바구니가 어딨죠? 정인 씨 양파가 베란다에 있었던가? 하는 바람에 하는 수 없이 정인이 일어섰고 그래서 둘은 함께 요리를 했다.

"예전에 남편 주려고 이보다 복잡한 요리를 어떻게 했었나 몰라."

부끄러운 듯 말하며 인혜가 식탁 위에 목이 기다란 포도주잔을 가져다놓고 정인의 잔에 포도주를 채웠다.

"자 건배해요…… 우리 식구, 정인 씨, 나, 민정이 그리고 효빈이의 행복을 위해서."

"우리 식구들의 행복을 위해서."

인혜가 잔을 부딪치고 한 모금을 마셨다. 술을 잘 하지 못하는 정인이 인혜를 따라 달콤하고 시큼한 포도주를 조금 마신다. 어둑어둑한 실내, 식탁에는 노란 등이 켜져 있어서 두 여자의 얼굴은 따뜻해 보였다. 정인은 포도주잔을 든 채로 노란 식탁등을 올려다보면서 문득, 내가 꿈꾸던 식탁에는 분명 사랑하는 남자가 있어야 했고, 지금 정인의 곁에 앉은 이인혜는 여자임이 분명했지만, 정인은 생각하는 것이다. 그건 꼭 남자가 아니어도 좋은 거 아닐까. 인혜가 말했고 정인이 대답했듯이 그들은 이미 한 식구였다. 인혜는 가끔 저녁에 정인과 마주 앉아 차를 한 잔 마시면서 말하곤 했었다.

—정인 씨. 난 사실 남편이 필요했던 게 아니라 마누라가 필요했던 거 같아요. 그런데 이렇게 이쁜 사람이 우리 민정이 친구까지 데리고 와서 함께 살아주니 더 바랄 게 없어요.

그러면 정인은 웃기도 했었다.

—저도 그래요. 예전에는 살림만 해주고 월급도 못 받았는데 이

제 살림도 하고 집에 앉아서 돈도 벌잖아요?

"어때요? 여자들끼리 사니까 참 좋은 것 같은데 난."

인혜가 말했다.

"그래요. 좋아요. 원래 여자들이라는 게 남을 배려하는 데 더 많은 재능을 가지고 있으니까요."

"우리가 어떻게 레즈비언적인 것만 개발해서 섹스 문제까지 해결한다면 좋을 것 같은데."

정인은 인혜를 따라 한참을 웃는다. 웃음 끝에 포도주잔을 들고 잔을 빙글빙글 돌린다.

"말예요. 아까 소장 쓰다가 날짜를 보니까, 어제가 우리 민정이 아빠 생일이지 뭐예요…… 그래서 오늘은 정인 씨하고 술 한잔해야겠다 싶었어요."

인혜는 처음으로 죽은 남편의 이야기를 꺼낸다. 정인이 금테 안경너머 깜빡깜빡하는 인혜의 눈을 물끄러미 바라다본다.

"산다는 게 말예요. 생각하고 참 다른 거예요…… 나 재작년 생일날 그러니까 그 사람 죽기 전 마지막 생일날 뭐했나 생각해봤죠. 그랬더니 그날 우리 죽자고 싸운 기억이 나는 거예요. 그날 우리 큰애 친정에 맡기고 둘이 모처럼 외식을 했는데 외식 마치고 영화 한 편 보기로 한 약속도 취소하고 집으로 와서 또 싸웠어요…… 이렇게 될 줄도 모르고, 사람은 누구나 죽는데 말이에요…… 우린 마치 영원히 서로 함께 살아라, 하는 형을 언도받은 것처럼 못견뎠던 거야……"

인혜는 남은 포도주를 마저 마셨다.

"사학년 때 덜컥 고시 붙고 연수원 들어갔을 때 난 내가 이 세상에서 제일 잘난 여자인 줄 알았어요. 무서운 게 없었지. 남편을 그때 거기서 만났는데…… 결혼식 올리자마자 신혼여행 가서 이 사람이 제일 먼저 꺼낸 말이 뭔 줄 알아요? 오늘부터 담배를 끊으라는 거야……. 세상에 지금이 조선시대도 아니고, 난 기가 막혀서 말이 안 나오는데 그 사람은 그게 너무 당연해. 그게 기가 막힌 사람하고 그게 당연한 사람하고 싸움조차 되지 않는 거죠. 나 그때 생각했어요. 여기는 논리가 없구나, 우리가 변호사고 뭐고 여기는 법정이 아니구나……. 그때서부터 싸움이 벌어졌던 거야. 난 남편이 같이 사는 친구라고 생각했지, 나한테 이래라저래라 할 수 있는 사람이라고는 상상도 못했거든…… 참, 담배나 피워야겠네."

먼 옛이야기를 하듯 말을 이어가던 인혜는 서재로 들어가 담배를 가지고 나와 정인에게 한 대를 내밀고 불을 붙여준다. 인혜는 말을 하려다 말고 담배를 물끄러미 바라다보고 있었다. 인혜의 작고 가느다란 손가락 사이, 흰 연기가 솔솔 공중으로 올라가 노란 백열등에 휘감긴다.

"남편 죽은 다음에…… 이 담배 가지고 버텼어요. 남편 죽으니까 좋은 것도 있구나, 이제 싸우지 않고도 내가 피우고 싶을 때 담배 피울 수 있구나 싶어서…… 과부가 되어서 좋은 게 한 가지 있구나 싶어서."

"그렇다고 해서 내가 남편을 사랑했느냐…… 그건 모르겠어요.

우린 매일같이 죽자고 싸웠고, 어떻게 생각하면 애들 둘씩이나 가진 것도 기적에 가까웠지. 난 사실은 이혼이 하고 싶었어요. 난 직업도 있고, 능력도 있었고……. 그런데 애가 덜컥 태어나데……. 그러고도 한참을 생각했지. 그땐 이혼 사건 별로 맡지 않을 때였는데 가끔 그런 사건 맡다 보면, 난 생각했어요. 어떤 순간부터 내가 그 의뢰인들을 질투하고 있었던 거야……. 이 사람들은 그래도 끝을 내는구나. 끝을 내야 시작할 수 있으니까. 이 사람들은 새로 시작하는구나. 내 사정을 잘 아는 우리 선배가 이혼하라고 여러 번 그랬지. 내가 대답했어, 난 안 돼. 난 어릴 때부터 피아노 콩쿠르든 미술 대회든 볼링 시합이든 하다못해 운전면허든 실패해본 적이 없는 사람인데…… 결혼을 실패하다니, 그걸 참을 수가 없었던 거예요. 그건 생각만 해도 창피했지. 그런데 그 선배가 다시 말했어. 누구한테 그렇게 창피하냐고, 열 명만 대보라는 거야. 그래서 생각해봤더니, 내가 소중하게 생각하는 열 명은, 그러니까 어머니, 아버지, 언니, 동생 그리고 친한 친구들, 모두 다 내가 불행하다는 걸 알고 있는 거야. 그러니 누구한테 창피한 건지…… 생각해보니 그건 결국 나 자신이었어요……."

인혜는 거푸 잔을 들었다. 조금씩 취기가 오르는지 그녀의 마른 얼굴이 더 창백해지고 있었다.

어느 날, 어떤 의뢰인이 찾아왔어요. 두 번째 이혼을 하려는 여자였는데, 여자가 얼굴도 곱고 말씨도 고와요. 많이 배우지는 못한 사람이었는데, 내가 말끝에 결혼 실패라는 말을 꺼내니까 그 여자가 그랬어요……. 자신은 실패를 한 게 아니라 실패를 인정하는 데 성공한 거라구……. 정신이 번쩍 나는 느낌이었어요. 나는 내 결혼이 실패해가는 꼴을 지켜보고 있는 실패를 하고 있구나……. 그래서 이혼을 준비했어요……. 그런데 이놈의 남편이 덜컥 죽어버린 거야. 난 과부가 되고 싶었던 게 아니라 이혼녀가 되고 싶었던 건데……. 그래서 생각했지. 내가 내 실패를 성공으로 포장하려고 오만을 부리니까 하느님이 덜컥 날 실패하게 만들어버린 거구나……. 하지만 우리 큰애는…… 나는 생각했지. 변호사 개업하고 애가 태어났을 때 나 생각한 적 있었거든. 애만 없었으면 어떻게 이혼도 하고 잘 살아보겠는데, 하구 말이야……. 아마 그래서 난 벌을 받은 거야. 하지만 왜 벌을 그 애가 받아야 했을까? 그 어린 것이 아프다는 말도 못하고 그 자리에서.”

인혜는, 이제 엄마라는 게 얼마나 좋은 건지 막 알아버린 그녀는 담배를 든 손으로 얼굴을 가리고 흐느끼기 시작했다. 손가락 사이에 낀 담배가 흘러내린 머리카락을 지지지직 태워 들어갔다. 정인이 인혜의 손에서 담배를 꺼내 재떨이에 가만히 올려놓았다. 삼십 대 중반에 변호사로서 재산도 있고 이름을 얻고 매스컴에도 오르내리는 이 성공한 여자의 삶도 스산했구나, 하는 생각이 들었다. 하기는 그 누가 행복하게 살까. 다만 사람들이 어딘가에 행복이 있고 자신만 거기서 소외됐다고 생각할 뿐, 그래서 사람들은 저마다 제각기 불행한가 보았다. 흐느끼는 인혜의 머리를 정인이 가만히 쓸어주었다.

"미안해요 정인 씨. 내가 오늘 왜 이러지…… 난 이런 이야기 남한테 해보는 거 처음이야."

인혜는 안경을 벗고 식탁 위의 휴지를 찢어 눈물을 닦았다.

"더 우세요…… 울 수 있다는 거 좋은 거예요. 막을 수 없는 거 막으려는 건 어리석은 짓이에요."

정인이 가만히 말했다. 인혜가 코를 풀다 말고 안경도 끼지 않은 눈으로 정인을 멍하니 바라본다.

"살면서 우리가 할 수 있는 것만 해요. 노력해서 되는 일만 해요. 노력해서 되는 일도 가끔 있거든요."

"정인 씨……."

"안 되는 건 안 되는 거라고 가만히 두 손을 가슴에 모으고 있으면 돼요. 가끔 떨어져서 내 삶을 물끄러미 바라보는 거예요. 그러면 알게 되요. 세상은 신비로 가득 차 있고, 우리는 참으로 작은 존재라는 걸……. 우리는 우주가 아닌 거예요."

"정인 씨 정말 많이 힘들었구나."

인혜가 말했고 정인은 쓸쓸하게 미소를 지었다. 인혜가 안경을 고쳐 쓰고 정인의 잔에 포도주를 채워주었다.

"그래요…… 하지만 서른이 반이나 넘어가는 요즘 나는 생각해. 고시를 보고, 변호사가 되고 이런 게 중요한 게 아니었다구 말이에요. 더 많은 여행을 떠나야 했고 더 많은 사람들과 길을 가며 이야기를 나누어야 했고, 더 많은 술을 마시고 더 많은 강에서 수영을 했어야 했어. 그리고 무엇보다 더 많은 남자와 연애를 하고 더 많은 실패를 했어야 했다고…… 그래서 그 실패를 되새기면서 배워야 했었던 거야. 인간이 인간을 사랑한다는 것이 과연 무엇인가를. 결혼하기 전에 아니, 하다못해 엄마가 되기 전에라도……."

두 여자는 잠깐 침묵했다. 열린 부엌 창에서 아직은 쌀쌀한 봄바람이 살랑거린다. 그때 전화벨이 울렸다. 정인이 부엌 벽에서 무선 전화기를 떼어내서 인혜에게 내밀었다. 인혜가 대머리 노총각이라고 부르는 변호사가 가끔 이런 밤에 전화를 하기도 했었던 것이다.

—내가 아무리 아쉬워도 감정이 안 오는 사람이랑 연애를 할 수는 없잖아.

농담으로만 이어지는 전화를 끊고 인혜는 말하곤 했었다. 하지만 인혜는 수화기를 정인에게 내민다.

"받아봐, 남잔데."

정인이 의아한 눈초리로 수화기를 받아 들었다. 가끔 명수가 여기 보스턴이야, 하는 말로 전화를 걸곤 했었다. 밥은 잘 먹니? 효빈이는 잘 크고? 그러면 정인은 응, 응, 하고 대답했고 명수는 전화를 끊었다. 그러면 그 후로 며칠 동안 아이들을 재워놓고, 정인은 부엌의 작은 창에 이마를 대고 어두운 거리 위를 달려가는 차들을 보며 오래도록 서 있곤 했었다.

"여보세요."

수화기 저쪽에서는 대답이 없었다. 바람 소리와 차 소리가 들리는 것을 보아서는 어디 길거리인 것 같았다.

"여보세요."

인혜가 호기심 어린 눈초리로 정인을 빤히 바라보고 있다.

"저 남호영입니다."

수화기를 든 정인의 손목으로 자잘한 소름이 돋아난다. 지난여름 병실에서 그가 명수에게 쫓겨난 이후 전화 목소리를 듣는 것도 처음이었다.

"여기 104동 앞 공중전화예요……."

정인의 얼굴이 굳어지자 인혜가 손을 뻗어 정인의 한 손을 잡았다. 정인의 손은 찼다. 인혜는 괜찮아요, 어떤 일도 걱정하지 말아요, 하는 표정으로 그녀의 손에 잡힌 정인의 찬 손을 꾸욱 눌렀다.

"이곳에 몇 번 왔었는데, 연락하지 못했었어요……. 여기 어린이 놀이터예요. 꼭 할 말이 있어요. 나오실 때까지 기다릴게요."

남호영은 국어책을 읽는 것처럼 더듬거리며 천천히 말했다. 수화기를 내려놓은 정인은 멍한 시선으로 인혜를 바라보았다.

"……효빈이 아빠예요, 요 앞에 있대요."

"그럼 나가서 만나야지."

정인은 식탁 위에 팔꿈치를 대고 두 손으로 머리를 부볐다.

"두려워요, 정인 씨?"

정인은 그렇게 고개를 숙인 채로 고개를 끄덕였다. 인혜가 그런 정인의 손을 잡아 그녀의 얼굴을 들여다보았다. 정인은 떨고 있었다.

"뭐가 두렵지요?"

"모르겠어요……. 평화가, 겨우 얻은 이 평화가 깨어질까 봐……. 저 여기까지 오는 거 힘들었거든요."

인혜는 그런 정인을 바라보다가 작게 한숨을 내쉬었다.

"그런 평화는 맨홀 뚜껑 속에 들어가야 얻어지는 평화야."

인혜는 말을 하다 말고 의자를 당겨 정인을 안았다. 정인은 친언니에게 그러하듯 가만히 인혜의 품에 안겼다.

"정인 씨, 우린 엄마들이야. 우린 생명을 만들고 키우는 사람들이라구……. 우린 쉽게 무너지는 그런 사람들이 아니야. 민정이가 처음 뒤집을 때 말이야…… 알지요? 애기들 뒤집는 거…… 걔들 맨 처음에 한 팔을 움직여보았다가 그다음엔 한쪽 다리를 옮겨보았다가 그리고 용을 쓰기를 며칠, 그러다가 어느 날 그만 몸을 뒤집어보는 거야. 하느님이 유전자 속에서 다 뒤집도록 입력을 해놓았는데 그게 그 애들한테는 그렇게 멀고 기나긴 시련인 거라구……. 하지만 지나고 나면 그건 아무것도 아니잖아. 그거…… 그런 거예요. 어느 날 홀연히 찾아오는 평화, 밤에 자고 아침에 눈을 뜨니 다가와 있는 행복 같은 건 없어요…… 누구나 덜컹이면서 가는 거야……. 정인 씨 용기를 내서 나가요. 우린 더 많은 강에서 수영을 하기로 한 사람들이잖아."

인혜는 정인의 등을 가만히 두드리며 말했다.

나트륨등은 키가 큰 주황색 꽃처럼 주르르 서 있었다. 정인의 가벼운 발소리가 들리자 남호영이 엉거주춤 일어섰다. 정인은 될 수 있는 대로 그와 눈을 마주치지 않으려고 약간 고개를 숙이고 그와 좀 떨어져서 앉았다. 그런 정인을 바라본 남호영의 눈이 둥그렇게 벌어진다. 그는 좀 놀라는 것 같았다. 아마도 정인의 변화 때문이었을까. 1년 남짓한 시간이 흘렀다. 한때 사랑했던 그들은 그 시간 동안 다른 길을 돌아왔다. 정인은 집요하게 눈을 내리깔고 있었다. 아이들이 놀다가 간 그네 저만치 누군가 두고 간 로봇의 머리가 떨어져 있다. 아이는 집에 가서 저 얼굴을 찾겠지. 어쩌면 울고 떼를 쓸지도 모른다. 엄마는 집 안을 뒤지며 저 얼굴을 찾을 것이다. 소파 밑에까지 막대기를 넣어 휘이이 저어볼지도 모른다. 저 얼굴은 여기 있는데……. 정인은 오각형의 로봇 머리를 바라본다. 열심히 찾느냐의 문제도 중요하지만 어디서 찾느냐도 중요한 것이다. 남호영은 떨리는 손으로 담배를 물고 불을 붙였다. 멀리서 자동차 소리가 휘이익 지나간다.

"잘 지냈어요, 정인 씨?"

"네."

정인은 대답하면서 다시금 떨고 있는 자신을 느낀다. 아직 차가운 봄바람 때문일까, 정인은 흘러내린 머리 한 가닥을 귀 뒤로 꼼꼼히 넘긴다.

"효, 빈, 이……도 잘 크죠?"

그제야 정인이 고개를 늘었다. 두 사람의 눈이 처음으로 마주친다. 그는 까칠한 모습이었다. 수염도 깎지 않은 채 여러 날이 지난 모양이었다. 정인이 먼저 시선을 피했다.

"미송출판사 사람이 말해주었어요. 아이 이름이…… 효빈이라고……."

남호영은 타들어간 담배꽁초를 모래 위에 던졌다. 아직 꺼지지 못한 불씨가 그 모래 위에서 빨갛고 조그맣게 깜빡깜빡한다.

"진작 오고 싶었지만, 오지 못했어요……. 정인 씨가 아이를 낳은 걸 몰라서가 아니라, 무심해서가 아니라…… 나는 나대로 힘들었던 거예요. 정인 씨, 뭐라고 말 좀 해봐요."

남호영은 머뭇머뭇 정인을 바라보며 말했다.

"용건을 말씀하세요."

정인은 딱딱한 어조로 말했다. 정인을 향해 가까이 갈 수 없는 소심한 사내가 멈칫, 했다.

"정인 씨는…… 변했군요."

"……."

"아까 처음 보았을 때 놀랐어요. 정인 씬 변한 거 같아요."

"그래요 변했어요. 살아야 했으니까요."

정인은 말을 잘랐다. 남호영은 그런 정인을 잠시 멍하니 바라보다가 혼자 고개를 끄덕이고 혼자 머리를 부빈다. 버스가 맹렬한 속도로 지나간다. 어린이 놀이터 가를 빙 둘러 심어진 잎만 무성한 개나리 울타리가 그 서슬에 흔들린다. 밝은 나트륨등 빛 아래 무더기 무더기 늘어진 개나리 울타리의 검은 그림자도 따라 흔들린다.

"여기 찾아보려고 오래 망설였댔어요. 이거……."

남호영 쪽을 보지 않고 앉은 정인의 귀에 딸랑, 하는 소리가 들렸다. 정인은 그제야 그를 돌아보았다. 그가 안주머니에서 종이봉투를 꺼내 들고 그걸 정인에게 내밀었다.

"이게 뭐예요?"

"딸랑이에요……. 길 가다가 예쁘길래…… 샀어요."

정인은 얼결에 그 딸랑이가 든 봉투를 받아 들었다. 아무것도 모르는 딸랑이는 그 봉투 속에서 딸랑딸랑한다……. 어느 날 홀연히 찾아오는 평화, 밤에 자고 아침에 눈을 뜨니 다가와 있는 행복 같은 건 없어요…… 누구나 덜컹이면서 가는 거야……. 인혜의 말, 아무것도 모르고 딸랑딸랑하는 딸랑이처럼 정인은 지금은 그 말만 생각하기로 한다.

"그리고 이건……."

남호영은 손에 들고 있던 다른 봉투를 내밀었다.

"저 다음 주에 책이 나와요. 오늘 인세를 받았어요. 이거…… 효빈이 주고 싶었어요."

정인은 그가 내미는 봉투를 물끄러미 바라보다가 남호영을 올려다보았다. 그의 눈동자는 겁먹은 듯이 보였다. 한때 사랑했던 사람이 저렇게 겁먹은 눈동자로 나를 바라보고 있는 것은 얼마나 형벌인가. 그 눈빛이 부셔서 감히 바라보지 못했던 그녀였다. 그런데 이제 그가 초라한 점퍼를 입고 어깨를 늘어뜨린 채로 그녀 앞에 와 있다. 언젠가 그가 떠나던 날, 두부처럼 으깨져 내리던 마음을 일으켜 그를 따라 골목길을 뛰어나간 적이 있었다. 그때 정인은 생각했었다. 힘없이 늘어진 그의 어깨를 보면서 위로받았던 것이다.

그도 조금은 괴로운 거구나, 하고. 그런데 오늘 정인은 그가 괴롭지 않았으면 한다. 그의 어깨가 더 이상은 힘없이 늘어지지 않기를 바란다. 어느 편이 사랑일까?

"받아요."

남호영은 회색 트레이닝복에 남보라색 스웨터를 입은 정인의 무릎 위에 봉투를 올려놓는다. 정인은 차라리 그가 비 내리던 그날처럼 짜증을 내었으면 좋겠다고 생각한다. 차라리 경멸 어린 눈길로 그녀에게 소리쳤으면 하는 것이다. 이 착한 여자에게는 차라리 그편이 쉬웠다.

"호영 씨, 이 돈 받을 수 없어요. 효빈이는 당신 딸이 아니에요."

남호영의 얼굴이 은박지처럼 창백해졌다가 이어 와르르 구겨진다. 여자에게는 온전히 나만의 아이입니다, 하는 이 말이 남자에게는 본능적이고 영원한 열등감을 건드리는 말이라는 걸 정인은 그때는 몰랐었다.

"그럼 효빈인?"

"……."

"아니에요. 효빈이가 나의 딸이 아니라고 해도 좋아요. 그냥 정인 씨가 키우고 있는 어떤 아이라 해도 괜찮아요. 이제 됐어요?"

"전 그만 가보겠어요."

정인은 돈이 든 봉투를 벤치에 올려놓은 채 자리에서 일어섰다. 남호영이 급하게 일어나 그녀의 한 팔을 잡았다.

"잠깐만요, 정인 씨 잠깐만."

"이제 오지 마세요."

"그래요. 오지 않을 테니까 잠깐만, 잠깐만 있다가 가요."

남호영은 애원하는 목소리로 말했다. 나트륨등에 어린 그의 안경이 얼룩덜룩하다. 한때 방 안에 앉아 글을 쓰는 그의 안경을 벗겨내서 정인은 그것이 말갛게 될 때까지 열심히 닦아주곤 했었다.

—안경이 맑아야 세상이 제대로 보일 거 아니에요.

그러면 그때 그는 그런 정인이 하는 양을 바라보다가 씨익 웃곤 했었다. 하지만 정인은 이제 그런 짓을 하지 않는다. 이제 정인은 아는 것이다. 그것은 온전히 그의 몫이라는 걸. 그러니 어쩌면 자신에게 사람을 나쁘게 하는 저주가 붙어 있다는 말은 옳았는지도 몰랐다. 그녀는 말하곤 했던 것이다. 그런 하찮은 것은 제가 할게요, 그런 힘든 일은 제가 할게요, 귀한 당신은 거기서 가만히 계세요…… 하고. 그녀는 그들의 할 일을 모두 빼앗아버렸던 것이다.

남호영에게 한 팔을 잡힌 채로 서서 정인은 그의 점퍼 단추가 하나 떨어져나간 것을 보았다. 그곳에는 한때 눈동자처럼 검은 단추를 사로잡고 있던 실밥이 망연하게 나풀거리고 있었다. 단추가 떨어져나간 그 자리가 정인의 마음을 스산하게 만든다. 가엾은 사람…… 혼자서 면도도 하고 혼자서 떨어진 단추도 달고 그래야 편안할 텐데……. 정인은 한 손을 들어 남호영의 야윈 얼굴을 쓸어내렸다. 그 손을 남호영이 잡았고 그녀를 끌어당겨 안았다. 정인은 그의 품에 엉거주춤 안겼다.

"효빈이가 날 깨어 있게 했어요. 효빈이가 날 술 마시지 않게 했고 효빈이가 내 소설을 완성시켰어요……. 길을 가면서 효빈이만한 아이들 볼 때마다 내 마음이 어땠는지 정인 씨는 알아요?"

남호영의 목소리는 울먹이고 있었다. 울먹이는 그의 품에 안긴 채로 정인은 멍한 시선을 던진다. 멀리, 흰 목련꽃이 등불처럼 환하다. 정인은 올해 유독 저 꽃이 싫었다. 어쩌자고 이파리 하나 없이 저렇게 앙상한 가지에서 저리도 목만 길게 피어나나 싶었던 것이다. 푸른 이파리에 둘러싸여, 그것에 의지한 채로 피어나도 좋을 텐데, 정인은 천천히 남호영의 어깨를 떼어냈다. 남호영이 그런 정인을 더 세게 끌어안았다.

"그냥 이대로 있어줘요. 난 아직도 정인 씨를 남이라고 생각 안 해요……"

언젠가 귓가에 남은 음성에 대해 남호영은 말했었다. 정인이 살던 집 앞 호프집에서, 입술을 비틀며, 힘겹게 말했었다. 내 귓가에 남은 음성은 바로 내가, 나를 버리고 간 엄마를 부르던 그 목소리였어요……. 그때 정인에게 그건 바로 자기 자신의 모습이었다. 엄마가 죽어요! 엄마가 저수지에 빠져 죽어요! 소리치던 그 목소리……. 그러므로 연민이란 결국은 자기 자신에게로 향하는 것인지도 모른다. 그래서 그런 그에게 따뜻한 밥을 먹이고 그를 편안히 잠들게 하고 그랬던 것은 사실은 누군가가 바로 자기 자신에게 해주기를 바라던 그런 희망이 아니었는지.

"효빈이를 생각해서라도…… 제발 이제 나를 그만 용서해주세요……"

남호영은 정인의 어깨에 얼굴을 부비며 말했다. 어쩌자고 돌아서면 남자들은 그제야 이렇게 다가와 용서를 비는 것일까, 어쩌자고 남자들은 죽을 것만 같은 몸서리를 겪고 난 후 떠나려고 하면 그제야 매달리는 것인지, 순간 정인의 머릿속으로 섬광 같은 생각이 스쳐 지나갔다. 그랬다. 더 일찍 돌아서야 했다. 더 화해할 수 없기 전에 돌아서야 했다. 그래야 화해할 수 있었을 것이다. 하지만 정인은 이제는 그렇게 할 수가 없다. 그녀는 긴 강을 건넌 기분이었다. 돌아볼 수는 있지만 돌아갈 수는 없는 것이다.

"제발이지…… 그렇게 냉정하지 말아요. 그때 난 정말 어쩔 수가 없었어요."

정인은 그녀의 어깨에 얼굴을 부비는 남자를 천천히 떼어냈다.

"어쩔 수 없었다는 거 알아요……. 그래서 호영 씨 용서할 수도 있어요……. 산다는 게 원래 어쩔 수 없는 거니까요."

정인은 천천히 말했다. 정인의 몸뚱이를 더 가까이 끌어당기려던 그가 그 자리에 그대로 굳어진다.

"효빈이를 생각해서 합치고 싶다는 생각, 해보지 않은 건 아니에요."

그녀의 목소리에는 오래오래 한 가지를 생각한 사람 특유의 신중함이 깃들어 있어서 얼핏 느리고 낮게도 들렸다.

"하지만 이제 나를 믿을 수가 없어요. 나의 사랑을 믿을 수가 없어요……. 그래요, 당신을 사랑했다고 생각했어요. 이 세상 남자를 다 가져다준대도 당신이 아니면 안 된다고 생각하기도 했었지요. 하지만 생각해보니 내게는 당신이 필요했던 것이 아니라, 그냥 곁에 있어줄 누군가가 필요했던 거예요. 미안해요, 저한테 속으셨던 거지요. 그래요, 미안해요. 저도 속았으니까요……. 어릴 때 나는 착한 아이였어요. 엄마 말도 잘 듣고 공부도 열심히 했지요. 그게 사랑받을 수 있는 유일한 길이었으니까요. 엄마, 내가 말 잘 들을게, 날 좀 사랑해줘, 날 낳은 걸 후회하지 말아줘…… 날 버리고 죽지 말아줘, 제발! ……그리고 어른이 되었어요. 한 남자를 만날 때마다 나는 그런 거래를 하고 있었던 거예요. 아시겠어요? 흥정 말이지요. 내가 착할게, 날 좀 사랑해줘, 내가 참을게, 내가 노력할게, 내가 밥을 해주고, 내가 빨래를 해주고 밤늦게까지 기다렸다가 문을 열어주고 술국을 끓여주고 뭐든지 다 해줄게. 너희들이 나를 버리고 나를 때리고 나를 내팽개치고…… 희망을 주었다가 그것이 이루어지기 직전에 그걸 빼앗아가고 내가 가진 모든 것을 다 빼앗아가도, 더 이상 참을 수 없는 벼랑까지 날 밀어버린다 해도 내가 이를 악물고 참을 테니 제발 날 사랑해줘! 그랬던 거지요. 그건 사랑이 아니었어요. 그건 거래였다는 말이지요……."

정인은 남호영을 바라본다. 그는 굳어진 채로 정인의 시선을 피하고 있었다.

"그런 거래를 하는 나를 사람들은 착한 여자라고 부르더군요. 저는 이제 다시는 그렇게 살지 않겠어요."

정인은 마지막 말을 마치면서 그대로 집을 향해 걸었다. 망연한 표정의 남호영은 정인을 붙들지도 못한다.

아파트 광장에는 나트륨등의 빛과 그 빛 때문에 생겨난 가로수 그림자가 얼룩덜룩하다. 그랬다. 말을 해놓고 정인은 확연하게 깨닫는다. 죽음에서 깨어난 이후, 방 안에 앉아 자기 자신을 들여다보고 그리고 제 배에서 나온 효빈이를 들여다보며 떠오른 생각이 이제야 자리를 잡는다. 그랬다. 그건 사랑이 아니었다. 그건 거래였고 그건 흥정이었다. 아마 때로는 몸뚱이의 절규였고 애절한 호소였을지도 모른다. 그러니 그건 사랑이 아니고 그건 흥정이며 아니 때로는 몸뚱이의 절규였고 호소였겠지만, 그래서 사랑이 아니었겠지만, 그럼에도 불구하고 그때 그건 사랑이었다.

정인은 아파트 입구, 아직 엘리베이터가 그녀에게로 내려오지 않은 복도 어두운 등불 아래서, 아무것도 모르고 딸랑딸랑하는 딸랑이가 든 봉투를 들고 오래 울었다.

착한 여자들

"남편은 아버지 회사의 신입 사원이었어요. 그 회사에 놀러 갔을 때 그 사람을 처음 보았지요……. 그 사람, 경상도 산골에서 올라온 사람이었고, 아버지의 신임을 받고는 있었지만, 우리 집안에서 반대가 아주 심했어요……. 그래서 제가 집에서 도망쳤어요……. 하는 수 없다고 생각한 부모님한테 결혼 승낙을 얻고 우린 바로 미국으로 떠났어요……. 그랬는데 거기서부터 무언가가 잘못된 거예요."

여자는 조그만 목소리로 힘없이 이야기를 하다가 울먹이기 시작했다. 이제 갓 서른을 넘겼을까, 불안한 눈동자를 한곳에 고정시키지 못하고 여자는 오래도록 어쩌면 도달할 수 없는 먼 곳을 헤매려고 하는 것처럼도 보였다.

"구타가 시작된 것은 언제부터죠?"

인혜는 중언부언 계속되는 여자의 말을 끊고, 직업적인 어조로 딱딱하게 묻는다.

"그러니까 우리가 샌프란시스코에 놀러 갔을 때였는데…… 그땐 이미 그 사람, 나를 안아주지 않은 지가 한참이나 된 때였어요."

여자는 울기 시작했다. 인혜는 짜증이 나는지 양미간에 주름을 잔뜩 모은 채로 여자가 써온 진술서를 드르르 펴본다. 여자는 아직도 울고 있다. 내가 오늘 왜 이렇게 심란하지, 하는 생각 때문에 인혜는 잠시 큰 숨을 들이쉬었다.

"언제 어떻게 구체적으로 어떤 피해를 입었는지를 진술하셔야 돼요. 재판에서는 그게 중요하니까요."

"하지만 그 사람이 나한테 얼마나 잘못했는지는 온 세상이 다 알아요……. 변호사님, 온 세상이 다 안다구요."

여자는 갑자기 언성을 높였다.

"온 세상이 아는데!"

인혜는 따라서 언성을 높이다가 얇은 미농지에 씌어진 여자의 글씨를 다시 들여다보며 잠시 숨을 골랐다.

"아는 게 중요한 게 아니라, 입증하는 게 중요해요. 서류가 일단 조기게, 이미 재산도 다 그 남자 명의로 되어 있어서 아주 불리하기까지 하다구요. 아시겠어요? 재판에서는 온 세상이 다 아는 게 중요한 게 아니라 입증할 수 있는 것들이 필요해요. 될 수 있는 대로 증인, 그러니까 그 현장에서 그걸 본 사람 혹은 그 당시 그 이야기를 들어준 사람…… 예를 들어 때리는 걸 본 사람이나 들은 사람 혹은 그때 맞은 부위를 찍어놓은 사진 같은 거나 진단서 말이지요. 그런 걸 확보해야 돼요, 입증할 수 있는."

"입증할 수 있는 거요……"

여자는 힘없이 입을 열어 앵무새처럼 인혜의 말을 따라 한다.

"그리고 아이에 대한 양육권을 가지고 싶거든, 아이들을 데려다 먼저 보호해놓으시고, 애 아빠가 아무리 찾아도 재판이 끝나기 전까지 절대 접견시키지 마세요. 이런 소송이라는 게 형사 재판과는 달라서 아무리 판결이 우리에게 유리하게 나온다 하더라도 아이를 주지 않거나 돈을 주지 않으면 어떻게 방법이 없는 것이 보통이니까요."

"……그래도 애 아빤데…… 어떻게 그럴 수가……"

"처음에 결혼하실 때 이렇게 될 줄 알았어요? 어떻게 저럴 수가, 입만 벌리고 있다가 여기까지 온 거 아녜요?"

마지막 말을 덧붙이면서 인혜는 책상 위에 놓인 인터폰을 눌러 사무장을 부르고는 안경을 벗어 두 눈을 부빈다. 그런 말은 덧붙일 필요가 없는 말이었다. 이곳은 심리 상담소가 아니기 때문이다. 인혜는 갑자기 몹시 피곤해졌다. 사무장이 그녀의 방으로 들어섰다.

"사무장님, 이분 진술서 다시 한 번 받아주세요. 지금 경황이 없으신 거 같으니까, 특별히 날짜하고 장소를 꼼꼼히 챙기도록 신경 좀 써주시구요."

인혜는 진술서를 내밀었다. 진술서를 받아 든 사무장을 따라 나가던 그 여자가 겁먹은 얼굴로 돌아다보는 걸 느꼈지만 인혜는 고개를 들지 않았다. 인혜는 안다. 그 여자는 말하고 싶었을 것이다. 저 억울해요…… 제가 무엇을 잘못했나요. 그 사람을 위해서 모든 걸 다 바쳤는데…… 전 억울하다구요…….

"사무장님, 저 5분만 쉽니다!"

인혜는 담배를 꺼내 들고 자리에서 일어나 창가로 다가갔다. 창밖은 완연한 초여름이었다. 창밖으로 보이는 작은 공원에 보랏빛 등꽃들이 피어나고 있고, 벌써 점심시간이 다 됐는지 건너편 빌딩에서 흰 와이셔츠를 입은 남자들이 팝콘처럼 쏟아져 나왔다. 담배 연기를 따라 인혜의 입에서 긴 한숨이 새어져 나온다. 지금 인혜의 방에서 나간 저 여자도 한때는 싱싱한 종아리를 이 초여름의 대기에 드러내놓고 저 거리를 걸어갔으리라. 그의 팔짱을 끼고 까르르 웃으며 그와 함께라면 이 세상 끝까지라도 따라가겠다고 생각했을 것이다. 그리고 결혼을 하고 아이를 낳고 지금 거리로 쏟아져 나오는 저 남자의 아내들이 그러하듯, 주름도 없이 와이셔츠 여섯 장을 일요일마다 다렸을 것이다. 착한 여자, 정인이 말한 착한 여자라는 말이 생각났다. 그 착한 여자들이 지금 인혜를 기다리며 밖에 줄을 서 있다

진술서를 쓰라고, 날짜와 시간 장소를 기억하라고, 입증할 수 있는 진단서나, 사진을 제출하라고 인혜는 짜증스러운 목소리로 그 여자에게 말했었다. 하지만 만일 자신의 남편이 살아 있었고 계획

대로 이혼을 하려고 했다면, 자신도 다른 변호사를 찾아갔을지도 모른다. 그렇다면 인혜 역시 그 변호사 앞에서 저 여자처럼 되지 않았으리라는 보장은 없었다. 대체, 어떤 아내가 그와 처음 만났던 장소와 시간을 기록하고 그가 처음 나를 때린 날과 장소를 기록하고 그것을 이웃에게 알려 증인을 확보해놓고 그리고 진단서를 뗀 후 사진을 찍어놓겠는가 말이다. 여자에게 있어서, 아니 이 세상 사람들에게 있어서 결혼이라는 것은 입증할 수 있는 증거와는 차원이 다른 일이 아니던가.

사실 인혜는 요즘 들어 자신의 일이 버겁게 느껴졌다. 정인과 저녁을 먹으면서 말했던 대로, 그녀는 전공을 잘못 선택했는지도 모른다. 예를 들어 현미경으로 미생물이나 박테리아를 들여다보는 일이나, 그도 아니면 비커에 에틸알코올과 메틸알코올을 붓고, 슬픔도 없는 그런 일들을, 그러니까 사람의 일이 아닌 것을 택했으면 싶어졌다. 법대에 입학할 때나 혹은 고시 공부를 할 때, 그녀는 법복을 입으면 할 일이 아주 많을 거라고 생각했었다. 다는 아니지만 최대한 공정한 정의의 저울을 들고 이 사회를 위해 무언가 좀 더 유익한 일을 할 수 있을 거라고 믿었던 것이다. 그러나 그건 참으로 순진한 생각이었는지도 모른다.

요즘 들어 그녀는 자신을 찾아오는 의뢰인들의 이야기가 너무도 쉽게 이해됐다. 그런 자신이 그녀는 부담스러웠다. 그건 아마 인혜가 그 끔찍한 교통사고를 겪고 나서부터였을 것이다. 그전에 남편과 합동 변호사 사무실을 내고 있으면서 인혜는 이혼 사건 같

은 것은 될 수 있는 대로 맡지 않으려고 했었다. 여자 변호사들이
야 개업하면 으레 그쪽으로 빠지기 쉽지, 하는 남자 동기들의 경멸
어린 말도 듣기 싫었다. 하지만 그 죽음 같은 시간을 겪고 난 이후
에 인혜는 이혼 사건도 마다하지 않았다. 사람이 사는 일 중에서
무엇이 중요하고 중요하지 않은지에 대한 기준이 달라져버린 것이
다. 대체 이 세상에서 사람이 죽고 사는 일 말고 결혼과 이혼만큼
중요한 일이 어디 있겠는가 싶었던 것이다. 죽고 사는 일은 생명이
달린 일이지만, 결혼과 이혼은 생활이 달린 일이다. 요즘 들어 인
혜는 어떻게 하느냐가 바로 어떻게 죽느냐의 문제와 결코 뗄 수 없
는 문제라는 걸, 잘못된 결혼 생활이 한 인간의 생명과 생활을 동
시에 파괴할 수도 있음을 느끼고 있었다. 그러자 적어도 정의의 저
울을 손에 들지는 못하더라도 할 수 있는 만큼 최대한 가엾은 이
들을 돕고 싶어졌던 것이다. 그러나 그것 역시 인혜 혼자만의 힘으
로는 벅찬 일이었다. 자신의 직업의 성격상, 이미 손쓸 수 없이 많
은 것을 잃어버린 사람들이 그녀를 찾아왔기 때문이다.

다시 노크 소리가 들렸다. 벌써 5분이 지난 모양이었다. 인혜는
자리로 돌아가 변호사 이인혜라는 명패가 놓인 책상 앞에 앉는다.

여자는 들어서며 어슴푸레한 미소를 띠운다. 어두운 감색 재킷
이 이 초여름의 날씨와늘 어울리지 않 ㅣㅣ ㅏ녀ㅣㅣ었나.

저, 나 기억하겠어요?"

어색한 존대 말씨를 쓰며 여자는 설풋 웃는다. 인혜는 사무장이
미리 준비해놓은 그녀의 진술서를 들여다보다가 여자를 빤히 바

라보았다.

"……어, 승희? 불문과 서승희? 맞지?"

서승희는 그렇다는 듯이 환하게 웃는다. 그녀의 눈 아래를 침범하고 있는 검은 기미가 그 웃음에 따라 자잘하게 주름 잡힌다. 인혜는 그녀를 따라 웃으면서 직업적으로 습득된 빠른 눈초리로 그녀의 진술서를 훑었다. '저희는 1982년 대학 사학년 때인 6월 날짜 미상의 어느 여름날, 옥호 미상의 H대학교 앞 다방에서 본인의 선배의 소개로 처음 만났습니다……'로 시작되는 진술서였다. 그랬다. 아주 친한 사이는 아니었지만 가끔 도서관에서 마주치면 자판기에서 커피를 뽑아 들고 손에 담배를 두 개비 감춘 채 그들은 도서관 옥상으로 통하는 어두운 낭하에서 담배를 피웠었다. 그 여름날이었던가, 그 당시 유행하던 부메랑 파마를 한 머리를 어깨 위로 가득 부풀리고 와서 서승희는 쑥스러워하며 물었었다. 어때? 정말 괜찮니? 너무 야해 보이는 거 아닐까? ……나 남자 만난다. 이따가 한번 봐. 사회과학 열람실, 창가에서 세 번째 테이블에 앉은 남자야, 잘생겼어? 못생겼어…… 근데 착해……. 그리고 그녀들은 만나지 못했었다. 서승희가 그 못생겼지만 착한 남자와 결혼을 했고 그리고 결혼하고도 외국 은행에서 일한다는 소식을 그녀는 동창들을 통해 들었다. 아니, 그건 얼마 전 매 맞은 부위의 사진을 들고 그녀를 찾아왔던 다른 동창의 이야기였던가. 어쨌든 행복하게 살았으면 추억이 될 그들의 역사를 서승희는 이제 그녀 앞에 찾아와 '진술'해놓았던 것이다. 10년이 흘렀다. 그동안 무슨 일이 일어낳는지 인혜는 이제 물어보지 않아도 된다. 합의로 이혼도 못하고 이렇게 변호사인 그녀를 찾아왔을 때는 그렇고 그런 일이 일어났을 것이다. 남자가 결혼 생활에 있어서 여자에게 저지를 수 있는 나쁜 일은 사실 몇 가지 되지 않는다. 하지만 그 몇 가지 되지 않는 그 일에 여자들은 몇천 년 동안 적응하지 못한다. 그래서 그녀들의 삶은 파괴되고 마는 것이다. 이렇게 오래도록 손을 못 쓰는 병이 또 있을까. 백신도 없고 예방 주사도 없는, 정인의 말에 따르면 사랑이라는 이름으로 저질러지는 죄들……. 그런데도 모든 소설과 모든 영화는 아직도 사랑을 찬미하고 있는 것이다. 하기는 사랑은 찬미 받을 만한 하나의 사건이긴 했다. 하지만 이제 그 대상이 인혜의 화두였다. 그리고 그 대상 중의 하나는 바로 자신, 자기 자신이 되어야 하지 않을까, 인혜는 생각한다. 이 여자들은 남을 너무 사랑하는 병에 걸린 게 아니라, 지나치게 자기 자신을 사랑하지 않는 병에 걸린 게 아닐까. 정인의 말대로 거래를 하는 그런 병에 걸린 게 아닐까, 인혜는 요즘 들어 그런 생각을 하는 것이다.

"오랜만이다."

인혜는 진술서를 놓고 두 손을 맞잡았다.

"나 많이 변했지?"

서승희는 말을 해놓고 우줏츠히 벙끼이 나느 내뇨 씬쇼 냅텰뇰 앙다둔다.

"우리 어차피 나이 들면 서로가 서로에게 거울이 아니겠니? 쟤 늙었구나 생각하면 그게 내 모습인데 뭐……."

"넌 그대로다…… 텔레비전에 너 나오는 거 봤어. 기분 되게 좋더라. 유명해진 친구 둔 거……."

인혜는 탁자에 팔꿈치를 올리고 두 손을 맞잡은 채로 잠깐 생각에 잠기다가 일어섰다.

"아직 점심 전이지? 우리 나가서 점심이라도 먹을까?"

인혜는 서승희를 데리고 빌딩 근처의 레스토랑으로 들어섰다. 주문을 해놓고 그녀는 담배를 피워 문다. 요즘 들어 담배를 무는 횟수가 잦아지고 있었다. 두 여자가 망연한 표정으로 잠시 말이 없는 사이, 인혜와 등지고 앉은 뒷좌석에서 이야기 소리가 들려온다.

좀 먹어……. 남자의 연민 어린 말.

여자의 흐느낌 소리.

그렇게 안 먹으니까 자꾸 마르지…… 내가 다 알아서 할게, 걱정하지 말고.

여자의 흐느낌 소리.

참 요즘 너 애처로워서 못 보겠다. 그럼, 나가자. 우리 고궁이라도 갈까.

뒷자리에 앉은 남자는 흐느끼는 여자를 데리고 일어서서 인혜의 앞을 스쳐 지나간다. 인혜는 앞자리에 앉은 서승희 존재도 잊고, 피식 웃고 말았다. 남자가 부축해나가는 젊은 여자는 나이 든 인혜의 관대한 기준으로 보기에도 좀 뚱뚱했다. 그런데 남자는 여자가 안 먹고 마르는 것이 그렇게 애처로웠던 거였다. 저런 게 사랑이지, 싶은 생각이 드는데 왜였을까. 마음과는 다르게 한숨이 비어져 나온다.

"저어기 간통 말이야…… 간통으로 고소하는 거 물어보려구……."

날라온 야채수프를 휘이 저으며 서승희가 물었다.

"이혼 결심한 거지?"

인혜는 수프를 입에 떠넣으며 묻는다.

"그게…… 저어기…… 그냥 혼만 내주구 어떻게……."

"우린 이혼 결심한 사람만 맡아…… 간통은 더군다나 그런 전제로 하는 거구."

인혜는 일부러 딱딱하게 대꾸한다.

"그래서 널 찾아온 거야……. 일부러 다른 변호사한테 가볼까도 했어…… 10년 만에 너한테 이런 꼴로 나타나는 게 창피해서……."

서승희는 스푼을 내려놓고 두 손으로 얼굴을 가린다. 인혜는 스푼을 허공에 든 채로 잠시 멈추었다가 그걸 내려놓았다.

"여자가 안 떨어지나 봐……. 남편은 이제 그만 끝내고 싶어 하는 눈치야, 우리 사회에서야 남자가 한 번 간통으로 들어갔다 나오는 거 아무것도 아니잖아……. 하지만 여자 쪽에 그걸 가지고 좀 위협을 하면 어떻게……."

기미가 끼고 주름진 얼굴을 가진 서수희의 손바닥이 서실서칠했다. 윤기가 사라지고 표백제에 오래오래 탈색을 한 것처럼 희뿌연했다. 그 희뿌연한 손가락 사이로 눈물이 떨어져 내린다.

"몰랐어. 사업 하나 실패하구 집에서 놀구 있길래, 집 저당 잡히구 삼천만 원이나 은행에서 대출받아 줬거든……. 그런데 이걸 여자랑 다 날린 거야……. 이혼할까 하구두 생각해봤지. 왜 안 했겠니. 그런데 그 사람 내가 이혼하자구 하니까 너무 풀이 죽어서…… 생각해보니까 내가 먹구살기 너무 바빠서 그 사람한테 세심한 신경 못 써준 것도 사실이구……. 사업 실패하구 집에서 놀 때 그때 난 은행에서 승진 시험 준비하느라고 정신없었거든. 그래서 그 사람 외로웠을 거야…… 나 이해해. 이 나이에 이해 못할 게 어딨니? 나두 한때 잠깐이었지만 같은 지점 과장한테 마음 뺏긴 일 있었는데…….”

“넌 그래두 그 사람 때문에 남편이 빌려온 돈을 날리지는 않았잖아?”

인혜는 날라온 함박 스테이크의 고기를 자르며 억양 없이 말했다.

“그래두 마찬가지잖아. 더구나 난 유부녀였으니까……. 내가 절제를 했지. 그런데 그 여자는 이혼녀거든. 찰거머리 같아……. 난 정말 그때 생각했어. 나도 이혼하구 어떤 남자를 사랑하게 되면 남의 가정을 저렇게 파괴할 생각이 들까, 싶으니까 정말 이혼녀는 되기 싫어…… 지금 나랑 이혼하면 그 사람 갈 데도 없구. 나이가 있는데 재기도 해야 되구…… 더구나 애들, 애들은 어떻게 하니? ……게다가 그 사람은 아직도 날 사랑한다구 그러는 거야.”

서승희는 흐느끼기 시작했다. 인혜는 냅킨을 집어 그녀에게 건네주고 거칠게 함박 스테이크를 잘랐다. 예전 같으면 인혜는 말했을 것이다. 미쳤구나, 대체 남자가 뭔데, 사랑이 뭔데 니가 이 꼴을 하구 있는 거니! 지금 니가 그 인간 걱정해줄 때니? 소리를 질러버렸을지도 모른다. 하지만 인혜는 지금은 그렇게 생각하지 않는다. 사랑이라는 것은, 대체 그까짓 게 뭔데, 하고 한마디로 단죄할 수는 없는 것이다. 그녀가 지금 걱정하고 있는 그 마음을 미쳤다고 단정할 수도 없다. 이 세상에 한마디로 단죄할 수 있는 것은 아무것도 없다. 저지르기 전에 막을 수 있는 사랑도 존재하지 않는다. 막으려고 한다면 그건 이미 사랑이기 때문이다. 언젠가 식어버릴 그 사랑 하나 때문에 그 많은 걸 바쳤느냐고 물을 수도 없었다. 죽을 줄 알면서도 우리는 열심히 살아야 한다고 말하지 않는가. 인혜는 기를 쓰고 고기를 자르던 나이프를 식탁에 놓아버린다.

"승희야, 사실은 내가 좀 울고 싶다."

인혜는 힘없이 말했다.

"미안해…… 너 사고 난 이야기 동창 통해 들었어……. 너 많이 힘들었지? 사는 게 바빠서 내가 그때 연락도 못했다."

눈물을 닦아내며 서승희가 말한다. 인혜는 들고 있던 담배를 재떨이에 끈다. 그런 뜻이 아니었는데, 싫었지만 하는 수 없었다.

"저어기…… 그냥 좀 참고 살아봐. 그래두 너 일 있잖아. 나처럼 남편 죽었다 생각하구서…… 일 열심히 하구 승진도 하면서 애들하고 견디고 있으면 남자두 철들고 ㄱ 때까 ㅆ이이ㅜ, 그러면 돌아오겠지……. 그래두 그 사람이 죽는 것보단 낫잖아? 그렇게 생각하고 그냥 살아."

인혜는 진심으로 말했다. 부처님도 말씀하셨다. 모든 중생을 제도하러 내가 왔지만 모든 중생을 다 구제할 수 있는 것은 아니라고. 이 세상에는 세 가지 종류의 연꽃이 있는데, 그 하나는 이미 진흙탕에서 물 밖으로 솟아 나와 꽃을 피운 연꽃과 진흙탕에 머리를 처박고 있는 연꽃, 수면 바로 밑에서 어떻게든 그 위로 솟아 오르려는 연꽃, 첫 번째 경우는 이미 스스로 깨달은 것이니 부처가 구제할 수 있는 중생은 오직 마지막 경우뿐이라고. 그러니 하다 못해 부처님도 그랬는데 싶었던 것이다. 인혜의 말을 듣던 서승희는 눈물을 멈추고 고개를 숙인 채 생각에 잠겨 있다가 잠긴 목소리로 입을 열었다.

"우리 시댁, 절대로 애들 주지 않을 거야."

인혜는 걱정스러운 눈초리로 서승희를 바라다본다.

"우리 종훈이 종손이거든……. 하지만 난 종훈이 없인 못 살아. 걘 내가 키운 애야. 폐렴 걸려서 병원에 입원했을 때도 내가 여름 휴가 포기하구 걔 병실에 있었어. 우리 남편 그때 그 돈 날리면서 그 계집애랑 돌아다니고 있었단 말이야."

이러자는 건지, 저러자는 건지, 하지만 인혜는 그냥 그녀의 말을 듣고 있다. 넓은 접시에 담긴 함박 스테이크는 굳어가고 있는데 두 여자는 음식에는 손도 안 댄다.

"그러길래 왜 애초부터 그런 짓을 하니? 뼈 빠지게 번 돈 왜 거기다가 갖다 바쳐? 마누라 승진 시험 때문에 바쁘다구 바람을 피우니? 니 남편이 승진 시험 봤으면 너 외롭다구 바람피우겠니? ……그런데 아직도 널 사랑한다구? ……그래 사랑 좋지. 그런데 왜 그 사랑을 네 옆에서 꼭 네 등쳐먹으면서 해야 되니? 이 세상에 혼자서 멀리서 짝사랑하는 사람도 많잖아. 유행가 가사 좀 봐. 다들 만나지 못하구 멀리서 잘들 사랑하잖아. 정말 사랑하면 그렇게 사랑하라구 그래! 말이 되는 소리를 해야지 도대체가!"

인혜는 드디어 참지 못하고 말하고 만다. 많이 겪어서 깨달았다고 생각했는데, 이젠 화도 안 난다고 생각했는데, 어차피 인생은 제각기 사는 거, 비즈니스 말고는 남의 일에 절대 끼어들지 말자고 생각했는데 인혜는, 화를 내놓고 보니까 화가 났다. 눈물을 흘려서 눈 화장이 얼룩덜룩 번진 채로 서승희가 인혜를 바라다본다.

"그래…… 말이 안 되지……. 하지만 인혜야. 너 같으면 그렇게 안 하겠니? 사업 실패해서 주눅 들었던 사람이 일 해보겠다고 말하는데, 나 은행에서 사인 하나만 하면 대출 나오는데 너 같으면 대차대조표 확인하고, 이거 나한테 손해야 하면서 거절하겠니? 그 사람 그래두 내 남편이구 우리 애들 아빤데…… 우린 평생을 함께 하기루 맹세했는데…… 그래두 따져보고 그래야 했던 거니?"

두 여자는 결국 같은 생각을 하고 있었다는 걸 인혜는 깨닫는다. 그건 삶이 우리의 생각과는 언제나 다른 방향으로 흘러가고 있다는 것이다. 그래서 인혜는 그런 서승희 앞에서 아무 말도 하지 못한다.

집에 가지 않겠다고 아이는 정인의 품에 안겨서 떼를 쓰고 있다. 요즘 정인의 집에 맡기는 두 아이 중 작은 아이였다. 혼자 사는 아이 아빠가 데리러 오자 정인과 함께 집에 가겠다고 하는 것이다. 아이를 데리러 온 애 아빠가 정인을 보고 멋쩍게 웃는다. 정인은 요즘 민정과 효빈 말고도 미송의 소개로 하나 그리고 인혜의 소개로 하나 이렇게 해서 네 아이를 돌보고 있었다. 하나는 이혼녀였고 하나는 이혼남이었다. 그들은 집을 정인의 아파트 근처로 옮겨왔던 것이다.

"아니 정인 씨가 보고 있을 때는 조용한데 왜 아빠인 너만 오면 시끄러워지니?"

인혜가 저녁을 먹다 말고 현관에 나와 동창을 놀린다. 떼를 쓰는 아이의 아빠는 인혜를 보고 겸연쩍게 웃는다.

"아예 내가 오지 말까?"

"그러면 안 되지. 나도 퇴근하면 가정에서 우리 애들하고 좀 쉬어야 되지 않겠니?"

인혜의 대꾸에 남자가 피식 웃는다. 떼를 쓰던 아이를 결국 정인이 달랬고 아이는 아빠와 함께 떠났다. 효빈과 민정 두 아기는 잠들고, 아이들이 어질러놓은 집 안을 정인이 치우고 있다. 인혜는 식탁에 앉아 남은 밥을 마저 먹으며 그런 정인의 모습을 빤히 바라보고 있다. 정인은 신기하게도 아이들하고 잘 놀았다. 유치원 선생님처럼 특별한 유희를 하는 것도 아닌데 아이들은 정인이 레고 조각을 하나 머리에 올려놓아도 웃었고, 정인이 인상을 찌푸리며 와아아아, 하고 무서운 표정을 지어도 손뼉을 치며 좋아했다. 그건 사실 특별한 재능이라고 인혜는 생각한다. 그림을 잘 그리고 절대 음감을 아는 것처럼 그건 타고난 소질이었다. 인혜는 천천히 밥을 씹으며 아까 낮에 만났던 서승희의 일을 생각한다. 손도 안 댄 음식 접시를 놓아두고 길거리로 나왔을 때 서승희는 또 눈물을 보이고 말았다.

—아이들만 어떻게 할 수 있다면 이혼하고 싶어……. 누가 우리 아이들만 나 회사 가는 동안 키워준다면…… 그럼 결심할 수 있을 거 같아.

푸른 신록이 화사하게 피어나는 거리, 서른다섯을 먹은 두 여자는 그렇게 심란하게 걸었다. 언젠가 민정을 낳고 정인을 소개받기 전에 인혜는 아이 보는 아주머니를 구하려고 한 적이 있었다. 그때 인혜가 놀랐던 것은 아이 보는 아주머니가 요구하는 값이—그녀는 더 이상 사회에서 취직하기도 힘든 쉰여덟 살이었다—거의 대기업의 과장급 월급과 맞먹는다는 것이었다. 집안에 특별한 재산이 있거나 하지 않는 한 맞벌이를 하지 않으면 아파트 한 채 마련하기 힘든 현실에서 그건 인혜에게 구체적인 충격이었다. 그렇다면 그 할머니가 요구하는 것처럼 토요일 오후부터 일요일 밤까지 휴일을 요구하지도 않는 아내들의 가사 노동 비용은? 하는 생각이 들었던 것이다. 더구나 그 할머니가 당당하게 요구한 대로 그건 이미 사회적으로 공인받은 가격이 아닌가.

밥을 먹은 인혜가 식탁을 치우고 설거지를 하는 동안 정인은 시금치 단을 식탁에 올려놓고 다듬기 시작했다.

"시금치가 많네……."

식사를 마친 인혜가 녹차잔을 정인의 앞에 놓아주며 자리에 앉는다.

"방금 간 호준이 아빠 말이에요. 퇴근해서 여기서 저녁 먹고 가라고 해도 안 먹어요. 눈치를 보니까 대충 빵이나 라면으로 때우는 것 같길래, 반찬 좀 해줄려고요. 이혼한 지 얼마 안 됐다는데 그럴 수 있잖아요. 사람 만나는 게 다 싫어지는 그런 순간⋯⋯. 우리 반찬 하는 거 좀 더 하면 되는데요 뭐."

"남자가 애 키우며 혼자 사는 거 보기 짠하긴 하지⋯⋯. 그런데 정인 씨도 수지타산을 맞춰야지. 이제부터 영악하게 살 거라더니 그 결심 다 어디 갔어? 호준이 아빠한테 돈을 더 받든가."

정인은 빙긋이 웃는다.

"영악하게 생겨먹어야 그렇게 살죠⋯⋯. 예전에 우리 할머니 그렇게 없이 살 때도 동네 애들 끼니 때 오면 숟가락 하나 더 놓아주셨어요. 그렇게 사는 거 좋잖아요."

"정인 씨⋯⋯ 정말 착한 여자야."

인혜가 착한 여자라는 말을 꺼내자 정인이 잠깐 생각에 잠기더니 피식 웃었다.

"착하다는 거 좋은 거잖아요⋯⋯ 다만 줄을 잘 서야지."

"그래요, 줄을 잘 서야지."

인혜는 정인의 말을 따라 하면서 어쩔 수 없이 서승희를 떠올린다. 인혜는 잠깐 생각에 잠기다가 담배를 물었다.

"요즘 우리 법조계에 우리 둘이 사는 거 소문났어요. 내가 남편하고 살 때보다 행복해 보인다나? 정말 레즈비언으로 소문나는 거 아닌가 모르겠어. 그런데 아닌 게 아니라 나 요즘 남편들 심정 알 것 같애…… 애들이 둘 더 오니까 정인 씨가 예전보다는 나한테 좀 소홀한 것 같고, 그래서 서운한 거 있죠?"

두 여자는 웃는다. 인혜는 말을 할 듯 말 듯, 망설이며 안경을 고쳐 올렸다.

"요즘 느끼는 건데, 사랑이 문제인 거 같아. 내 친구들 중에 학교 다니던 시절에 학교가 떠들썩하도록 짜하게 연애하고 나서 조건 좋은 다른 남자랑 사는 애들 보면 잘 살거든. 애 둘씩이나 낳고 10년 넘게 살면서 그 애들 요즘 만나면 그래…… 난 남편하고 정 없어. 그런데 신기하게도 그런 아이들이 잘 살단 말이야. 정말 사랑이란 게 뭔지……. 난 차라리 여자들이 사랑하지 않는 남편이랑 잘 사는 게 더 나은 것 같아. 최소한 다른 사람을 심란하게 만들지는 않잖아……. 아니, 방금 간 쟤 호준이 아빠 말이야…… 쟤도 학교 다닐 때부터 그렇게 정이 많은 녀석이었는데 어디서 이상한 여자한테 순정을 바치고 있더라구. 그러더니 결국 이렇게 된 거야."

인혜는 담배 연기를 푸푸 하고 내뿜는다.

"사랑하고 안 하고의 문제가 아니라, 남에게 기대를 너무 많이 하는 거…… 그게 문제겠지요. 내가 못 나 푼 한을 내신 풀어달라고 남에게 기대를 하는 거, 안 할 수는 없겠지만, 그런 건 아닌 것 같아요. 자식이든 남편이든"

"그래요…… 정인 씨가 언젠가 말했지. 산다는 거에 대해서 내가 너무 기대를 많이 했나 봐요…… 하구. 나 요즘 그 말 많이 생각했다. 아니 그뿐은 아니구…… 나 정인 씨하고 요즘 같이 살면서 참 많은 걸 느껴요……. 우리가 여자들인 것에 대해서, 나 예전에는 왜 그렇게 내가 여자인 거 싫었나 몰라. 하지만 이젠 그런 생각이 안 들어요. 부드럽고 따뜻하고 조용조용하고 그런 거, 그건 너무나 소중한 거야. 언젠가 괴테의 『파우스트』를 읽으면서, 영원히 여성적인 것이 우리를 구원하도다, 하는 그 말……. 예전엔 남자들이 강하고 날카롭고 떠들썩한 걸로 여자를 지배해놓고 미안하니까 그냥 폼 잡고 하는 말인 줄만 알았는데, 이젠 그런 생각이 드는 거야. 괴테가 정말 천재긴 천재인가 보다……. 정인 씨, 어때요? 우리 이렇게 살고 있는 삶을 한번 다른 사람들하고 나누어보지 않을래요?"

정인이 시금치 다듬던 손을 멈추고 인혜를 물끄러미 바라본다.

"정인 씨 하나만 생각한다면, 좀 있다가 좋은 사람 만나서 시집가면 되겠다, 생각하면 그만이겠지만…… 그리고 여전히 그건 좋은 일이지만, 우리 한번 크게 생각해보지 않을래요? 애기들 때문에 힘들어하면서 제 삶에서 벗어나지 못하는 엄마들, 할 수 있는 일이라고는 밥이랑 빨래랑 그런 거밖에 없어서 사회적으로 자신이 전혀 쓸모없다고 생각하는 여자들…… 더 이상 남자들한테 니네가 좀 잘해라 우린 불쌍하다, 이렇게 떼쓰지 말구, 우리 여자들끼리 손잡고, 우리 한번 거국적으로 일을 벌여보지 않을래요?"

인혜는 정말로 거국적인 일을 벌이려는 것처럼 진지해 보였다.

낙숫물처럼 고이는 평화

아이는 울지 않는다.

아직 기저귀를 차서 뚱뚱한 궁둥이를 흔들며 모래사장을 힘겹게 걷다가 넘어지면 어휴, 어휴, 한숨을 내쉬고는 제 엄마가 앉은 쪽을 바라보다가, 정인이 어서 일어나라는 손짓을 하면 끙차, 두 손을 딛고 다시 일어서서 걷는다. 민정이와 모래성을 쌓고 있던 인혜가 달려와 효빈을 번쩍 안아 들고 통통한 볼에 쪽쪽 입을 맞추며 모래성 곁으로 다가가고 ▨▨▨ ▨▨▨ 밑에서는 미송이 아이들에게 작은 게를 잡아주고 있었다.

"아이구 지 엄마를 닮아서 그런가 순하기도 하지, 우리 이쁜 효빈이⋯⋯. 이렇게 착한 아이는 처음 본다니까."

정인은 그 젖빛 백사장, 파라솔 밑에 앉아서 책을 읽다 말고 그런 인혜를 바라다본다. 옥빛 바다…… 파도가 밀려오고 파도가 밀려간다. 언젠가 어렸을 때 정인은 그림에서만 바다를 꿈꾼 적이 있었다. 어떤 소설이던가, 소설 속의 바다에서는 흰 말갈기 같은 거품을 날리면 파도가 집채처럼 밀려오고 한 여자가 비바람 속을 뛰어가고 있었다. 정인의 기억 속에서 그 여자는 누군가의 이름을 부르고 있었던 것 같았다. 그때 거기서 그 여자가 그 누군가를 만났던가 아니던가……. 하지만 정인은 막상 나이 서른, 강릉이었던가. 정인이 처음 본 바다는 하늘보다 넓은 것만 같았다. 저렇게 평평하고 저렇게 고른 것이 저렇게 널리 퍼져 있다니……. 이 지구상에 펼쳐진 모든 수면은 동일하지만 왜일까, 그때 본 동해 바다가 높고 웅장했다면 이 제주 바다는 한적했고 그 한적함 사이로 뜨거운 태양이 흰 모래 알갱이들을 까슬거리며 내리쬐고 있었다.

어린 시절, 엄마가 죽고 명수의 자전거 뒤편에 앉아서 울 때 명수가 말했었다. 정인아 내가 데려가줄게, 이담에 우리가 크면 미국이든 서울이든 부산이든 어디든……. 그는 그 미국에 있다.

언젠가 좋은 사람이 생기면 정인은 그와 함께 바다에 가고 싶었다. 모래사장에 앉아서 그의 어깨에 머리를 기대고 있으면, 파도가 밀려가고 그러면 그와 함께 난 한나절을 거기 있었다 하더라도 아주 오랜 시간을 함께 지나온 것처럼 느껴질 것 같았던 것이다.

어디선가 벨 소리가 들린다. 정인은 처음에는 그것이 어디서 나는 소리인지 구별할 수 없었다. 소리는 샌드위치를 넣어둔 바구니에서 난다. 인혜의 핸드폰은 이 여름휴가 중에도 계속해서 울려서 인혜는 제대로 쉬지도 못하고 있었다. 정인은 아이들과 놀고 있는 인혜를 부를까 하다가 핸드폰을 찾아 들었다.

"여보세요……."

"여보세요……. 저 죄송합니다만, 거기 오정인 씨 계시면 좀 부탁합니다."

—내가 데려가줄게, 이담에 우리가 크면 미국이든 어디든 서울이든 부산이든 내가 데려가줄게 정인아.

"여보세요, 저 실례합니다만 이인혜 변호사 핸드폰 맞습니까? 여보세요, 여보세요."

효빈은 혼자 일어나 바다 쪽으로 걸어 들어가고 있다. 미송이 효빈의 뒤를 쫓아간다. 효빈이가 잘 울지 않는 게 정인은 좋았다. 옥빛 바다, 낮고 조용한 바다, 작은 물고기들이 섬세한 지느러미로 헤엄치는 맑은 바다. 해조류처럼 부드러이 다리에 다가와 감기는 따뜻한 물살들…….

잠시 후, 전화가 끊기는 소리가 났다. 정인은 물끄러미 밀려오는 연한 초록빛 파도를 바라본다. 핸드폰으로도 국제 전화가 된다는 사실을 그녀는 몰랐었다. 아마 이곳에 와서 얻은 무너미 밀려오는 그 때문이었다는 기운 느끼는 그제야 깨닫는다. 그녀는 들고 있는 핸드폰을 모래사장 위에 내려놓았다. 보스턴…… 함경도와 위도가 같은 곳…… 겨울이면 눈이 온 거리에 쌓여서 4월까지 녹지 않는다고 명수는 말했었다. 명수가 떠난 지 1년 반, 그사이 정인의 생일과 효빈의 생일 그리고 크리스마스를 기념하는 카드가 날아왔고 그보다 자주 전화가 걸려왔었다. 명수의 전화가 사나흘 간격으로 걸려올 때마다, 밥은 먹었니 물을 때마다, 정인이 며칠 동안 낙숫물처럼 고여 받아놓았던 평화가 우르르, 둑을 넘어버리곤 했다. 그가 전화를 걸게 된 이후, 집 안에 울리는 모든 전화벨 소리가 정인에게 고통으로 변했다는 것을 그는 모르리라. 하지만 이제 정인은 안다. 기다리면, 다시 고요해질 수 있다는 걸, 겨우겨우 고였던 그것이 다시 맥없이 흘러간다 하더라도 평화는 다시 찾아올 거라는 걸. 그러니 이제 그녀가 말하지 않아도 명수는 들었으리라. 이 제주 바다의 바람 소리와 고요한 파도 소리, 그 물속에서 작은 고기들이 투명하고 연한 주둥이로 입 맞추는 소리, 해변의 작고 흰 모래 알갱이가 뜨거운 햇볕을 더는 견디지 못하고 먼지처럼 가벼이 부서져 내리는 소리…….

옥빛 바다에서 이리로 미송이 효빈을 안고 다가오고 있었다.

"아이구 이 녀석 졸린 모양이야."

졸려서 이미 초점이 없어져버린 효빈의 눈이, 하지만 정인과 마주치자 방그레 웃는다. 아기들이 태어나 처음 눈을 맞출 때 미소를 짓는다는 것은 참으로 신기한 일이었다. 그러니 사람은 함께 눈을 맞추고 사랑을 나누면서 살아가야 하는 것인지도 모른다. 처음 혼자 태어나 울어대던 그가 한 사람과 눈을 맞추고서야 비로소 미소를 지으니 말이다. 정인은 바구니에서 털이 북슬북슬한 연분홍 타월을 꺼내서 파라솔 아래 효빈의 잠자리를 만들어놓고 아이를 받아 안았다. 우리 아기 착한 아기 잘도 자고 잘도 논다. 금자동아 은자동아……. 아이의 궁둥이를 두드리며 정인은 바다를 바라본다. 2년 전 비 내리던 초여름날 남호영을 찾아갔던 기억이 그파도처럼 싸르르 밀려왔다. 그때 이런 날이 올 거라고 상상이나 했을까. 차가운 비 몰아치던 거리에서 살이 부러진 우산을 든 채 떨고 있던 그때, 다시금 이렇게 따뜻한 햇살 아래 살아갈 수 있을 거라고, 그때는 생각하지도 못했던 아기와 함께 이 아름다운 옥빛 바다를 보며 한가롭게 앉아 있게 될 거라고 그녀는 그때 꿈도 꾸지 못했었다. 그런데 지금 그녀는 여기 앉아 있다. 그러니 앞으로 다가올 다음 여름이나 그도 아니면 내일이나 혹은 모레 어떤 일이 일어날지에 대해 이제 그녀는 아무 생각도 하지 않기로 했다. 그녀가 인혜에게 말했던 대로 어쩔 수 없는 일이 있는 것이다. 그럴 때는 이런 자연 앞에서 생각해봐야 하는 것이다. 우리는 얼마나 작은지…… 할 수 없는 일 말고 할 수 있는 일이 무언지.

"괜히 여름에 바다 와가지고. 나 심란한 거 있지 정인아."

미송은 옆 파라솔에 남자아이 하나, 여자아이 하나를 데리고 온 부부를 바라보며 말을 꺼냈다. 정인도 따라서 그 부부를 바라본다. 삼십 대 중반쯤 되어 보이는 부부는 자신들의 앞에서 노는 아이들을 바라보다가 서로를 바라보다가 여자가 깎은 커다란 자두를 나누어 먹기도 했다.

"예전에 말이야……. 현준 씨 차 타고 고향 가는데, 우리가 휴게소에서 햄버거 하나씩 사서 나누어 먹고 있었거든. 그런데 그때 내 옆 차에 앉은 여자가 날 바라보고 있는 거야. 처음엔 무심히 봤는데 자꾸 날 바라보길래 다시 보니까, 그 여자 눈길이 아주 슬퍼 보였어. 그때 직감적으로 생각했지. 저 여자 날 부러워하고 있구나, 남편이랑 같이 앉아서 햄버거 먹는 게 부러운 거구나…… 나 그때 생각했다. 그래 어쨌든 이 남편마저 잃으면 나도 저 여자처럼 초라한 모습으로 다른 부부를 부럽게 바라보겠구나…… 무슨 일이 있어도 저렇게 초라해 보이지 말아야지, 우리 엄마처럼 명절날 저녁에 남편 없이 우두커니 앉아 있지 말아야지……. 나 그때, 그 여자에 대해서 뜻밖에도 우쭐했었어……. 하지만 생각해봐, 얼마나 우스운 이야기니. 니가 알다시피 난 그때 지옥 같은 결혼 생활을 보내고 있었는데 말이야. 나 하나도 안 부러운 대상이었잖아, 그때? 하지만 나는 그때 아마 그 여자를 되지도 않는 껍질을 쓰고 상처 입히고 있었던 거야."

정인은 옛이야기 하듯 웃었고 미송은 생각하기에 따라 그도 그렇네 하며 웃었다.

"그건 그렇고 가생모, 말이야."

정인이 효빈을 내려놓자 미송이 보온병에서 차가운 커피를 꺼내 정인에게 내밀며 말을 꺼냈다.

"가생모?"

"가족을 생각하는 모임. 아까 아침에 백 변호사님한테 인혜 언니가 전화 받았는데 모금이 잘 안 되는 모양이야. 하기는 거의 다가 이혼녀 이혼남이니 개털들이지……. 언니가 아까 서울 가면 무슨 대책을 세워야겠다고 그러대."

미송은 담배를 피워 물며 말한다.

'가족을 생각하는 모임'은 지난해 6월 초, 인혜가 정인에게 거국적으로 생각해보자고 말을 꺼낸 이후에 인혜와 미송 그리고 뜻있는 여성학자와 그것을 지지하는 남성들을 통해 발기되었다. 처음에는 완전 탁아를 목표로 하는 것이었지만 정인의 제의로 음식 공동체에 대한 토의도 이루어졌었다. 1년여 동안 정인 역시 그것 때문에 바쁘게 뛰어다녔었다. 인혜는 신도시에 새로 지은 뜰 있는 집으로 거처를 옮겼고 정인은 이제 거기서 거의 열 명의 아이를, 인혜의 말대로 할 줄 아는 것이라고는 밥하고 아이 키우는 일밖에 없는 젊은 이혼녀 두 명과 함께 돌보고 있었다. '가족을 생각하는 모임'이 발기됐을 때 그 이름을 정하기 위해 사람들은 꼬박 하루 동안 회의를 열었다. 인혜의 집에서 열린 그 회의에 음식과 음료수를 나르면서 정인은 사실 처음에는 의아한 생각을 하긴 했었다. 이름 따위가 무엇이길래, 배운 사람들은 저렇게 집착하는 것일까, 하고 혼자 웃기도 했었다. 하지만 그들의 진지한 회의를 지켜보면서 정인은 문득 생각했다. 내용만이 중요하다고 하는 것은 형식만이 중요하다고 하는 것과 마찬가지의 오류였다. 서기 밀려오는 파도와 밀려가는 파도, 모두가 다른 파도이며 어느 것도 그 파도가 아니지만, 그 이름이 파도인 것은 정인의 기억 속에 혹은 어린 효빈의 마음속에 남을 것이다. 하기는 얼마나 많은 사람들이 그 이름 때문에 고통받고 있던가. 그녀가 이야기한 대로 언젠가 고속도로 휴게

소에서 정인을 물끄러미 바라보던 그 여자도, 그리고 남편의 무관심과 냉대를 견디던 예전의 정인도, 그리고 어머니……. 그들은 그 이름 때문에 힘겨웠었다. 그 이름 밖으로 뛰쳐나갈 수 없어서, 혹은 그 이름 안으로 들어설 수 없어서…….

어쨌든 그 이름이 '가족을 생각하는 모임'인 가생모는 이제 신도시 한편에 새로운 부지를 마련했고, 이제 건물을 올리기 위한 주춧돌 모금을 하고 있었다. 그런데 뜻밖의 복병이 생겨나버렸다. 보수적인 언론의 캠페인에 맞추어 기존의 여성 단체에서 '함께 사는 세상'이라는 사단법인을 만들었고 강남 중산층의 열화 같은 지지를 모아 선뜻 노른자위 땅에 있던 상가를 사들여 회관을 건축했던 것이다. 그들은 남편다운 남편, 아내다운 아내, 아버지다운 아버지와 어머니다운 어머니를 표방하고 있었고 기존의 가정을 지키기 위한 캠페인과 강좌를 시작했다. 신문 광고의 일면 통단이 그들의 광고로 장식되었고 '가정을 지킵시다! 서로 조금만 사랑하고 인내합시다!'라는 글귀는 그래서 이제 낯선 구호가 아니었다. 그중의 일견 과격한 논객이 '가생모' 쪽을 가정을 파괴하려는 일부 사회주의자들의 획책으로 규정했고 신문에서는 연일 그것에 대한 논의가 벌어지고 있었다. 직장에 다니면서 그저 24시간 탁아를 위해 아이를 '가생모' 쪽에 위탁하려던 보통의 주부들이 하나둘 슬그머니 탈퇴하기 시작했다. 소위 '결손가정'의 아이들이 득시글한 곳에 아이를 맡기고 싶지 않다는 이유였다. 하기는 그 중심 멤버인 인혜와 미송 그리고 실제적인 일을 맡아보기로 한 정인까지, 그것에 대해서 할 말이 없기는 했다. 그들은 말하자면 과부요, 이혼녀이며 사생아의 엄마이며, 노처녀였으니 심지어 구색을 갖추기까지 했다고 농담을 할 정도였으니까 말이다. 인혜는 이제는 지나가버린 과거의 일이라고 생각한 엉뚱한 사회적 편견에 부딪혀 요즘 침울해하고 있는 중이었다. 그래서 가끔 인혜는 지금 심정이 마치, 신혼여행 첫날밤 남편이 그녀에게, 이제 담배 피우지 말아, 라고 당연하게 명령했던 그날 밤의 당혹스러움과 비슷한 심정이라고 표현하기도 했다.

— 생각해보니까, 예전의 남편이 조선시대에서 튀어나온 건 아닐까 생각했던 내가 잘못이야. 그래, 남편이 옳았어. 지금은 조선시대야. 딴 건 몰라도 가족에 대해, 특히 여자에 대해 지금은 분명 조선시대인 거야…… 맙소사, 이십 세기 말이라고 생각한 내가 바보였던 거야…….

그때 다시 벨 소리가 울렸다. 이번에는 미송의 엉덩이 밑이었다. 미송이 커피를 마시다 말고 화들짝 놀라며 수화기를 찾아 들었다. 정인은 자기도 모르게 손 아래 있는 모래 한 줌을 집어 들었다. 명수 오빠가 웬일이야, 미송의 소리가 선명하게 들린다.

대체 언제쯤, 마음은 고요해질 것인가 …… 대체 언제쯤, 내 자신의 완전한 서재에 나를 가두고 오래된 성벽처럼 이끼 끼고 담쟁이 무성하게 오래오래 버티다가 그 안에서 홀로 고요할 수 있을 것인가. 저렇게 파도 앞에서 스러져버리는 모래성…… 정인의 손아귀에 잡혔던 모래 알갱이들이 스르르 제 손을 빠져나간다.

"받아봐, 명수 오빠야."

미송이 핸드폰을 건넸다. 그녀는 굳은 얼굴이었다. 정인은 그런 미송의 얼굴 때문에 따라 굳어진다.

"정인이니? 제주도라며? 좋아?"

"응."

"점심은 먹었니?"

"응."

"뭐?"

"고등어회."

"맛있었겠다. 푹 좀 쉬었니?"

"응……."

"……."

"오빠도 언젠가 이 바다에 와봐. 참 좋아."

정인은 명수가 미국으로 떠난 이후 처음으로 긴 문장을 말한다. 말하면서 정인은 순간 자신이 변했다는 것을 느꼈다. 예전 같으면 그녀는 말했을 것이다. 오빠랑 언제 한번 이 바다에 오고 싶어……. 하지만 정인은 이제 안다. 멀리서라도 생각할 수 있는 것이다. 그도 이렇게 좋은 바다를 보았으면 좋겠다고 꼭 나와 함께가 아니더라도 그가 보고 즐거워한다면 그것으로 좋을 거라고. 그가 카드에 쓴 대로 이 세상 어딘가에 그가 살아 있고, 나와 함께 한 해에 한 살씩 나이를 먹고…….

"……가을에 한국 간다. 아주 가는 거야."

명수가 잠시 침묵하다가 말했다. 정인은 아무 말도 하지 않고 잠든 효빈의 땀에 젖은 머리칼을 쓸어준다. 쓸어주는데 그녀의 손바닥에 땀이 흥건히 솟아난다. 그래, 마음이 고요하지 않다면 고요하지 말라고 하자……. 정인은 대답하지 않았다. 명수는 인사말을 하고 전화를 끊었다. 핸드폰을 끄면서 정인은 미송의 안색을 살폈다. 언제부터인가 명수를 생각하면 정인은 미송이 불편했다. 우리 아무 사이 아니야, 라고 말하기도 이상했던 것이다. 하지만 서울 집에서도 그랬고 몇 번 명수의 전화를 받는 정인을 바라볼 때마다 굳어지는 미송이 정인으로서는 어색했던 것이다. 희고 갸름한 연주의 얼굴이 그녀를 따라 떠오르는 것도 어쩔 수 없었고 정체 모를 희미한 죄책감 같은 것이 따라오기도 했다.

"명수 오빠 이혼했어. 미국 가자마자……. 그리고 연준 지금 LA에 있어."

미송은 퉁명하게 말하고는 선탠 기름을 다리에 바르기 시작했다. 정인은 바람이 불지도 않는데 머리칼을 귀 뒤로 자꾸만 넘긴다. 미송은 자리에 누워 커다란 밀짚모자를 덮어쓰고 아무 말도 하지 않았다. 정인은 밀려오고 밀려가는 자잘한 파도를 바라본다. 완전한 성에 나를 가두고 오래된 성벽처럼 이끼 끼고 담쟁이 무성하게 오래 버티다가 그 안에서 홀로 고요하고 싶다는 바람……을 생각하려다가 정인은 문득 생각을 멈추었다. 누구든 그럴 수 없다고, 산다는 것은, 밀려오고 밀려가는 파도 같은 것, 성처럼 멈추어 우뚝한 게 아니라, 흔들리면서 가는 거라고, 다만 그 이름이 파도인 것을 잊지 않듯이, 날마다 새로 해안선을 그리며, 덜컹거리면서 가는 것은 아닐까……. 그녀의 마음에 파도가 다시 밀려왔고 그러자 그 생각의 모래성마저 우두두 무너져버렸다.

콘도미니엄 베란다로 보이는 건너편 호텔 풀장에서는 바비큐 파티가 열리고 있었다. 정인이 샤워를 마치고 나오자 인혜가 녹차를 끓여 정인의 앞에 놓아준다. 정인은 젖은 머리를 털며 인혜 앞에 앉는다. 푸른 풀장의 넘실거리는 물 위로 나트륨등 주황빛이 출렁거리고 흰 와이셔츠에 검은 나비넥타이를 맨 보이들이 고소한 바비큐를 탁자마다 나르는 것이 보인다. 정장을 차려입은 가족들이 나트륨등 불빛 아래서 작고 동그란 꽃같이 앉아 있다. 그리고 트럼펫 소리…… 소리는 그들을 지나 이리로 아득하게 들려온다. 정인과 인혜는 창을 열어놓고 그 풍경을 물끄러미 바라보고 있다.

"정인 씨 안색이 안 좋아요. 저녁도 통 뜨지 못하던데……."

인혜가 담배를 물다가 정인을 바라보며 묻는다.

"명수 씨한테 전화 왔었어요?"

정인이 화들짝 놀란 얼굴로 인혜를 바라보았다.

"오긴 왔던 모양이구나……. 그 전화 오고 나면 정인 씬 늘 그런 얼굴이었어."

정인은 그런 얼굴이었다는 말 때문인지 제 볼을 가만히 쓰다듬는다. 인혜는 애처로운 눈길로 정인을 바라보더니 담배에 불을 붙였다. 어두운 여름밤 바다에서 불어오는 바람은 미지근하게 정인의 젖은 머리칼을 밖에서부터 보풀거리게 한다.

"내가 참견할 일은 아니라서 입 다물구 있었는데, 살다보니까 그런 것 같아요. 미송이 말로는 명수 씨 부인이 재결합을 원하고 있고 명수 씨도 그런 것 같다고 하지만 그리고 그 연주 씨가 마음 고생을 많이 하고 있다고 가슴 아파하지만, 냉정하게 이야기해서 그건 그 사람들의 관계고 그 사람들의 몫인 거야……. 나, 명수 씨가 가끔 전화해서 정인이 바꾸어달라고 할 때마다 느꼈어. 어쨌든 이 남자는 마음에 보석을 하나 가지고 있구나. 그 보석의 이름이 오정인이구나…… 하구. 정인 씨, 인생은 짧고 시간은 많지 않아요. 사랑할 수 있는 시간 그리고 일할 수 있는 시간. 그 시간을 뜨겁게 보내기로 해요. 사랑을 해서 성공을 하든 안 하든 그건 중요한 게 아니야. 인생은 살아가는 과정인 거잖아……. 아휴 미송이 나오네. 쟤 말 듣지 마, 쟨 사는 데 있어선 아직 애기야 애기. 정인 씨도 알지? 나이 먹는다고 전부 성숙하지 않는다는 거…… 나이는 고통으로 먹는 거야."

미송이 샤워를 마치고 다가왔다. 키가 크고 뼈대가 굵은 처녀, 인혜가 이야기한 애기인 미송은 짧은 여름 잠옷을 입으 ╲에노 다가오더니 울상을 지었다.

"정인아, 인혜 언니, 어쩌면 좋은 거야? 내 다리 좀 봐…… 냉면 위에 놓인 삶은 달걀 같아."

인혜와 정인이 동시에 미송의 다리를 바라다본다. 두 사람은 그제서야 냉면 위에 놓인 삶은 달걀 같다는 것이 무언지 이해하고 웃음을 터뜨렸다. 미송의 다리는 앞쪽만 그을리고 뒤쪽은 하얘서 공군사관학교 생도의 바지나 옆 가르마를 탄 것처럼, 줄이 주욱 그어져 있는 듯 보였던 것이다. 미송은 다리를 더 들여다보다가 머리를 털다가, 울상을 지으며 탁자에 앉았다.

"내일 마저 태우면 되지 뭐."

정인이 위로하듯 말하자, 인혜가 미송을 놀렸다.

"그런데 어떻게 하니? 내일부터 우리 돌아가는 날까지 계속 비 온다는데…… 아마 태풍이 온다는 것 같던데."

미송이 그런 인혜를 흘겼고 세 여자는 한참을 웃었다.

"그런데 저 호텔에 '함께 사는 세상' 팀 와 있더라, 아까 요 앞길에서 만났어."

인혜가 말을 꺼냈다.

"가족 동반 모임이야?"

'함께 사는 세상'의 캠페인 때문에 '가생모'의 모금 기회를 여러 번 방해받은 미송이 뾰로통해져서 물었다.

"아니, 여자 간부들끼리만 온 모양이야."

"아니 가족을 지키고 침실 매너도 익혀야지 어쩌자고 여자들끼리 와 있는 거야?"

미송은 엉뚱하게 태워진 자신의 다리도 다리지만 '함께 사는 세상' 이야기가 나오자 영 기분이 틀리는지 비꼬며 물었다.

"얘, 침실 매너 배우는 게 어때서 그러니? 그것도 다 사는 데 필요한 거야. 그걸로 모든 걸 해결하려고 드는 게 문제인 거지……"

인혜가 면박을 준다.

"보수 반동이야. 지금 때가 어느 땐데…… 언제는 남자들이 여자들 침실 매너 나빠서 그 지경이었수?"

"저, 저 운동권 가락 나온다……. 얘 미송아, 그러니까 니가 연애도 한번 못해보고 시집도 못 가는 거야. 유부남이라도 좋으니까 너도 얼굴 바싹바싹 말라가면서 연애 한번 해봐야지…… 그래야 이 세상에 대해서 눈도 커지고, 나잇값도 하고 그러는 거야."

미송은 여느 때 같으면, 시집은 무슨 시집, 그렇잖아도 시집 원고 신통찮아서 죽겠는데, 하고 나올 태세였겠지만 녹차잔을 들고 마시며 말이 없다. 인혜가 담배를 물고 말을 꺼냈다.

"생각해보면 난 여자라는 게 싫었어. 그때 꼭 그렇게 꼬집어서 생각을 한 건 아니지만 그랬던 거야. 여자답다는 말도 모욕으로 들릴 지경이었으니까. 그래서 옷도 헐렁한 거 입고 다녔지. 내 불룩한 가슴이, 남자애들하고 경쟁하는 데 방해가 될까 봐 두려웠거든……. 하지만 정인 씨 만나고 민정이랑 효빈이 키우면서 한참을 생각했어……. 남자들이 전 인류의 역사를 통해서 왜 그렇게 여자들을 지배하고 싶어 했는지 이제 알 것 같아. 그들이 두려웠던 거야, 생명의 열쇠는 여자에게 있으니까. 일부일처제로 묶어놓고 자신들의 성을 붙이지 않으면 영영 모든 새 생명들을 빼앗길까 봐 겁이 났던 거 아닐까? 남자들이 생산할 수 있는 건 막말루다 똥하고 정액밖에 더 있니? 게다가 어린 시절부터 여자인 어머니에게 키워지지……. 생각해보면 겁먹는 것도 당연해. 원래 겁에 질린 인간들이 난폭해지는 법이니까……. 그러니까 어차피 같이 사는 세상, 우린 우리 여자들의 방법을 써야 하는 거야."

트럼펫 소리가 세 여자의 침묵 사이로 들려온다. 멀고 낭랑한 소리. 정인은 문득 하늘을 올려다본다. 별이 후두둑거리며 바람결에 가물거린다. 인혜의 말대로 비가 오려는지.

"뭐 나는 다는 동의 못하겠구. 왜냐하면 남자들이 이미 지배하고 있는 세상에 태어났으니까 말이야. 겁먹어서 나빠도 나쁜 건 나쁜 거니까, 독재자가 나쁜 거 갖구, 쟤 겁먹어서 그래, 하고 봐줄 수도 없잖아……. 하지만 어쨌든 민정이하구 효빈이 보니까 예쁜 딸은 하나 낳았으면 좋겠다는 생각이 들어…… 더 늦기 전에……. 정인이가 효빈이 낳으려고 할 때 나도 사실 속으로는 반대하는 입장이었는데…… 이제 정인이가 왜 그랬는지 알 것 같아."

미송은 뜻밖에도 진지한 말을 꺼냈다.

"그리구 나 지금 방금 생각해낸 건데, 내 다리가 왜 이렇게 된 건지 알 것 같아……. 나 실은 무진장하게 섹스가 하고 싶었나 봐. 모래사장에 남자들이 많아서 엎드릴 수가 없었거든. 이게 무슨 연관이 있는지 나도 모르겠지만, 하여튼 그래서 내 다리가 이렇게 된 거야……. 내가 이런 생각을 하고 있는 줄은…… 실은 나도 몰랐어."

미송은 뜻밖에도 울먹이고 있었다. 인혜가 순간 멍한 시선을 미송에게 던졌고 정인이 의자에서 일어나 울먹이는 미송의 곁으로 다가가 미송을 가만히 안았다. 미송의 말대로, 다리가 그렇게 된 거하고, 바닷가에 당연히 있을 남자들이 있는 거하고, 엎드릴 수가 없었던 거하고 무슨 이야긴지 알 수는 없었지만 정확히 감은 왔다. 정인보다 체구가 두 배나 큰 미송은 정인의 품에 안겨서 눈물을 뚝뚝, 떨구었다.

"거 봐라 미송아, 침실에서 매너도 중요한 거라는 거 알았지? 됐다, 알았으면 됐어. 정인 씨, 우리 서울 올라가는 대로 미송이 남자 하나 알아봐서 시집 보내자. '함께 사는 세상'에 가서 침실 매너도 배우게 하고, 그러면 됐지? 미송아."

두 여자를 안쓰러이 바라보다가 인혜가 말했고, 미송은 정인의 품에 안겨 눈물을 떨구다가 정인의 어깨를 밀어내며 푸하하하, 웃었다.

가거라, 슬픔이여. 금빛 날개를 타고

인부들이 밧줄에 몸을 의지한 채로 건물 위에서 내려온다. 그들이 내려서는 자리마다 언젠가 제주 바다에서 보았던 옥빛 바다색이 주욱 선을 긋는다. 정인은 밤나무 잎 지는 뜰에서 팔짱을 낀채로 그들을 올려다보고 있었다. 그들이 제주에서 돌아와보니, 상황은 조금 변해 있었다. 미송이 일견 '보수 언론'이라고 부르는 곳에서 '함께 사는 세상'을 너무 지지해주었기 때문일까. 80년대를 거쳤던 진보 세력들이 자신들의 잡지와 다른 언론을 통해 '가족을 생각하는 모임'을 지지해주었고 논쟁이 불붙으면서 미송이 말하는 '옛 동지'들이 힘을 모아주기 시작했다. 그래서 그들은 강남의 노른 자위 땅도 아니고, 그럴듯한 건물도 아니었지만, 신도시의 부도난

유치원을 사들여서 건물을 새 단장 하는 중이었다. 이제 한 달 후면 '가족을 생각하는 모임'이 확대 재편된 '사람이 사는 집' 간판이 이곳에 올라가게 되었다. 제주도에서 인혜와 미송 그리고 정인이 우려한 것만큼 상황이 나쁘게만 진행된 것은 아니었고, 인혜가 생각하는 것만큼 지금이 꼭 '이조시대'라고 말할 수도 없었다. 그러고 보니, 언젠가 신문에서 본 기사가 생각났다. 동해안에서 횟감으로 쓸 생선을 가져다 파는 수족관 차 운전사의 말이었다. 그들은 그 수족관에 횟감용 고기의 천적을 한 마리 넣어둔다는 것이다. 그렇지 않은 경우, 서울에 오는 동안 멀미로 늘어지는 고기들이, 천적이 한 마리라도 있으면 서울에 도착할 때까지 싱싱하다고 그는 말했었다. 아마 긴장을 잃지 않는다는 뜻이리라. 그러고 보면 뜻을 달리하는 단체나 경쟁 관계의 사람들 혹은 남자와 여자도 그런 대립 관계를 가지는지도 모른다. '함께 사는 세상'이 그렇게 빠른 속도로 번창하지 않았다면 아마 '사람이 사는 집'에 대한 계획도 훨씬 더 늦어졌을 테니까.

일을 도와주시기로 한 아주머니에게 인부들의 저녁 식사를 부탁하고 정인은 아직 어지러운 자신의 임시 집무실로 들어섰다. 감옥에 오래 계시던 장기수가 써준 '사람이 사는 집'이라는 한글 현판을 바라보다가 정인은 비닐도 벗기지 않은 자신의 새 의자에 앉는다. 앉아서 얼마 전에 새로 배달된 자신의 책상을 가만히 쓸어본다. 자신만의 책상을 가져보는 것은 정인에게는 처음이었다. 게다가 회사의 스티커를 뜯지도 않은 책상…… 어린 시절에는 정희의 앉은뱅이책상을 물려 썼었고, 그리고 현준과의 결혼 생활에서 책상이라는 것은 엄두도 내지 못했었다. 더구나 이혼을 하고 자취 집에서 마련했던 중고 앉은뱅이책상은 남호영이 차지해버리지 않았던가……. 서른이 훨씬 넘어 처음 해보는 일이 있다니, 책상을 가지고 이렇게 좋은 저녁을 맞다니. 밥이나 빨래, 그도 아니면 아이 키우는 일밖에 할 줄 모르던 그녀는 문득 생이 신비로웠다. 더구나 이제 이 '사람이 사는 집'에서 그녀는 모든 외로운 사람들에게 따뜻한 저녁의 식탁등을 켜줄 수 있는 것이다. 정인은 책상 서랍을 연다. 아직 나뭇밥이 다 가시지도 않은 책상 서랍은 스르르 미끄러진다. 아직 텅 빈 책상 서랍 속에는 어제 배달된 명함이 들어 있었다. '사람이 사는 집 대표 간사 오정인'이라는 명함을 꺼내어 정인은 가만히 들여다본다. 이런 날이 오리라고는 생각하지 못했었다. 서른이 넘으면 이 세상은 할머니의 자개장롱처럼 그 자리에서 낡아가는 줄 알았던 것이다. 자개가 떨어져나가면 다만 부스럼 같은 흔적이 남아 그렇게 조금씩 죽어가는 거라고, 아무도 그렇게 말해준 사람은 없지만, 할머니나 어머니 혹은 이웃 아주머니의 삶들이 그녀에게 그렇다고 말해주었던 것이다.

열린 창으로 페인트 냄새가 싸하게 밀려들었다. 인부들이 하루 일을 마치고 임시로 지은 숙소로 밥을 먹으러 가는지 웃음소리가 떠들썩하게 들려왔다. 예전에 정인은 페인트 냄새를 아주 못 견뎌했었다. 왜였을까, 그건 어머니가 빠져 죽은 저수지의 물 비린내를 자극하는 냄새 같기도 했고, 아버지가 몰던 버스의 냄새를 연상

시키기도 했었다. 하지만 정인은 이제 무심히, 한결 차가워진 가을 바람 속에 스미는 그 냄새를 웃음소리처럼 거부감 없이 들이켠다. 가을이었다.

　정인은 가방 속에서 작은 액자에 든 사진을 꺼내 책상 위에 가만히 올려놓는다. 효빈과 민정과 자신이 손수 1년 동안 돌보았던 다른 두 아이와 함께, 모두 네 아이가 찍은 사진이었다. 아직 나무 냄새가 가시지 않은 새 책상 위에 팔을 고이고 정인은 아이들을 들여다본다. 아이들은 강낭콩처럼 주르르 어여뻤다. 효빈에게 물려줄 세상을 생각한 이래 정인의 삶은 달라졌다. 아마 효빈이 남자아이였다면 생각은 조금 바뀌었을지도 모른다. 효빈이가 그리고 민정이가 소녀가 되고 처녀가 되었을 때, 정인은 여자인 엄마는 애썼다고, 애쓰며 살았다고 말해주고 싶었다. 그런데 왜였을까, 아이들의 사진을 미소를 띤 채로 바라보다가 정인은 문득, 죽음을 생각했다. 오래도록 불행한 길목만을 돌아온 이 여자는 주어진 이 행복이 믿을 수 없었을지도 모르겠다.

　'만일 내가 오늘이라도 떠억하니, 죽음을 선고받는다면, 만일 그런 일이 일어난다면……'

　가슴은 뛰지 않았다. 아직은 안 돼요, 라거나 빌하고 싶지도 않았다. 다만 가슴에 두 손을 모으고 그녀는 잠시 멈추어 있었다. 죽음을 생각한 건 아마도 효빈을 생각하면서 한 번도 지울 수 없던 그 이름, 어머니…… 를 생각했기 때문이리라……. 그날 자신에게 거짓말을 시키고 죽어간 어머니…… 살아가면서 한 번도 용서할 수 없었던 그 이름……. 멀리서 이리로, 마치 동트는 새벽 산꼭대기에서 보았던 여명이 다가오듯 그렇게 정인에게 기억이 다가오고 있었다.

─내가 죄가 많아서 널 낳았구나…….

죽기 전에 어린 정인의 짧은 단발을 귀 뒤로 넘겨주며 섬뜩한 표정으로 어머니는 말했었다. 효빈이 다른 집 아빠들을 물끄러미 바라볼 때 느끼던 그 감정, 정인은 이제 그런 어머니를 어렴풋하게나마 이해한다……. 정인의 눈에 눈물이 고인다. 만일 살아만 있다면, 어머니가 죽지 않고 살아, 명수의 말처럼 한 해에 하나씩 정인과 같이 나이를 먹었다면, 정인은 이제 그런 그녀에게 무슨 말을 할 수도 있었을 것이다.

─엄마는 너를 낳을 때 아주 좋은 꿈을 꾸었단다…… 힘든 날이 가면 좋은 날들이 올 거야…… 무슨 일이 있어도…… 니 자신을 믿어야 한다…… 너는 참 착한 아이였단다…… 엄만 착하게 살지 못했다…….

정인은 자리에서 일어나 창가로 다가갔다. 해 저무는 숲 속, 뒷산의 밤나무 숲에서 바람도 없는데 솔밋한 밤나무 이파리들이 떨어지고, 또 떨어져 내린다. 아마 가을이어서였을까…… 정인은 생각한다.

제가 죽을 때, 그것이 언제든 하느님 제게 5분의 시간만 허용해주십시오. 저는 조금만 생각해보고 싶습니다. 나는 애쓰며 살았을까, 충분히 애쓰며 살았을까, 나를 사랑하고 그로 인하여 얽힌 내 인연들을 사랑하며 살았을까……. 풋풋한 흙냄새 일깨우며 비 내리는 봄날과 바람 불고 뜨거운 여름날과 흐린 가을날 그리고 쩽한

겨울날을 사랑했던 내가…… 당신이 주신 그 아름다운 네 계절의 하늘 아래로 살아 걸어 다니면서 열심히 애썼을까…… 그런 생각을 할 수 있는 5분간만을……. 그러면 설사 엄마인 그녀가 죽어도 효빈인 잘 클 수 있을 것 같았다. 그 생각이 전해지든 그렇지 않든 그것은 문제가 아니었다. 효빈은, 그녀가 뱃속에 넣고 열 달 동안을 키워낸 효빈은 느낄 수 있을 것이다. 상처 입으면서도 그 바람 속을 볼이 빨갛게 되도록 열렬히 달려갔던, 그토록 삶을 사랑했던 엄마의 흔적들이 효빈의 삶에 후광처럼 부드러이 휘감길 것이다. 정인은 수도승처럼 경건한 자세로 두 손을 모았다.

멀리서 다람쥐 한 마리가 또르르르 밤나무 위로 올라간다. 그러자 정인은 문득 몇 해 전 어느 초여름 제 팔목을 긋기 전에 자신이 죽인 지렁이 한 마리를 떠올렸다. 잔인한 눈빛을 번득이며 정인이 소금을 뿌려 죽여버렸던, 그 염기에 몸부림치던 그 부드러운 생명……을 그때 내가 죽였지…… 죽어서 딱딱하게 굳어지게 해버렸지……. 정인은 처음으로 그 생명에게 사과하고 싶었다. 할 수만 있다면 속죄하고 싶은 이상한 심정이었다. 아마 가을 저녁이었기 때문일 것이다. 가을이었고 그리고 내일 명수가 돌아온다

정인은 제 손목에 얹힌 작은 시계를 들여다보았다. 한때 세상을 떠나고 싶으나 실방의 흔적이 그 시계 밑에 남아 있었다. 하지만 이제 그 손목의 상흔 위에서 째깍이며 시간이 가고, 그리고 명수가 돌아온다. 사람이 사는 집을 낮고 잔잔한 제주 바닷빛으로 칠하고, 다시 저녁이 내린다.

정인은 내일 명수를 마중하러 공항으로 갈 것이다. '사람의 집'에서 마련해준 그녀의 자동차에 올라타고 떠날 것이다. 아마도 차에 타서 시동을 걸고 나서도 그녀는 기어에 손을 올린 채로 떠나지 못할지도 모른다. 초보 운전 딱지를 뗀 지도 한 달이 지났지만, 떨고 있을지도 모르겠다. 아니, 어쩌면 백미러를 내려 거울을 들여다보면 둥근 눈 밑으로 짧게 주름진 타원형의 그늘들, 생기를 잃고 늘어진 뺨들을 손가락으로 가만히 매만지게 될 것이다. 그녀는 서른세 살이었다. 하지만 그녀는 안다. 결코 자개가 떨어진 장롱처럼, 부스럼 자국처럼 남은 삶을 보내지는 않을 것임을.

— 3시 40분 도착이야, 네가 나와줘.

명수의 전화는 그렇게 끊겼었다. 정인은 차마, 연주도 함께 오느냐고 물을 수는 없었다. 하기는 평생 받기만 하던 관계였던 명수에게 그토록 무엇인가를 주고 싶었던 그녀였으니, 그가 연주와 함께 오든 그렇지 않든 정인은 그를 도와주겠다고 자진해서 나섰을 것이다. 그래서 힘이 난 정인은 기어를 올리고 공항으로 갈 것이다. 차가 달리는 길가에는 강가를 따라 늘어선 나무들이 와와 이파리를 날리고, 강물은 가을 하늘을 따라 깊어져 이제 짙은 푸른빛일 것이다. 그리고 내일 이후, 공항으로 가는 강가를 달릴 때마다 정인은 생각할 것이다. 한때 이 길은 내가 떨리는 손으로 기어를 넣고 그를 마중 나갔던 곳이라고, 가까이 있었으나 한 번도 닿지 못했던 사람을 마중하러 나는 이 길을 달려갔다고. 하지만 정인은 명수를 대면하는 일보다 달려가는 그 길에 그런 의미가 부

여되는 것이 무서웠다. 사람은 떠나도 길은 남아, 그녀의 시선을
오래오래 붙들어 맬 것이기 때문이다. 정인은 겁이 난다. 더 이상
은 누구로 인해서도 가슴 아프지 말자고, 노력해서 되는 일만 하
자고, 체념을 익히고 그것이 썩어 문드러져서 거름이 될 때까지
고요하자고, 밤이면 두 손을 모으고 앉아 생각했지만, 심지어 방
금 전 수도자처럼 경건하게 두 손을 모으고 죽음까지 편안히 생
각했지만, 죽음조차도 삶을 초월할 수는 없다. 삶은 죽음보다 생
생한 것이다.

하지만 아마도 그런 시간이 지나면 정인은 생각하게 될 것이다.
그래, 그가 살아 있으면 돼. 꼭 내 곁이 아니더라도 이 세상 어딘
가에 살아 나와 같이 한 해에 하나씩 나이를 먹고…… 그렇게 살
아 있으면 된다고……. 인혜의 말대로 누구나 덜컹이면서 가는 것
이다. 파도가 밀려오고 파도가 밀려가서 매 순간 새로운 해안선을
긋듯이 사는 것이다. 비록 폭풍우 몰아치고 파도가 뒤집혀 백사장
이 유실되고 바다 아닌 것들이 바닷물로 뒤덮이는 순간이 온다 해
도, 그래도 며칠 후면 다시금 고요해진 파도가 비슷한 자리에 해
안선을 긋듯이 그렇게 살아가는 것이다. 바다는 잠기다 수 없으
며 살아 있는 한 누구도 한자리에 머물일 수 없으며 이 세상 만물
은 명수가 이의 바한 대로 변하니까…… 변할 수 없는 것들, 아마
변해서는 안 될 것들을 지키기 위해 날마다 조금씩 내가 변하자
고……. 어둠이 내리는 실내에 정인은 가는 실루엣으로 서 있었다.
실루엣은 정인의 담담한 얼굴이 되었다.

고요한 숲 속, 어둠 속에서 희미한 형체가 이리로 다가오고 있었다.

열 살짜리 계집아이가 이리로 걸어온다. 울면서 걸어온다. 오래 물려 입어서 무릎이 다 나온 초록색 쫄쫄이 바지를 입은, 겁에 질린 계집아이…… 월계꽃들 반짝반짝 눈을 반짝이며 웃던 그날 밤, 엄마가 죽어요! 저수지에 빠져 죽어요! 울부짖다가 뺨을 맞던 한 계집아이…… 걸어온 아이는 머뭇거리며 정인을 바라보고 서 있다. 그 후로도 오래도록 상처 입을 눈을 말갛게 뜨고, 남아 있는 울음의 잔해 때문에 턱을 부르르 떨고 있었다……. 빗속에 서서 오지 않는 현준을 기다리던 스물몇 살 촌뜨기 아가씨가, 너는 불길해, 정씨댁에게 멱살을 잡히고 맨손으로 눈물을 닦으며 집으로 돌아가던 처녀가, 그리고 현준에게 맞은 채 거리로 뛰쳐나가던 산발한 상처투성이 여자가, 남호영에게 버림받고 봄 밤거리에서 두부처럼 무너져 내렸던 한 여자가…… 깨진 유리 파편으로 제 삶의 힘줄을 베어버렸던 그 파리한 여자가…… 저수지에 빠져 죽은 어머니와 함께 어두운 숲에서 이리로 조금씩 다가오고 있었다. 그들은 어둠 속에서 움직임 없이 정인을 바라보고 있었다. 정인은 노란빛 충만한 실내에 서서, 지금 그녀가 선 실내를 밝혀주는 작은, 그러나 어둠을 몰아내기에 충분한 불빛에 의지한 채 그들을 향해 두 팔을 내밀었다.

정인은 결국, 그들 모두의 어머니가 되었던 것이다.

『착한 여자』를 회상한다는 것은 내게는 아직까지도 고통스러운 일이다. 『착한 여자』도 정인이도 그리고 그것을 쓸 무렵의 나와 내 아이에 대한 기억도.

사람은 오늘을 살고 미래를 향해 열려 있다지만 때로 과거는 나의 오늘과 미래를 말해주기도 한다. 그런 의미에서 나는 과거와 화해하려고 오래도록 노력했다. 한때는 미워했었고 한때는 지우개로 지워버리고 싶던 그 어두웠던 기억들.

그러나 때로 과거는 강렬한 고통이 빛 너머에 있던 부드러운 그림자의 기억을 말해주기도 한다. 그때 곧 죽을 것만 같은 나를 위로하지도 못하고 가만히 커피잔을 건네던 친구들의 근심스러운 얼굴, 혼자서 오로지 혼자서 이를 악물고 버텨내던 시간 속에서 문득문득 내려 앉던 평화들…… 내가 하루 종일 틀어놓았던 피아노의 선율들, 가을의 냄새들…….

사람은 누구나 어리석다. 적어도 그런 면들을 갖는다. 나는 이제
나 자신과 사람들의 어리석음을 두 팔로 감싸주는 사람이 되고
싶다.

2002년 5월 23일
공지영

『착한 여자』를 쓰던 지난 일 년은 내 인생에 있어서 오래도록 기억될 특별한 해였다. 나는 처음으로 규칙적인 글쓰기의 중압감을 받았고 그리고 또 한편으로는 내 삶을 돌아보는 쓰라림을 겪었다. 그때는 그저, 힘들구나 하고 생각했었는데 지나고보니 어쩌면 그 때 나는 나름대로 삶의 벼랑 끝까지 갔었던 것이 아닌가 하는 생각이 든다. 거의 일 년이 넘는 시간이었다.

깊이도 모를 나락으로 떨어져 내리는 듯한 두려움 때문에 어떤 날은 하루 종일 머리만 싸매고 꼼짝없이 앉아 있기도 했었다. 그 두려움도 언젠가는 끝이 있겠지 마낙에 가라앉을 때 그 끝에서 발이 닿으면 바닥 알 수 있듯이 언젠가는 이것도 끝나겠지, 그렇다면 차라리 끝까지 가보자, 하는 생각 때문에 나는 겨우 버티고 있었다. 하지만 두려움의 본질이라는 것은 원래 조금치의 희망도 허용하는 것이 아니므로 사실을 말하자면 나는 겁에 질려 있었다.

바로 이 모순, 끝이 없을 것 같은 두려움을 등에 짊어진 채로 그 끝으로 가보는 희망을 버리지 않는 것, 그 모순의 힘으로 어느 날인가 나는 발끝이 닿는 것을 느꼈고 그리고 그 끝을 박차고 조금씩 회복될 수 있었다.

왜였을까 언제부터인가 글쓰기가 피눈물을 먹고 자라는 나무 같다는 생각을 했다. 삶의 격랑이 선명하게 나를 할퀴고 지나가고 나면 희미하게나마 글이 나아지는 것을 느낀 후부터였을 것이다. 그러니 얼마나 더 아파야 내가 만족할 만한 글을 쓸 수 있을까, 철 모르던 한때는 나를 우쭐하게도 만들었던 나의 직업이 그처럼 형벌로 느껴진 적은 없었다.

하지만, 아마도 발끝이 닿는 것을 느끼고 다시 조금씩 회복되고 있다는 걸 느낀 이후, 길을 걷다가도, 두 손을 모으고 나는 빌었다……. 받아들이게 해주십시오. 삶을 두고 떼쓰지 않게 해주십시오. 이대로 됐습니다. 글을 쓸 수 있는 마음이 있고 그걸 움직이는 손이 있고…… 할 수 있는 것만 하게 해주십시오. 내 힘으로 안 될 것의 문고리에 매달려 더 이상 욕심부리지 않겠습니다……. 처음으로 그런 나 자신이 기특하면서 이 글을 쓰는 일 년 내내 내가 왜 그토록 '착한 여자'를 못 견뎌했었는지를 그제서야 알게 되었다. 그것은 내게, 한번도 인정하지 않았던 내 자신의 본성을 인정하라는 들이댐이었던 것이다.

글을 끝내던 날은 봄볕이 따사롭고 바람이 많이 불었다. 노트북에서 손을 뗀 채로 바라본 집필실 창 밖, 은행나무 가지마다 물방울만 한 새순들이 조롱조롱 매달려 있었다. 그 연함과 그 부드러움 때문에 아마 조금 울었던 것 같기도 하다.

돌아보니 소설이라는 걸 쓴 지 십 년째가 되었다. 그동안 많은 책들을 냈지만 처음으로 이 책을 내 자신에게 주고 싶다는 생각이 들었다. 날 낳던 날 난산의 고통을 견디던 어머니에게 의사를 불러다주고 날 업어 키웠던 봉순이 언니, 어린 영혼에 내가 상처입혔던 나의 딸, 언젠가 밤 강가에 나와 함께 서 있어주었던 그, 그리고 어제 감기약을 먹으면서 놀이방에 갔던 나의 아들 승빈까지, 내가 사랑했으나 내가 상처입혔던 그 모든 사람들이 결국은 모두 나였다는 걸 나는 이제사 어렴풋이 알게 되었기 때문이다.

서른네 해를 살았지만 고통으로 이제 겨우 몇 살을 먹고, 처음으로 나는 내가 젊다는 생각을 한다.

1997년 4월
공지영

착한 여자 2

초판 1쇄 1997년 4월 30일
제2판 1쇄 2002년 6월 5일
제3판 1쇄 2011년 3월 17일
제4판 1쇄 2018년 1월 5일

지은이 | 공지영
펴낸이 | 송영석

주간 | 이진숙 · 이혜진
기획편집 | 박신애 · 정다움 · 김단비 · 정기현 · 심슬기
디자인 | 박윤정 · 김현철
마케팅 | 이종우 · 김유종 · 한승민
관리 | 송우석 · 황규성 · 전지연 · 채경민

펴낸곳 | (株)해냄출판사
등록번호 | 제10-229호
등록일자 | 1988년 5월 11일(설립일자 | 1983년 6월 24일)

04042 서울시 마포구 잔다리로 30 해냄빌딩 5·6층
대표전화 | 326-1600 **팩스** | 326-1624
홈페이지 | www.hainaim.com

ISBN 978-89-6574-652-2
ISBN 978-89-6574-650-8(세트)

파본은 본사나 구입하신 서점에서 교환하여 드립니다.

이 도서의 국립중앙도서관 출판예정도서목록(CIP)은 서지정보유통지원시스템 홈페이지
(http://seoji.nl.go.kr)와 국가자료공동목록시스템(http://www.nl.go.kr/kolisnet)에서 이용
하실 수 있습니다.(CIP제어번호: CIP2017035210)